Mats Olsson

IN DEN BESTEN KREISEN

Thriller

Aus dem Schwedischen
von Leena Flegler

btb

Die Originalausgabe erschien 2016
unter dem Titel »I de bästa familjer« bei Norstedts, Stockholm.

Sollte diese Publikation Links auf Webseiten Dritter enthalten,
so übernehmen wir für deren Inhalte keine Haftung,
da wir uns diese nicht zu eigen machen, sondern lediglich auf
deren Stand zum Zeitpunkt der Erstveröffentlichung verweisen.

Verlagsgruppe Random House FSC® N001967

1. Auflage
Deutsche Erstveröffentlichung Dezember 2018,
btb Verlag in der Verlagsgruppe Random House GmbH,
Neumarkter Straße 28, 81673 München
Copyright © der Originalausgabe 2016 by Mats Olsson
Published by agreement with Salomonsson Agency
Covergestaltung: semper smile, München
Covermotiv: Shutterstock/Peyker; STILLFX; DedMityay;
Piotr Zajc
Satz: Uhl + Massopust, Aalen
Druck und Einband: GGP Media GmbH, Pößneck
SL · Herstellung: sc
Printed in Germany
ISBN 978-3-442-71558-9

www.btb-verlag.de
www.facebook.com/btbverlag

I see a bad moon rising
I see trouble on the way

John Fogerty, »Bad Moon Rising«,
Creedence Clearwater Revival

... sie rannte so schnell, dass ihr die Lunge wehtat... schürfte sich die Hand auf, als sie sich aufstützen musste, um über eine Mauer zu springen, schluckte den Schmerz hinunter, der von der Wunde ausstrahlte, und rannte, raste weiter den Pfad entlang zum Waldrand... die Rufe – »Findet sie!« und »Holt sie euch, verdammt!« – hallten ihr noch in den Ohren, genau wie die Flüche der Männer, die zum Glück nicht gesehen hatten, wie sie über die Mauer gesprungen war. Wenn die sie jetzt noch einholen wollten, mussten sie ihr nachfahren, das wusste sie, doch auf dem Weg durch den Wald, den sie eingeschlagen hatte, kam man mit dem Auto nicht weit, und das hieß, dass sie sich einen Vorsprung erarbeiten konnte... den Wald kannte sie in- und auswendig... sie merkte kaum, dass das Geäst ihr gegen den Körper und ins Gesicht peitschte... Als das Dickicht zu undurchdringlich wurde, robbte sie über den Boden, bevor sie wieder auf die Beine kam und dann stehen blieb, auf Motorengeräusche, Stimmen, Schritte horchte. Doch das Einzige, was sie hören konnte, waren ihr eigenes Keuchen, ihr klopfendes Herz und die Geräusche des Waldes... den Wald kannte sie, jeder Laut war ihr vertraut, und sie hatte weder Angst vor der Dunkelheit, wenn es um sie herum nachtschwarz und still war, noch vor ungewöhnlich lauten Geräuschen, vor dem Knistern der Nadeln am Waldboden, dem Schrei einer Eule, einem Vogel, der aufflatterte – der Wald hatte mehr Angst vor ihr denn sie vor ihm –, und als sie sich endlich sicher sein konnte, dass ihr niemand mehr auf

den Fersen war, lief sie weiter, rannte, raste, auch wenn sie kaum Hoffnung hatte, irgendjemanden zu treffen, der ihr helfen, der sie retten würde... sie wusste nur, dass die Leute, die hinter ihr her waren, nichts Gutes im Sinn hatten...

I

Sonntagabend

Träume können verräterisch sein.

Wenn man etwas Nettes träumt, etwa im Traum bei irgendeiner Sache den Sieg vor Augen hat oder sich unter dem Kleid einer Frau vortastet, weiß man leider meist genau, dass dieser Traum aus und vorbei ist, noch ehe man die Ziellinie erreicht oder die Hand ganz vorgeschoben hat, was ja im Grunde aufs Gleiche hinausläuft. Wenn man dagegen von irgendwelchen bekannten oder unbekannten Leuten träumt, die mit einem teuflischen Grinsen im Gesicht um einen herumtanzen oder hinter einem herjagen, bis man am Ende in irgendeinem Loch im Boden landet, wo man nicht mehr vor- und nicht zurückkommt, während einem gleichzeitig fast die Luft ausgeht, weiß man leider meist genauso gut, dass es kein Entrinnen gibt: Man wacht ja doch nicht auf.

Keine Ahnung, wie man den Traum hätte bezeichnen sollen, den ich in jener Nacht gehabt hatte.

Er war gewalttätig gewesen – und trotzdem nicht panisch oder so was in der Art.

Mir wollte einfach nicht einleuchten, warum ich so gewaltgeladene Träume hatte.

Der Tag in Solviken im Restaurant war an sich ruhig verlaufen: Unsere einzige Reservierung war ein Abendessen zu einem Fünfzigsten gewesen, vierzig Gäste, und die Runde hatte keinerlei Anlass zur Sorge gegeben, dass am Ende eine Schießerei, eine

Orgie oder auch nur der eine oder andere Schlagabtausch drohen würde; die Gäste aßen, hielten Reden, ließen das Geburtstagskind hochleben und fuhren wieder heim. Der Jubilar stieg in einen elfenbeinfarbenen Cadillac, am Steuer saß ein Mann in Frack und Zylinder, der für meine Begriffe zu alt war, um noch fahren zu dürfen, und der sich zudem, wie ich gesehen zu haben meinte, mehr als einen Schnaps genehmigt hatte, während er in der Küche gesessen und gewartet hatte.

Vor dem Wochenende hatten die Wetterfrösche vor Schnee und Straßenglätte in den nördlicheren Regionen Schwedens gewarnt, aber bei uns im Süden hatte die Sonne geschienen, und als ich nach der Feier aufgeräumt und geputzt hatte und schließlich hügelaufwärts heimschlenderte, hatten sich auch die letzten Wolken verzogen, und der Himmel war hell, hoffnungsvoll und sternenklar.

Ein alter Bekannter, ein Veranstaltungsmanager namens Krister Jonson, war ein paar Tage zuvor mit einem albernen irischen Bluestrio namens Blueshog im Schlepptau vorbeigekommen. Ihren Lebensunterhalt und ihren Lebensinhalt bezogen die drei Musiker daraus, dass sie, warum auch immer, ausschließlich John Mayall nachspielten. Sie sahen aus wie drei Gartenzwerge mit Vollbärten und traten an Orten auf, von denen ich noch nie gehört hatte, unter anderem in einer Pizzeria in Klippan.

Krister Jonson hatte mir im Vorjahr den einen oder anderen Gefallen erwiesen, als ich gerade mehr oder minder erfolgreich mit einer Person befasst war, die man in den Medien »Spanking-Mörder« nannte. Daher hatte ich dafür gesorgt, dass Krister seinen Tourbus über Nacht auf dem Parkplatz unten am Solvikener Hafen abstellen durfte. Sowohl er selbst als auch die drei Iren übernachteten im Bus, Jonson behauptete sogar, die Iren schliefen im Bus besser als im Bett, aber das wollte ich ihm nicht glauben. Manchmal hab ich bei ihm das Gefühl, dass er mich auf den

Arm nehmen will, obwohl ihm eigentlich jeder Sinn für Humor abgeht. Zum Dank bekam ich eine Blueshog-CD geschenkt – *Hog the Blues* –, aber erst nachdem sie weitergereist waren, entdeckte ich, dass Krister Jonson mir außerdem fünf Joints in einer Plastiktüte in meinem Kühlschrank dagelassen hatte, für jeden aus dem Lokal einen.

Mit einem Glas Calvados und meinem Jonson-Joint setzte ich mich auf die Veranda, zündete ihn an, behielt den Rauch in der Lunge, so lange ich konnte, und atmete dann langsam wieder aus, lehnte mich in meinem Gartenstuhl zurück und ließ den Gedanken freien Lauf.

Es war Sonntag, und es überraschte mich ein bisschen, dass von irgendwoher Gelächter, Lieder und Kreischen herüberwehten. Irgendjemand irgendwo in weiter Ferne feierte offensichtlich eine Party. Aus der Distanz können derlei Geräusche verwirrend klingen, verfälscht, und die Schreie mal wie Jauchzen, mal verängstigt wirken. Als ich die Ohren spitzte, hörte oder vielmehr erahnte ich allerdings auch die Musik einer Tanzkapelle, obwohl mir gänzlich neu war, dass sich in der Nähe irgendwo ein Tanzlokal oder dergleichen befinden sollte. Andererseits weiß man so vieles nicht. So war mir beispielsweise auch neu gewesen, dass Iren lieber in Bussen schliefen. Aber vielleicht hatte Krister Jonson ja auch bloß einen Witz gemacht.

Dass die Schweden dem Marihuana grundsätzlich eher abgeneigt waren, wollte mir ebenfalls nicht in den Kopf gehen. Unsere Restaurantgäste hatten sich tage- und wochenlang auf jenes obligatorisch gnadenlose Besäufnis vorbereitet und gefreut, das normalerweise mit einem fünfzigsten Geburtstag einhergeht. Nicht ein einziger Leitartikler oder Meinungsmacher regte sich öffentlich über die Folgen übertriebenen Alkoholkonsums auf, aber der allererste Zug an einem Joint führte angeblich zwangsläufig zu Heroin, in die Gosse und zum verfrühten Tod mit einer

Kanüle in der Armbeuge in irgendeinem Klo in Helsingør. Vermutlich lag das einfach daran, dass die eine Droge legal und von oben sanktioniert war und die andere eben nicht.

Kaum hatte ich mich ins Bett gelegt, schlief ich ein, wobei ich das Gefühl hatte, auch sofort zu träumen, und währenddessen dachte ich mir noch, dass dieser Traum ungewöhnlich gewalttätig war, normalerweise träumte ich nicht so, wenn ich sowohl etwas geraucht als auch Calvados getrunken hatte.

Dabei war gewalttätig eigentlich nicht das richtige Wort. Eher merkwürdig, unbegreiflich. Als wären Träume je begreiflich. Ich stieg aus dem Bett, keine Ahnung, wie, mit wem oder mit welchem Ziel, aber am Ende war ich auf ein Boot geklettert, stand mit beiden Beinen fest auf Deck, auf einem länglichen Motorboot, das sich in ein dreieckiges Floß verwandelte und das eigenartigerweise mit der Spitze nach achtern unterwegs war, also mit der Breitseite voran durch die raue See rauschte. Irgendwie war mir klar, dass das ziemlich ungewöhnlich, wenn nicht gar unmöglich war.

Trotzdem wurde das Floß immer schneller, und ich holte das Segel ein oder hisste es, das war nicht ganz eindeutig, ich hatte keinen Schimmer, was ich gerade tat, und einer meiner besten Freunde, den ich nicht mal wiedererkannte, von dem ich aber trotzdem hundertprozentig wusste, dass er einer meiner besten Freunde war, stand auf einer Klippe und schrie: »Svensson, verdammt, reparier den Motor, hörst du nicht, wie er klopft?«

Den Motor? Ich wusste nicht mal, dass das Floß einen Motor hatte. Hatte ich nicht gerade erst mit dem Segel herumhantiert? Aber als ich mich umdrehte, waren sowohl das Segel als auch der Mast verschwunden, und auf Deck lag eine Art Motor. Sofern man eine Handvoll zusammengestückelter Planken denn als Deck bezeichnen wollte. Der Motor vibrierte, donnerte und zischte. Womöglich klopfte er auch.

»Reparier den Motor!«, schrie mein Freund noch, wobei ich keine Ahnung hatte, woher er gekommen und wohin er gleich darauf verschwunden war.

Ich hatte eine Shorts an, die ich noch nie gesehen hatte; der Motor war schwer, und ein klein bisschen war ich stolz auf mich, dass ich ihn überhaupt anheben konnte, und dann stand ich mit diesem fauchenden, rot glühenden, möglicherweise klopfenden Ding im Arm da, ehe ich ihn ins Wasser schleuderte, wo es laut aufzischte, nur dass das Meer urplötzlich weg war und der Motor tief unten auf dem Grund zerschellte, ich durch eine breiige Substanz nach oben gesaugt wurde und im nächsten Augenblick mit einem Ruck und schier besinnungslos rasendem Herzen aufwachte. Die breiige Substanz hatte nach Vanille gerochen.

Ich hatte Soße im Hirn und keinen blassen Schimmer, warum der Motor dermaßen klopfte.

Der Motor ... den ich doch über Bord geworfen hatte!

Allmählich kam ich zu mir ...

Es klopfte immer noch.

Die Tür.

Es klopfte an der Tür. Es hämmerte an der Tür.

Ich stand auf, zwang ein Auge auf, schwankte hinüber zum Schlafzimmerfenster und zog den Vorhang ein Stückchen zur Seite.

Da klopfte ein Mädchen an der Tür.

Es kam mir vage bekannt vor.

Das Mädchen, das im vergangenen Sommer hin und wieder aus dem Wald hinter dem Haus gestiefelt war und dagestanden und mich angestarrt und beobachtet hatte, was ich und Simon Pender, der Restaurantpächter, so trieben. Die Kleine war vielleicht neun, zehn Jahre alt und hatte nie auch nur ein einziges Wort gesagt, aber wenn wir sie angesprochen hatten, war sie herumgewirbelt und hatte sich im Wald verdrückt. Erst als ein

Kollege namens Arne Jönsson und eine gewisse Frau, die ich vermisste und die Bodil Nilsson hieß, zu Besuch gekommen waren, hatte sie sich näher herangewagt und war ein paar Minuten geblieben. Als Arne da war, hatte sie sogar mit uns Kaffee getrunken.

In diesem Sommer hatte ich das Mädchen bislang noch kein einziges Mal gesehen.

Als ich auch das zweite Auge öffnete und dann beide Augen zusammenkniff – womöglich war es langsam an der Zeit für eine Brille –, glaubte ich zu sehen, dass ihr Tränen übers Gesicht liefen. Beharrlich hämmerte sie mit der geballten Rechten gegen die Tür und fing dann sogar an, die Stirn dagegenzuschlagen.

Ich wickelte mich in die Bettdecke, marschierte aus dem Schlafzimmer und schloss die Haustür auf.

Das Mädchen sah mich nicht mal an, schoss bloß an mir vorbei, drehte zwei Runden um den Küchentisch, raste aus der Küche und wieder an mir vorbei ins Schlafzimmer. Ohne sich auch nur mit den Händen abzustützen, warf sie sich zu Boden wie ein Baseballspieler, der zur nächsten Base hechtet, rutschte unter mein Bett und blieb dort liegen.

Ich ließ die Haustür wieder zufallen.

Irgendwie klang es immer noch, als würde sie anklopfen, nur dass sie jetzt so heftig zitterte, dass ihre Ellbogen und Knie gegen den Fußboden pochten.

Offensichtlich hatte sie panische Angst.

Ich wollte mir gerade irgendwas zum Anziehen suchen, als ich draußen Stimmen hörte.

Zwei Stimmen. Zwei Männer.

Da ich die Küchenjalousien nicht runtergelassen hatte, musste ich mich der Länge nach an die Wand drücken, um von draußen nicht gesehen zu werden, sofern die beiden denn durchs Fenster spähen würden.

Die Fenster im Haus konnte ich kippen, und eins davon stand in der Nacht eigentlich immer offen, insofern konnte ich ihre Stimmen hören, allerdings nicht genau verstehen, was sie sagten.

Aber sie kamen näher.

Sie flüsterten zwar nicht, hatten aber trotzdem die Stimmen gesenkt.

»Sie muss hier irgendwo sein«, sagte der eine.

»Sie kann inzwischen überall sein«, gab der andere zurück.

Es klang, als stünden sie inzwischen nur noch ein paar Meter von meinem Haus entfernt.

Der Lichtkegel einer Taschenlampe fiel vor mir auf die Zimmerwand. Dann wanderte er in der Küche hin und her.

»Was machst du denn, verdammt?«, sagte eine Stimme, und das Licht verlosch. »Du kannst doch nicht einfach so in irgendwelche fremden Häuser reinleuchten! Kapierst du das nicht?«

»Du weißt verflucht noch mal, dass er durchdreht, wenn wir sie nicht finden.«

»Mitten in der Nacht mit einer Taschenlampe in wildfremde Häuser reinzuleuchten ist trotzdem verdammt unklug!«

»Ich meine aber, dass ich von hier etwas gehört hätte ...«

»Dann leuchte auf den Boden und nicht durchs Fenster, uns darf keiner sehen!«

Ich schielte verstohlen zum Schlafzimmer hinüber.

Das Mädchen unter dem Bett hielt sich die Ohren zu.

»Sie kann genauso gut auf eins der Boote unten im Hafen geklettert sein.«

»Glaubst du, sie kennt dort jemanden? Sie kann ja nicht einfach auf irgendein Boot marschieren ...«

»Was weiß denn ich? Vielleicht versteckt sie sich unter irgendeiner Plane. Ich weiß nur, dass er die Wände hochgehen wird!«

Einen schonischen Akzent hatte keiner von beiden. Sie klangen eher wie Stockholmer, aber ganz sicher war ich mir nicht. Außerdem schien zumindest einer von ihnen einen ausländischen Einschlag zu haben.

»Sie kann inzwischen längst über alle Berge sein.«

Der Mann mit dem fremdsprachigen Einschlag.

»*Längst* ganz sicher nicht. Sie ist ja keine Marathonläuferin.«

»Keine Sprinterin, meinst du.«

»Was auch immer.«

»Los, wir gehen zum Hafen.«

Allmählich wurden ihre Stimmen leiser. Vorsichtig rappelte ich mich auf und sah aus dem Fenster.

Zwei Männer auf der Treppe runter zum Wasser.

Zwei Taschenlampen beleuchteten den Weg.

Der Vordere trug Bluejeans und ein dünnes schwarzes Ledersakko, der andere irgendwas, was aussah wie ein schimmernder Jogginganzug. Der Jeanstyp war groß und breitschultrig und so kräftig gebaut, dass er glatt eine eigene Postleitzahl verdient hätte, während der andere einen Kopf kleiner und leicht übergewichtig war.

Ich kauerte mich wieder an die Wand.

Was war das denn bitte schön gewesen?

Das Mädchen zitterte inzwischen zwar nicht mehr, hielt sich aber immer noch die Ohren zu.

Warum hatte ich nicht einfach die Tür aufgerissen und ihnen zugerufen: »Sie ist hier!«

Weil ich in meine Bettdecke gewickelt war?

Weil ich gerade erst aufgewacht und noch nicht voll einsatzfähig war?

Weil ich die offenkundige Angst und Panik des Mädchens überzeugender gefunden hatte als alles, was zwei erwachsene Kerle, die ihr mitten in der Nacht auf den Fersen waren, als Erklärung hätten vorbringen können?

Weil ich selbst Angst hatte?

Als ich mich aufrichtete und erneut durchs Fenster sah, hatten die Männer im Hafen unterhalb des Lokals fast den ersten Anleger erreicht. Sie schienen miteinander zu diskutieren, beide fuchtelten wild mit den Händen. Einer von ihnen, der Jogginganzugtyp, zeigte hinauf zur Schnellstraße, der andere zuckte mit den Schultern.

Dann wies der Jogginganzug hinüber zum Leuchtturm am Pier. Die Signalleuchte funkelte über das Wasser. Sie hätten die Taschenlampen gar nicht gebraucht, dort unten war es fast taghell.

Der Mann in Jeans und Sakko wies mit dem Daumen über die Schulter zurück in Richtung meines Hauses, während der Jogginganzug auf den Pier marschierte.

Der Jeansmann folgte ihm kurz mit dem Blick, dann drehte er sich um und steuerte wieder die Treppe zu meinem Haus an. Ich hätte es nicht mehr ins Schlafzimmer geschafft, um abzutauchen, also legte ich mich erneut der Länge nach unters Fenster und drücke mich an die Wand.

Diesmal versuchte der Mann wohl, sich anzuschleichen, trotzdem konnte ich seine Schritte hören, als er von der Treppe erst auf den Kiesweg und dann quer über den Rasen lief, damit auch wirklich niemand mitbekam, dass er sich näherte.

Dann stieg er auf die Veranda.

Stand eine Weile still.

Trat zur Seite, und ich hatte das Gefühl, als würde er auf das gekippte Fenster zuschleichen, unter dem ich lag.

Ich konnte ihn atmen hören. Presste mich gegen die Wand und hielt die Luft an. Meinte, sein Rasierwasser zu riechen, irgendwas Billiges, Aufdringliches.

Wenn er jetzt hereinsähe, hätte er die Küche vor Augen, würde aber nicht ins Schlafzimmer sehen und auch mich nicht entdecken können. Was er ansonsten wohl gedacht hätte? Ein Fünfzigjähriger mit Bettdecke um die Hüften am Boden seiner Hütte?

Die Schritte wandten sich zur Tür.

Hielten inne.

Die Klinke wanderte nach unten.

Er drückte leicht gegen das Türblatt.

Für einen kurzen Augenblick wusste ich nicht mehr, ob ich abgeschlossen hatte oder nicht, aber die Tür blieb zu, ich hatte also tatsächlich abgesperrt.

Die Klinke wanderte wieder nach oben.

Er kam zurück und ging am Fenster vorbei in Richtung Giebelseite. Scheinbar hatte er die Absicht, einmal ums Haus herumzugehen, was allerdings unmöglich gewesen wäre: Auf der Rückseite wächst Dickicht bis zur Wand. Vor einem Jahr hat mal ein Typ versucht, dort Feuer zu legen und das Haus abzufackeln.

Dieser Typ hier gab keinen Mucks von sich.

Allerdings hörte ich jetzt, wie er wieder zurückkam, vor dem Fenster stehen blieb und sich irgendwo kratzte.

Die Nacht war so still, dass ich zusammenzuckte, als draußen ein Vogel krächzte oder kreischte, was immer Vögel in einer schwedischen Sommernacht eben so treiben, aber der Mann schien nicht gehört zu haben, dass ich mich bewegt hatte.

Er stieg von der Veranda runter, und seine Schuhsohlen knirschten über den Kies. Ich rappelte mich auf und sah hinaus. Inzwischen machte er sich nicht mal mehr die Mühe zu schleichen, sondern stampfte mit langen Schritten zurück in Richtung Hafen und verschwand aus meinem Blickfeld. Keine Ahnung, ob oder wo genau er seinen Kompagnon aufgabelte, aber ein paar Minuten später hörte ich, wie ein Motor aufheulte und ein Fahrzeug sich langsam entfernte. Mir war schleierhaft, wo dieses Fahrzeug gestanden hatte. Ich hatte keins gesehen und konnte es auch nicht ausmachen, als es verschwand, aber immerhin war die

Nacht so still und ruhig, dass ich das Brummen des Motors noch bis hoch zur Straße hören konnte. Dann entfernte es sich westwärts in Richtung Kullaberg.

Ich drehte mich um und kroch zurück ins Schlafzimmer, wo ich die Bettdecke abwarf und meine Jeans aufklaubte, die ich einfach auf den Boden hatte fallen lassen. Ich setzte mich auf einen Stuhl, zog mich an, ging dann aufs Klo, spritzte mir kaltes Wasser ins Gesicht, schnappte mir ein sauberes Handtuch, ging zurück ins Schlafzimmer und legte mich neben dem Bett bäuchlings auf den Boden.

Das Mädchen wich etwa eine Handbreit zurück.

»Ich bin's nur«, sagte ich leise, »hier, damit kannst du dir das Gesicht abtrocknen.«

Ich schob das Handtuch unters Bett.

Sie fasste es nicht an.

Starrte bloß in meine Richtung.

Große, dunkle Augen.

»Wer war das?«, fragte ich.

Sie antwortete nicht.

»Sie sind weitergefahren«, sagte ich. »Ich hab sie wegfahren hören.«

Das Mädchen hatte einen blauen Rock an und ein weißes Oberteil unter einer dünnen, hellen Jacke. An den Füßen trug sie braune Gummistiefel, allerdings ohne Socken oder Strumpfhose.

Ich wusste nicht, was ich als Nächstes sagen oder tun sollte.

»Du kannst wieder rauskommen, wenn du willst«, schlug ich ihr am Ende vor. »Hier im Schlafzimmer kann uns niemand sehen. Ich will nur die Jalousien in der Küche nicht gleich runterlassen. Falls sie wiederkommen, bemerken sie ansonsten noch, dass sie jetzt unten sind, obwohl sie vorher oben waren. Aber hier im Schlafzimmer sieht uns keiner. Morgen früh mach ich die Jalousien zu. Dann kann uns niemand sehen.«

Das Mädchen gab keinen Mucks von sich.

Allerdings zog sie das Handtuch zu sich heran und trocknete sich die Wangen ab.

Dann faltete sie es zusammen, legte es auf den Boden und bettete den Kopf darauf.

»Du kannst gern unterm Bett bleiben«, bot ich ihr an, »aber so richtig bequem ist das nicht. Und wenn ich mich ins Bett lege, wirst du womöglich zerquetscht.«

Sie sagte immer noch nichts, aber ich meinte, eine Art Schmunzeln in ihrem Gesicht zu erkennen. Allerdings mochte ich mir das auch bloß eingebildet haben.

Da lagen wir also beide auf dem Boden und starrten einander an.

Vielleicht war es Wunschdenken, aber ich hatte das Gefühl, ich könnte ihr beinahe ansehen, wie sie überlegte, ob sie mir vertrauen konnte oder nicht, ob sie es tatsächlich wagen oder besser aufspringen und verschwinden sollte, sobald ich aufstand und ihr den Rücken zukehrte.

Am Ende drehte sie einfach das Gesicht weg, sodass ich nicht mehr sehen konnte, ob sie einschlief oder nicht.

Ich hatte nie Angst vor der Dunkelheit gehabt, aber in diesem Augenblick lag ich zum Zerreißen angespannt da und spitzte die Ohren, lauschte auf Geräusche, die nicht da waren, auf einen Schritt auf der Veranda, auf einen knackenden Zweig, die Atmung eines Mannes, das Herunterwandern der Türklinke.

An gewissen Abenden muss man nicht erst Gras rauchen, um wilde Fantasien zu entwickeln.

II

Montagmorgen

Weiß der Himmel, wann wir einschliefen. Aber als ich wieder aufwachte, war mein ganzer Körper steif und schmerzte. Ich hatte offenbar das Kissen vom Bett runtergezogen, zumindest lag mein Kopf darauf. Ich hatte Jeans an, obenrum nichts, keine Schuhe oder Strümpfe an den Füßen, und ich fror.

Es dauerte ein paar Sekunden, bis ich mich wieder an alles erinnerte, was in der Nacht geschehen war, und als ich einen Blick unter das Bett warf, war das Mädchen ein Stück näher zu mir herangerückt.

Sie lag auf der Seite und mit dem Kopf auf dem Handtuch, das ich ihr hingehalten hatte.

Sie schlief tief und fest.

Ich kannte sie nicht, ich wusste nur, dass sie extrem schüchtern und schreckhaft war, dass sie nicht reden wollte und Angst hatte, wenn andere Leute ihr zu nahekamen.

Trotzdem schlief sie jetzt unter meinem Bett.

Und hielt meine rechte Hand mit beiden Händen umklammert.

Der rechte Zeigefinger und zwei Fingerknöchel waren verschrammt, als hätte sie mit der Faust gegen eine Mauer geschlagen oder gegen einen Baumstamm, während sie durch den Wald gerannt war. Sofern sie denn nun durch den Wald gerannt war. Wovon ich aber ausging.

Im letzten Sommer hatte ich versucht, mich durch das Dickicht hinter meinem Haus zu schlagen, ich war neugierig gewesen und hatte herausfinden wollen, woher sie kam und wohin sie jedes Mal verschwand, wenn sie Reißaus nahm, aber das Waldstück dort war im Prinzip undurchdringlich. Trotzdem hatte ich immer das Bild vor Augen gehabt, wie sie dort zwischen den Bäumen hin- und herrannte, wenn sie kam oder weglief.

Dass sie meine Hand genommen hatte, hatte ich gar nicht bemerkt.

Mein Rücken tat nach der Nacht auf dem Boden höllisch weh, ich hatte keine Ahnung, wie viel Uhr es war, beschloss dann aber, liegen zu bleiben, bis das Mädchen von allein aufwachte. Teils, weil ich so eine Ahnung hatte, dass sie Schlaf brauchte; teils, weil ich ohnehin nicht wusste, was ich ansonsten mit mir hätte anfangen sollen.

Es klang, als würde es regnen.

Der Vorabend war sonnig und warm gewesen, inzwischen trommelten Regentropfen hart und unablässig und eintönig aufs Dach und gegen die Fenster.

Dass sie sich ausgerechnet mich ausgesucht hatte, als sie vor wem auch immer geflohen war, bedeutete, dass sie beschlossen hatte, sich mir anzuvertrauen.

Dabei war ich keine allzu vertrauenswürdige Person. Nur konnte sie das nicht wissen.

Ich hatte keine eigenen Kinder und war so gut wie nie mit Kindern in Kontakt gekommen, allerdings hatte eine Bekannte von mir einmal behauptet, ich wäre ein Kindermagnet. Vielleicht hatte sie damit ja recht, ich hatte nur nie darüber nachgedacht oder es auch nur bemerkt.

Das Mädchen hielt meine Hand nicht besonders fest umklammert, aber es bestand kein Zweifel, dass sie sich hatte festhalten wollen.

Ich hatte keine Vorstellung davon, was sie angestellt hatte oder warum zwei Männer sie durch die Sommernacht gejagt hatten, vor allem aber wusste ich nicht, was ich jetzt tun sollte.

Ich konnte sie schlecht mit ins Restaurant nehmen, wo ich doch nicht mal hätte sagen können, wer sie war oder warum sie sich mir angeschlossen hatte, und überdies hatte ich ein bisschen Bammel, dass ihre Verfolger zurückkommen könnten.

Das Restaurant trug den simplen Namen »Restaurant Solviken«, weil es ein Restaurant war und in Solviken lag. Mit dem Wirt, Simon Pender, hatte ich mich angefreundet, als ich vor Jahren mal in einem Golfclub den Wallraff hätte spielen sollen. Simon hatte damals dort gejobbt, mich anhand meines Autorenbilds aus der Zeitung wiedererkannt, und damit war aus der Enthüllungsreportage natürlich nichts geworden.

Meinen Job bei der Zeitung hatte ich inzwischen gekündigt. Was genau ich mit dem Rest meines Lebens anfangen wollte, wusste ich immer noch nicht. Meine Abfindung war üppig ausgefallen, trotzdem hatte ich keine Ahnung, was ich damit machen sollte. So war es bei mir immer schon gewesen: Ich hatte nie verschiedene Jobs ausprobiert oder eine bestimmte Traumkarriere vor Augen gehabt. Irgendetwas war mir ganz einfach immer vor die Füße gefallen, oder aber ich war daraus wieder hinausgestolpert, immer hatte sich eins aus dem anderen ergeben. Als Simon Pender damals mit Solviken winkte, hatte ich ganz einfach zugesagt.

Ich warf dem Mädchen einen Blick zu.

Sie schlief.

Ich hätte aufstehen und den Rechner hochfahren sollen, ein bisschen recherchieren, ob sich irgendetwas herausfinden ließ, was die Ereignisse der Nacht erklärte: warum das Mädchen auf der Flucht gewesen war und zwei Männer derart hartnäckig hinter ihr her gewesen waren, dass einer von ihnen sogar schon die Hand an meiner Türklinke gehabt hatte – oder hatte ich mir das lediglich eingebildet?

Das Mädchen atmete ruhig und gleichmäßig.

Es sah aus, als fühlte sie sich geborgen.

Möglich, dass Kinder sich von mir angezogen fühlten, aber ich hatte mir nie welche gewünscht.

Mich hatten immer andere Dinge angezogen.

Eine Ausfahrtstraße. Eine Perspektive.

Ein Flug, eine Flucht.

Eine Band auf der Bühne.

Oder ein kecker, ungenierter Blick.

Für so was hab ich eine Schwäche.

Eine viel zu große Schwäche.

Und da wären Kinder fehl am Platz.

Hab ich immer geglaubt.

Andererseits kann man sich ja bei vielem nicht sicher sein.

Obwohl das Mädchen sich die Wangen mit dem Handtuch abgetrocknet hatte, waren die Tränenspuren immer noch zu sehen.

Sie fiepste leise im Schlaf.

Seufzte.

Schluckte.

Mir stiegen Tränen in die Augen.

Ich weine echt selten. Nicht weil ich es für unmännlich halte, solches Gerede geht mir am Allerwertesten vorbei. Es gibt einfach nicht viel, was mich zu Tränen rühren würde.

Eine Frau hat mich einmal als gefühlskalt bezeichnet.

Eine andere als Realisten.

Eine dritte hätte es nicht sagen können.

Im letzten Sommer hatte ich geweint, als ich eines Nachts wach gelegen und gehofft hatte, dass eine gewisse Bodil Nilsson sich bei mir melden würde. Ich hatte geweint, weil sie nicht angerufen hatte, ich hatte geweint, weil ich verliebt, einsam und unglücklich gewesen war und sie ganz fürchterlich vermisste.

Dass ich jetzt versuchte, ein Schluchzen zu unterdrücken, lag daran, dass ich die Kleine nicht wecken wollte.

Glaubte ich.

Ich schluchzte.

Keine Ahnung, ob sie davon aufwachte, jedenfalls fiepste sie noch mal, ließ dann plötzlich meine Hand los, drückte sich unterm Bett gegen die Zimmerwand und versuchte, an mir vorbeizusehen.

»He, he, he«, sagte ich. »Ruhig Blut.«

Warum ich ausgerechnet das sagte, weiß ich offen gestanden nicht. Solche Floskeln benutze ich normalerweise nicht. Blutige Metaphern sind eigentlich nicht mein Ding.

»Du brauchst keine Angst zu haben, ich bin's nur.«

Jetzt klang ich wieder nach mir selbst.

Sie sagte trotzdem keinen Ton.

Als ich mich herumrollte, um endlich doch aufzustehen, knackste es in den Gelenken. Vielleicht hätte ich die Infobroschüre der Rheumaliga doch nicht ganz so leichtfertig wegwerfen sollen.

»Ich geh jetzt in die Küche und lass die Jalousien runter«, erklärte ich ihr. »Dann koch ich Kaffee, letzten Sommer hast du auch Kaffee gewollt, das weiß ich noch. Da ist Arne drauf gekommen. Erinnerst du dich noch an ihn? Arne Jönsson, mein Kumpel aus Anderslöv?«

Es war nicht ganz eindeutig, ob sie sich an Arne noch erinnern konnte oder nicht. Sie antwortete nicht. Unter dem Bett konnte ich ihr Gesicht kaum erkennen.

Als ich die Jalousien runterließ, stellte ich fest, dass es draußen tatsächlich prasselte, und zwar mächtig. Unten am Hafen, vor dem Haus oder rund um das Lokal konnte ich niemanden entdecken. Es war zwar erst Viertel vor sechs, aber irgendeine arme Seele war eigentlich doch immer schon mit dem Hund draußen.

Ich setzte Wasser auf, fuhr den Rechner hoch, zog mir ein Paar Strümpfe und einen Pulli an und rief nach ihr, als der Kaffee durch den Filter gelaufen war.

Dann checkte ich ein paar Onlinezeitungen, aber von einem verschwundenen Mädchen war weit und breit nichts zu lesen. Wahrscheinlich wäre das technisch auch gar nicht möglich gewesen. Nachdem sie in der Sonntagnacht untergetaucht war, würden die Medien frühestens vierundzwanzig Stunden später über ihr Verschwunden berichten, wenn überhaupt.

Als ich vom Bildschirm aufblickte, stand sie in der Tür.

Sobald ich aufstand, wich sie ein Stück zurück ins Schlafzimmer.

»Ich wollte dir nur einen Kaffee einschenken«, sagte ich.

Sie kam ein paar Schritte näher.

»Dort hinter der Küche ist das Klo«, erklärte ich.

Sie antwortete nicht, sah aber in die Richtung, in die ich gezeigt hatte.

»Unter dem Waschbecken im Unterschrank liegt eine neue Zahnbürste. Die Zahnpastatube steht im Zahnputzglas.«

Von der Durchgangstür zwischen Schlafzimmer und Küche bis zur Toilette zu gehen schien ihr fast ebenso schwerzufallen wie einer Person mit Höhenangst, vom Zwölfmeterturm zu springen. Bestimmt eine Minute lang sah sie abwechselnd von mir zum Boden und dann in Richtung Klo, bevor sie tief durchatmete und mit schnellen, zielsicheren Schritten zur Toilette marschierte.

Ich hatte ihr einen Kaffeebecher auf den Tisch gestellt, aber als sie wieder da war, rührte sie ihn nicht an. Stattdessen bezog sie erneut Stellung in der Tür zum Schlafzimmer.

»Willst du den Kaffee gar nicht?«, fragte ich.

Sie machte zwei Schritte vor, griff nach dem Becher und zog sich wieder an die Tür zurück.

»Setz dich doch. Du brauchst wirklich keine Angst zu haben.«

Langsam kam sie näher, setzte sich auf einen Stuhl und starrte auf die Tischplatte. Den Kaffeebecher hielt sie mit beiden Händen fest, als wollte sie sich daran wärmen.

Ich schob meine rechte Hand ein Stück vor.

»Weißt du eigentlich, dass du gestern Nacht meine Hand gehalten hast?«

Für einen winzigen Moment blickte sie auf. Ich konnte ihr ansehen, dass sie sich nicht mehr daran erinnerte.

»Die sieht schon ein wenig mitgenommen aus ...« Ich legte die Hand flach auf den Tisch. »Siehst du, wie krumm mein Zeigefinger ist? Ich könnte glatt als Käpten Cook durchgehen.«

Ich winkelte den Zeigefinger an und konnte auf ihrem Gesicht die Andeutung eines Grinsens erahnen.

»Also, es ist folgendermaßen ... Ich hab echt keine Ahnung, wer du bist, ich weiß nicht, warum diese zwei Herren gestern Nacht hinter dir her waren, aber ist mir auch egal. Verstehst du mich? Ich habe nicht vor, irgendwem zu erzählen, dass du hier bist. Ich weiß, dass du sprechen kannst, ich hab's schon mal gehört, im letzten Sommer, aber ich will dich zu nichts zwingen. Wenn irgendjemand sich nach dir erkundigt, dann weiß ich von nichts, ich hab dich nie gesehen. Aber wir zwei müssen das hier klären. Gemeinsam. Wir schauen heute erst mal, was passiert, und dann sehen wir weiter. Einverstanden?«

Es dauerte eine gefühlte Ewigkeit, ehe sie nickte.

»Ich bin auf deiner Seite, vergiss das nicht, ich bin auf deiner Seite.«

Ich schob meine Hand ein Stückchen auf sie zu.

Sie zuckte nicht zurück, was ich als Fortschritt verbuchte.

»Komm, darauf schwören wir. Daumen auf Daumen.«

Vorsichtig und langsam streckte sie die Hand aus, während sie unverwandt auf meine starrte, und legte schließlich ihren Daumen ganz sacht auf meinen.

»Du und ich«, sagte ich. »Wir beide sind von jetzt an ein Team.«

Ich wusste nicht, wie ich ihr klarmachen sollte, wie ich mir das vorstellte, was womöglich daran lag, dass ich selbst keine Ahnung hatte, was genau ich mir da vorstellte oder wie wir beide nach unserem Daumenschwur weitermachen sollten.

»Hier können wir nicht bleiben«, fuhr ich fort. »Ich hab die beiden Männer gestern Nacht gesehen, und ... sie sahen nicht gerade aus wie die Räuber von Kardemomme.«

Wie war ich denn bitte darauf gekommen?!

»Hast du das gesehen? *Die Räuber von Kardemomme*? Bei mir war es jedenfalls das einzige Mal, dass ich je im Theater war. Ich musste. Mit der Schule.«

Sie schien nicht die geringste Ahnung zu haben, wovon ich redete.

Möglicherweise wurde man heutzutage als Schulkind nicht mehr ins Theater gezwungen.

»Ich kenne eine Polizistin«, sagte ich, weil das nun mal der Wahrheit entsprach. »Allerdings wohnt die in Malmö, und ... ich weiß ehrlich gesagt nicht, was genau wir ihr erzählen sollen. Aber findest du, ich sollte sie anrufen?«

Das Mädchen schüttelte den Kopf. Diesmal sogar ein wenig nachdrücklicher.

»Du willst nicht zur Polizei?«

Jetzt zuckte sie mit den Schultern.

»Ich lauf schnell runter und hol die Zeitung. Bleib ruhig sitzen, es dauert nur eine Minute. Okay?«

Sie nickte.

Der Regen war stärker, als ich gedacht hatte, und um bis zum Briefkasten und zurück nicht nass bis auf die Knochen zu werden, musste ich mich sputen. Unten am Hafen war immer noch niemand zu sehen, sämtliche Boote waren verrammelt und verriegelt, allerdings meinte ich, eine Frau im Regenmantel mit einem Hund an der Leine in Richtung Schnellstraße gehen zu sehen.

Als ich wiederkam, hatte das Mädchen erneut beide Hände um den Kaffeebecher gelegt.

»Ich blättere die nur schnell durch, vielleicht steht ja was Interessantes drin.«

Im vorangegangenen Sommer hatte ich quasi sämtliche Zeitungen des Landes abonniert, so machen das Journalisten, oder zumindest ich, aber in diesem Jahr hatte ich mich mit der hiesigen Lokalzeitung begnügt, alles andere konnte ich mir schließlich online beschaffen.

Doch auch in der gedruckten Zeitung stand nichts von einem verschwundenen Mädchen.

Dafür schienen die Touris wenig Interesse an Touristenattraktionen aufzubringen. Zumindest hatte ich den Eindruck, als ich die Spalten nach Kurzmeldungen absuchte. Es waren diverse Fotos von einem Stadtfest abgedruckt, Fotos von ein paar komischen, scheinbar aus Pappe gefertigten Dinosauriern, aber für ein Stadtfest sahen die Straßen im Hintergrund ziemlich verwaist aus. In irgendeiner anderen Stadt hatten halb nackte Frauen Samba getanzt, doch auch hier hatte sich kein Publikum eingefunden, obwohl die Frauen riesige Federbüschel auf den Köpfen getragen hatten. Zwei Nachbarn stritten sich seit gut dreißig Jahren um einen Schornstein, und einer von ihnen wollte den Fall jetzt vor den Europäischen Gerichtshof bringen. Von irgendeinem Bauernhof war Diesel gestohlen worden, die Polizei mutmaßte, dass es sich bei den Tätern um eine organisierte Bande handelte, und irgendwer hatte bei einem unserer Konkurrenten zehn Kilometer weiter fünfzig Kilo Schweinebauch und zwanzig Kilo Rindfleisch aus dem Kühlhaus geklaut. Ein Rentnerehepaar, das gerade mitten in der Scheidung gesteckt hatte, war vor dem eigenen Reihenhaus in Höganäs mit einem Baseball- und mit einem Golfschläger niedergeschlagen und eine junge Frau mit Kopftuch war von ein paar Teenagern angegriffen worden, die ihr hinterhergerufen hatten, sie solle gefälligst »wieder heim nach Arabien« ziehen. Eine Sängerin, von der ich noch nie gehört hatte, würde in irgendeiner Kirche ein Jazzkonzert geben, ein volltrunkener Baggerfahrer war in Gewahrsam genommen worden, auf eine Hauswand war ein Hakenkreuz geschmiert und sechs Fenster einer Schule waren eingeschlagen worden. Mindestens drei Kurzmeldungen handelten von Frauen, deren Männer sie misshandelt hatten.

Ich konnte nicht erkennen, dass irgendetwas davon mit dem Mädchen zu tun hatte.

Den Anzeigenteil überblätterte ich – Bilder von Neugeborenen und Leuten, die dem Tod ein kleines bisschen näherstanden – und schlug den Lokalteil für Solviken und die nähere Umgebung auf.

Auch hier nichts über das Mädchen.

Lediglich ein Pferd war entlaufen.

Eine Selbsthilfegruppe suchte nach neuen Alkoholikern, und ein Mann mit einer lustigen Mütze auf dem Kopf und einer Kettensäge in der Hand, der sich Janne Holzhut nannte, bot seine Holzfällerdienste an. In irgendeinem Lokal würde es in der kommenden Woche pochierten Kabeljau mit Dillsoße geben und in einem anderen Schweinebraten mit Zwiebelsoße – klang nicht gerade nach typischem Sommeressen.

Irgendwie hatte ich das Gefühl, die Zeitung nur durchzusehen, um Zeit zu gewinnen. Weil ich nicht wusste, was ich ansonsten tun sollte.

Am Ende faltete ich sie zusammen und warf sie aufs Altpapier. Ich hatte zuletzt immer häufiger den Verdacht gehegt, Zeitungen würden nurmehr produziert, um die Altpapiersammlung zu legitimieren, als eine Art Kreislauf sozusagen.

Dann setzte ich mich dem Mädchen wieder direkt gegenüber.
»Ich hab einen Vorschlag.«
Sie reagierte nicht, möglicherweise weil sie ahnte, dass der Vorschlag nicht allzu überzeugend sein würde.
»Ich hab doch gerade Arne erwähnt, der letztes Jahr hier war, weißt du noch?«
Sie nickte.
»Mochtest du ihn?«
Sie nickte wieder.
»Ich finde, wir sollten ihn besuchen fahren, und dann bleibst du bei ihm, während ich versuche herauszufinden, was eigentlich los ist und was wir als Nächstes tun sollten. Hierzubleiben könnte für dich gefährlich werden, glaube ich, aber ich kann mich natürlich auch irren. Abgesehen davon leg ich für Arne die Hand ins Feuer.«
Keine Reaktion.
»Ich lass dich schon nicht im Stich, wir beide sind ein Team, das haben wir uns doch geschworen, oder nicht?«
Sie nickte.
»Wenn wir gleich losfahren, kommen wir von hier weg, bevor die anderen aufwachen. So kann uns keiner sehen.«
Trotz des Regens war es draußen warm. Als wir die Treppe runter auf mein Auto zuliefen, war auf den Bootsstegen und auch im Hafen selbst keine Menschenseele zu entdecken. Ich forderte das Mädchen auf, sich auf die Rückbank zu legen, und erst nachdem wir auf der 112 die Abzweigungen nach Jonstorp, Farhult und Tånga hinter uns gelassen hatten, bog ich auf einen Waldweg ab und hielt an. Hier hatte ich schon öfter Leute parken sehen, die ihren Hunden ein kleines Päuschen gönnen wollten.
Nachdem ich quasi die ganze Zeit über den Rückspiegel im Blick gehabt hatte, war ich nunmehr zu der Überzeugung gelangt, dass das Mädchen jetzt endlich gefahrlos vor auf den Bei-

fahrersitz kommen konnte. Hinter uns war weit und breit kein Fahrzeug zu sehen, und aus der anderen Richtung waren uns lediglich ein Transporter mit einer Leiter auf dem Dach, zwei Pkws und ein Traktor mit Anhänger entgegengekommen.

»Ist dir hinten schlecht geworden?«, fragte ich.

Sie schüttelte den Kopf.

»Wird dir grundsätzlich beim Autofahren nicht schlecht?«

Wieder schüttelte sie den Kopf.

»Fährst du oft Auto?«

Sie zuckte mit den Schultern.

Für die Uhrzeit war auf der Autobahn schon mächtig was los, wie eine Elefantenkolonne reihte sich auf der rechten Spur ein Sattelschlepper an den anderen, und Pendler wetteiferten darum, wer von ihnen als Erster bei der Arbeit erscheinen würde. Kurz schoss mir durch den Kopf, wie zügig Integration im immer fremdenfeindlicheren Schweden trotz allem funktioniert hatte, und ich erzählte dem Mädchen von den polnischen Kleinlastern, die auf der E6 aufgetaucht waren, nachdem die Mauer zwischen Ost und West gefallen war. Inzwischen hatten auch BMWs und Mercedes polnische Kennzeichen, während die schlechteren Marken eher aus Lettland und Litauen stammten oder aus noch weiter entfernten Ländern wie Moldawien, Rumänien und Weißrussland.

Das Mädchen saß kerzengerade neben mir, hatte die Hände auf die Knie gelegt und starrte geradeaus.

»Als ich klein war, gab es in Schweden noch keine russischen Autos, es gab noch nicht mal Russen. Aber für die Russen muss es gut gelaufen sein, guck mal, da ist schon das dritte russische Auto, das innerhalb kürzester Zeit an uns vorbeikommt.«

Ich zeigte auf einen schwarzen Mercedes mit abgedunkelten Scheiben, der mit hundertsechzig vorbeiraste.

Das Mädchen folgte dem Wagen mit dem Blick. Ob sie verstand, wovon ich sprach, konnte ich nicht sagen, zumindest reagierte sie nicht.

Ich hätte auch eine andere Strecke nach Anderslöv zu Arne Jönsson nehmen können, aber dann hätten wir über Nebenstraßen und durch kleinere Ortschaften schleichen müssen, die ich lieber vermeiden wollte, weil Arne und ich genau dort in einen spektakulären Mordfall verwickelt worden waren.

Stattdessen fuhren wir über den Ring um Malmö herum, und ich war froh, ein Navi zu haben, denn obwohl ich in Malmö zur Welt gekommen und aufgewachsen bin, sind die neuen Umgehungsstraßen rund um die Stadt für mich ein Buch mit sieben Siegeln.

Kurz vor Anderslöv hörte es auf zu regnen, die Wolken am Himmel hatten dunkle Bäuche mit kreideweißen Zuckerhäubchen und sahen aus wie verbranntes Gebäck.

Ich bog in Arnes Straße ein und hielt vor seinem Haus.

Dann zog ich mein Handy aus der Tasche und rief ihn an.

»Ja?«, meldete er sich. »Arne hier?«

»Bist du schon wach?«

»Würde ich sonst jetzt mit dir reden, Harry?«

»Willst du Besuch?«

»Klar, zur Hölle! Wann kommst du vorbei?«

»Jetzt gleich.«

»Jetzt gleich?«

»Jetzt gleich.«

»Wo bist du?«

»Guck mal aus dem Fenster.«

Erst tauchte sein Gesicht am Küchenfenster auf, dann legte er auf.

Arne Jönsson war immer recht umfangreich gewesen, aber seit die Volkskrankheit Diabetes auch ihn heimgesucht hatte, hatte er seine Essgewohnheiten umgestellt. Als er die Haustür aufmachte, sah es tatsächlich so aus, als hätte er ein paar Kilo abgenommen.

Das Mädchen blieb hinter mir und gab Arne nicht mal die Hand, als er uns begrüßte. Arne nahm das allerdings locker, schließlich hatte er die Kleine im vergangenen Sommer zum Reden gebracht, und er ließ sich nichts anmerken, als sie ihm nicht die Hand gab.

»Wie schön, dich zu sehen, das ist ja mal eine Überraschung!«, sagte er zu ihr. »Du siehst aus, als ginge es dir prächtig. Ich hab inzwischen die Zuckerkrankheit, insofern muss ich aufpassen, was ich zu mir nehme. Diabetes Typ zwei, so heißt das bei den Ärzten. Aber das ist nichts anderes als Alterszucker.«

Ich hatte zwischenzeitlich bei Arne gewohnt, und als ich über die Schwelle trat, fühlte es sich an wie heimzukommen. Alles sah so aus wie immer, überall derselbe Schnickschnack, das Haus war geputzt und roch sauber, doch auch wenn immer noch derselbe alte Röhrenfernseher dastand, gab es doch eine Neuigkeit. Arne hatte sich einen Rechner angeschafft. Aus dem Mac auf der Küchenanrichte kam ein alter Schlager.

Irgendwer sang davon, das Leben zu leben.

»Lill-Babs«, sagte er. »Auf Spotify gibt's wirklich alles!«

Ich hatte dort auch einen Account, benutzte ihn aber nicht.

»Wie in aller Welt hast du's geschafft, dir Spotify zu installieren?«, erkundigte ich mich.

»Erinnerst du dich noch an Tomas? Skarbalius? Den Litauer?«

»Klar, der hat sich letztes Jahr um mein Auto gekümmert.«

»Seine Tochter ist elf, und die bringt mir das bei. Sie hört zwar andere Sachen, aber sie hat mir gezeigt, wie es funktioniert.«

Das Mädchen setzte sich an den Küchentisch, ließ mich aber nicht aus den Augen.

»Guck dich nur ein bisschen um, wenn du willst«, sagte ich. »Hier gibt's jede Menge zu entdecken. Arne hat in seinem Arbeitszimmer massenhaft Bilder aufgehängt. Ich geh schon nicht weg, ich bleib hier bei Arne in der Küche, vielleicht macht er uns sogar ein Frühstück.«

Ob sie irgendjemanden auf den Fotos wiedererkennen würde, wusste ich natürlich nicht, aber auf jeden Fall verließ sie die Küche, während Arne sich an den Herd stellte und Würstchen und ein paar Eier in die Pfanne warf und ich ihm derweil die Ereignisse in Kurzversion schilderte.

»Du hast geschworen, dass du dich von so was fernhältst«, sagte er.

»Von so was?«

»Genau von so was. Das klingt nicht gut, warum mischst du dich da ein?«

»Ich misch mich gar nicht ein«, entgegnete ich. »Sie war's doch, die mitten in der Nacht zu mir gekomen ist. Was hätte ich denn tun sollen? Sie draußen stehen lassen, bis sie sie geschnappt hätten?«

»Nein, aber du hättest gleich heute Morgen die Polizei anrufen können.«

Natürlich hatte Arne recht, genau das hätte man tun müssen, aber ich wurde dieses mulmige Gefühl einfach nicht los, dass das Mädchen in noch viel schlimmere Schwierigkeiten geraten wäre, wenn ich die Polizei eingeschaltet hätte.

»Sie wollte nicht, dass ich die Polizei rufe«, sagte ich.

Arne schnaubte. »Du weißt aber schon, dass du wegen Kidnapping eingebuchtet werden könntest?«

Daran hatte ich noch gar nicht gedacht.

»Irgendwie hab ich das Gefühl, diese Typen, die hinter ihr her sind, haben kein allzu großes Interesse daran, dass die Geschichte bekannt wird. Kidnapping macht mir daher am wenigsten Sorgen.«

Tatsächlich gab es andere Probleme. Arne richtete die Würstchen und die Eier an, stellte einen Korb mit Vollkornbrot auf den Tisch und rief das Mädchen in die Küche. »Du willst sicher auch einen Kaffee?«

Ich wollte lieber nicht weiter über die Geschehnisse reden, während sie mit am Tisch saß, also unterhielten wir uns über Computer, Spotify und Skype und darüber, dass man heutzutage sogar sehen konnte, mit wem man telefonierte, was, wie Arne meinte, damals, als *Die Jetsons* im Fernsehen gekommen waren, geradezu unvorstellbar gewesen war. Wir sprachen natürlich auch davon, dass all dieser technologische Fortschritt den Tod der Printmedien nach sich ziehen würde – das Lieblingsthema sämtlicher Journalisten und Ex-Journalisten, seien sie nun alt oder jung –, das gehörte inzwischen zum modernen Berufsbild.

»Wie geht's Hjördis?«, fragte ich.

»Wie immer.«

»Ich lauf mal rüber zu ihr und sehe nach dem Rechten.« Dann drehte ich mich zu dem Mädchen um. »Du kannst bei Arne bleiben, ich bin gleich wieder da.«

Hjördis Jansson war Arnes Nachbarin, kreidebleich und dünn wie ein Blatt, aber scharfsinnig und aufmerksam. Sie litt an einer undefinierbaren Krankheit, die ältere Menschen gerne »Schmerzen« nannten und wohinter schlichtweg alles stecken konnte. Am schlimmsten ging es ihr, wenn sie sich setzte, daher verbrachte sie die meiste Zeit des Tages damit, hinter einer dünnen weißen Gardine am Fenster zu stehen. Wo die Gardine aufhörte und wo Hjördis anfing, war nicht immer leicht zu erkennen.

Auch mit Hjördis hatte ich im vergangenen Sommer hin und wieder zu tun gehabt, und ich freute mich darauf, sie wiederzusehen. Sie selbst war so hingerissen, dass sie mir sogar die Wange tätschelte. Natürlich war ich nicht ganz ohne Hintergedanken zu ihr gegangen, ich wollte ungestört telefonieren, ohne dem Mädchen Angst zu machen, aber zu Hjördis sagte ich: »Arne hat die Musik so laut aufgedreht...«

»Der ist aber auch plemplem, seit er sich diesen Apparat angeschafft hat!«

Während bei Arne drüben alte Schlagersternchen vor sich hin trällerten, war es bei Hjördis mucksmäuschenstill. Ich rief meine Kontaktliste auf und fragte mich insgeheim, wer in diesem Haushalt die Teppichfransen geradekämmte.

Dann wählte ich die Nummer von Hauptkommissarin Eva Månsson.

Auch wenn das Mädchen nicht gewollt hatte, dass ich die Polizei anrief, wollte ich Eva Månsson doch zumindest um Rat fragen. Ich musste ihr ja nicht die ganze Wahrheit erzählen. Das hatte ich auch nicht getan, als wir beide im vergangenen Jahr mit diesem Kriminalfall beschäftigt waren, und so wie ich mich einschätzte, würde ich die ganze Wahrheit ohnehin nie jemandem verraten.

Eva ging nicht ran.

Auf dem Anrufbeantworter erklärte sie, man solle ihr stattdessen eine SMS schreiben.

Ich schickte eine SMS.

Dann rief ich ein paar Polizeireporter an, die ich kannte oder mal gekannt hatte, und probierte es bei ihnen.

Was ich ihnen zu bieten hätte, fragten sie.

Nicht viel. Um genau zu sein, gar nichts.

Ich sprach Simon Pender auf Band, dass ich zu Arne gefahren sei, weil der sich irgendwie kränklich und einsam gefühlt habe, und dass ich noch nicht wisse, wann ich wieder zurückkäme.

Dann rief ich auf dem Malmöer Revier an und erkundigte mich nach Hauptkommissarin Eva Månsson.

Sie sei erst tags darauf wieder da, hieß es, sie besuche eine Fortbildung.

»Ach, wo denn?«, fragte ich.
»Stockholm.«
Was mich auch nicht weiterbrachte.

Ich bedankte mich bei Hjördis dafür, dass ich an ihrem Küchentisch hatte sitzen dürfen, und versprach ihr hoch und heilig, mich wieder häufiger bei ihr zu melden. Ich hatte noch nie eine Schneeflocke in der Hand gehalten, bildete mir aber ein, dass ein Händedruck von Arnes Nachbarin dem ziemlich nahekam.

Sie hasste Schonen.
Nein, das stimmte nicht. Hass war eigentlich zu viel gesagt. Es war vielmehr so: Sie konnte Schonen nicht ertragen.

Möglicherweise lag es daran, dass sie nie besonders lange hier gewesen war, aber im Gegensatz zu anderen Stockholmern, die in Scharen in Österlen, Falsterbo, Båstad oder Torekov einfielen, hatte sie nie die geringste Sehnsucht nach diesen Orten verspürt.

Und trotzdem saß sie jetzt in einem schonischen Hafen.

Verächtlich beobachtete sie die fast schon prototypischen Camper, die bereits aufgestanden waren und in ihren Regensachen planlos auf- und abliefen und nach irgendeiner Beschäftigung suchten, weil es sich für einen Camper nun mal so gehörte. Weil es kein schlechtes Wetter gab, nur falsche Kleidung.

Sie wusste das. Auch sie hatte schon Campingurlaube gemacht.

Und jede Sekunde verabscheut.

Ihre Eltern waren passionierte Camper gewesen, und sie erschauderte, als sie wieder an die kalten Sommernächte denken musste, in denen der Regen auf das Zeltdach und gegen die Wände getrommelt hatte und alles nass oder zumindest feucht gewesen war, die Mücken zur Plage wurden, Spinnen über die Zeltwände krabbelten und sie alle unterwegs waren wie die letzten Loser.

Sie schwor sich zigmal, als Erwachsene nie wieder campen

zu gehen. Und ihren eigenen Kindern niemals so etwas anzutun.

Es gab Hotels.

Nicht ohne Grund.

Es gab sogar Hotels mit Swimmingpool. In Schweden.

Einmal hatte sie einen allergischen Schock erlitten, und der Arzt aus der Notaufnahme irgendwo in Småland hatte ihr verboten, weiter im Zelt zu übernachten. Daraufhin waren sie in ein Hotel umgezogen, sie hatte sich einmal quer durchs Frühstücksbüfett gefuttert und im Liegestuhl in der Sonne gelegen, doch nach einer Woche war es ihrem Vater zu teuer geworden, und sie waren wieder heimgefahren. Dagegen hatte sie nichts einzuwenden gehabt: einfach wieder zu Hause zu sein, nichts zu unternehmen oder in die Stadt zu fahren und so zu tun, als würde sie dazugehören, auch wenn ihr das nicht leichtfiel. Einmal Vorstadtkind, immer Vorstadtkind.

Allerdings war das kleine Fleckchen Schonen, das sie jetzt vor sich sah, zugegebenermaßen hübsch, auch wenn es regnete.

Sie saß auf einem Pier und betrachtete die kleine Siedlung, die sich auf der einen Seite über den Steilhang hinab zum Hafen erstreckte. Wenn sie sich umdrehte, blickte sie übers Meer. Bei gutem Wetter, wenn die Sonne das Wasser küsste, konnte man sogar die dänische Küste erkennen. Heute musste man sie sich vorstellen.

Der Hafen war voll von Gastliegern. Die meisten stammten aus Dänemark. Segler waren weit und breit keine zu sehen. Normalerweise saßen die Leute auf Klappstühlen an Deck und tranken, aßen oder aalten sich in der Sonne. Waren die Dänen nicht genau, wie die Einwohner von Schonen? Dänemark konnte sie jedenfalls genauso wenig leiden, schoss es ihr durch den Kopf, die Leute dort waren schlicht und ergreifend nicht zu verstehen, wann immer sie in Kopenhagen war, sprach sie lieber Englisch.

Sie stand auf und schlenderte über den Pier zurück. Obwohl es regnete, war es verhältnismäßig warm, und sie hatte schicke hohe Gummistiefel an den Füßen und einen großen, stabilen Regenschirm dabei.

So froh sie war, nicht campen zu müssen, so erleichtert war sie auch, nicht als Ehefrau eines Seglers geendet zu haben. Natürlich war sie in Florida an Bord diverser Boote gewesen, aber das war dort etwas völlig anderes – andere Boote, auf denen sich andere ums Segelsetzen kümmerten und sie selbst sich auf die Sonne konzentrieren konnte.

Über Höganäs fuhr ich zurück in Richtung Solviken. Nach den vergangenen Ereignissen war ich zwar nicht unbedingt panisch, aber ich hatte ein mulmiges, ungutes Gefühl im Bauch, als ich im Auto saß und … Ich weiß auch nicht, warum ich über Höganäs fuhr, ich wusste nicht mal, warum ich überhaupt zurück nach Solviken fahren sollte, aber irgendetwas sagte mir, dass ich mehr in Erfahrung bringen würde, wenn ich mich dort genauer umsähe.

Abgesehen von einem Spiegelei hatte ich bei Arne nichts gegessen, also blieb ich bei der Wurstbude schräg gegenüber der Apotheke stehen und gönnte mir eine Portion Spezial: zwei Würstchen mit Brot und Kartoffelpüree.

Seit meiner Kindheit hatte Höganäs sich stark verändert.

Früher war es ein Industriestandort gewesen, aber genau wie in anderen Industriestädten war mit der Schließung der Fabriken auch die Ortschaft selbst in die Knie gegangen, und zeitweise fühlte man sich hier genauso verloren wie in einer Zeitungsredaktion.

Trotzdem passierte hier inzwischen wieder etwas.

Ein Hochhaus war neu entstanden, ein Käseladen eröffnet worden, eine Buchhandlung sattelte um auf Bücher plus Cafébetrieb, statt nur auf Collegeblöcke und Geschenkpapier zu setzen, und mit einem Mal lag das Stadtzentrum nicht mehr rund um den alten Brukstorget, sondern in einem anderen Stadtteil, wo es wie in jeder hundsgewöhnlichen Großstadt China- und Thairestaurants und Cafés gab, eine Markthalle und sogar eine Sushibar.

Eine Sushibar in Höganäs wäre vor ein paar Jahren noch genauso undenkbar gewesen wie ein unterirdischer Bahnhof in Malmö.

Wenn man in nördlicher Richtung die Stadt verließ und dann rechter Hand durch den Kreisverkehr fuhr, kam man auf eine Fischräucherei zu, in der man genauso guten Fisch kaufen konnte wie in der Stockholmer Östermalmshallen. Aus allen Richtungen strömten die Leute hierher, ganze Reisebusse voller Fahrgäste mit dicken Portemonnaies fuhren auf die Parkplätze und wieder davon.

Als ich fertig gegessen hatte und an einem großen Platz vorbeifuhr, meinte ich, im Augenwinkel ein bekanntes Gesicht entdeckt zu haben. Diesmal hatte er eine Baseballkappe auf, trotzdem bestand kein Zweifel: Es war derselbe Mann, der gestern Nacht vor meinem Haus gestanden hatte.

Sein kleiner, dicker Kumpel kam gerade mit einem Einkaufswagen voller Pappkartons aus dem Systembolaget, dem Monopolgeschäft für Wein und Spirituosen, und der Große lief zielsicher voraus auf einen weißen SUV auf dem Parkplatz zu, den sich der Systembolaget und ein Billigkaufhaus teilten. Er machte den Kofferraum auf, und der Kleine im Jogginganzug fing an, einen Karton nach dem anderen ins Auto zu laden.

Ich stieg auf die Bremse und wollte eigentlich zurücksetzen, doch hinter mir war der Transporter einer Fensterputzfirma ziemlich dicht aufgefahren, und der Mann am Steuer weigerte sich, Platz zu machen. Er sah nicht annähernd so fröhlich aus wie der gezeichnete Fensterputzer auf der Motorhaube.

Ich versuchte, irgendwo rechts ranzufahren, musste aber auch den freien Parkplatz vor dem Sushiladen sausen lassen und fuhr weiter bis zur nächsten Straße, die so schmal war, dass man dort nicht an mir hätte vorbeifahren können. Statt zurückzusetzen oder den Wagen abzustellen, gab ich also wieder Gas, fuhr einmal um den Block, der mit ein bisschen gutem Willen und Fantasie als Stadtzentrum durchging, um schließlich auf der gegenüberliegenden Seite wieder rauszukommen.

Am Systembolaget bog ich ab und blieb mitten auf dem Parkplatz stehen.

Ich stieß die Tür auf und sprang raus. Den Motor ließ ich laufen und die Tür offen, während ich an den Parkplatzreihen entlangspurtete.

Allzu viele Autos standen gar nicht da, insofern brauchte ich keine dreißig Sekunden, um festzustellen, dass der weiße SUV verschwunden war. Ich weiß nicht, ob in Höganäs viele SUVs herumfahren, aber da er obendrein auch noch weiß gewesen war, konnte ich ihn wohl kaum übersehen haben. In der Zwischenzeit war ein Mann tief über seinen Rollator gebeugt vor dem Systembolaget aufgetaucht. Ich marschierte auf ihn zu.

»Haben Sie hier gerade noch einen weißen Wagen gesehen?«
»Wang?«

Er sah aus, als wäre er weit über hundert, und hatte offenbar dermaßen Rückenschmerzen, dass er nicht einmal aufblicken konnte. Er starrte runter auf den Boden.

»Wagen. Einen weißen Wagen.«
»Was?«

Er wackelte mit dem Kiefer, als würde er auf irgendwas herumkauen, aber da er anscheinend nicht mal mehr Zähne hatte, war das nicht sonderlich wahrscheinlich. Ich fluchte still in mich hinein, als im nächsten Moment ein weiterer Mann auftauchte. Er war lang und dürr und führte einen grotesk übergewichtigen Hund einer unbestimmbaren Rasse an der Leine.

»Haben Sie sich gerade nach dem Wagen erkundigt?«, fragte er.

Der Mann hatte einen derart groben schonischen Akzent, dass es mich Mühe kostete, ihn zu verstehen.

»Ja, nach dem großen weißen ... zwei Männer ...«

»Ach so, die.«

»Was war mit denen?«

»Nichts Besonderes. Sie haben den Wagen vollgeladen und sind weggefahren. Na ja, sie ... Eigentlich hat nur der kleine Dicke den Wagen vollgeladen. Der andere hat wohl das Kommando geführt, mit angepackt hat er jedenfalls nicht, sondern nur Befehle erteilt.«

»Und wo sind sie hingefahren?«

»Raus.«

Er wies zur rechten Seite des Parkplatzes.

Ich sprang wieder in mein Auto, setzte zurück, gab Gummi und schoss hinaus auf die Straße, die zu einem Kreisverkehr hinter einer Statoil-Tanke, einem Fernsehgeschäft und einem Reformhaus führte.

Kein großer weißer Wagen weit und breit.

Ich fuhr in den Kreisverkehr hinein und einmal rundherum.

War er geradeaus durchgefahren? Wohl kaum. Die Straße führte lediglich zum toten Teil von Höganäs und weiter hinaus ins Hinterland, zu einem Areal mit kleineren Industriebetrieben.

Nach rechts? Möglich. In Richtung Helsingborg. Allerdings gab es auch in Helsingborg einen Systembolaget, und da wären sie vermutlich eher über die 111 aus Richtung Lerberget, Viket oder Domsten gekommen.

Als hinter mir Leute hupten, drehte ich eine weitere Runde, ehe ich mich für die Küstenstraße in Richtung Norden nach Strandbaden, Nyhamnsläge und Mölle entschied.

Der Wind hatte aufgefrischt, und an den Fahnenmasten schlugen diverse Werbebanner und auch die eine oder andere schonische Flagge hin und her, aber je weiter ich fuhr, umso klarer wurde mir, dass mein Vorhaben aussichtslos war. Es gingen so viele Nebenstraßen ab, und um mich herum standen so viele größere und kleinere Gebäude, dass der Wagen, nach dem ich Ausschau hielt, inzwischen weiß der Himmel wo hätte sein können, und ich konnte schließlich nicht überall anhalten, anklopfen und in jeder einzelnen Wohnung nachfragen, ob man dort einen weißen SUV gesehen hatte oder ob ganz zufällig einer hinterm Haus stand.

Also fuhr ich zurück nach Höganäs, stellte mein Auto erneut auf dem Parkplatz ab und lief zurück zum Systembolaget. Inzwischen sehen die Ladengeschäfte modern und hell aus und sind, der derzeitigen Alkoholpolitik entsprechend, großzügig gestaltet.

Ein junger Mann mit blonden Bartstoppeln wollte wissen, ob ich Hilfe benötigte.

»Ich bin auf der Suche nach zwei Männern, die vor vielleicht dreißig Minuten hier waren. Sie haben den kompletten Wagen mit Kartons vollgeladen, und ich hab mich gefragt, wer das war ... Irgendwie hatte ich das Gefühl, einer von ihnen käme mir bekannt vor ... ein ziemlich langer, breit gebauter Kerl mit Baseballkappe. Ich war leider nicht schnell genug, um zu sehen, ob er's wirklich war.«

Er sah mich einigermaßen ratlos an, sagte dann aber: »Ja, die, die haben ziemlich zugeschlagen. Allerdings hab nicht ich sie abkassiert, sondern Jessica.«

Jessica hatte kohlrabenschwarzes Stoppelhaar, schwarz lackierte Fingernägel, einen zierlichen kleinen Ring in der Oberlippe und ein Tattoo auf dem Rücken, das sich unter der dünnen Bluse abzeichnete. Ich hätte nichts dagegen gehabt, mir das gesamte Tattoo bis ans untere Ende anzusehen, und wenn auch nur, um herauszufinden, wo das untere Ende eigentlich war.

»So einen Kassenzettel hatte ich echt noch nie«, sagte sie. »Die haben fast ausschließlich Champagner gekauft: Bollinger, Lanson, Veuve Clicquot ...«

Aus ihrem Mund klang der Clicquot statt französisch eher nordwestschonisch.

»Haben Sie die beiden früher schon mal gesehen?«

»Nee. Wieso?«

»Ich meine, ich kannte einen von ihnen, den langen Kerl.«

»Aber Sie sind sich nicht sicher?«

»Ich hab ihn nicht richtig erkennen können, ich stand am anderen Ende des Parkplatzes.«

»Keine Ahnung, ob er es war.«

»Tja, meine Rede.« Dann fiel mir etwas ein. »Haben die beiden mit Karte bezahlt?«

»Nee, der Lange hat bar bezahlt. 27924 Kronen. Ein Vermögen.«

»Haben sie erwähnt, wo sie von hier aus hinwollten?«

»Nee. Die waren nicht gerade gesprächig. Der Kleinere hatte einen großen roten Fleck auf der Wange.«

Ich nickte und winkte ab, es seien wohl doch nicht meine Bekannten gewesen.

Als ich wieder hinaustrat, kniete am Ausgang ein Bettler. Er hatte die Hände gefaltet, sah mich flehentlich an und sagte: »*Pliss, pliss, pliss!*«

Der dürre Mann mit dem grotesk fetten Hund rief mir zu: »Die hatten's ziemlich eilig, Ihre Typen.«

»Eilig?«

»Ja, die haben sogar den Einkaufswagen drüben stehen lassen. Da steht er.«

Er zeigte hinüber zu einem verwaisten Einkaufswagen mitten auf dem Parkplatz.

Ich lief darauf zu, aber es lag kein Zettel, kein Kassenbon darin. Allerdings steckte noch ein Zehner im Münzpfandschlitz.

»Sie kriegen 'nen Zehner, wenn Sie den Wagen zurückbringen. Der steckt noch«, rief ich ihm zu, als ich wieder zurückschlenderte.

Er schüttelte den Kopf.

»Der Hund ist schlecht zu Fuß«, erwiderte er.

Die Töle sah aus wie ein ausgestopftes Schwein auf Streichholzbeinchen.

»Aber wenn man bedenkt, wie viel die eingekauft haben, war die Karre ziemlich passend.«

»Passend?«

»Na klar.«

»Und wieso?«

»Nennt man diese Dinger nicht Suff?«

»Suff?«

»Suff. Schreibt sich SUV. Allerdings stand Rus hintendrauf.«

»Okay«, sagte ich, breitete entschuldigend die Arme aus und sprang wieder ins Auto.

Als ich vom Parkplatz fuhr, konnte ich den vornübergebeugten Alten mit dem Rollator im Rückspiegel sehen. Er arbeitete sich Zentimeter um Zentimeter zu dem Einkaufswagen vor.

Schon bei der Hinfahrt hatte es auf der E6 kurz oberhalb von Anderslöv und Malmö aufgehört zu regnen, und während es in Solviken noch ausgestorben gewesen war, als das Mädchen und ich um sechs Uhr in der Früh aufgebrochen waren, herrschte bei meiner Rückkehr im Hafen munteres Treiben. Die Erwachsenen führten ihre Hunde aus oder beschäftigten sich mit alledem, womit man sich auf Segelbooten nun mal beschäftigt, während die Kinder mit Plastikeimern bäuchlings auf den Anlegern und draußen auf dem Pier lagen und mit selbst gebastelten Keschern Krebse fischten.

Ich lief hoch zu meinem Haus und schob den Schlüssel ins Schloss.

Der Riegel klemmte.

Ich musste ordentlich am Schlüssel ruckeln, bis der Riegel sich bewegte.

Möglich, dass niemand sonst darüber nachgedacht hätte, aber ich habe einen sechsten Sinn und ein fast schon krankhaftes Erinnerungsvermögen, zumindest hat das mal eine Bekannte zu mir gesagt. Nicht dass ich mir darauf etwas einbilden würde oder dass es etwas wäre, was ich mir antrainiert hätte – es ist einfach eine Charaktereigenschaft, mit der ich auf die Welt gekommen bin.

An den Riegel in der Tür verschwendete ich keinen weiteren Gedanken, bis ich das Haus betrat, den Flur durchquerte und sofort sah oder vielmehr spürte, dass jemand hier gewesen war.

Das Haus war nicht durchwühlt worden, überhaupt nicht, aber an diversen winzigen Details konnte ich erkennen, dass es hier nicht mehr so aussah, wie ich es zurückgelassen hatte.

In der Küche war eine Schranktür nicht ganz zugefallen. Ich drücke die Schranktüren immer zu.

Auf dem Fensterbrett standen zwei ziemlich hässliche Porzellangänse, die ich immer Schnabel an Schnabel hinstelle und die jetzt nebeneinanderstanden und mich ansahen.

Nicht dass ich großen Wert darauf legte, mein Bett zu machen – aber mein Bettzeug lag nicht mehr so da, wie ich es zurückgelassen hatte.

Und genau wie die Schranktür in der Küche war auch die Spiegeltür am Badezimmerschränkchen nicht ganz geschlossen.

Mochte ich noch Zweifel hegen, ob tatsächlich jemand hier gewesen war, so wurden diese spätestens zerstreut, als ich den Kühlschrank aufmachte. Mein Freund Krister Jonson hatte kurz vor Mittsommer fünf Joints in einer Ziplock-Tüte dagelassen, ich hatte einen davon geraucht, insofern hätten noch vier übrig sein müssen.

Die Tüte war verschwunden.

Irgendjemand hatte versucht, nach seinem Besuch die hinterlassenen Spuren zu beseitigen, war aber gleichzeitig gierig genug gewesen, um vier fertig gerollte Joints mitgehen zu lassen.

Wonach ich suchte, wusste ich nicht recht, ich hatte bloß in ein paar Krimis gesehen, was Leute taten, wenn sie in eine Wohnung oder in ein Haus zurückkehrten, das durchwühlt worden war, also untersuchte ich die Teppichleisten, tastete durch Schränke und über Lampenschirme, sah hinter dem Fernseher nach, unter dem Küchentisch, aber was auch immer ich dort zu finden hoffte, war nicht da; ich glaube, ich suchte nach einer Art Wanze. Nicht dass ich gewusst hätte, wie derlei Abhörvorrichtungen aussehen, aber egal, ich wusste schließlich ebenso wenig, wer sich irgendwas davon erhoffte, mich abzuhören.

Trotzdem fühlte ich mich ertappt.

Ich trat hinaus auf die Veranda und rief Arne an.

»Wie läuft's?«, fragte ich.

»Ganz gut, glaub ich«, antwortete er.

»Irgendwer war hier im Haus.«

»Wie bitte?«

»Irgendwer ist bei mir eingebrochen, während ich bei dir in Anderslöv war. Verdammtes Glück, dass wir gefahren sind.«

Er murmelte etwas in sich hinein.

»Ich würde gern wieder zurückkommen, wenn dir das recht ist«, sagte ich.

»Klar«, erwiderte er. »Das Mädchen scheint sich sowieso geborgener zu fühlen, wenn du auch da bist.«

»Die Arme«, sagte ich. »Geborgenheit ist nicht gerade mein zweiter Vorname.«

Nachdem wir aufgelegt hatten, lief ich rüber zum Restaurant und fragte Simon Pender, ob er irgendjemanden oben bei meinem Haus gesehen hätte.

»Erwartest du Besuch?«, fragte er.

Ich schüttelte den Kopf.

»Nein, aber... ich weiß auch nicht.«

»Ich hab niemanden gesehen, alles war genau wie immer. Allerdings waren zwei Typen von irgend so einer Biker-Gang da, haben jeder ein Krabbenbrötchen gegessen und ein großes Bier getrunken, aber das war schon alles.«

»Hells Angels? Bedienen wir die wirklich?«

»Das waren keine Hells Angels, da stand... warte...« Dann rief er in Richtung Küche: »Was stand auf den Westen von diesen Lederaffen?«

Im Gegensatz zu mir konnte Simon verstehen, welche Antwort aus der Küche kam.

»Dark Knights«, wiederholte er. »Genau so hießen sie. Und vermutlich ist es nicht verkehrt, ein bisschen freundlich zu denen zu sein.«

»Nicht verkehrt?«

Er deckte einen Tisch ab, legte ein neues Tischtuch, Teller und Gläser auf, während er weitersprach: »Das ist jetzt schon einige Jährchen her, aber ich hab den Hells Angels zweimal die Überbleibsel vom Weihnachtsbüfett rausgestellt. Danach ist hier nie wieder eingebrochen worden. In den anderen Lokalen wird eingebrochen und randaliert, aber bei mir herrscht seitdem ein für alle Mal Ruhe.«

Ich wusste nicht recht, was ich davon halten sollte. Dass derart offensichtlich kriminelle Leute wie die Mitglieder von Biker-Gangs sich in aller Öffentlichkeit frei bewegen durften – und obendrein Respekt genossen –, kam doch einer Schande für das schwedische Rechtswesen gleich.

»Das sagst du so«, sagte ich.

»Das sag ich so«, sagte Simon.

»Woher willst du wissen, dass es nicht der Weihnachtsmann war, der sich die Essensreste geholt hat?«

Er brach in schallendes Gelächter aus und trug das benutzte Geschirr in die Küche. Ich musste daran denken, wie ich im Vorjahr gleich in mehrfacher Hinsicht in einen Mordfall verwickelt worden war und mich zunächst auf rational kaum nachvollziehbare Weise verhalten hatte: Ich war unentschlossen, träge und wohl auch ein bisschen feige gewesen, ehe ich mich viel zu spät der Bedrohung gestellt hatte.

Im Moment wusste ich dagegen nicht mal, was mich bedrohte. Zwei Männer in einem SUV.

Wer waren die beiden? Woher kamen sie? Und wo steckten sie jetzt?

Irgendwann muss man Nägel mit Köpfen machen, und da ich nicht einfach dasitzen und Däumchen drehen wollte, machte ich mich kurz entschlossen auf den Weg zu der Stelle, wo das Mädchen im vergangenen Jahr immer im Wald verschwunden war. Es hatte zwar aufgehört zu regnen, aber die Äste und das Laub waren immer noch feucht, sodass meine Klamotten im Handumdrehen durchnässt waren, als ich versuchte, mich durchs Dickicht zu schlagen.

Ich war fassungslos, wie sie hier rein- und wieder rausgekommen war – und auch noch so blitzschnell! –, denn einen Trampelpfad gab es nicht. Natürlich war sie deutlich kleiner und sicher auch gelenkiger als ich – wesentlich gelenkiger, gestand ich mir ein. Und kehrte um.

Statt mich durch den Wald zu kämpfen, lief ich zurück zum Hafen und dann den Weg hinauf, der gen Westen in Richtung Kullaberg mit dem Wald zur Linken und dem Meer rechter Hand verlief.

Ungefähr diesen Weg hatte ich im vergangenen Jahr auch mit besagter Frau namens Bodil eingeschlagen. Damals hatte ich nur Augen für sie gehabt, und womöglich hatte ich deshalb das kleine Gatter in der dichten, wildwuchernden Hecke am linken Wegrand nicht bemerkt, das ich jetzt nach etwa dreißig Minuten Fußweg erreichte. Auch wenn ich hier in den letzten Sommern bestimmt zwanzigmal vorbeigekommen war, war mir das Gatter nie aufgefallen.

Ich schob ein paar Zweige beiseite.

Das Gatter war mit einem großen Vorhängeschloss an einer dicken Kette gesichert. Es sah allerdings nicht so aus, als wäre es in der letzten Zeit geöffnet worden. Das Metall war bereits rostrot.

Als ich mich auf die Zehenspitzen stellte und weitere Zweige zur Seite schob, konnte ich das Grundstück dahinter einsehen.

Allerdings war da nicht viel zu erkennen.

Eine Rasenfläche.

Während die Hecke munter vor sich hin wucherte, war das Gras umso gepflegter, irgendjemand musste hier erst kürzlich rasengemäht haben. Ich konnte vier Apfelbäume sehen und eine Handvoll unterschiedlich geformter Steinplatten, die eine Art Gehweg bildeten. Er führte hügelaufwärts zu... irgendwas, was außerhalb meines Blickfelds lag.

Über das Gatter zu klettern schien unmöglich zu sein.

Als ich nach irgendeinem Durchgang Ausschau hielt, entdeckte ich, dass hinter der Hecke eine alte Steinmauer verlief, die man durch das dichte Gestrüpp einfach nur nicht hatte sehen können. Auf der Mauerkrone war Stacheldraht ausgerollt worden, sodass ich dort wohl auch nicht rüberkäme.

Aber was hätte ich dort drinnen auch zu suchen gehabt? Wobei diese Einzäunung allerdings merkwürdig war.

Meine Neugier war natürlich eine Sache, nur hatte ich keinen Schimmer und auch keinen Grund zu der Annahme, dass das Gatter, die Hecke und das Grundstück dahinter auch nur das Geringste mit dem Mädchen in meinem Haus zu tun haben könnten.

Es war einfach nur ein Bauchgefühl.

Und selbst wenn all das nichts mit dem Mädchen zu tun hatte, klingelten bei mir die Alarmglocken, und meine Neugier war geweckt.

Allerdings gab mir nicht mal meine Vergangenheit als Reporter das Recht, einfach so fremden Grund und Boden zu betreten.

Ich wusste nicht, ob das Mädchen immer hierher verschwunden war, aber von all den großen und kleineren Ferienhausgrundstücken war dieses hier das einzige, das verdächtig oder zumindest interessant aussah.

Ich lief an der Hecke auf und ab.

In die eine Richtung wurde das Gelände flacher. Von dort war ein gelbes Häuschen mit weißen Giebeln und Fensterrahmen zu sehen.

In der anderen Richtung lag ein Felsplateau, auf dem hoch oben etwas stand, was aus einiger Entfernung aussah wie ein Haus aus den funktionalistischen Fünfzigern. Brauner Klinker, große Fenster. Das Haus selbst war nicht eingefriedet, aber über die Felsen würde man es unmöglich erreichen können. Seinerzeit hatte das Haus garantiert als innovativ gegolten.

Ich lief wieder zurück zu dem gelben Häuschen, aber anscheinend war niemand daheim. Es schien fast, als wäre für den Sommer dort alles verriegelt und verrammelt worden, was seltsam war so unmittelbar nach Mittsommer, wo die Saison doch normalerweise überhaupt erst losging.

Wenn ich den Hauptzugang zu dem verdächtigen Grundstück finden wollte, musste ich wohl oder übel hinüber zum rückwärtigen Ende laufen, allerdings führte weder ein Weg noch irgendein Trampelpfad dorthin. Ich beschloss also, wieder zurückzulaufen, das Auto zu holen und hinzufahren – sofern ich es denn von der anderen Seite finden würde. Ich hätte schwören können, dass ich in dieser Gegend längst jeden Weg entlangspaziert oder

-gefahren war, und trotzdem wollte mir kein Weg einfallen, der dort hinauf zu einem verwaisten Grundstück mit ordentlich gemähtem Rasen und ein paar Apfelbäumen führte.

Nach fünfundzwanzig Metern schlüpfte ich hinter einen Busch, ohne dafür eine auch nur halbwegs vernünftige Erklärung zu haben.

Was sagte mir eigentlich, dass ich irgendetwas Interessantes auf diesem Grundstück entdecken würde, indem ich einfach nur dastand und glotzte? Andererseits hatte ich genau das während meiner Berufsjahre gelernt: dass gute Reportagen zu fünfundsiebzig Prozent auf Geduld und Warten zurückzuführen waren.

In diesem Augenblick kam es mir allerdings sinnlos vor, und nach einer Viertelstunde machte ich mich wieder auf den Weg. Nicht dass am Ende die Leute noch dachten, ich wäre ein Spanner oder Exhibitionist, wobei, um ehrlich zu sein, ohnehin weit und breit niemand zu sehen war und es also auch niemanden gab, den man hätte bespannen oder vor dem man sich hätte exhibitionieren können.

Mit dem Auto fuhr ich gleich zweimal daran vorbei, bis ich tatsächlich einen schmalen Feldweg zwischen zwei Pferdekoppeln entdeckte. Einem Pferd hing die Mähne so tief über die Augen, dass es aussah wie der Sänger einer alten Hardrock-Band. Die Pferde zuckten nicht mal mit der Wimper, als ich auf den Weg abbog, der nach ein paar Minuten vor einer Mauer und einem Tor endete, das ungefähr doppelt so hoch und fünfmal so breit war wie das Gatter am Spazierweg. Sofern es sich denn tatsächlich um ein und dasselbe Grundstück handelte.

In etwa fünfzig Metern Entfernung parkte ich am Wegrand, lief auf das Tor zu und spähte hindurch.

Ich sah nur Rasenfläche.

Ordentlich gepflegte, akkurat gemähte Rasenfläche. Und es duftete himmlisch.

Im Gegensatz zu dem Gatter auf der anderen Seite des Grundstücks war dieses Tor an zwei dicke Betonpfeiler montiert.

In einem davon befand sich eine Gegensprechanlage.

Zwei Überwachungskameras hingen oberhalb des Tors zu beiden Seiten an der Mauer.

Die eine schien auf mich gerichtet zu sein.

Schwer zu sagen, ob sie sich mir automatisch nachgedreht hatte, als ich mich dem Tor näherte, oder ob irgendwo dort drinnen in einem Wachhäuschen jemand saß und die Kamera steuerte, ob sie an einen Bewegungssensor angeschlossen war oder ob sie sich überhaupt bewegt hatte.

Ich dachte kurz darüber nach zu winken.

Ich ließ es bleiben.

Ob ich mal klingeln sollte?

Aber was sollte ich dann sagen?

Warenlieferung.

Nur was für Waren?

Also bitte.

Schnapsidee.

Es war niemand zu sehen.

Nichts zu hören, kein Schwein da.

Ich hätte sagen können, ich sei Reporter und draußen unterwegs, um Haushalte und Leute aus der Umgebung zu porträtieren und um zu zeigen, was sich hinter diversen Mauern verbarg. Eine ähnliche Serie hatte ich im letzten Sommer mal gesehen, allerdings hatte ich keinen Fotografen im Schlepptau, und natürlich bestand obendrein das Risiko, dass irgendwer mich wiedererkannte, und wenn dieser Jemand auch noch glaubt, dass ich das Mädchen bei mir versteckte, würde ich es vielleicht in Gefahr bringen.

Mich selbst womöglich auch.

Mir lief es kalt den Rücken runter.

So ein mulmiges Gefühl mitten am Tag war nicht normal.

Ich sah mich um. Der Weg, auf dem ich stand, war geschottert, aber in sehr ordentlichem, ebenmäßigem Zustand, und es schien, als würde er regelmäßig befahren. Keine Ahnung, ich vermutete bloß, dass sich das Klinkerhaus hinter der Mauer befand, aber ob es sich dabei um ein Privathaus oder irgendeine Institution handelte, war mir ebenso wenig klar. Vielleicht eine Privatklinik. Die lagen doch gern mal abseits.

Ich stand noch eine Weile da und glotzte über den Rasen und fragte mich, warum frisch gemähtes Gras immer so gut roch.

Dann fing es an zu nieseln, und ich kehrte zu meinem Auto zurück. Drehte den Zündschlüssel herum.

Überlegte es mir anders.

Blieb sitzen.

Wenn irgendwer hier regelmäßig vorbeifuhr, konnte es doch sein, dass bald jemand käme.

Allerdings kam niemand, und es fuhr auch niemand weg. Trotzdem saß ich da und überlegte, wer dort wohl den Rasen gemäht hatte.

Irgendwann ließ ich den Wagen an, um zurück nach Solviken zu fahren, musste aber am Ende des Feldwegs an der Straße anhalten, um zwei Biker vorbeizulassen. Im Rückspiegel konnte ich sehen, wie sie in Richtung Mauer und Tor weiterfuhren. Ich steuerte die nächste Parkbucht an, wendete und fuhr zurück.

Nichts – keine Motorräder, keine Menschenseele.

Nachdem aber der Weg gleich links neben dem Tor am Waldrand endete, mussten sie eingelassen worden sein.

Ich trommelte mit den Fingern aufs Lenkrad.

Sollte ich doch mal klingeln?

Vielleicht.

Was sollte ich sagen?

Mir war vorhin minutenlang nichts Überzeugendes eingefallen, und daran hatte sich nichts geändert. Wobei ich natürlich einfach sagen könnte, ich hätte mich verfahren.

Ich rollte also vor zum Tor, ließ den Motor laufen, stieg aus und drückte auf den Knopf der Gegensprechanlage.

Es knackte zwar, aber niemand sagte etwas, und dann war wieder Stille.

Ich klingelte von Neuem.

Diesmal meldete sich eine Frauenstimme.

»Worum geht's, bitte? Die Besuchszeiten sind vorbei.«

Die Frau klang barsch, bestimmt und abweisend, vielleicht bildete ich mir das aber auch nur ein.

»Ich hab mich verfahren«, sagte ich. »Ich bin auf dem Weg nach Solviken, aber irgendwo muss ich falsch abgebogen sein.«

»Fahren Sie den Weg zurück und dann am Ende links«, sagte die Frau, und weg war sie.

Ich ging zurück zum Auto, machte die Tür zu, rief Arne an und fragte, wie es dem Mädchen gehe. Gut, antwortete er, und dass sie sich gerade eine Schwarz-Weiß-Komödie im Fernsehen ansähen.

»Wusste gar nicht, dass sie so was überhaupt noch zeigen«, sagte ich.

»Doch, klar, heute eine mit Nils Poppe, der aus dem *Schützen Bumm*.«

»Weißt du noch, als ihr im letzten Sommer diese Biker-Gang in Anderslöv hattet?«

»Ja, die finsteren Ritter oder so ähnlich.«

»Dark Knights. Was ist aus denen eigentlich geworden? Als ich vorhin durch Anderslöv gefahren bin, hing das Schild nicht mehr über der alten Autowerkstatt, wo sie ihr Hauptquartier hatten.«

»Die Gemeindeverwaltung hat sie quasi rausgekauft und vertrieben. Die Werkstatt gehörte ja der Gemeinde, und die hat einfach die Miete so hochgesetzt, dass die Gang sie nicht mehr bezahlen konnte.«

»Und weißt du, wo sie hingezogen sind?«

»Nein, aber das finde ich für dich heraus.«

»Schöne Grüße an das Mädel!«, sagte ich noch, dann legten wir auf. Ich setzte zurück, wendete und fuhr wieder vor zur Straße.

Zumindest eine Sache hatte ich herausgefunden: Die Frauenstimme aus der Gegensprechanlage hatte gesagt, dass die Besuchszeiten vorbei seien. Was bedeutete, dass innerhalb der Mauern inmitten der ordentlich gemähten Rasenflächen irgendeine Art Institution lag.

Als ich wieder in Solviken war, brauchte ich den Mann mit dem Rasenmäher gar nicht erst zu suchen.

Andrius Siskauskas mit zwei seiner Jungs im Schlepptau wies Simon Pender gerade auf diverse Dinge auf der Restaurantveranda hin. Andrius schmiedete ständig hochtrabende Pläne, und womöglich hatte er gerade vor, eine Brücke über den Skälderviken zu bauen. In diesem Sommer hatte er eine schlichte Fischbude neben Simons Lokal gezimmert.

Andrius stammte aus Litauen, wo er nach eigenen Angaben als Anwalt gearbeitet hatte. In Schonen hatte er als Erntehelfer angefangen, war zum Vorarbeiter aufgestiegen, hatte irgendwann seine eigene kleine Firma gegründet und seine Gewinne zusehends in Bauvorhaben, Fahrzeuge und einen beeindruckenden Maschinenpark investiert.

Mittlerweile hatte er ein Dutzend Angestellte, die allesamt ebenfalls aus Litauen stammten.

Und die er »seine Jungs« nannte.

Andrius hatte sich in diesem Sommer endlich von seinem unsäglichen Vokuhila getrennt, den kleinen blonden Spitzbart und den Ohrring im rechten Ohr allerdings beibehalten. An seiner

Goldkette baumelte ein Haizahn, alles in allem also immer noch ziemlich Seventies.

Als ich ihm von dem Grundstück erzählte, wusste er sofort, was ich meinte.

Er hatte dort sogar früher den Rasen gemäht.

Inzwischen machte er das nicht mehr selbst, sondern schickte einen seiner Jungs. Seine drei Rasentraktoren waren mittlerweile vom Helsingborger Umland über Jonstorp bis nach Ängelholm voll im Einsatz.

»Die dort wohnen, die haben es gut, in Litauen leben solche Leute an hässlichen Orten, in kaputten Häusern, mit schlechtem Essen.«

Als er »solche Leute« sagte, kreiselte er mit dem rechten Zeigefinger über seiner Schläfe.

»Meinst du Leute, die nicht alle beieinanderhaben?«

»Von wegen, nicht alle beieinanderhaben. Die Schweden wollen bloß nie arbeiten, wollen immer nur Urlaub machen, aber man muss schon Einsatz zeigen.«

Ich beließ es dabei und erkundigte mich stattdessen: »Wer ist der Chef? Das ist eine Psychiatrie, meinst du? Wer leitet das Ganze?«

»Weiß nicht. Ich schicke die Rechnungen per Mail, und das Geld kommt auf mein Konto, ich hab dort nie jemand gesehen.«

»Aber wer hat dich denn ganz zu Anfang eingestellt?«

»Ich hatte eine Empfehlung von einem Mann aus Polen, dann kam eine Mail, ich hab nie jemand gesehen.«

»Und dieser Mann aus Polen... Ist der hier? Kann man den irgendwie erreichen?«

»Weiß nicht. Aber ich kann es versuchen.«

Ich nickte.

»Und als du dort warst und den Rasen gemäht hast, hast du auch nie jemanden gesehen?«

»Keinen Menschen. Solche Leute bleiben drin, vielleicht müssen sie schlafen.«

»Kann ich die Mail-Adresse haben?«

Er nickte.

»Ich schick sie dir später aufs Handy.«

Zu Hause rief ich die Webseite der Lokalzeitung auf, konnte aber nichts finden, was für mich von Interesse gewesen wäre, außer dass vor dem Systembolaget in Höganäs ein Bettler mit Senf bespritzt worden war. Womöglich war das ein und derselbe Mann, den ich vor ein paar Stunden dort gesehen hatte.

Dann googelte ich die Dark Knights, war hinterher allerdings nicht wesentlich schlauer. In der Reportagereihe einer Tageszeitung hieß es, dass die Dark Knights mit zwei anderen Motorradgangs im Clinch lägen, allerdings waren diese Gangs nirgends benannt, insofern fand ich nichts, woran ich mich hätte weiterhangeln können.

Dann fiepte mein Handy. Ich hatte also eine SMS bekommen.

Andrius hatte mir die Mail-Adresse der Institution geschickt, von der er behauptete, es sei eine psychiatrische Klinik.

Ich wusste ehrlich gesagt nicht, was genau ich damit anfangen sollte.

Hinschreiben und fragen, was die Unterbringung oder die Einweisung kostete? Sofern man dort überhaupt eingewiesen wurde.

Und was in aller Welt hatten die Biker-Typen dort zu suchen?

Womöglich war es ja ein Vorurteil zu glauben, dass Mitglieder einer Biker-Gang niemanden mit psychischen Problemen kannten. Denn schließlich hatten auch finstere Ritter Mütter, und Mütter konnten nun mal krank werden.

Es hatte nur ein paar Tage gedauert, um die Gegend auszukundschaften, runter zum Hafen und zurück und durch die Nebenstraßen entlang der Küste zu spazieren.

Allein zu sein war sie gewöhnt, sie mochte es sogar fast schon, war drauf und dran, es zu genießen.

Ehe ihr Mann von einem Tag auf den anderen zu einem Vermögen gekommen war, war er auf ganz andere Weise präsent gewesen.

Womöglich wäre es besser gewesen, wenn er nicht so viel Glück gehabt hätte. Worum genau es bei seinem neuen Projekt ging, durfte sie nicht erfahren, aber an sich war das nichts Neues: Sie hatte nie wirklich Bescheid wissen dürfen.

Sie hatte natürlich gefragt.

Sie war schließlich nicht dumm, vielleicht glaubten sie das, aber auch wenn sie sich in der Schule kaum je Mühe gegeben und nur einen mittelprächtigen, um nicht zu sagen miserablen Abschluss geschafft hatte, bedeutete das noch lange nicht, dass sie unterbelichtet war.

Doch jedes Mal, wenn sie gefragt hatte oder ihre Meinung kundtun wollte, hatte ihr Mann gesagt, sie solle ihr kleines Hirn nicht unnötig mit Geschäftsdingen belasten, der Schwiegervater hatte laut gelacht, und die Schwiegermutter hatte angefügt: »Plauder stattdessen lieber mit deinen Freundinnen über Make-up und Mode. Könntest denen ja sogar die Nägel lackieren.«

Dass sie gerade ihre Ausbildung in einem Nagelstudio absolviert hatte, als sie ihren Zukünftigen kennenlernte, hatte bei den Schwiegereltern seither immer wieder Anlass zu Witzeleien gegeben.

Sie hatten ja keine Ahnung, was sie bereits wusste und was sie seit einiger Zeit methodisch in Erfahrung brachte.

Hauptkommissarin Eva Månsson war wider Erwarten alles andere als sauer, weil ich mit dem Mädchen aus dem Wald nicht zur Polizei gegangen war. Womöglich lag es daran, dass sie sich ziemlich über ihr neues Aufgabengebiet bei der Malmöer Polizei aufregte und derzeit kaum über was anderes nachdachte.

Ich hatte sie in Sturup abgeholt. Auf dem Weg nach Malmö erzählte sie zusehends erbost vom Innendienst und davon, dass sie jetzt einem Team angehörte, das sich mit Wirtschaftsdelikten beschäftigte.

Im Übrigen hieß der Flughafen gar nicht mehr Sturup. Er hatte einen internationaleren Touch bekommen sollen und hieß inzwischen Malmö Airport, bestand aber nach wie vor lediglich aus einer Handvoll erbärmlich fantasieloser, rapsgelber Gebäudeklötze inmitten von lauter Äckern.

Es war schon eine Weile her, dass ich zuletzt dort gewesen war, und ich hatte vollkommen vergessen, dass dieser nach Ostblockvorbild errichtete Flughafen irgendwann in das verwandelt worden war, was angeblich die Sehnsucht der gesamten westlichen Hemisphäre verkörperte: ein Shoppingcenter.

Eva Månsson hatte mir geschrieben, mit welchem Flieger sie landen würde, und ich hatte angeboten, sie vom Flughafen abzuholen und nach Malmö zu bringen, weil ich mit ihr sprechen müsse.

Allerdings war sie es, die nonstop sprach.

Ich hatte nichts dagegen.

Ich mochte ihre Stimme und ihren Dialekt.

Unsere letzte Begegnung lag schon eine ganze Weile zurück, und sie hatte sich das dunkle Haar wieder wachsen lassen. Vor einem Jahr war es fast schon brutal kurz gewesen, inzwischen war es beinahe wieder schulterlang.

Mit den kurzen Haaren hatte sie gut ausgesehen.

Sie sah auch mit langen Haaren gut aus.

Ich kam zu dem Schluss, dass Eva Månsson gut aussah.

Der Meinung war ich eigentlich immer schon gewesen.

Sie war Rockabilly-Fan, und mit ihr über Bands und Vinyls zu plaudern machte einfach Spaß.

Als sie von ihrer Fortbildung in Stockholm erzählte, loderte es in ihren braunen Augen vor Empörung.

Was ihrer Attraktivität keinen Abbruch tat.

»Was für ein Scheiß... da oben rumsitzen und sich Geseier über Geldwäsche anhören zu müssen und wie man Kontoauszüge richtig liest und versucht, Gelder aus Russland über Schweden und zurück bis in die Schweiz nachzuverfolgen oder bis in die Karibik...«

»Klingt doch spannend«, sagte ich.

»Kein verdammtes bisschen! Für mich zumindest nicht! Den Kurs hat eine ehemalige Hauptkommissarin geleitet, die bei der Polizei gekündigt hat und jetzt bei der Bank im Bereich Datensicherheit und so arbeitet und wahrscheinlich das Zigfache von uns Normalsterblichen verdient.«

Wir fuhren an der Tanke kurz vor Svedala vorbei, wo der Mann, den die Presse »Spanking-Mörder« getauft hatte, eines seiner Opfer aufgegabelt hatte, eine junge Frau, deren Ohrring der Kerl mir in einem Umschlag schickte, nachdem er sie bestraft und umgebracht hatte. Ihre Leiche wurde später in einem Auto auf dem Langzeitparkplatz des Malmö Airport gefunden.

Als Eva Månsson in ihrer Erzählung kurz Luft holte, ergriff ich die Gelegenheit beim Schopf und berichtete ihr von dem Mädchen aus dem Wald.

»Und wo ist sie jetzt?«, fragte sie, als ich fertig war.

»Bei Arne in Anderslöv.«

Sie nickte.

»Da soll sie erst mal bleiben. Ich kann mich bei den Kollegen aus Helsingborg mal umhören, eine von denen schuldet mir sowieso noch einen Gefallen.«

Dann verstummte sie und dachte nach.

»Und du weißt nicht, wer sie ist?«, hakte sie schließlich nach.

»Ich bin ihr im letzten Sommer ein paarmal begegnet. Sie war offenbar neugierig, wer ich bin, war aber zu schüchtern, sagte nie ein Wort und hat jedes Mal die Beine in die Hand genommen, sobald ich auf sie zugegangen bin. Als Arne mal zu Besuch da war, hat er es immerhin geschafft, eine Tasse Kaffee mit ihr zu trinken.«

Sie lachte.

»Und du hast keine Ahnung, wer ihre Verfolger sind?«

Ich schüttelte den Kopf.

»Einer war groß wie ein Hochhaus, der andere war klein und fett wie eine Tonne.«

»Und du hast die beiden heute früh wiedergesehen?«

»Ja, sie haben einen weißen SUV mit Schampus vollgeladen. Allerdings sind sie mir entwischt.«

»Das Kennzeichen hast du nicht gesehen?«

»Nein, ich weiß nur, dass irgendein Typ vor dem Systembolaget meinte, außen auf der Karre hätte Rus gestanden. Was immer das bedeutet.«

»Dass sie aus Russland stammt.«

»Was?«

»Aus Russland. RUS ist das Länderkennzeichen von Russland.«

Wenn ich die entsprechende Veranlagung gehabt hätte, wäre ich auf der Stelle rot angelaufen.

Manchmal bin ich echt so dumm, dass ich mich selbst darüber wundere.

Da hatte ich neben dem Mädchen gesessen und über die russischen Autos auf der Autobahn gesprochen, aber diese Verbindung hatte ich nicht hergestellt.

Allerdings gab ich das nicht zu, sondern nickte nur.

»Könnte man den Wagen aufspüren?«

»Einen weißen SUV aus Russland? Möglich. Ich kann's ja mal versuchen.«

»Hast du Hunger?«

»Ein bisschen.«

Wir fuhren auf ein schnelles Abendessen ins Kin-Long, ein Malmöer China-Restaurant, bevor ich Eva Månsson heimbrachte.

»Und was meinst du, was ich jetzt machen soll?«, fragte ich, als wir vor ihrem Haus standen.

»Warte mal bis morgen. Wahrscheinlich werde ich als Erstes meine neuen Erkenntnisse aus der Fortbildung an mein Team weitergeben müssen, aber dann rufe ich Linn an. Sie heißt Sandberg mit Nachnamen und arbeitet bei der Polizei Helsingborg.«

Arne und das Mädchen hatten schon zu Abend gegessen, als ich in Anderslöv ankam, also beließen wir es bei einer Tasse Kaffee am Küchentisch, und nebenbei sah ich die Zeitungen durch. Ich hatte am Malmö Airport in einem Kiosk diverse Tageszeitungen gekauft, aber noch keine Zeit gehabt hineinzusehen.

Doch nirgends stand etwas über ein verschwundenes Mädchen.

In der Lokalzeitung ging es nach wie vor um den Dieseldiebstahl, um Hakenkreuze an der Fassade eines Altersheims und um Frauen, die von ihren Männern verprügelt worden waren. Es entsprach wohl dem Zeitgeist, dass Männer, die ihre Frauen verprügelten, den gleichen Nachrichtenwert hatten wie Dieseldiebstähle.

Anfangs saß das Mädchen noch auf meinem Schoß, doch nach einer Weile schickten wir sie unter die Dusche. Als ich das Wasser plätschern hörte, schlug ich die hiesige sogenannte Lokalausgabe der Zeitung auf, bei der ich früher angestellt gewesen war, und sah den weißen SUV vor mir.

Ich war mir sicher, dass es derselbe war.

Der Artikel handelte von irgendeinem hohen Tier, das nach Mölle gezogen war, aber es war nicht diese Person, an der ich hängen blieb.

Der Mann stand mit dem Rücken zum Dorf da, und ein Stück die Straße hinauf direkt vor dem Hotel Kullaberg stand ein weißer SUV mit abgedunkelten Fenstern. Ein davor parkendes Motorrad verdeckte das Kennzeichen, aber es bestand nicht der geringste Zweifel, dass der kleinere, dickere der beiden Männer, die dem Mädchen nachgesetzt hatten, draußen neben dem Wagen stand und eine Zigarette rauchte.

Ob jemand in dem Wagen saß, konnte man nicht erkennen.

Ich überflog den Text.

Der Artikel war verhältnismäßig kurz und schlecht geschrieben, aber das hohe Tier hieß Jacob Björkenstam, er war eher unbekannt, dafür aber stinkreich, und er war nach Mölle gezogen, weil er hier in der Gegend Wurzeln hatte.

Was für Wurzeln das sein sollten, stand da nicht.

Es stand auch nichts da über einen weißen SUV vor einem Hotel mit einer kleinen Außenschankfläche.

Unter dem Artikel waren die Namen des Autors und der Fotografin genannt. Ihn erkannte ich sofort wieder: Es war Tim Jansson alias »der Welpe«, meines Erachtens die Inkompetenz in Person. Die Fotografin hieß Britt-Marie Lindström. Sie war wohl schon eine Weile mit von der Partie.

Von beiden waren die E-Mail-Adressen und Telefonnummern angegeben.

Ich drehte die Zeitung um und zeigte Arne das Bild.

»Da steht der Wagen, den ich heute Morgen in Höganäs gesehen habe. Und das da ist einer der Typen, die hinter dem Mädchen her waren.«

Arne sah sich das Foto und den Artikel an.

»Und sind wir jetzt schlauer?«, fragte er dann.

»Nicht wesentlich.«

Um ehrlich zu sein, hatte ich den Wagen gar nicht mit dem hohen Tier auf dem Foto in Verbindung gebracht, aber als das Mädchen aus dem Badezimmer kam, war es das Allererste, was sie tat.

Die Kleine war bereits im Begriff, wieder auf meinen Schoß zu klettern, als ihr Blick auf das Bild fiel und sie anfing zu schreien. Dann verschwand sie in Arnes Gästezimmer und versteckte sich unter der Bettdecke.

Ich lief ihr nach und versuchte, sie zu beruhigen und rauszulocken.

Was nicht ganz einfach war. Kinder zu trösten gehört nun mal nicht zu meinen täglichen Routinen.

»Komm wieder mit raus in die Küche«, sagte ich. »Es ist doch viel schlimmer, alleine hier zu liegen und Angst zu haben, als mit Arne und mir am Küchentisch zu sitzen. Es weiß doch niemand, dass du hier bist – hier kann dir nichts passieren.«

Arne holte Eis aus dem Gefrierfach, und als wir uns wieder an den Küchentisch setzten und das Mädchen Eis in sich hineinlöffelte, nahm ich mir den Artikel noch mal vor, während aus Arnes Computer ein Lied namens *Sånt är livet* trällerte.

Arne summte leise mit. Doch auch nach der neuerlichen Lektüre war ich kein bisschen schlauer.

Jacob Björkenstam, hieß es, war achtundvierzig Jahre alt und

Schwedens »heimlichster Millionär«. Da stand tatsächlich »heimlichst«. Ich fragte mich, ob irgendein Redakteur den Text noch mal gelesen hatte, bevor er in den Druck gegangen war. Björkenstam hatte sich also ein Häuschen in Mölle gekauft, weil er in der Gegend »Wurzeln hatte« und er beabsichtigte, auf die eine oder andere Weise in die Gemeinde zu investieren, weil er von Mölles blendender Zukunft felsenfest überzeugt war.

Wo das Haus lag, blieb unerwähnt.

Ebenso, welche Art von Investitionen ihm vorschwebte.

Der Jungspund namens Welpe hatte am Rande erwähnt, dass Björkenstam durch gigantische Investitionen im Osten reich geworden war. Worin diese bestanden, ging aus dem Artikel ebenso wenig hervor, und es schien, als hätte der Autor selbst nicht gewusst, worüber er schrieb. Ich war nicht überrascht.

Ob Jacob Björkenstam Familie hatte oder Junggeselle war, stand nicht da, nur dass er zu den unzähligen Stockholmern zählte, zu den sogenannten »Null-Achtern« – nach der Stockholmer Vorwahl –, die Sommer für Sommer im »naturschönen« Nordwesten Schonens verbrachten.

Allerdings sah er auf dem Foto wirklich stattlich aus.

Er hatte ein breites Lächeln im Gesicht und ein perfektes Gebiss. Das dichte Haar hatte er sich nach hinten gekämmt, und er hatte dieses ewig jungenhafte Aussehen, das so viele Oberschichtenmänner auszeichnete, egal wie alt sie waren. Er trug eine helle Hose und ein dunkles, leichtes Sakko über einem weißen Hemd mit offenem Kragen.

Es sah aus, als würde er mit der Kamera flirten.

Ich legte die Zeitung zur Seite.

Arne breitete die Arme aus, als wollte er mir sagen: Und was nun?

Ich nahm die Hände des Mädchens, wusste aber nicht recht, wie ich beginnen sollte.

»Weißt du, wer das ist? Jacob Björkenstam?«

Sie seufzte schwer, antwortete aber nicht. Dann zog sie die Hände zurück, verschränkte die Arme vor der Brust und starrte zu der Anrichte hinüber, auf der Arnes Schlagercomputer stand.

»Ich habe nur versucht, die beiden ausfindig zu machen, die hinter dir her waren. Auf dem Foto ist auch ihr Wagen zu sehen, und du weißt, wer die zwei Männer sind, zumindest glaub ich das.«

Sie fing an zu weinen.

Dicke Tränen kullerten ihr über die Wangen, aber sie gab nach wie vor keinen Mucks von sich.

Ich stand auf und holte für sie Küchenpapier.

Sie trocknete sich die Wangen ab, doch die Tränen liefen weiter.

»Was soll ich denn jetzt tun?«

Entweder fand sie, ich sollte gar nichts tun, oder aber ich *konnte* nichts tun, zumindest deutete ich es so.

Nach einer Weile stand sie auf, umrundete den Tisch und setzte sich wieder auf meinen Schoß.

Dann legte sie die Arme um mich. Ihr Körper bebte regelrecht vor Schluchzern, und von ihren Tränen war mein Hals irgendwann nass.

»Wir bringen das wieder in Ordnung«, sagte ich und strich ihr über den Rücken. »Auf die eine oder andere Art. Ich bin auf deiner Seite, und Arne ist auf unserer Seite. Wir kennen uns nicht gut, wir beide, aber so viel weiß ich doch, dass wir auf derselben Seite stehen, und das hilft schon ein gutes Stück weiter!«

Nachdem das Mädchen sich irgendwann im Gästezimmer schlafen gelegt hatte, setzte sich Arne vor den Fernseher, während ich von meinem Wohnzimmersessel aus erst den Welpen anrief und dann die Fotografin, die in Mölle das Foto geschossen hatte. Beide Male landete ich auf dem Anrufbeantworter.

Ich sprach auf Band, wer ich war und was ich wollte. Der Freiton des Welpen ließ darauf schließen, dass er sich im Ausland befand.

Anschließend googelte ich Jacob Björkenstam.

Ich fand zwei kurze Wikipedia-Texte, einen auf Schwedisch und einen englischen, und ich nahm an, dass der Welpe darüber hinaus nichts gefunden oder es vielmehr nicht geschafft hatte, außer Wikipedia noch andere Seiten aufzurufen, weil die beiden Texte genauso oberflächlich und allgemein gehalten waren wie die Angaben in seinem Artikel. Es war von einer »zurückgezogen lebenden Person von öffentlichem Interesse« die Rede, die durch Geschäftstätigkeiten mit Russland und der Ukraine ein Vermögen gemacht hatte. Das war mehr, als der Welpe erwähnt hatte, vermutlich hatte er nicht gewusst, was »die Ukraine« war.

Ich fand vier Fotos von Björkenstam, zwei davon sahen aus wie Passbilder, auf einem war er deutlich jünger und posierte mit Boxhandschuhen und in einem weißen Unterhemd, und auf dem letzten stand er neben einer Frau. Das Foto schien bei irgendeiner Abendveranstaltung aufgenommen worden zu sein, bei einer Gala oder einer Preisverleihung. Björkenstam trug einen Frack und die Frau an seiner Seite ein Abendkleid.

Die Bildunterschrift lautete: »Jacob Björkenstam mit Gattin Agneta.«

Sie hatte halblanges oder halbkurzes dunkles, zerzaustes Haar und ging ihrem Mann gerade bis zur Schulter. Ich war mir sicher, dass diese Sixties-Zerzaustheit beim Friseur gutes Geld gekostet hatte.

Beide lächelten in die Kamera.

Strahlend.

Agneta Björkenstams Augen funkelten.

Es gab noch mehr Treffer, unter anderem in den Online-Ausgaben von *Affärsvärlden* und *Dagens Industri*, aber dort stand nichts, was mich weitergebracht hätte. Ich hatte allerdings den Eindruck, als hätte er für einige Zeit im Ausland gelebt.

Was der SUV mit Jacob Björkenstam zu tun hatte, wusste ich immer noch nicht, aber da der Wagen in Russland angemeldet war und Björkenstam sowohl mit Russland als auch mit der Ukraine Geschäfte gemacht hatte, musste es wohl einen Zusammenhang geben.

Um kurz vor elf klingelte mein Handy. Die Nummer kannte ich nicht, und als ich ranging, fragte eine Frauenstimme: »Spreche ich mit Harry Svensson?«

»Jawohl.«

»Entschuldigung, dass ich so spät noch anrufe, aber ich war bei der Arbeit. Hier ist Britt-Marie, die Fotografin, Britt-Marie Lindström.«

Ich erklärte ihr, dass sie am Hafen in Mölle einen gewissen Jacob Björkenstam fotografiert habe, ich aber nicht an ihm, sondern an dem Wagen interessiert sei, der auf dem Zeitungsfoto im Hintergrund zu sehen war.

»Haben Sie noch mehr Abzüge oder wie immer das heutzutage heißt?«, fragte ich.

»Nicht allzu viele, der Auftrag war schnell erledigt, ich hab vielleicht sieben, acht Bilder gemacht, wenn überhaupt.«

»Ich bin mir nicht ganz sicher, wie so was funktioniert, aber kann man diese Bilder nicht vergrößern oder reinzoomen, sodass man den Wagen besser erkennen kann? Um das Kennzeichen abzulesen oder um zu sehen, ob da noch jemand drinsitzt?«

»So spontan weiß ich gerade nicht, von welchem Wagen Sie sprechen.«

»Verstehe, aber wenn Sie sich das Foto angucken, sehen Sie ihn. Er parkt vor dem Hotel, und daneben steht ein fetter Typ und raucht.«

»Ich kann ja mal nachsehen. Reicht es morgen früh?«

Ich diktierte ihr meine E-Mail-Adresse und erwähnte dann: »Ich hab versucht, den Typen zu erreichen, der den Artikel geschrieben hat, aber er hat nicht zurückgerufen...«

»Den kannte ich nicht. Wir haben uns dort am Hafen in Mölle bloß ganz kurz vorgestellt, gesehen hatte ich ihn noch nie. Er hatte das Interview schon abgeschlossen, als ich kam, und ist dann sofort wieder gefahren.«

»Okay, dann versuch ich's einfach weiter.«

Als ich zu Arne ins Fernsehzimmer ging, lief CNN. Nach den flackernden Bildern auf dem Fernseher zu urteilen brannte es irgendwo in Gaza, im Irak oder in Syrien. Frauen blickten zum Himmel empor und streckten die Arme in die Luft, Kinder liefen zwischen ausgebombten Häusern herum und suchten nach Essen, Habseligkeiten oder ihren Eltern.

Arne sah nicht hin. Er merkte nicht mal, dass ich den Fernseher abstellte.

Arne schnarchte lautstark.

Ich hatte vollkommen überzeugt geklungen, als ich dem Mädchen gesagt hatte, dass nichts passieren könne, weil schließlich niemand wüsste, dass sie bei Arne und mir in Anderslöv war.

Ganz so überzeugt war ich allerdings nicht.

Ich hatte zuvor nie Angst vor der Dunkelheit gehabt. Vor weiten Wäldern, leer stehenden Industrieanlagen und vor Fahrzeugen schon, aber nicht vor der Dunkelheit.

Der Mittsommer lag inzwischen hinter uns, die Nächte wurden wieder länger, aber niemand konnte behaupten, eine schwedische Sommernacht sei dunkel.

Trotzdem war mir nicht ganz wohl, und auch wenn ich schon öfter bei Arne übernachtet hatte, machte das fremde Bett es nicht gerade besser, denn kaum hatte ich mich hingelegt, hörte ich nur noch unbekannte Geräusche.

Arne schnarchte, aber das war nichts Neues.

Ein Ast schabte übers Dach.

Irgendwas fiel von einem Baum und krachte zu Boden.

Der Wind strich durchs Gras.

Ein Fensterladen schlug gegen eine Wand.

Bei jedem einzelnen Geräusch verkrampfte sich mein Magen.

Ich hörte Regen gegen eine Scheibe trommeln, und es klang, als wäre der Wind stärker geworden.

Ein kurzer Schauer prasselte gegen das Fenster in meinem Zimmer.

Der Kühlschrank in der Küche brummte.

Ein Auto fuhr vorüber.

Dem Geräusch nach wendete es und blieb dann stehen.

Ich spitzte die Ohren.

Der Motor im Leerlauf.

Eine Autotür, die zugeschlagen wurde, und jemand, der redete.

Das Motorengeräusch verstummte.

Eine weitere Autotür wurde geöffnet und zugeschlagen.

Keine verdächtig leisen Schritte.

Das mussten Nachbarn sein. Ich wusste, dass Hjördis links von Arne wohnte, aber an der Straße standen noch mehr Häuser, und die anderen Nachbarn kannte ich nicht.

Ich versuchte, mich zu entspannen, und ging im Geist noch einmal die vergangenen Ereignisse durch, die Flucht des Mädchens, die Männer, die nach ihr gesucht hatten, den Einbruch bei mir daheim, das mysteriöse Grundstück, die Biker-Gang und dann die Panik, als das Mädchen Jacob Björkenstams Bild in der Zeitung gesehen hatte.

All das trug nicht gerade zu meiner Beruhigung bei.

Ich entschied mich für meine Version des Schäfchenzählens und führte mir die Aufstellungen diverser Fußballmannschaften vor Augen, schlief aber trotz allem nicht ein, weil ich mich an Manchester United festbiss und mich darüber ärgerte, dass mir der Innenverteidiger neben Steve Bruce nicht einfiel, der in den Neunzigern bei der Partie gegen den IFK Göteborg dabei gewesen war. Ich konnte ihn vor mir sehen. Ein Riesenkerl. Ich hätte ihn googeln können, aber in meiner Version des Schäfchenzählens wäre das geschummelt gewesen.

Ich lauschte immer noch, ohne dass ich hätte sagen können, worauf, stand irgendwann auf und sah nach dem Mädchen.

Die Kleine schlief tief und fest.

Als ich mich wieder hinlegte, war es mucksmäuschenstill in Anderslöv. Nur Harry Svensson war wach.

Anfangs hatte sie nicht groß darüber nachgedacht, aber irgendwann hatte sie begriffen, dass die Auseinandersetzungen zwischen Eltern und Sohn immer dann laut wurden, wenn er wieder versagt hatte. Was gar nicht selten war. Anscheinend war er nicht annähernd so geschäftstüchtig, wie er behauptete oder andere glauben machen wollte.

Sowohl er als auch sie selbst gehörte nunmehr zum Familienunternehmen.

Als sie in die Familie eingeheiratet hatte, war sie auf sämtlichen Werbefotos für Lebensmittel gelandet – von Brot bis Fleisch, von tiefgekühlten Himbeeren und Erdbeeren über Truthähne bis zu Schweinekoteletts und feinem Aufschnitt.

Zu Beginn hatte sie es noch lustig gefunden, ihr Gesicht über der Fleischtheke zu sehen, doch mit der Zeit hatte es sie zusehends gestört, und sie versuchte, diejenigen Geschäfte zu meiden, in denen die Nahrungsmittel mit der zauberhaften Familie verkauft wurden. Außerdem hatte ihr Mann ihr nahegelegt, in Stockholm nur noch in der Östermalmshallen einkaufen zu gehen.

Ausgerechnet.

Nachdem ihr Sohn zur Welt gekommen war, war ein neues Foto von ihnen geschossen worden.

Darauf war auch der Hund der Schwiegermutter zu sehen. Er saß auf ihrem Schoß und sah am fröhlichsten von allen aus.

Als der Hund starb, wurde mit einem neuen Hund ein neues Bild gemacht.

Dieses Bild zierte in ganz Schweden jede Discounterfiliale, die dem Schwiegervater gehörte, und eine Werbeagentur hatte einen Text darüber verfasst, wie essenziell und wichtig eine Familie gerade in Zeiten wie diesen für die Gesamtgesellschaft sei – was mit »Zeiten wie diesen« gemeint war, ging aus dem Text nicht hervor –, und welche Bedeutung der Familie auch für feinen Aufschnitt zukomme.

Über Letzteres hatte natürlich nichts dagestanden. Das hatte sie sich ausgedacht.

Niemand sonst hatte das lustig gefunden.

Sie musste immer noch darüber lachen, wenn sie daran dachte.

Ihre Eltern waren geschieden, hatten sich aber darauf geeinigt, dass sie selbst und ihre Mutter in einem der Gebäude auf dem Bauernhof des Vaters wohnen bleiben durften. Die anderen Mädchen aus der Schule, deren Eltern getrennt waren, lebten abwechselnd eine Woche beim Vater und eine bei der Mutter oder jedes zweite Wochenende beim Vater. Was Scheidungsregelungen anging, schien es unendlich viele Varianten zu geben.

Sie fand es gut, dass sie und ihre Mutter dort wohnen bleiben konnten, wo sie immer schon gewohnt hatten, und dass sie sich zwischen dem Wohnhaus des Vaters und dem Nebengebäude, in das die Mutter gezogen war, frei hin- und herbewegen konnte.

Ihre Eltern waren inzwischen Freunde. Andere Mädchen – und auch Jungen – litten darunter, wenn die Eltern ständig um alles stritten: um Geld, Klamotten oder darum, wer was erledigen sollte, wer wieder arbeiten gehen, wer das Kind irgendwohin fahren oder darauf aufpassen sollte, aber hauptsächlich doch um Geld.

Ihre Mutter kümmerte sich um den Hofladen, in dem sie Kartoffeln, Tomaten, Zwiebeln, Rhabarber, Äpfel, Saft, Gurken, Rote Bete, Blumenkohl, Salatköpfe und alles andere verkaufte, was ein Bauernhof nun mal so abwarf.

An diesem Morgen hatte die Mutter Brei für sie gekocht, und während sie sich Milch darüber goss und anfing zu essen, saß die Mutter mit einem Becher Tee neben ihr und blätterte in der Zeitung.

Sie selbst trank Kaffee.

Das hatte der Vater ihr beigebracht.

Draußen fuhr ein Auto vor. Keiner von ihnen scherte sich darum. Es kamen ständig Leute vorbei, die etwas kaufen oder ausliefern wollten. Sofern diese Leute zum Einkaufen kamen, konnten sie deren Autos ja sehen, und für den Fall, dass jemand mit dem Fahrrad kam, hing eine Glocke an der Tür, mit der man sie herbeiklingeln konnte.

Sie horchten beide auf, als draußen vor der offenen Tür plötzlich Stimmen laut wurden.

Dann hörten sie einen lauten Knall.

Wie einen Schuss.

Türen schlugen zu, und ein Auto raste mit Vollgas davon.

»Verdammt, was war das?«, fragte die Mutter, stellte den Becher ab, warf die Zeitung auf den Boden und lief raus.

Sie selbst blieb sitzen, bis sie den Schrei der Mutter hörte.

Einen herzzerreißenden, markerschütternden Schrei. Sie rannte hinaus auf den Hof, überquerte ihn und hatte fast die Ecke des Wohnhauses erreicht, als die Mutter ihr auch schon entgegenlief und versuchte, sie aufzuhalten.

Zu spät.

Sie hatte bereits gesehen, dass ihr Vater reglos auf dem Weg lag.

Auf dem Rücken.

Er hatte den Mund weit aufgerissen, als wollte er etwas rufen, nur dass er mucksmäuschenstill dalag.

Sie wusste augenblicklich, dass er tot war.

Sie versuchte zu schreien, brachte aber keinen Ton heraus.

III

Dienstagmorgen

Als ich aufwachte, war eine SMS vom Welpen eingegangen, in der er mich bat, ihn zurückzurufen, weil es »so schweineteuer« sei, »aus Thailand zu telefonieren«.

Arne und das Mädchen waren bereits wach und saßen am Küchentisch, wo Arne irgendwelche gesunden Frühstücksflocken verputzte, während das Mädchen an einem Leberwurstbrot mit Tomaten- und Gurkenscheiben knabberte.

Ich nahm mir einen Becher Kaffee, zog mich in Arnes Arbeitszimmer zurück und rief den Welpen an.

Er konnte keine meiner Fragen beantworten, wollte aber unbedingt erzählen, wie »mega« Thailand war. »Diesen komischen Wagen« habe er nicht gesehen, und bei seiner Beobachtungsgabe war ich erstaunt, dass er die Person, die er hatte interviewen sollen, sowohl gesehen als auch mit ihr gesprochen hatte.

»Verdammt, Svensson, die Sache ist viel zu lang her, du weißt doch selbst, wie das ist. Es war der Mittwochnachmittag direkt vor Mittsommer, da will kein Mensch mehr arbeiten. Wir waren zu einer großen gottverdammten Grillparty in Stockholm eingeladen, und ich musste in Malmö den Flieger kriegen. Im Auto hab ich mich noch kurz über den Typen schlaugemacht, hab den Artikel zusammengeschrubbt und abgeschickt. Allerdings war über ihn nicht allzu viel zu finden.«

»Mich interessiert eher dieser Wagen vor dem Hotel«, wiederholte ich.

»Da war ein Hotel?«

Sich mit dem Welpen zu unterhalten war zwecklos. Ich verabschiedete mich mit der Bitte, er möge mich anrufen, wenn ihm noch etwas einfiele.

Kaum hatte ich aufgelegt, rief die Fotografin Britt-Marie Lindström an. Sie war unterwegs, um ein paar Aufträge in der Nähe von Solviken zu erledigen.

»Haben Sie da nicht ein Restaurant?«

»Na ja, haben... Ein Kumpel namens Simon führt das Restaurant, was ich da mache, ist mir auch nicht ganz klar.«

»Ich fürchte, ich kann Ihnen die Bilder nicht einfach so überlassen, aber wenn ich meinen Rechner einpacke, könnte ich sie Ihnen zeigen, wenn Sie mich auf einen Kaffee einladen.«

»Ich bin leider gerade nicht vor Ort, ich bräuchte eine gute Stunde, bis ich da bin.«

»Dann sagen wir doch, um zehn? Ich hab eine Praktikantin dabei.«

Das war für mich in Ordnung. Als ich wieder in die Küche ging, hatten Arne und das Mädchen bereits abgeräumt, er saß über einem Kreuzworträtsel, und sie malte irgendwas in einen Zeichenblock.

»Ich weiß immer noch nicht, was ich tun soll«, sagte ich. »Ich hab versucht, Björkenstams Adresse herauszufinden, aber im Internet finde ich weder ihn noch sie, also seine Frau. Agneta. Aber da sie gerade erst hierhergezogen sind, haben sie sich vielleicht noch nicht umgemeldet.«

»Wie groß ist Mölle?«

»Nicht groß.«

»Dann fahr hin und rede mit den Leuten. Irgendwer weiß doch immer was. Fahr zum Hafen und sprich irgendwen an.«

Ich nickte.

»Mach ich. Aber erst treffe ich die Fotografin, die das Bild von

Björkenstam und dem Wagen geschossen hat. Danach fahr ich nach Mölle.«

Als ich Björkenstams Namen erwähnte, blickte das Mädchen auf. Schwer zu sagen, ob sie zornig, ängstlich oder vorwurfsvoll aussah.

Ich rief Arne ein Tschüss zu, umarmte das Mädchen und ging raus zum Auto. Es war erst kurz nach acht, aber es fühlte sich jetzt schon an, als würde es einer der heißesten Tage des Sommers werden. Die Sonne verwandelte Arnes Straße in einen Backofen, und die Luft flirrte bereits so, wie man es sonst nur in Filmen sah, die in Los Angeles spielten. Am Ende hatten die Boulevardblätter mit ihrer »englischen Höllenhitze« ja recht. Auf die Hitze würde dann »infernalischer Regen aus Polen« folgen.

Ein Stück nördlich von Malmö fiel mir der Name wieder ein. Gary Pallister. Der war damals neben Steve Bruce bei Manchester United Verteidiger gewesen.

Ein bisschen Denksport hatte noch nie geschadet.

Arne machte Kreuzworträtsel, ich leierte Mannschaftsaufstellungen herunter.

In Solviken war es genauso warm wie in Anderslöv. Diesmal waren zum Glück keine ungebetenen Gäste in meinem Haus gewesen. Der Schlüssel klemmte zwar immer noch, aber ansonsten sah alles genauso aus wie bei meiner Abreise.

Ich rief Eva Månsson an und fragte, ob sie irgendwas herausgefunden habe.

Hatte sie aber nicht. Sie war gerade erst aufgestanden.

Unten beim Restaurant schob ich zwei Baguettes in den Ofen, deckte den Tisch, stellte Butter und ein bisschen Aufschnitt bereit und schenkte mir gerade einen Kaffee ein, als Britt-Marie Lindström die Treppe vom Hafen heraufkam.

»Ich dachte, Sie wollten jemanden mitbringen?«, rief ich ihr entgegen.

»Die sitzt im Auto. Ist so eine, die lieber auf ihrem Handy rumspielt, als Leute zu treffen«, erklärte sie.

In ihrer knielangen Kakishorts, dem weißen Oberteil und ihrer Fotoweste, wie ich es immer nannte, obwohl es wahrscheinlich einfach nur eine normale Weste mit etwa dreitausend unterschiedlich großen Täschchen war, sah Britt-Marie Lindström tatsächlich aus wie eine Fotografin alter Schule.

Sie stellte einen riesigen Laptop auf den Tisch.

»Ich hab mit dem Welpen gesprochen, aber ...«

»Mit wem?«

»Sorry, er heißt Tim Jansson, aber er wird überall nur ›Welpe‹ genannt, oder besser gesagt ... ich nenne ihn so.«

Sie nickte, als hätte sie verstanden, was ich damit meinte, klappte den Laptop auf und schaltete ihn an.

Es dauerte rund eine Minute, bis sie sich zu den Bildern geklickt hatte.

Es waren insgesamt vier. Eins war das ursprüngliche Bild, auf dem dieses hohe Tier, Jacob Björkenstam, im Vordergrund vor dem weißen SUV stand.

Die anderen drei waren jeweils Vergrößerungen des Wagens. Aber obwohl Britt-Marie die Fotos gezoomt hatte, war das Nummernschild nicht zu erkennen, weil jedes Mal ein Motorrad davorstand.

Allerdings konnte man hinter dem Steuer eine weitere Person erahnen.

Auf zwei der Bilder blickte der Dicke mit der Zigarette zu Boden, doch auf dem dritten sah er fast direkt in die Kamera.

Auf seiner Wange war kein roter Fleck.

Den musste er sich später zugezogen haben.

»Ich hatte gehofft, man würde das Nummernschild erkennen«, sagte ich.

»Das hab ich schon verstanden, aber besser ging es leider nicht.«

Britt-Marie Lindström hatte kurze dunkle Haare, einen schrägen Pony und ein rundes Gesicht mit weichen Zügen. Sie zeigte hinab zum Hafen und raus über den Skälderviken.

»Hier ist es wirklich schön. Ich wünschte mir, ich könnte für den Rest des Tages hierbleiben.«

»Was haben Sie denn als Nächstes vor?«

»Eisdielen testen.«

»Klassischer Sommerauftrag.«

»Fühlt sich an, als hätte ich das schon vierzig Jahre lang jeden Sommer gemacht.« Sie seufzte. »Nächstes Jahr werde ich sechzig, da hör ich auf. Das heißt, wenn die Zeitung bis dahin überhaupt noch existiert. Ständig machen Gerüchte die Runde, dass wir dichtgemacht oder verkauft oder zu einer Gratiszeitung umgewandelt werden oder nur noch online sind…«

»In der Branche weht ein harter Wind«, sagte ich.

»Und dafür bin ich inzwischen zu alt. Ich bin Oma, ich kann nicht mehr rausfahren und Eisdielen fotografieren. Ich mag die Fotografie, aber niemand will heutzutage mehr echte Bilder.« Sie zeigte hinab zu ihrem Auto. »Die Kleine da unten könnte den Eisauftrag genauso gut mit ihrem Handy erledigen.« Dann wies sie wieder auf den Laptop. »Warum wollten Sie die Bilder da eigentlich sehen, wenn ich so neugierig sein darf?«

»Ich weiß es nicht«, gab ich zu. »Zumindest nicht genau. Dieser Wagen da könnte in eine Sache verwickelt sein, an der ich dran bin, aber ich weiß noch nicht, worauf das Ganze hinausläuft oder ob es überhaupt eine Rolle spielt.«

Das Mädchen, das ich bei Arne in Anderslöv versteckt und das Jacob Björkenstam auf dem Foto wiedererkannt hatte, erwähnte ich lieber nicht.

Britt-Marie schmierte sich das zweite Brötchen und legte eine Scheibe gepunktete Wurst darauf.

»Backt ihr hier selber?«

»Wir haben einen litauischen Koch, der sämtliche Gerichte zubereitet und auch das Brot backt, ja.« Ich klickte zwischen den Bildern hin und her. »Warum sind Sie an dem Tag in Mölle gewesen?«

Sie tippte mit dem Zeigefinger dem Mann auf dem Zeitungsfoto auf die Brust.

»Keine Ahnung. Ich hatte nur den Auftrag, diesen Typen zu fotografieren. Den Artikel dazu habe ich nie gelesen, insofern weiß ich nicht, worum es dabei ging oder was das für einer ist.«

»Ich hab den Artikel gelesen, bin aber auch kein bisschen schlauer.«

Ihr Handy piepste.

Sie zog es aus einer der zahllosen Westentaschen, setzte sich eine schmale Lesebrille mit kantigem Gestell auf und checkte das Display.

»Die Kleine unten hat mir eine SMS geschrieben. Sie wird wohl ungeduldig. Wahrscheinlich sollte ich mich auf den Weg machen.«

»Tausend Dank für Ihre Hilfe«, sagte ich.

»Keine Ursache, war nett, hier rauszukommen. Ich war seit Jahren nicht mehr in Solviken.«

»Kommen Sie doch mal am Abend, ich lad Sie auf ein Abendessen ein zum Dank für Ihre Hilfe. Dienstags ist immer Barbecue-Abend.«

Sie war schon auf der Treppe hinunter zum Hafen und zu ihrem Auto, als ich ihr nachlief und sie aufhielt.

»Haben Sie an diesem Tag den Wagen eigentlich bemerkt?«

Sie schüttelte den Kopf.

»Sie erinnern sich also nicht an...«

»An was?«

»Ich weiß nicht... an irgendwas Bemerkenswertes?«

»Nein. Es war ziemlich warm, ich stellte mich dem Reporter

und Björkenstam vor, der Reporter brach fast sofort auf, und ich hab ein paar Fotos von Björkenstam gemacht. Hat allerhöchstens fünf Minuten gedauert.«

»Ist Björkenstam am Hafen geblieben, als Sie fertig waren?«

Sie dachte kurz darüber nach, schüttelte kaum merklich den Kopf und sagte schließlich: »Ich kann mich nicht erinnern. Er ist über den Parkplatz geschlendert, aber in welche Richtung, weiß ich nicht mehr.«

»Er ist nicht zufällig auf den Wagen zugelaufen?«

Wieder schüttelte sie den Kopf.

»Wenn Ihnen noch was einfällt, würden Sie mir eine SMS schicken?«

Sie winkte mir zu, als sie zurück in Richtung Schnellstraße fuhr. Das Mädchen auf dem Beifahrersitz blickte nicht mal auf.

Ich räumte den Tisch ab und stellte das Geschirr in die Spülmaschine, lief dann zurück zu meinem Auto und machte mich auf den Weg in Richtung Mölle. Ich war bislang nicht allzu häufig dort gewesen, aber auch wenn der Ort sich verändert hatte und über die Jahre eher heruntergekommen war, wohnten dort zumindest im Sommer, wenn sich die Einwohnerzahl verdreifachte, immer noch ausreichend Vertreter der oberen Bevölkerungsschichten.

Mölle hatte den Ruf, sowohl Sündenpfuhl als auch Oberschichtsnest zu sein, was sicher daran lag, dass in früheren Zeiten dort nicht nach Geschlechtern getrennt gebadet werden musste, zumindest hatte ich noch vage Schwarz-Weiß-Bilder von Männern mit Strohhüten und Frauen in gestreiften Ganzkörperbadeanzügen und mit Sonnenschirmchen vor Augen. Selbst diverse Stockholmer Adels- und Königsfamilien hatten im Sommer dort Zuflucht gesucht. Ein bekannter Hockeyprofi hatte in Mölle eine spektakuläre Hochzeit ausgerichtet, und ich glaube, er hatte sich damals dort auch eine Immobilie gekauft.

Heutzutage fährt man als Erstes an einem Campingplatz vorüber und an allem, was an Jogginganzügen, Wohnwagen, Zelten, Bingo-Hallen und einem Meer aus Parabolantennen so dazugehört.

Wenn man der Hauptstraße folgt und runter durch die Ortschaft fährt, sieht man zur Linken den Öresund, kommt an einer Kapelle vorbei, dann geht's nach links am alten Bahnhof, einer Töpferei und einer Bäckerei mit Sauerteigwaren für die Stockholmer vorbei und zu guter Letzt aufs Hafengelände zu.

Ich steuerte den Hafenparkplatz an, wendete, fuhr wieder bergauf und wendete erneut, sodass ich in etwa an derselben Stelle landete, wo auf dem Foto aus der Zeitung der weiße SUV vor dem Hotel Kullaberg geparkt hatte.

Der Pier im Hafen ist auffällig lang, und wenn man sich ans Ende stellt, ist die Aussicht wirklich betörend.

Linker Hand geht der Öresund in den Kattegatt über, geradeaus kann man den Kullaberg ausmachen, und rechts ziehen sich die für Mölle typischen weißen Häuser den steilen Hang hinauf bis zum Grand Hôtel, wo man aus dem Speisesaal und von der riesigen Veranda einen wunderbaren Blick haben muss. Das Hotel überragt Mölle wie eine antike Festung.

Ich war hier nie auch nur in einer einzigen Hafenkneipe gewesen. Am hinteren Ende gab es freitags und samstags Garnelen zu »fein abgestimmter Livemusik«. Was früher mal eine altmodische Wurstbude gewesen war, hieß mittlerweile Mölle Thai Take Away, allerdings standen dort Bierbänke und Stühle unter einem großen Schirm, insofern nahm ich an, dass man die Gerichte nicht zwangsläufig mitnehmen musste. Ein Stück weiter neben einem Souvenirladen lag ein Restaurant mit einer voll besetzten Außenterrasse unter einer Markise, von wo es herrlich nach dem einen oder anderen frittierten Fisch roch.

Als ich zurück zum Hotel Kullaberg lief, wurde dort gerade

eine Kreidetafel mit den Tagesempfehlungen rausgestellt. Womöglich hatte der Mann auf dem Foto gar nicht zu Boden gestarrt, sondern das Mittagsangebot studiert.

Drinnen im Hotel füllte ein Mann gerade den Kühlschrank mit Bierflaschen auf, während eine junge Frau mit blondem Pferdeschwanz und ein dunkelhaariger Mann mittleren Alters sich um die Essensgäste kümmerten. Ich erkundigte mich diskret, ob irgendjemand von ihnen einen weißen SUV mit russischem Kennzeichen gesehen oder bemerkt hätte.

Was nicht der Fall war.

Zum Glück fragten sie nicht, warum ich mich danach erkundigte. Mir war immer noch keine glaubwürdige Erklärung eingefallen.

Das Hotel lag an der Gyllenstjernas allé. Fünfundzwanzig Meter vom Hoteleingang entfernt stand ein Wohnmobil, und unter dem aufgespannten Vordach saß ein Pärchen auf dem Bürgersteig und aß am Campingtisch zu Mittag: Köttbullar, Kartoffeln und jeder eine Dose Sort Guld. Die Frau trug einen Bikini, der Mann Badehose. Ihm rann der Schweiß über den Bierbauch.

»Sie haben's ja nett hier«, sagte ich und versuchte, so auszusehen, als würde ich es ehrlich meinen.

»Spitzenmäßig«, sagte die Frau.

»Mölle ist einfach klasse«, bestätigte der Mann.

Nach dem Dialekt zu urteilen kamen sie aus Värmland oder Dalarna. Das hatte ich noch nie auseinanderhalten können.

»Ich sollte hier eigentlich ein paar Freunde treffen, aber ich hab sie unterwegs aus den Augen verloren. Sie haben nicht zufällig ein großes weißes Auto mit dunklen Scheiben gesehen?«

»Einen SUV?«, fragte der Mann.

»Ja.«

»Aus Russland?«

»Stimmt genau.«

»Wie können die sich so einen Wagen leisten?«, ging die Frau dazwischen. »War Russland nicht bettelarm?«

Sie nahm einen ordentlichen Schluck aus ihrer Bierdose.

Anscheinend war es nicht die erste. Sie hatte das S in Russland leicht vernuschelt.

»Aber Sie haben ihn gesehen?«

Der Mann wischte sich mit einem Blatt Küchenpapier den Schweiß unter den schlaffen Brüsten weg und warf es in den Rinnstein.

»Das war gestern. Gestern haben wir den gesehen.«

»Und wo? Hier?«

»Der ist gestern Abend da reingefahren und heute Morgen wieder raus«, sagte er und zeigte hinüber zu einer Querstraße.

Ich dachte kurz darüber nach, ob ich zu Fuß gehen sollte, entschied mich dann aber fürs Auto.

Zweimal fuhr ich die Straße auf und ab und bog in noch schmalere Seitenstraßen ab, bis ich am Ende in einer Sackgasse und vor einem geöffneten Gittertor landete, hinter dem sich ein dreistöckiges, reich verziertes Haus mit zwei Terrassen und mehreren Balkonen befand. Wenn es kein Neubau war, so war das Haus zumindest kürzlich erst saniert worden.

Eine Frau mit einer riesigen Brille auf der Nase trat heraus auf die Terrasse und sah zu mir rüber. Sie hatte sich ein Tuch übergeworfen, wahrscheinlich über einen Badeanzug, und hob die Hände, als setze sie zu der Frage an, was ich hier zu suchen hätte.

Ich winkte entschuldigend in ihre Richtung, wendete auf der Auffahrt und fuhr wieder zurück.

Von einem SUV war weit und breit nichts zu sehen.

Als ich Mölle wieder verließ, fiel mir auf, dass es eigentlich nur eine einzige Zufahrtsstraße in den Ort gab.

Am Straßenrand stand ein Gebäude, das einer alten amerikanischen Tankstelle ähnelte, und tatsächlich stand auf dem Schild darüber »Standard Motor-Oil«. Wenn ich dort parkte, hätte ich die Straße im Blick und würde sehen, wenn irgendein mir bekannt erscheinender SUV vorbeikäme.

Ich stand vielleicht eine halbe Stunde dort und hörte mir auf dem Lokalsender mehr dümmliche Quiz- und Spielrunden an, als gesund gewesen wäre.

Busse, Wohnmobile, Lieferwagen und Pkws fuhren an mir vorbei – auffällig viele davon tiefergelegt. Ich sah Pkws, Motorräder, Rennräder und eine junge Frau auf einem stinknormalen Damenrad, das aus den Fünfzigern zu stammen schien. Ihr Rock flatterte im Fahrtwind, und ich konnte ihre gebräunten Beine sehen.

Ein weißer SUV kam nicht.

Genau genommen kam gar kein SUV.

Ich war schon drauf und dran, nach Solviken zurückzufahren, hielt mir dann aber vor, dass Arne Jönsson nicht so schnell aufgeben würde. Anstatt nach links zu fahren, blinkte ich also rechts und fuhr zurück nach Mölle.

Beim Aussteigen hatte ich das Gefühl, aus einer Kühlbox direkt in der Sauna zu landen. Die Sonne brannte wie irre, und ich war froh, dass ich eine Schirmmütze dabeihatte.

Seit Jahren hatte ich keine Waffeln mehr gegessen. Ich lief auf einen Laden zu, wo dem Schild über der Tür zufolge die besten Waffeln des Ortes gebacken wurden. Womöglich hatte ich einfach vergessen, wie Waffeln schmeckten oder schmecken und aussehen sollten, auf jeden Fall war dieses labberige, fade Ding eine Enttäuschung. Nicht mal die Schlagsahne war gut, dabei hatte ich für Schlagsahne eine echte Schwäche.

Ich versuchte, einen auf Arne Jönsson zu machen, und unterhielt mich zerstreut mit der Waffelbäckerin.

Sie kannte sich nicht wirklich aus.

»Ich bin aus Malmö, ich komm nur her und backe Waffeln,

aber fragen Sie doch mal den Hafenmeister, das Büro ist dort drüben«, sagte sie und zeigte zur Tür hinaus.

Der Schuppen war nicht schwer zu finden. Über der Tür stand »Hafenmeisterei«.

Ich warf den gesamten Waffelmatsch in einen Mülleimer und wollte gerade bei der Hafenmeisterei anklopfen, als die Tür aufging und mir anscheinend der Hafenmeister höchstselbst entgegentrat.

Er war fast genauso groß wie ich, trug eine dunkelblaue kurze Hose, die aussah wie ein Blaumann mit abgeschnittenen Beinen, dazu einen Zollstock in der Tasche und Hosenträger über dem nackten Oberkörper. Sein Blondschopf war so kurz, dass er fast kahlgeschoren wirkte.

»Komm ich gerade ungelegen?«, fragte ich.

»Nein, nein, ich muss nur mal kurz an die frische Luft. Ich war gestern auf einem Konzert in Kopenhagen, und ich war nicht der Fahrer, wenn Sie verstehen, was ich meine.«

Er lachte. Und sah tatsächlich etwas angeschlagen aus.

»Irgendwer, den man kennt?«

»Der Fahrer?«

»Nein, der Sänger.«

»Neil Young.«

»Mit oder ohne Band?«

»Crazy Horse.«

»Und? Gut?«

»Immer.«

Mit ein paar langen Schritten marschierte er aufs Wasser zu. Er war allen Ernstes barfuß.

»Das hab ich nie gekonnt«, sagte ich und zeigte auf seine Füße. »Meine Sohlen sind einfach zu empfindlich.«

»Alles eine Frage der Gewöhnung. Ich geh immer barfuß, ich könnt in solchen Stiefeln wie Ihren gar nicht laufen.«

»Auch das ist eine Frage der Gewöhnung.«

»Welches ist Ihr Boot?«

»Ich hab kein Boot.«

»Ach so, ich dachte, Sie bräuchten Hilfe. Anlegen, Hafengebühr, solche Sachen.«

»Nein, ich hab bloß in der Zeitung gelesen, dass Jacob Björkenstam hierhergezogen ist, und da war ich neugierig, wo er jetzt wohnt. Die Frau aus dem Waffelladen meinte, ich sollte Sie fragen.«

Er blieb stehen, drehte sich zu mir um und sah mich mit zusammengekniffenen Augen an.

»Kennen Sie ihn?«

Ich schüttelte den Kopf.

»Nur von dem, was man so liest.«

»Das ist ganz schön hochgekocht, als er sich das Haus gekauft und renoviert hat... Sie können es gar nicht verfehlen, von hier aus die erste Querstraße hinter dem Hotel.«

Dort, wo ich vorhin gerade gewesen war.

Wenn wir dasselbe Haus meinten, war ich sogar die Auffahrt raufgefahren und hatte dort gewendet.

Eine Frau war rausgekommen und hatte mir nachgestarrt.

»Was hat er denn für eine Verbindung zu Mölle?«, erkundigte ich mich.

»Keine Ahnung. Aber er ist schwerreich und hat überall herumposaunt, dass er hier investieren will, und nachdem die Gemeinde wohl gern wachsen möchte und auf Investoren hofft, hat man ihn mit offen Armen empfangen, ganz egal wie seine Verbindungen aussehen. Ich glaube, seine Eltern sind im Sommer immer in Solviken. Null-Achter wie alle anderen dort auch, die haben nun mal die Kohle.«

»Ich wohne auch in Solviken.«

»Vielleicht kennen Sie sie ja.«

»Nicht dass ich wüsste, obwohl ich selbst Null-Achter bin.«
»Sie klingen, als wären Sie von hier.«
»Geboren in Malmö«, sagte ich. »Und Björkenstam, lässt er sich blicken?«
»Blicken? Wie meinen Sie das?«
»Na ja, ob ... er runter zum Hafen kommt. Sieht man ihn öfter?«
»Ich hab ihn nur ein einziges Mal gesehen, als er für die Zeitung fotografiert wurde.«
»Wie heißen Sie?«, fragte ich.
»Dan Frej, aber hier nennen mich alle nur Danne.«
»Harry«, sagte ich und streckte die Hand aus. »Harry Svensson. Mich nennen sie sowohl Harry als auch Svensson, kommt drauf an, mit wem ich gerade rede.«
»Mögen Sie Neil Young?«
»Die Countrysachen. *On the Beach* ist große Klasse. Die ganzen Gitarrensolonummern sind nicht so mein Ding.«
»Ich mag alles von ihm. Neil Young ist ein Genie. Besser als Dylan.«
Ich nickte zerstreut. Ich war an keinem der beiden großartig interessiert.
»Seine Frau sieht man allerdings häufiger«, sagte Dan Frej.
»Frau Björkenstam?«
»Sie macht lange Spaziergänge, sitzt am Pier auf einer Bank und liest, isst dort drüben in dem Lokal zu Mittag.«
Er nickte hinüber zu den Tischen unter der Markise.
»Wann sieht man sie denn am ehesten?«
»Jetzt gerade zum Beispiel.«
»Jetzt gerade?«
Er zeigte in Richtung Straße und den oberen Ortsteil, wo das Grand Hôtel thronte. »Die Frau, die da gerade kommt. Erkenn ich auf den ersten Blick wieder. Sieht verdammt gut aus.«

Was man tatsächlich sogar aus der Ferne sehen konnte.

Das heißt, wenn man einen Blick dafür hatte.

Ich weiß nicht, wie gut Dan Frejs Blick war, aber ich bemerkte selbst auf die Entfernung sofort, dass die Frau auf der Straße außergewöhnlich gut aussah. Wobei ich ja nun auch einen außergewöhnlich guten Blick für so was habe.

Als sie näherkam, dämmerte mir außerdem, dass ich sie schon einmal gesehen hatte.

Jetzt wusste ich sicher, wo Jacob Björkenstam wohnte.

Sie hatte sich ein Tuch um den Kopf gebunden, eine große Sonnenbrille auf der Nase, trug eine dünne Bluse mit einem Muster aus Blumen und irgendetwas Papageienartigem sowie Shorts, die gerade mal den halben Oberschenkel bedeckten.

An den Füßen hatte sie hochhackige Sandaletten, und über der Schulter trug sie eine große Basttasche.

»Jetzt weiß ich, was Sie meinen«, sagte ich.

»Stimmt doch, oder?«, gab Dan Frej zurück.

Wir verfolgten sie beide mit dem Blick.

»Haben die hier auch ein Boot liegen?«, wollte ich wissen.

»Nein.«

»Ist das nicht eigenartig?«

»Haben Sie ein Boot in Solviken?«

Ich schüttelte den Kopf.

»Sehen Sie?«

Ich betrachtete die Boote im Hafen.

»Ziemlich viele Dänen, wenn man sich die Flaggen so ansieht«, stellte ich fest.

»Im Sommer sind hier fast nur Dänen. Achtzig Prozent der Boote, würde ich sagen.«

Ich sah wieder Frau Björkenstam nach – wie hieß sie gleich wieder? Agneta? Ja, Agneta. Sie schlenderte auf die Souvenirläden zu. Ansonsten waren jede Menge Camper unterwegs.

Ihrer Kleidung und ihrem ganzen Gebaren nach lagen Welten zwischen ihr und den anderen hier unten am Hafen. Ihre kurze Hose war wahrscheinlich genauso teuer gewesen wie eins der kleineren dänischen Boote. Ich konnte mir einfach nicht vorstellen, dass sie gerade auf dem Weg war, sich eine Schöpfkelle oder ein hölzernes Buttermesser mit eingeschnitztem Mölle-Schriftzug zu kaufen.

Und in der Tat lief sie weiter zu dem Restaurant mit der Markise und setzte sich an einen Tisch.

»Vielleicht sollte ich die Scholle dort probieren«, sagte ich zu Dan Frej.

»Auf Toast«, empfahl er mir.

Entweder war ich inzwischen besser darin geworden, den Arne Jönsson zu spielen und Smalltalk zu betreiben, oder aber Dan Frej war einfach ein zugänglicher Mensch. Jedenfalls war er mir auf den ersten Blick sympathisch gewesen, trotz seiner Vorliebe für Neil Young.

In dem Lokal herrschte mächtig Betrieb, und die Tische waren nicht sonderlich groß, aber an ihrem war noch ein Platz frei.

»Entschuldigung, dürfte ich mich vielleicht zu Ihnen setzen? Oder warten Sie noch auf jemanden? Die anderen Tische sind alle belegt«, sagte ich.

Sie sah zu mir hoch, blickte sich um, nahm dann die Basttasche vom Stuhl gegenüber und stellte sie neben sich auf den Boden.

»Bitte«, sagte sie.

Einen schonischen Akzent hatte sie nicht, aber ihre Stimme war weich und freundlich, und tatsächlich saß zwischen den Blumen auf ihrer Bluse ein Papagei.

Ein Kellner – ein ziemlicher Hänfling – kam mit einem Weißweinglas und stellte es vor ihr ab.

Sie zog ein Buch aus der Tasche, schlug es auf und begann zu lesen.

Man hätte annehmen sollen, dass der Hänfling meine Bestellung aufgenommen hätte. Stattdessen wandte er sich einer Gruppe zu, die sich nach mir hingesetzt hatte.

»Mit dem Bestellen machen sie es einem hier nicht leicht«, merkte ich an.

Sie sah kurz auf, zuckte mit den Schultern und konzentrierte sich dann wieder auf ihr Buch.

Es sah aus, als würde sie schmunzeln.

Der Junge kam mit einem Lachssalat für sie wieder.

»Entschuldigung, kann ich auch was bestellen?«, fragte ich.

Er sah mich verdutzt an, als hätte er mich zuvor überhaupt nicht wahrgenommen.

»Ach so, ich dachte, Sie würden zusammengehören«, sagte er – und verschwand wieder.

Die Frau mir gegenüber kicherte in sich hinein.

»Die Logik dahinter muss man nicht verstehen, oder?«, sagte ich. »Sofern wir nicht zusammengehören, wär's möglich gewesen zu bestellen, aber solange wir zusammengehören, darf ich Ihnen bloß zugucken.«

»Scheint so.«

Allerdings hatte ich gar nichts dagegen einzuwenden, ihr beim Essen zuzugucken.

Sie schnitt die Lachswürfelchen in noch kleinere Stücke, rückte die Gabel in der rechten Hand zurecht und spießte Lachs, Gurke, Tomate und ein Stück Paprika auf. Sie hielt die Gabel zwischen Daumen und Zeigefinger und kaute bedächtig.

Nach einigem Hin und Her bekam ich schließlich meine Scholle auf Toast und ein Glas Wasser. Sollte ich sie fragen, ob das Buch gut war? Ob sie in Mölle wohnte oder was sie sonst hier machte?

»Was lesen Sie denn?«, fragte ich zu guter Letzt, obwohl ich die Frage selbst immer gehasst habe, wenn ich lesen und meine Ruhe haben wollte.

Sie hob das Buch an, sodass ich den Umschlag sehen konnte. *Gone Girl* von Gillian Flynn.

»Der ist vor ein paar Jahren verfilmt worden, haben Sie ihn gesehen?«

Sie schüttelte den Kopf.

»Ich auch nicht«, sagte ich. »Aber Buchverfilmungen sind in aller Regel Mist.«

Ich hätte sie ein bisschen aufschrecken können.

Ich hätte ihr erzählen können, dass ein kleines Mädchen komplett panisch geworden war, als es ein Foto ihres Mannes in der Zeitung gesehen hatte. Ich hätte erzählen können, dass zwei Männer in einem weißen Wagen mit russischem Kennzeichen hinter dem Mädchen her gewesen waren.

Ich tat nichts dergleichen.

Irgendwas sagte mir, dass ich sie besser in dem Glauben lassen sollte, ich wüsste nicht, wer sie war. Was mich allerdings nicht davon abhielt, mich zu fragen, wie viel *sie* wusste. Aber womöglich wusste sie gar nichts.

»Wohnen Sie hier?«, fragte ich.

Sie neigte den Kopf leicht zur Seite.

»Im Sommer. Oder ... seit diesem Sommer.«

»Kommen Sie öfter zum Essen hierher?«

Sie nickte.

»Ist ein nettes Lokal. Hier kann man schön sitzen und Leute beobachten, der Fisch ist ganz okay, nur beim Service darf man nicht zu viel erwarten.«

Ich hatte mitbekommen, dass der junge Kellner an sämtlichen Tischen ringsum die Bestellungen durcheinandergebracht hatte.

»Wohnen Sie auch hier?«, wollte sie wissen.

»Ein paar Kilometer weiter. Harry Svensson«, stellte ich mich vor und streckte ihr die Hand entgegen. »Ich hab selbst ein kleines Lokal in Solviken. Schon eine Weile her, dass ich das letzte Mal in Mölle war.«

»Agneta.« Ihre Haut war zart und weich, der Handschlag allerdings kräftig. »Hoffentlich ist der Service bei Ihnen besser.«

»Solange ich nicht die Gäste bedienen muss.«

Sie lachte.

»Bevor Sie sich zu mir gesetzt haben, hab ich tatsächlich erst mal ein Glas Rotwein hingestellt bekommen, obwohl ich Weißen bestellt hatte. Vielleicht ist der junge Mann ja farbenblind.«

Diesmal lachten wir beide.

Sie bezahlte bar und legte dem hochgradig verwirrten Kellner einen Fünfziger als Trinkgeld hin.

Dann stand sie auf und verabschiedete sich von mir.

»Bis zum nächsten Mal vielleicht«, sagte ich.

»Ja, vielleicht«, gab sie zurück.

Ich sah ihr nach.

Solche Shorts hätte ich liebend gern gekauft, wenn es denn jemanden gegeben hätte, für den ich sie hätte kaufen können.

Wenn ich denn gewusst hätte, wo es sie zu kaufen gab.

Wenn ich es mir hätte leisten können.

Statt hoch in Richtung Hotel Kullaberg ging Agneta Björkenstam nach rechts an der alten Feuerwache vorbei und bog ab auf den Küstenpfad. Womöglich kam man auf diesem Weg ebenfalls zum Anwesen der Björkenstams.

Als ich bezahlen wollte, bekam ich die Rechnung einer Fünfergruppe, die bereits gegangen war.

Klar, dass die es eilig gehabt hatten.

Am Haus der Björkenstams fuhr ich nicht noch mal vorbei, ich wusste ja jetzt, wo es lag, und ob nun Björkenstam selbst zu

Hause war oder ein weißer SUV dort vor dem Gartentor stand, war im Grunde belanglos und hätte mir auch nicht viel weitergeholfen. Besser, sie erfuhren gar nicht erst, dass ich in Mölle gewesen war.

Es war ihr einfach unbegreiflich, wie sie sich in ihn hatte verlieben können.

Doch, irgendwie begriff sie es natürlich schon, aber sie verfluchte sich, weil es passiert war. Nur wusste sie nicht recht, ob sie sich grundsätzlich deshalb verfluchte oder ob es erst angefangen hatte, als all diese Dinge vorgefallen waren. Sie konnte es sich nicht erklären.

Gemeinsam mit Petra und Marie war sie in diesem legendären Club gelandet, von dem alle sprachen. Die Sturecompagniet direkt am Stureplan. Dass sie überhaupt dort reingekommen waren, hatte vermutlich daran gelegen, dass sie alle drei verdammt gut aussahen und auf Maries Vorschlag auf BHs verzichtet hatten.

Außerdem hatte Marie ihr empfohlen, an ihrem Oberteil noch einen Knopf mehr offen zu lassen.

Die Leute dort waren einfach nicht ihr Ding gewesen.

Sie hatte sich unbeholfen, fehl am Platz und unwohl in ihrer Haut gefühlt.

Anfangs war er ihr nicht einmal aufgefallen. Petra hatte ihn entdeckt. Sie selbst hatte schon darüber nachgedacht, welche Ausrede sie vorbringen sollte, um möglichst schnell von dort zu verschwinden, Kopfschmerzen, irgendwas, als Petra sich plötzlich zu ihr hinüberbeugte und ihr ins Ohr brüllte: »Guck mal, wie der dich anstarrt!«

Die Musik war so laut, dass sie mehrere Anläufe brauchte, bis sie verstand, was Petra sagte. Wen sie gemeint hatte, wusste sie trotzdem nicht, bis der Barkeeper ein Glas mit undefinierbarem Inhalt vor ihr abstellte.

»Absolut Cranberry – mit schönen Grüßen von dem Herrn dort drüben«, sagte er und wies auf einen Mann, der in seinem weißen Hemd und mit dem breiten Lächeln zugegebenermaßen verdammt gut und elegant aussah. Er deutete ein Prost an und erwiderte ihren Blick mit einem neuerlichen Lächeln.

Sie mochte seinen Duft, sein Selbstbewusstsein und dass er ihr den Arm siegessicher um die Taille legte, als er schließlich herüberkam, um sich mit ihr zu unterhalten.

Seine Eltern wohnten nur ein paar Querstraßen vom Stureplan entfernt in der Nähe des Park-Kinos, und irgendwann schlug er vor, dorthin zu gehen, statt in der Sturecompagniet zu bleiben.

Sie war noch nie in einer so großen Wohnung gewesen.

»Wie viele Zimmer sind das?«, fragte sie.

»Zwölf... oder vierzehn, je nachdem, wie man zählt.«

»Wohnst du auch noch hier? Bei deinen Eltern?«

»Nur gelegentlich.«

»Sind sie gar nicht zu Hause?«

»Im Sommer sind sie in Schonen.«

Er legte klassische Musik auf, nahm eine Flasche Champagner aus dem Kühlschrank, und dann setzten sie sich auf ein Fensterbrett, das so breit war wie eine Autobahn und auf den Humlegården hinausging.

Der Champagner schmeckte himmlisch, und als er sich zu ihr herüberbeugte, ließ sie zu, dass er ihr Oberteil aufknöpfte, dass seine Hände über ihren Körper glitten, seine Lippen sich den ihren näherten... Sie konnte fühlen, dass er einen Steifen hatte, und trotzdem respektierte er es, als sie nach zwei Gläsern Champagner lieber heimfahren wollte.

Allerdings war sie selbst erregt gewesen. Natürlich hätte sie bleiben können.

Aber sie hatte noch nie jemanden wie ihn getroffen, sich noch nie in einer solchen Umgebung aufgehalten.

Er bezahlte die Taxifahrt nach Huddinge, und als sie schließlich daheim in ihrem Zimmer lag, kam sie sich im Vergleich zu der grandiosen Östermalmer Wohnung, die sie gerade erst verlassen hatte, vor, als wäre sie in eine Streichholzschachtel gekrochen. In Östermalm hatten nirgends alte Poster von Boygroups an den Wänden gehangen. Dort hingen andere Dinge: große, schwer beeindruckende Gemälde von Künstlern, die sie womöglich hätte kennen sollen. Andererseits wussten die auf Östermalm wahrscheinlich auch nicht, wer die New Kids on the Block oder Take That waren.

Es gefiel ihr, dass er ihr Nein hingenommen hatte.

Tags darauf klopfte ihre Mutter an die Zimmertür: Es sei jemand für sie am Telefon.

Sie hatte keine Ahnung, wie er an ihre Nummer gekommen war.

»Ich schick um drei einen Wagen. Wär das okay?«

Der Wagen gehörte zum Freys-Fuhrpark, der ersten Adresse für Limousinen und Privatchauffeure. Der Fahrer trug Uniform und Mütze, und von der Eingangstreppe zu ihrem Haus in Huddinge starrten ihre Eltern dem davonfahrenden Wagen nach.

Im Café Opera lud er sie zu Austern und Champagner ein.

Diesmal sah sie sogar, was auf dem Etikett stand: Veuve Clicquot.

Und diesmal rief sie ihre Mutter an und gab Bescheid, dass sie auswärts übernachten würde.

Britt-Marie Lindström rief an, als ich gerade zurück in Solviken war. Sie riet mir, Kontakt mit einem gewissen Lars Berglund aufzunehmen, der lange Jahre Nachrichtenchef bei mehreren Lokalzeitungen gewesen, inzwischen aber mehr oder weniger in Ruhestand gegangen war.

»Das ist einer von denen, die alles im Kopf haben, und er kennt Gott und die Welt. Der wird Ihnen unter Garantie weiterhelfen. Ich will jetzt wirklich nicht behaupten, dass er verbittert wäre, so ein Typ ist er nicht, aber er fühlt sich ein bisschen aufs Abstellgleis geschoben und ist enttäuscht, dass sich kein Mensch mehr für sein Wissen interessiert.«

»Ich ruf ihn an.«

Lars Berglund ging sofort ans Telefon. Irgendwie hatte ich den Verdacht, dass Britt-Marie Lindström ihn angerufen und vorgewarnt hatte. Ich schilderte ihm mein Anliegen, und er lud mich zu sich ein.

Die Gluthitze hielt das Land immer noch im Griff, und der Sonnenschirm in dem Garten in Lerberget vermochte den Temperaturen kaum etwas entgegenzusetzen.

Das Haus, in dem der ehemalige Nachrichtenchef Lars Berglund wohnte, hatte schon etliche Jahre auf dem Buckel. Das Dorf südlich von Höganäs hatte, wie so viele Gemeinden in Nordwest-Schonen, seinen gerechten Anteil mehr oder weniger fantasievoller Neubauten und mehr oder weniger stilvoller Architekturwunderwerke abbekommen, doch Lars Berglunds Haus war ein pragmatisch rechteckiges, zweistöckiges Haus mit Satteldach, Sprossenfenstern und einem kleinen Balkon auf der Giebelseite.

Gegen Neubauten hatte ich im Grunde nichts einzuwenden, ich mochte beispielsweise offene Räume und bodentiefe Fenster, aber Lars Berglunds Haus war so alt, dass es in seiner altmodischen Schlichtheit fast schon vom Mond zu stammen schien und insofern sogar moderner als alle anderen wirkte. So ist das manchmal mit der Mode und mit Trends.

Berglund saß auf einem Hocker hinter seinem Gartenzaun, der von der Straße aus wirkte, als würde er aus Tausenden winzig schmaler Latten bestehen. Sorgfältig und bedächtig pinselte er gelbe Farbe auf. In seinem Mundwinkel hing eine kurze Pfeife, so ein Teil, das man früher Stummelpfeife genannt hatte.

»Es dauert eben, so lang es dauert«, brummte er mir zu, als ich aus meinem Wagen stieg und ihm zuwinkte. »Früher, als ich jünger war, ging das alles schneller.«

»Auf jeden Fall riecht es gut«, gab ich zurück. »Frisch gemähtes Gras und frische Farbe – das ist einfach was Besonderes.«

»Wir gehen gleich auf die Terrasse«, erwiderte er. »Die Wärme macht mir ja nichts aus, aber an so einem heißen Tag wie heute ist es doch nett, sich für ein Stündchen in den Schatten zu verziehen.«

Wir stiegen eine Handvoll Stufen hoch und setzten uns an einen runden Gartentisch mit Loch in der Mitte, aus dem ein Sonnenschirm ragte. Die Stühle wippten leicht, genau wie ich es gern hatte, und waren unter Garantie genauso alt wie das Haus. Trotz der gigantischen Größe des Sonnenschirms war es auf der Terrasse nicht viel kühler als im Rest des Gartens.

Berglund hatte ein paar Zimtschnecken aufgewärmt und Kaffeetassen, Unterteller, Löffel und eine Thermoskanne Kaffee bereitgestellt.

Dann angelte er eine alte Konservendose aus der Hecke, kratzte seine Pfeife mit einem kurzen Metallbügel aus, stellte die Dose wieder zurück, stopfte die Pfeife neu und zündete sie an.

Dass ich zuletzt jemanden hatte Pfeife rauchen sehen, war lange her.

Lars Berglund war hoch aufgeschossen, hager, hatte aufgekrempelte Jeans und ein kariertes Hemd an, das er am Hals offen trug.

Allerdings war das mitnichten das Auffälligste an ihm.

Lars Berglund sah nämlich dem Fußballer Henrik Larsson zum Verwechseln ähnlich – nur dass Lars hellhäutig und im Rentenalter war.

Ich merkte selbst, wie ich ihn anstarrte. Ich konnte gar nicht anders.

»Sie sind nicht der Einzige.« Er hatte die Pfeife zwischen die Eckzähne geklemmt. »Und wenn ich schon einem Fußballer ähnlich sehe, dann doch lieber Henrik Larsson als irgendwem sonst. Das waren noch Zeiten, als er hier beim HIF gespielt hat, das waren wirklich gute Zeiten für Helsingborg und gute Zeiten für die Zeitung.«

»Ruft man Sie auch Henke?«, fragte ich.

»Eigentlich nicht. Und auch nicht Lasse, insofern bin ich wohl ein klassischer Lars.«

Er erzählte mir von seiner Frau, die fünf Jahre zuvor an Lungenkrebs gestorben war, und dass er seither in dem Haus allein lebte.

»Sie hat in ihrem ganzen Leben keine Zigarette angerührt, und ich sitze hier...« Er hob die Pfeife in die Höhe.

Ich winkte ab, als er mir eine weitere Tasse Kaffee anbot und dann sich selbst nachschenkte.

»Was führt Sie gleich wieder her? Am Telefon meinten Sie, es ginge um Jacob Björkenstam und irgendein weißes Auto aus Mölle.«

»Ich bin an einer Story dran, und da gibt es eine Sache, die ich nicht zusammenbringe«, erwiderte ich. »Unter anderem geht es um besagtes Auto. Und ich hab mit dem Reporter gesprochen, der diesen Björkenstam-Artikel in der Zeitung geschrieben hat. Ich kenn ihn von früher, und er ist ein solcher Idiot, dass ich nicht überrascht war, dass er mir nicht weiterhelfen konnte.«

»Sie wissen nichts über Björkenstam?«

»Nur aus der Zeitung.«

»Na ja, eigentlich weiß ich auch nicht viel. Und in der Zeitung stand ja rein gar nichts. Es ist kein großes Geheimnis, dass Björkenstam hier bei uns investieren will, allerdings hab ich läuten hören, dass sein Vermögen nicht ganz sauber sein soll. Nachdem ich das Foto und die Bildunterschrift in der Zeitung gesehen hatte, hab ich gehofft, dass es ein bisschen darum gehen würde.«

»Nicht ganz sauber? Wie meinen Sie das? In dem Artikel stand ja, er sei Schwedens heimlichster Millionär.«

Berglund seufzte. »Die Wahrheit interessiert doch niemanden, und echte Berichterstattung gibt es kaum noch. Es geht doch nur noch darum, so viele Promis wie nur möglich abzulichten.«

»Aber was ist denn an seinem Vermögen nicht ganz sauber?«

»Ich weiß es nicht, ich hab nur einen Hinweis bekommen, dass wir uns schlaumachen sollten, woher sein Geld stammt, ehe wir uns hier in der Gegend auf Investitionen einlassen. Ich hätte natürlich meine alte Redaktion anrufen und denen Bescheid geben können, aber ... ich bin es leid. Die kümmern sich nicht, die denken wahrscheinlich nur, wie anstrengend, wenn irgend so ein alter Knacker anruft und sich einmischt.«

»Also, mich macht so was neugierig«, sagte ich. »Aber ich krieg es einfach nicht zusammen. Ich hab eine gute Freundin in

Malmö, die bei der Polizei arbeitet, und die sagt immer, dass man den ganzen Mist zusammenbringen muss, aber ich krieg hier nichts zusammen.«

»Ich weiß auch nicht allzu viel über Jacob Björkenstam, eigentlich gar nichts, aber ich kenne seinen Vater, Edward. Der hat sich mit den Jahren ziemlich viel Blödsinn geleistet, aber niemand hat ihn jemals dafür drangekriegt. Er kennt einfach zu viele Leute und hat wichtige Kontakte in der Politik, bei den Banken und nicht zuletzt in den Medien. Ich hatte den Eindruck, als balancierte er ständig auf einem Hochseil zwischen Legalität und Illegalität und würde am Ende doch immer wieder auf den Füßen landen.«

»Worum genau ging es denn bei Ihrem Hinweis?«

»Ich bin mir nicht ganz sicher, aber auf alle Fälle wollte mein Informant nicht, dass irgendwelche Björkenstam-Gelder in unsere Gemeinde fließen, weil ansonsten alles den Bach runtergehen könnte, wenn jemand dahinterkäme. Wenn beispielsweise irgendwelche Investigativreporter kommen und Staub aufwirbeln würden. Oder so.«

Eine Weile saßen wir uns schweigend gegenüber.

»Womöglich hatte es etwas mit Drogen zu tun«, sagte er schließlich.

»Mit Drogen? Wie denn das?«

»Ich geh selbst nicht mehr oft jagen, aber ich kenne ein paar Jäger, und einer von denen hat mir erzählt, dass er draußen im Revier über eine Plantage gestolpert ist, irgendwo in der Richtung, wo Sie herkommen.«

»Und was hat das mit Björkenstam zu tun?«

»Keine Ahnung, vielleicht ja gar nichts, aber ich meine, diese Plantage befindet sich auf seinem Grund und Boden.«

»Hm.«

»Sie haben bestimmt von diesen Motorradrockern gehört, die

sich hier in Nordwest-Schonen bekriegen. Da geht es hauptsächlich um Drogen. Wahrscheinlich geht es sogar einzig und allein darum. Und natürlich um irrsinnig viel Geld, um so viel, dass man es schier nicht in den Kopf kriegt.«

»Ich hab ein paar gesehen, ein paar sogenannte Dark Knights«, warf ich ein.

»Die versuchen, sich hier breitzumachen, aber die Hells Angels und Bandidos lassen sich aus ihrem Revier nicht vertreiben.«

»Apropos – Sie kennen nicht zufällig eine Privatklinik oder ein Sanatorium gleich außerhalb von Solviken?«

Er dachte eine Weile nach, schüttelte dann aber den Kopf.

»Nicht direkt«, sagte er. »Warum fragen Sie?«

»Weil zwei von diesen Motorradrockern auf das Gelände gefahren sind, auf dem die Klinik steht. Kann sein, dass da alles mit komplett rechten Dingen zugeht, aber irgendwie hab ich das Gefühl, dass das auch nicht ganz sauber ist.«

Er bot mir noch einen Kaffee an. Wieder lehnte ich ab.

»Wer ist Ihr Informant? Irgendjemand aus der Gemeinde, sagten Sie?«

»Sagte ich nicht.«

Ich grinste.

Lars Berglund grinste.

Wir blieben noch ein Weilchen sitzen.

Ich hätte schwören können, dass er darüber nachdachte, inwieweit er mir vertrauen konnte.

»Kann man von hier die Schiffe sehen?«, fragte ich nach einer Weile.

»Draußen auf dem Sund, meinen Sie?«

»Ja.«

»Vom Balkon aus ja.«

»Sie haben Listen mit sämtlichen Schiffen und Booten veröffentlicht, die übers Meer kommen. Wenn ich hier wohnen würde, würd ich die ganze Zeit mit einem Fernglas auf dem Balkon sitzen. Sie wissen schon, wie diese *Trainspotter* in England, die früher an den Gleisen gestanden und sich aufgeschrieben haben, welcher Zug gerade vorbeigerauscht ist. Wenn ich hier wohnen würde, wäre ich *Shipspotter* geworden.«

Es war jetzt zwei Jahre her, dass sie sich in Monaco hatten registrieren lassen.

Sie hatten schon mehrmals im Ausland gewohnt, aber damals war es wichtig gewesen, nicht in Schweden gemeldet zu sein, und Monaco war eine gute Alternative gewesen.

Rein in wirtschaftlicher Hinsicht sei das außerordentlich vorteilhaft, hatte ihr Mann gesagt.

Sie hatte nichts dagegen einzuwenden gehabt, solange sie die Wohnung in Stockholm behielten.

Im vergangenen Sommer hatte ihr Mann dann Bodyguards angestellt. Er nannte sie zwar Assistenten, aber so bescheuert war sie nicht, sie sah doch, dass die zwei Männer im Grunde nichts anderes als Bodyguards waren.

Beule hatte sich in den letzten Tagen verhältnismäßig bedeckt gehalten.

Er trug eine Sonnenbrille, selbst wenn es bewölkt war, und sah an ihr vorbei, wenn sie sich begegneten.

Er versuchte, den riesigen, breiten roten Striemen zu verbergen, der von der linken Wange bis hoch zum kahl rasierten Schädel verlief.

Sie wollte gar nicht wissen, wie er sich den zugezogen hatte, wie das passiert war.

Es interessierte sie nicht, aber einen Verdacht hatte sie natürlich, sie ahnte, was dahintersteckte.

Geschah ihm ganz recht.

Ladi wiederum fand sie nicht unsympathisch. Er war immer schlicht, wenn auch anständig gekleidet: normale Hose, manchmal auch die klassische Jeans, gerne eine dünne Nappalederjacke oder ein Sakko darüber. Er behandelte sie mit Respekt und nannte sie immer Missus.

Eigentlich hieß er Vladimir, aber er wurde von allen nur Ladi genannt. Er war groß, muskulös – und ganz sicher hatte er die entsprechende Ausbildung durchlaufen, denn mit seinem finsteren Blick konnte er ziemlich furchterregend aussehen.

Für den anderen hatte sie nicht viel übrig. Wahrscheinlich war er früher Hooligan gewesen oder war es immer noch, jedenfalls hatte er am Hals merkwürdige Tätowierungen und lief die ganze Zeit nur in einem schimmernden Jogginganzug herum. Außerdem trug er eine Goldkette um den Hals, an der ein Anhänger baumelte, womöglich irgendein Nazisymbol, sie hatte versucht, es zu googeln, aber nichts gefunden, was so ähnlich ausgesehen hätte. Vielleicht war es auch nur das Logo einer Rockband. Wenn er gerade nicht im Dienst war – was immer sein Dienst sein mochte –, saß er in seinem kleinen Zimmer neben der Küche und schaute Fußball, egal wer spielte und egal welche Liga.

Eigentlich hieß er Fredrik, aber er wurde entweder Fredde oder Freddie gerufen oder eben Beule, weil er klein, kompakt und rundlich war.

Ladi war zwar kein Schwede, sprach aber mitunter besseres Schwedisch als Beule.

Wenn Beule mit Ladi oder ihrem Mann unterwegs war, machte er einen auf gehorsam und unterwürfig, aber sobald er mit ihr allein war, bekam er einen fast schon liederlichen Ausdruck im Gesicht und schien sie mit dem Blick regelrecht auszuziehen.

Wann immer sie im Bikini in der Sonne lag, spielte Fußball für Beule keine Rolle mehr.

Manchmal sah sie ihn, manchmal nicht.

Sie wusste, dass er sie beobachtete, sie spürte einfach, dass er irgendwo auf der Lauer lag oder stand und sie anstarrte.

Als sie ihrem Mann sagte, dass sie Beule nicht mochte, hatte er nur mit den Schultern gezuckt. »Es ist nicht leicht, heutzutage in Schweden gute Leute zu finden, und ... du musst ja auch nicht immer halb nackt rumliegen.«

An einem Nachmittag hatte sie sogar den Eindruck gehabt, Beule würde sich, als er sich unbeobachtet fühlte, einen runterholen.

Den roten Striemen im Gesicht hatte er ganz gewiss verdient, und es kümmerte sie auch nicht, aber sie hätte doch ganz gern gewusst, was vor sich ging, als ihr Mann mitten in der Nacht aufgestanden war und unten in der Küche mit jemandem diskutiert hatte. Irgendwann war er wieder hochgekommen und hatte sich ins Bett gelegt, und als sie fragte, was passiert sei, hatte er geantwortet: »Nichts.«

»Aber du bist doch extra aufgestanden, du hast mit irgendwem geredet.«

»Idioten«, hatte er nur gesagt. »Dass man wirklich nur Idioten um sich rum hat.«

Eine Weile war er im Bett liegen geblieben, dann aber wieder aufgestanden, hatte den Gürtel aus den Schlaufen seiner Hose gezogen, die an einem Kleiderbügel im Schrank gehangen hatte, und war wieder nach unten gegangen.

Sie hatte einen Knall – eher ein Klatschen – gehört und dann einen gedämpften Schmerzensschrei, ehe ihr Mann wieder nach oben gekommen war.

Den Gürtel hatte er über eine Stuhllehne gehängt.

Als er sich neben sie legte, war er erregt.

Er schob ihr Nachthemd zurück und küsste sie auf den Bauch, auf die Oberschenkel und zwischen die Beine, bevor er sich auf sie wälzte und sie die Beine breitmachte.

Es war eine gefühlte Ewigkeit her.

Und es war erstaunlich schön gewesen.

Es kommt vor, dass man in einer Gegend schon eine Weile lebt und glaubt, man hätte bereits alles gesehen und wäre überall gewesen, und dann plötzlich führt einen ein unbekanntes schmales Sträßchen an Orte, zu abgelegenen Höfen und vereinzelt stehenden Häusern. Man braucht nur die breiten Straßen zu meiden, um auf diesen schmalen Sträßchen zu landen, die in noch schmalere Wege und irgendwann in Schotterwege münden, von denen Waldwege abzweigen, die im Grunde nur mehr aus zwei Reifenspuren und Gras dazwischen bestehen und die überallhin führen könnten.

Lars Berglund hatte mir aufgeschrieben, wie ich seiner Erinnerung zufolge fahren sollte, und so landete ich schließlich auf einem Weg, der ziemlich überwuchert war. Das hohe Gras strich über den Unterboden meines Wagens, als ich im ersten Gang ganz langsam in den Wald hineinfuhr.

Zu beiden Seiten standen Büsche und Bäume so nah am Weg, dass die Zweige gegen die Türen schlugen, und am Ende ging der Weg plötzlich in einen Trampelpfad über und wurde so schmal, dass ich nicht weiterfahren konnte.

Ich ließ den Wagen noch ein paar Meter rollen und stellte ihn dann zwischen zwei Bäumen am Wegrand ab.

Hier im Wald war es nicht annähernd so warm wie draußen auf der Straße, und es war mucksmäuschenstill.

Ich war schon ein Stückweit den Trampelpfad entlanggelaufen, als mir dämmerte, dass man hier zwar nicht mit dem Auto, aber doch mit einem Motorrad herauffahren konnte. Reifenspuren im Schotter deuteten darauf hin.

Der Pfad beschrieb eine scharfe Kurve, und dahinter öffnete sich eine Lichtung, die auf mich wirkte wie ein Saal, wie ein riesiger Raum inmitten der Natur. Und inmitten dieses Saals, mitten auf der Lichtung, stand ein Gewächshaus.

Ich sah mich um und lauschte. Nichts.

Also marschierte ich auf das Gewächshaus zu, das vielleicht so groß war wie ein halber Fußballplatz.

Kein Zweifel, was dort drinnen wuchs. An der Tür hing ein gewaltiges Vorhängeschloss, und obwohl die Fenster allesamt geschlossen waren, konnte ich den charakteristischen Geruch wahrnehmen. Als ich den Blick an den Seitenwänden entlangwandern ließ, sah ich darin Reihe um Reihe um Reihe der unverkennbar gesägten Blätter, fünf, sechs, sieben an jedem Stängel. Teilweise waren die Pflanzen so hochgewachsen, dass sie bereits das Gewächshausdach berührten.

»Meine Fresse«, murmelte ich in mich hinein. Hier musste Marihuana für mehrere Millionen stehen.

Es war wie immer im Wald, und auch wenn dies hier ein lichter Buchenwald mit weichem Gras und weißen Blümchen auf der Erde war, fühlte ich mich unbehaglich. Obwohl mir alles ringsum gerade noch still und friedlich vorgekommen war, hatte ich plötzlich das Gefühl, dass irgendwo Zweige knacksten, Laub raschelte und irgendein Vogel oder zwei Alarm schlugen. Warum Vögel im Wald nicht einfach zwitschern, ist mir schleierhaft, das würde doch das ganze Waldkonzept wesentlich attraktiver machen.

Ich lief um das Gewächshaus herum zur Rückseite und entdeckte eine zerbrochene Fensterscheibe. Ich brach die letzten Scherben aus dem Rahmen, bis die Öffnung groß genug war, um hineinzuschlüpfen.

Dann stand ich inmitten der Plantage.

Es roch stickig und schwül, wie nach einem schweren oder billigen Parfüm.

Es roch himmlisch.

Wie man's nimmt.

Ich zückte mein Handy und schoss ein paar Bilder, teils Nahaufnahmen von den Pflanzen, teils Ansichten der langen Pflanzreihen, schickte sie an Lars Berglund und schlug ihm vor, seiner alten Redaktion doch einen kleinen Tipp zu geben.

Dann schlenderte ich an den Reihen entlang. Das Bewässerungssystem war wirklich ausgeklügelt, und als ich einmal vor und wieder zurückgelaufen war, entdeckte ich genau dort, wo ich durch das kaputte Fenster eingestiegen war, eine Art Grabstein.

Oder vielmehr ein Mahnmal, wie sich herausstellte, nachdem ich einen Teil der Oberfläche freigekratzt hatte. Es war vielleicht einen halben Meter hoch.

Ich kratzte noch mehr Dreck herunter, und zum Vorschein kamen Nazisymbole – ein Eisernes Kreuz, ein Hakenkreuz, ein Adler und womöglich ein Hitler-Porträt, das war nicht genau zu erkennen, weil der Stein ausgerechnet an der Stelle besonders verwittert war. Ich kratzte noch mehr Dreck weg, zog und ruckelte an dem Stein, aber er saß einfach zu fest. Allerdings hatte ich ihn jetzt hinreichend freigelegt, um Teile der schwedischen Namen, die offenbar in den Stein gemeißelt worden waren, entziffern zu können.

An...

...ivec...

Bertil

Besonders der Name Bertil war gut zu erkennen, allerdings hätte ich den Stein waschen und abschrubben müssen, um genau zu sehen, was darauf stand. Ich war mir nicht mal sicher, ob das überhaupt möglich war.

Ich schoss ein paar Fotos von dem Stein, als plötzlich ein Geräusch aus dem Wald zu hören war.

Das Brummen eines Motors.

Es klang wie ein Motorrad.

Nein, zwei Motorräder, die am Hang runterschalteten.

Ich kroch durch dasselbe Fenster hinaus, durch das ich reingekommen war, und rannte geduckt vom Gewächshaus in die entgegengesetzte Richtung.

In einem Halbkreis wollte ich zurück zu meinem Auto laufen, warf mich dann aber auf die Erde und ging hinter ein paar Farnen in Deckung, als ich sah, wie zwei junge Kerle in Lederjacken meinen Wagen in Augenschein nahmen.

Sie zuckten mit den Schultern und gingen dann in unterschiedliche Richtungen davon.

Einer von ihnen kam langsam, aber sicher direkt auf mich zu, und ich drückte mich tiefer in die Farnbüschel und versuchte, mich so flach wie möglich auf den Boden zu pressen. Ich hätte natürlich auch aufstehen und einfach sagen können: »Hej, Jungs, macht ihr auch 'nen kleinen Spaziergang?«, aber wieder einmal hielt mein Bauchgefühl mich davon ab und flüsterte mir ein, dass diese zwei sich nicht nur verdächtig, sondern regelrecht feindselig verhielten.

Dann kitzelte mich etwas am Hals.

Irgendwas kroch über mich hinweg.

Erst da erkannte ich, dass ich mich nicht nur auf den Boden in ein paar Farnbüschel geworfen hatte. Zu meiner Linken türmte sich überdies ein meterhoher Ameisenhaufen auf, und die munteren kleinen Arbeiter krabbelten mir über die Hände, ins Hemd, kletterten an meinen Wangen und an meiner Nase hoch und wieder runter, krochen mir in die Haare und stachen zu oder pinkelten, was immer diese Biester denn nun anstellen.

Der Mann, der auf mich zumarschiert war, blieb einen halben Meter jenseits des Ameisenhaufens stehen. Ich konnte seine Stiefel sehen. Sie waren braun, ausgelatscht, hatten aber anständige Sohlen.

Aus der entgegengesetzten Richtung rief der andere: »Siehst du was?«

»Nein, nichts«, antwortete der Mann mit den Stiefeln.

Drei, vier, fünf Ameisen krochen mir über die Lippen und eine weitere Handvoll in die Ohren.

Der Mann direkt vor mir drehte sich um und machte zwei Schritte zur Seite. »Bestimmt nur jemand, der seinen Hund ausführt.«

»Aber hier ist doch sonst nie jemand«, sagte der andere.

»Stimmt, aber... was weiß denn ich.«

»Glaubst du, es ist entdeckt worden?«

»Keine Ahnung, hier ist ja niemand, aber wir sollten gleich alles genau abchecken.«

Sie blieben noch einen Moment lang bei meinem Wagen stehen, ehe sie auf ihre Maschinen stiegen, starteten und den Weg zum Gewächshaus nahmen.

Ich atmete aus, schnaubte und schüttelte den Kopf.

Setzte mich auf.

Kniete mich hin.

Von den Motorrädern war nichts mehr zu sehen, und dann verstummte das Dröhnen der Motoren, sodass ich annahm, dass die beiden am Gewächshaus angekommen waren.

Kurz dachte ich darüber nach, wieder hinaufzuschlendern und einen auf dumm oder unschuldig zu machen, aber mit Hunderten von Ameisen auf und unter meiner Kleidung hätte ich wohl keinen allzu glaubwürdigen Eindruck erweckt. Also schlich ich geduckt zum Auto zurück, zog vorsichtig die Tür auf und stieg ein. Ich steckte den Zündschlüssel ins Schloss und drehte ihn herum, ließ den Motor dann aber doch nicht an, sondern nahm nur den Gang raus und rollte, da das Auto am Hang gestanden hatte, langsam rückwärts den Weg hinunter.

Erst unten an der breiteren Straße ließ ich den Motor an, bog ab und gab Gas.

Im Rückspiegel war niemand.

Entgegen kam mir auch keiner.

Nach ein paar Kilometern fuhr ich an einer Bushaltestelle rechts ran und stieg aus, schlüpfte aus meinem Hemd und schüttelte es aus. Dann hüpfte ich ein paarmal auf der Stelle auf und ab, fuchtelte mit beiden Armen und versuchte, die Ameisen abzuschütteln, die sich zu Stellen vorgearbeitet hatten, an denen Ameisen besser nicht herumkriechen sollten.

Ich fragte mich, ob man so einen Regentanz aufführte.

Womöglich würde es jeden Moment anfangen zu schütten.

War auch nötig, wenn man den Bauern Glauben schenkte.

Allerdings sagten die selten etwas anderes.

Bevor ich bei Lars Berglund abgefahren war, hatte er mich noch zum Auto gebracht, und als ich mich gerade hinters Steuer setzen wollte, hatte er mir einen Zettel in die Brusttasche gesteckt. Jetzt setzte ich mich in das Bushäuschen, faltete den Zettel auseinander, und mein Blick fiel auf die Telefonnummer und den Namen einer Frau: Inger Johansson. Garantiert seine Informantin. Offenbar hatte er sich am Ende doch einen Ruck gegeben und Vertrauen zu mir gefasst, als ich ihm von meiner Faszination für Wasserfahrzeuge auf dem Öresund berichtet hatte.

Ich tippte die Nummer in mein Handy ein, aber es sprang nur die Mailbox an, mit der Aufforderung, eine Nachricht zu hinterlassen oder, wenn es eilig wäre, im Gemeindeamt anzurufen.

Ich sprach eine Nachricht drauf.

Dann rief ich in der Gemeinde an und wurde an einen Anschluss mit einer Bandansage weiterverbunden, die verlautbaren ließ, die Person hinter der Nummer sei im Urlaub und erst in drei Wochen wieder zurück.

Ich gab den Namen Inger Johansson bei Google ein. In der Lokalausgabe der Zeitung war das eine oder andere über sie berichtet worden, vor allem über ihr vierzigjähriges Dienstjubiläum, das zwei Jahre zuvor gefeiert worden war. Da war sie zweiundsechzig gewesen und hatte bei Kaffee und Kuchen mit einem Blumenstrauß für ein Foto posiert. Ich war nicht überrascht zu sehen, dass Britt-Marie Lindström das Bild geschossen hatte. Inger Johansson hatte kurz geschnittenes, schlohweißes Haar und eine große runde Brille auf der Nase, die ihr Ähnlichkeit mit einer Eule verlieh. Der Rest von ihr verschwand hinter dem riesigen Strauß Blumen. Sie hatte innerhalb der Gemeinde schon so gut wie alle Ämter durchlaufen. Seit zwei Jahren war sie Gemeindeschreiberin, was auch immer das heißen sollte.

Ich schrieb ihr eine E-Mail, die ich so vage wie möglich formulierte, in der ich sie aber trotzdem nachdrücklich bat, mit mir Kontakt aufzunehmen. Als ich anschließend noch einmal ihre Nummer wählte, sprang die Mailbox nicht mehr an. Das Freizeichen klang allerdings nicht so, als wäre sie irgendwo im Ausland, insofern musste es doch möglich sein, sie aufzuspüren. Ich rief erneut bei der Gemeinde an und tischte eine Story auf, mit der ich schon einmal erfolgreich gewesen war. Allerdings musste der Mensch am anderen Ende der Leitung entweder schwachsinnig oder vollkommen planlos gewesen sein. Die Person, die in der Zentrale meinen Anruf entgegennahm, klang jedenfalls so, als hätte sie heute ihren ersten Arbeitstag.

Ich erzählte ihr, dass Inger Johansson bei einer Fernsehlotterie eine Million Kronen gewonnen habe und ich sie jetzt innerhalb der nächsten vierundzwanzig Stunden erreichen müsse, damit der Gewinn ausgezahlt werden könne. Inger – inzwischen nannte ich sie beim Vornamen – habe ihr Handy abgestellt, um im Urlaub nicht gestört zu werden, aber ich wollte, dass sie trotzdem ihr Geld bekäme.

Das Mädchen in der Zentrale versprach, kurz Rücksprache zu halten und sich dann wieder bei mir zu melden.

Es dauerte sieben Minuten.

»Hallo, ja, hier ist Malin von der Gemeindeverwaltung. Wir wissen nur, dass Inger immer Urlaub irgendwo in abgelegenen Gegenden macht, wo sie kein Telefon hat. Wo genau, weiß hier keiner. Aber ihre Mutter lebt in einem Seniorenheim, die weiß bestimmt, wo Inger steckt. Vielleicht kriegen Sie von ihr ja eine Nummer.«

Ich rief das Seniorenheim an und bat darum, mit Greta Johansson verbunden zu werden. Ein paar Minuten später kam eine feste Stimme ans Telefon, und ich erzählte auch ihr die Geschichte von dem Millionengewinn.

»Ja, nee...«, sagte die Frau.

»Ja, nee?«

»Eigentlich darf ich das nicht... aber... Ich weiß auch nicht, warum das alles immer so heimlich sein muss, und es geht immerhin um eine Million Kronen, sagten Sie?«

»Ganz genau.«

»Das ist eine Menge Geld. Ein Vermögen.«

Als Greta Johansson jünger gewesen war, mochte eine Million noch eine unvorstellbare Summe gewesen sein, aber heutzutage reichten eine Million Kronen ganz sicher nicht mehr bis ans Lebensende. Es sei denn natürlich, man hieß Greta Johansson. Bis ans Lebensende fehlte bei ihr ja nicht mehr allzuviel.

»Wissen Sie, wo Solviken liegt?«, fragte sie.

»Ja.«

»Dann kennen Sie das alte Waschhaus.«

»Nein.«

»Wo früher die Frauen hingegangen sind, um Wäsche zu waschen. Das war sogar noch vor meiner Zeit.«

»Können Sie mir sagen, wo genau das ist?«

Greta erklärte es mir. Sie sei achtundachtzig, erzählte sie, aber immer noch bei klarem Verstand, und am Ende hatte ich eine Wegbeschreibung von ihr, die recht brauchbar klang.

Ganz bis dorthin zu fahren war, wenn ich sie richtig verstanden hatte, unmöglich, also ließ ich den Wagen an einem Waldweg stehen und lief an einem Acker entlang und durch ein Waldstück hinunter zum Meer. Das einzige Getreide, was ich hundertprozentig erkennen kann, ist Hafer, allerdings war das auf dem Acker kein Hafer, insofern konnte es so ziemlich jede andere Getreideart gewesen sein.

Der Pfad war nicht gerade bequem zu gehen. Er wurde offenbar selten benutzt, und je weiter man ging, umso mehr große Steine lagen im Weg, über die ich hinwegspringen oder an denen ich mich mit großen Schritten vorbeimanövrieren musste.

Der Küstenstreifen auf dieser Seite des Skälderviken besteht hauptsächlich aus Stein und Fels, und Familien mit Kindern besuchen lieber die Sandstrände hinter Farhult oder außerhalb von Ängelholm.

Außer Steinen gibt es hier auch eine Menge Häfen, aber diesen hier hatte ich wirklich noch nie gesehen. Das Hafenbecken war maximal vier, fünf Quadratmeter groß, und darin lag ein einziges Boot: ein Motorsegler mit Mahagonideck. Es war unglaublich gut erhalten und gepflegt, sah aber aus, als würde es schon eine ganze Weile hier liegen.

Die Mole, an der das Boot vertäut lag, war vielleicht fünf Meter lang.

Hinter Gestrüpp glaubte ich, eine Bootshütte zu erkennen, und auf einem gepflasterten Plateau oberhalb des Hafenbeckens thronte ein kleines Wohnhaus.

Beide Gebäude waren rot und sahen frisch gestrichen aus, die Eckpfosten waren makellos weiß.

Vor dem einzigen Fenster an der Längsseite und vor einem deutlich kleineren Fenster in der Giebelseite des Wohnhauses hingen Blumenkästen, wobei der Blumenkasten des Giebelfensters entsprechend nur halb so groß war wie der auf der Vorderseite.

Auf dem Dach hatte sich Moos angesiedelt, in einem kleinen Beet wuchsen Kartoffeln und Karotten, und zwischen zwei Pfosten vor der Bootshütte hingen Fischernetze.

Ich klopfte an.

Von drinnen war kein Mucks zu hören.

»Hallo? Ich bin auf der Suche nach Inger Johansson«, rief ich und legte beide Hände ans Fenster, um einen Blick hineinzuwerfen.

Auf einem Küchentisch standen zwei Kaffeebecher, dahinter war ein ungemachtes Doppelbett zu sehen, ein Campingkocher, Äpfel in einer Schale und ...

... mehr konnte ich nicht mehr erkennen.

Denn plötzlich traf mich etwas Hartes im Nacken und drückte mich mit dem Gesicht gegen die Fensterscheibe.

»Bleiben Sie stehen. Stillstehen, verdammt.«

Eine Frau.

Die Stimme klang hart und bestimmt.

In der Fensterscheibe spiegelte sich ein Gewehrlauf.

»Unter diesen Umständen kann ich nun wirklich nicht gut stillstehen«, sagte ich.

Der Lauf bohrte sich umso fester in meinen Nacken.

»Sie sind mir wohl ein ganz besonders Lustiger, was?«

Ich hob beide Hände.

»Wer sind Sie? Was wollen Sie hier?«

»Ich heiße Harry Svensson«, antwortete ich. »Ich bin auf der

Suche nach Inger Johansson. Ich habe mit ihrer Mutter gesprochen, mit Greta ...«

»Ist ihr irgendwas passiert?«

Diese Stimme klang anders, weicher, besorgt. Dann waren es also zwei.

»Drehen Sie sich langsam um!«

Wieder die harte Stimme.

Langsam und mit erhobenen Händen drehte ich mich um.

Inger Johansson erkannte ich auf der Stelle von dem Bild im Internet wieder. Die Frau mit der Waffe hatte harte Gesichtszüge und sah mich über den Gewehrlauf hinweg misstrauisch an.

»Ihre Mutter klang ganz fit«, sagte ich zu Inger Johansson.

»Was wollen Sie von Inger?«, fragte die Frau mit der Waffe und richtete den Lauf genau zwischen meine Augen. »Leute, die hier rumschnüffeln, können wir nicht leiden. Wir wollen unsere Ruhe haben.«

»Das kann ich gut verstehen«, sagte ich. »Aber es gibt da eine Sache... Sie...« An Inger gewandt fuhr ich fort: »Sie haben der Zeitung einen Hinweis zu einem gewissen Jacob Björkenstam gegeben, und es sind da ein paar Dinge vorgefallen, über die ich mich mit Ihnen unterhalten muss.«

»Wie kommen Sie darauf, dass ich darüber irgendetwas wissen könnte?«

»Reine Vermutung«, gab ich zurück, hörte aber selbst, wie hohl meine Stimme klang.

»Haben Sie mit Lars Berglund geredet?«

»Möglich.«

»Ach, dann hat er also geplaudert. Das hätte ich von ihm nicht gedacht«, sagte Inger Johansson. »Auf ihn war sonst immer Verlass.«

Die beiden waren tropfnass und hatten Badekappen auf, Inger eine weiße, die andere eine dunkelblaue.

Inger hatte sich zwei Handtücher über den Arm gelegt, während die andere immer noch ihr Gewehr mit dem hellen Holzgriff im Anschlag hielt. Möglicherweise handelte es sich um einen Elchstutzen.

»Muss ich weiter so dastehen?«, fragte ich. »Wenn Sie nicht mit mir reden wollen, dann gehe ich wieder und lasse Sie in Frieden, aber wenn Sie beide, oder nur Sie, Inger, sich unterhalten möchten, könnten wir uns vielleicht hinsetzen.«

»Sie will nicht in diese Sache mit hineingezogen werden«, sagte die Frau mit dem Gewehr.

»Ist das wahr, Inger?«, fragte ich. »Irgendetwas ist da verdammt noch mal im Busch, ich könnte Ihnen Sachen erzählen, die ... na ja, um die man sich kümmern sollte, bevor irgendjemand Schaden nimmt.«

»Nimm die Büchse runter, Ann-Marie«, sagte Inger.

»Sicher?«

Inger nickte, die Frau namens Ann-Marie nahm die Waffe runter und ich die Hände.

Inger Johansson war vierundsechzig, was ich natürlich wusste, nachdem ich den Artikel über sie gelesen hatte, während Ann-Marie vermutlich auf die siebzig zuging.

Als Inger sich auf den Weg ins Haus machte, um sich umzuziehen, strich Ann-Marie ihr über die Wange, und jetzt war klar, warum die beiden sich in diesem entlegenen Hafen aufhielten. Als die beiden ein Paar wurden, hatten vermutlich noch andere Zeiten geherrscht, wobei ich mir nicht einmal sicher bin, ob die Zeiten heute wirklich so viel besser sind, wie es immer heißt.

Wenig später ließen wir uns an einem kleinen weißen Gartentisch im Schatten nieder, und ich erfuhr, dass Ann-Marie mit Nachnamen Ströyer hieß und dänische Eltern hatte, aber in Schweden zur Welt gekommen war. Früher hatte sie hauptsächlich Fischfang betrieben und sowohl Restaurants als auch Hotels mit Fisch beliefert, inzwischen aber fing sie nur noch gerade so viel, dass es für sie selbst und Inger reichte, die für ein paar Wochen hier eingezogen war.

»Dass Berglund meinen Namen erwähnt hat, war dumm von ihm«, stellte Inger fest. »Und verstößt das nicht auch gegen die Berufsethik? Gibt es da nicht irgendein Gesetz, das besagt, dass Sie Ihre Quellen nicht preisgeben dürfen?«

»Na ja, er hat Sie nicht ganz freiwillig ins Spiel gebracht. Er hat offenbar gesehen, wie verzweifelt ich war, und außerdem war es ein Tipp unter Kollegen, insofern ist es schon in Ordnung«, erklärte ich, ohne recht zu wissen, wovon ich redete.

Die beiden Frauen machten sich über ihre Butterbrote her. Dann zog Ann-Marie eine Packung Rizla-Papers und einen Drum-Tabakbeutel aus der Tasche, drehte sich eine Zigarette und zündete sie an.

»Rauschmittel, Sie wissen schon«, sagte Inger.

»Was meinen Sie?«

Unwillkürlich schoss mir durch den Kopf, dass Ann-Maries Zigarette ganz ähnlich aussah wie die Joints, die ich von Krister Jonson bekommen hatte.

»Ich hab läuten hören, dass hinter Björkenstams Investitionen in die Gemeinde Drogengelder stecken«, erklärte Inger.

»Drogengelder? Und ich dachte, dass seine Geschäfte mit Russland nicht ganz koscher sind – er treibt sich ja mit irgendwelchen Oligarchen und Milliardären rum«, erwiderte ich.

»Schon, die Sendung hab ich auch gesehen, aber solche Leute können einfach nie genug kriegen. Da können sie noch so viel Geld scheffeln und wollen trotzdem ständig mehr, und dann bereichern sie sich an weniger erfolgreichen Leuten oder tun irgendwas Ungesetzliches.«

Mir schwirrte der Kopf.

Wovon redete sie?

Worauf wollte sie hinaus? Welche Sendung?

Und was hatte das mit dem Mädchen zu tun?

»Sie haben nicht zufällig heute in die Zeitung geguckt?«, fragte ich schließlich und fuhr dann direkt fort: »Dumme Frage. Hier draußen wird sie nicht verteilt. Aber vielleicht haben Sie ja online Nachrichten gelesen.«

»Wir haben hier keinen Computer, es gibt keinen Stromanschluss«, erklärte Ann-Marie.

Ich angelte mein Handy hervor, um den Artikel über die Haschplantage aufzurufen, aber vergeblich.

»Wir haben hier auch keinen Empfang«, teilte Ann-Marie mir mit.

Das sah ich selbst. Stattdessen erzählte ich ihnen von meiner Entdeckung im Wald und erwähnte, es könnte ein kleines Mädchen in die Sache verwickelt sein, nur dass ich den Zusammenhang, geschweige denn die wahren Hintergründe noch nicht erkannt hätte.

»Die Björkenstams sind feine Leute«, murmelte Inger Johansson. »Aber vor derlei feinen Leuten hab ich keinen Respekt, dafür hab ich schon zu viel gesehen und gehört. Nach so vielen Jahren in der Gemeindeverwaltung wundert man sich über gar nichts mehr. Jemand wie Edward Björkenstam nimmt sich, was er will, und das Gleiche gilt für seine Alte. Tja, Dreck am Stecken haben sie selbst in den besten Kreisen.« Sie hielt kurz inne. »Die Bauern hier in der Gegend wissen ganz genau, was dort oben angebaut wird, und der eine oder andere ... Manche wollen vielleicht irgendwas dagegen unternehmen, weil sie es für falsch halten. Wissen Sie, wie viele Drogen in dieser Gegend direkt vor Schultoren verkauft werden? Trotzdem halten die meisten den Mund. Waren Sie im letzten Sommer hier?«

Ich nickte.

»Erinnern Sie sich an den Bauern, der tot aufgefunden wurde?«

»Nein, aber ich kann mich noch daran erinnern, dass irgendein Kiosk abgebrannt ist, der von Ausländern betrieben wurde.«

»Das war eine andere Geschichte. Mir fällt der Name nicht mehr ein, aber ich meine, dass dieser Bauer keines natürlichen Todes gestorben ist. Der Fall wurde nie aufgeklärt. Verstehen Sie, was ich damit sagen will? Wenn so viel Geld im Spiel ist, werden die Leute skrupellos, und seit diese Biker-Gang hier ihr Revier markieren will, ist es nicht besser geworden.«

Als ich wieder abfuhr, hatte ich tatsächlich ein bisschen was erfahren, aber nichts, was mich auch nur einen Schritt weitergebracht hätte.

Ich war so verwirrt, dass ich nicht mal mehr dem Himmel ansehen konnte, ob es regnen würde oder nicht, das hatte ich sonst immer ganz gut hingekriegt.

Sie mochte Sonnenuntergänge. Sie war in Key West in Florida gewesen, wo sich die Menschen abends verabredeten, um gemeinsam der Sonne dabei zuzusehen, wie sie wie eine Teetasse im Spülwasser versank, aber soweit sie wusste, hatte sich diese Tradition in Schweden nicht durchgesetzt, zumindest nicht in Nordwest-Schonen, sie war sich nicht mal sicher, ob diese Leute in ihren Jogginganzügen hier überhaupt an Sonnenuntergängen, deren Zauber und Schönheit interessiert waren.

Heute Abend würde sie ausnahmsweise auf den Sonnenuntergang verzichten.

Ein Mann namens Harry Svensson hatte sich an ihren Tisch gesetzt, und sie fragte sich, worauf genau er hinausgewollt hatte – sofern er überhaupt auf irgendwas hinausgewollt hatte. Er hatte erzählt, er sei schon seit Jahren nicht mehr in Mölle gewesen. Sie hatte ihn kurz zuvor in seinem Auto auf ihrer Einfahrt wenden und wieder davonfahren sehen. Womöglich hatte er auch bloß gemeint, dass er nicht allzu oft nach Mölle kam.

Womöglich hatte er aber auch gelogen.

Im Internet fand sie heraus, dass Harry Svensson von Haus aus Journalist und daran beteiligt gewesen war, einen Verbrecher dingfest zu machen, der als »Spanking-Mörder« einen gewissen Bekanntheitsgrad erlangt hatte. Allerdings war das an ihr vorbeigegangen. Da waren sie wohl noch im Ausland gewesen.

Sie fuhr nach Solviken und setzte sich dort an den Pier.

Obwohl sie schon seit einer Ewigkeit kein Fleisch mehr aß, musste sie zugeben, dass es von den Grills des Restaurants ziemlich lecker roch.

Sie saß auf einer Bank ganz außen an der Hafeneinfahrt unter dem kleinen, blinkenden Leuchtturm und sah ein paar Jungs zu, die vom Pier ins Wasser sprangen. Gleich daneben stand ein Schild, das den Sprung vom Pier untersagte, aber die Jungs sprangen trotzdem, Jungs waren eben Jungs, wie ihre Schwiegermutter immer sagte.

In Solviken war sie schon gewesen, aber nicht hier unten im Hafen, und von ihrem Platz aus konnte sie jetzt Harry Svensson zwischen einem halben Dutzend riesiger Kabeltrommeln hin- und herlaufen und mit Leuten plaudern sehen, während er gleichzeitig irgendwas von einem Tablett nahm. Auch wenn sie ein ganzes Stück entfernt war, konnte sie die Musik hören, irgendein Stück, das sie nicht kannte, irgendwas zwischen Country und Rock mit Akkordeon.

Eigentlich hatte sie nicht vorgehabt, nach Solviken zu fahren, aber daheim brauchte man sie nicht, und sie hatte nicht zu Hause bleiben wollen.

Der Hafen von Solviken war wesentlich kleiner als der von Mölle. Am Pier standen noch ein paar alte Bootshäuser, und ein Mann in einer abgeschnittenen Jeans und einem T-Shirt mit Band-Aufdruck hantierte auf einem Boot mit einem Fischernetz herum. Er grüßte herüber, als sie vorbeischlenderte, und sie nickte zurück. Womöglich waren das die Rolling Stones auf seinem T-Shirt, aber es war zu verwaschen, um es genau zu erkennen. Sie stieg die Treppe zum Restaurant hoch. Sie hatte keine Ahnung, wie viele Leute normalerweise bei Harrys Barbecue-Abenden kamen, aber nach den vollbesetzten Tischen zu urteilen war heute bestimmt ein erfolgreicher Abend. Als Harry sie entdeckte, kam er auf sie zu.

»Was für eine Überraschung! Darf ich Sie auf etwas einladen?«

»Ich habe schon gegessen, aber ein Glas Wein würde ich noch trinken.« Mit Betonung auf »ein«. »Ich muss noch fahren.«

Während sie an einem erstaunlich guten Rotwein nippte, erzählte er ihr, was auf dem Grill lag, wie sie ihr Grillgut zubereiteten und dass die ganze Idee dazu ursprünglich aus einer Feierlaune heraus entstanden war. Wie er bei diesen Temperaturen in Cowboystiefeln herumlaufen konnte, wollte ihr nicht in den Kopf, aber... es sah sogar halbwegs nett aus.

»Gefällt Ihnen die Musik?«, fragte er.

»Schon, ich hab allerdings keine Ahnung, was das ist.«

»Ich hab eine ganz anständige Musiksammlung aus New Orleans oder vielmehr aus ganz Louisiana. Was da gerade läuft, hab ich alles auf meinem iPod.«

Ich hatte nicht damit gerechnet, dass Agneta Björkenstam bei uns im Lokal auftauchen würde, aber sie trank artig ihr Glas Rotwein, und dann standen wir eine Weile draußen an einer der Kabeltrommeln und machten noch ein bisschen Small Talk.

Sie hatte ein leichtes, helles Kleid an und eine Strickjacke über den Schultern.

Eigentlich sprach nichts dagegen, dass ich mich mit ihr unterhielt, aber ich fühlte mich unwohl bei der Sache, teils weil das Mädchen, auf das Arne derzeit aufpasste, solche Angst vor Agnetas Mann gehabt hatte, teils aber auch, weil ich nicht wusste, wie viel ich ihr erzählen durfte, schließlich hatte ich ja keine Ahnung, was sie wusste.

Sie wusste immerhin, wer ich war, aber was mich antrieb, wusste sie natürlich nicht.

Als sie wieder gefahren war, kam Simon Pender raus und bemerkte, wie überaus attraktiv meine neue Bekanntschaft gewesen sei.

Ich murmelte irgendwas in mich hinein und lief dann hoch zu meinem Haus, um Eva Månsson anzurufen. Allzu viel hatte sie nicht herausfinden können, gar nichts, um genau zu sein, und sie meinte, es könnte schwierig werden, wenn nicht unmöglich, den Halter des weißen SUVs zu identifizieren. Ich erzählte ihr von der Haschplantage im Wald und von meinem Treffen mit Inger Johansson von der Gemeindeverwaltung. Dass ich mit Agneta

Björkenstam gesprochen hatte, erwähnte ich nicht. Warum, hätte ich selbst nicht sagen können.

Als ich anschließend Arne anrief, erzählte er, dass er mit dem Mädchen in Anderslöv Klamotten einkaufen gewesen sei.

»Was sie anhatte, musste ich doch waschen«, erklärte er.

»Und das hat sie mitgemacht?«

»Das hat sie mitgemacht.«

Später im Bett konnte ich nicht einschlafen.

Ich hatte zwar geduscht, aber es fühlte sich immer noch so an, als würden mir Ameisen über den ganzen Körper krabbeln. Als ich das Licht wieder anmachte und mich im Bett umblickte, war allerdings keine einzige zu sehen. Stattdessen entdeckte ich sage und schreibe dreißig kleine, juckende rote Bissstellen an meinen Armen und am Oberkörper.

Ob ich irgendwann einschlief oder nur im Halbschlaf vor mich hindämmerte, kann ich nicht sagen, aber irgendwann schreckte ich auf, weil eine SMS eingetrudelt war. Ärgerlich, ich hatte mir gerade die alte Mannschaftsaufstellung von Djurgården vorgenommen, von damals, als Kim Källström, Andreas Isaksson und Johan Elmander noch dort gespielt hatten. Ich griff nach dem Handy und sah auf dem Display, dass der Welpe mich um einen Rückruf bat.

Ich rief also zurück.

»Svensson?«

»Ja.«

»Svensson!«

»Ja...«

Im Hintergrund war irgendein moderner Song zu hören, die Leute kreischten oder sangen mit, es klang wie eine Party, wie eine Strandparty, und ich meinte, sogar Wellen rauschen zu hören.

»Harry Svensson, verdammt, dass du anrufst!«

»Na ja, du hast doch um einen Rückruf gebeten?«

Er rief irgendwas am Hörer vorbei, was ich nicht verstehen konnte.

»Klingt wie eine Party«, stellte ich fest.

»Und Party ist nur der Vorname.«

Er klang betrunken. Wie spät war es überhaupt in Thailand? Fünf, sechs Uhr morgens?

»Nur ganz kurz, Svensson... WOOOHOOO!«

»Was ist denn da los?«

»Was für verdammt scharfe Frauen hier unterwegs sind, gerade ist eine vorbeigelaufen...«

»Was willst du?«

»Eins hatte ich vergessen, Svensson... Scheiße, der kann man voll durchs Kleid durchgucken, das glaubst du nicht!«

»Komm zur Sache, Tim«, forderte ich ihn auf.

»Der Artikel, weißt du noch?«

»Ja?«

»Mit dem Artikel war nichts, der war Mist, aber da schert sich eh keiner drum, aber du, Svensson... Bist du noch dran?«

»Ja«, antwortete ich zusehends genervt.

»Am Mittsommerabend hat mich irgend so ein Vogel angerufen. Ich bin nicht rangegangen, ich meine, wer zum Teufel geht schon an Mittsommer ans Telefon? Oder was meinst du?«

»Nein«, gab ich zurück. »Komm zur Sache.«

»Also, pass auf: Dieser Typ ruft an und erzählt, er hätte Informationen zu meinem Artikel.«

»Der Typ hat den Wagen wiedererkannt«, schlussfolgerte ich und war schlagartig hellwach.

»Was?«

»Den Wagen«, sagte ich. »Hat er den Wagen auf dem Foto wiedererkannt?«

»War da ein Wagen auf dem Foto?«

»Vergiss es.«

»Also, gesprochen hab ich mit ihm nicht, aber er hat mir eine Nachricht draufgesprochen und eine Nummer hinterlassen. Willst du die haben?«

»Du hast ihn nicht zurückgerufen?«

»Es war Mittsommer, Svensson... MITTSOMMER! HALLO! Ich arbeite nicht, wenn ich freihabe, außerdem war ich auf dem Weg hierher, nach Thailand, ich hab die Nachricht nicht mal abgehört.«

Mir verschlug es die Sprache.

»Du kannst die Nummer haben, wenn du willst«, fuhr der Welpe fort. »Ich wollte gerade einer Braut 'ne SMS schreiben, als ich die Benachrichtigung gesehen hab... wer bitteschön hinterlässt denn heutzutage noch Nachrichten auf der Mailbox?«

»Gib mir die Nummer«, sagte ich ungeduldig.

Er diktierte mir die Nummer, und ich notierte sie auf eine Zeitung, die neben meinem Bett am Boden lag.

Es war inzwischen mitten in der Nacht und viel zu spät, um anzurufen.

Als ich das Handy auf den Nachttisch legte, krabbelte eine Ameise über das Display.

Eine Stunde nachdem sie sich in seinem Lokal von Harry Svensson verabschiedet hatte, saß sie immer noch in ihrem Wagen in einer Haltebucht oben an der Schnellstraße.

Sie war besorgt... nein, das war nicht das richtige Wort. Sie hatte irgendwie eine Ahnung, eine Art Vorahnung, dass ihr Leben, so wie sie es bislang geführt hatte, eine Wendung nehmen würde. Oder ein Ende hätte. Sie wusste nach wie vor nicht, welchen Geschäften ihr Mann nachging, aber er war derzeit so gut gelaunt wie schon seit Jahren nicht mehr, und dieses mulmige Gefühl, diese Unruhe, diese Vorahnung – all das sagte ihr, dass es damit bald zu Ende wäre.

Natürlich: Auch sie hatte Geheimnisse.

Würde sie jemandem davon erzählen, wäre alles auf einen Schlag vorbei.

Sie hatte nie auch nur ein Wort darüber verloren, was sie gesehen oder gehört hatte, musste aber immer wieder daran denken, was einer ihrer Lehrer in der Schule gern gesagt hatte: »Es gibt keine Geheimnisse. Irgendwann kommt alles ans Licht. Es kommt alles heraus.«

Womöglich würde dieser Harry Svensson ihr noch nützlich sein.

Außerdem hatte er beim Anblick ihrer Brüste nicht losgegeifert wie die meisten anderen Männer.

So ganz verstand sie nicht, warum sie gezwungen war zu fliehen, um ganz genau zu sein, verstand sie es kein bisschen.

Ihr Vater war tot, aber sie hatte geglaubt – oder gehofft –, dass sie und ihre Mutter auf dem Hof bleiben dürften und Mama weiter Gemüse im Hofladen verkaufen würde. Doch dann hatte sie gesagt: »Sie haben uns alles weggenommen, erst deinen Papa, und jetzt nehmen sie uns auch noch den Hof weg.«

Sie hatte wissen wollen, wer »sie« waren, aber ihre Mutter hatte bloß den Kopf geschüttelt.

Stattdessen waren sie in ein Mehrfamilienhaus in der Nähe von Jonstorp gezogen, in den ersten Stock, gleich über einem netten älteren Mann. Mama hatte sich schwer damit getan, einen Job zu finden, im Sommer hatte sie lediglich aushilfsweise als Erntehelferin gearbeitet.

Sie selbst hatte angefangen umherzustreifen: Sie hatte mächtig weite Strecken zurückgelegt, war sogar bis zu ihrem alten Hof gelaufen. Er sah immer noch genau so aus, wie sie ihn zurückgelassen hatten, sogar das gelbe Absperrband der Polizisten war noch da.

Manchmal ging Mama runter zu dem netten Mann, der ihr dann immer ein Glas Schnaps anbot. Der Mann war Säufer.

Hin und wieder verschlief Mama, sodass sie selbst irgendwann anfing, sich um alles zu kümmern.

IV

Mittwochmorgen

Nach dem Aufstehen rief ich als Allererstes die Nummer an, die der Welpe mir diktiert hatte, die Nummer einer Person, die irgendetwas über Jacob Björkenstams Foto aus der Zeitung sagen konnte.

Es klingelte so lange, dass ich schon drauf und dran war aufzulegen, als plötzlich jemand röchelte und fluchte.

»Verdammt!«

»Hallo?«

»Verdammt noch ... Hallo?«

Im Hintergrund kläfften Hunde. Sie klangen riesig.

»Schnauze!«, brüllte der Mann, der den Anruf entgegengenommen hatte.

»Ich hab doch gar nichts gesagt«, murmelte ich.

»Ich meinte die Hunde.« Dann räusperte er sich, und es hörte sich an, als würde er ausspucken. »Wer ist verflucht noch mal überhaupt dran?«

Ich stellte mich vor und erklärte ihm, dass ich ihn anriefe, weil er angeblich über Informationen zu einem Foto verfüge, das er in der Zeitung gesehen hatte.

»Und da rufst du jetzt erst an?«

»Ich hab Ihre Nummer erst gestern Nacht bekommen«, sagte ich.

»Verdammt ... Was treibt ihr eigentlich? Ich hab vor einer ganzen Woche angerufen, vor über einer Woche! Aber Moment mal ... Das bist gar nicht du ...«

»Doch, das bin ich.«

»Nein, du bist nicht er.«

»Wen meinen Sie?«

»Diesen anderen, den ich angerufen hab. Seine Stimme auf der Mailboxansage…«

»Der hat einen anderen Auftrag bekommen, deshalb hat er mir Ihre Nummer gegeben.«

Der Mann brüllte noch mal: »Schnauze!«, allerdings schien es nichts zu nützen. Die Hunde kläfften sich die Seele aus dem Leib.

»Kannst du… Kannst du in einer Stunde noch mal anrufen? Als das Telefon geklingelt hat, hab ich geschlafen, und die Hunde haben angefangen zu kläffen.«

»In einer Stunde?«

»Eine Stunde.«

»Wie heißen Sie überhaupt?«

Eine Antwort kam nicht mehr, er hatte bereits aufgelegt.

Während ich darauf wartete, dass die Zeit verging, kochte ich Kaffee, setzte mich wieder an den Rechner und suchte nach zusätzlichen Informationen über Jacob Björkenstam. Dass er im Osten Geschäfte machte, wusste ich bereits, aber was genau das für Geschäfte waren, konnte ich nicht herausfinden. Ich stolperte über einen *New-York-Times*-Artikel, in dem Björkenstam am Rande erwähnt wurde. Der Artikel handelte davon, wie die USA versuchte, westliche Vorstöße russischer Geschäftsmänner zu unterbinden. Björkenstams Name war einer von acht, die anderen stammten entweder aus Russland oder aus der Ukraine, und ihnen allen wurde Korruption zur Last gelegt und dass sie Gelder, die angeblich dem russischen Volk oder dem Staat gehörten, unterschlagen und außer Landes gebracht hätten. So ganz verstand ich das Journalistenenglisch nicht.

Aber was hatte das bitte schön mit dem Mädchen zu tun?

Ich hatte ein paar vage Spuren, aber nichts, was ich bislang zutage gefördert hatte, erklärte, warum das Mädchen so große Angst vor Björkenstam hatte.

Warum hatte sie so heftig reagiert, als sie ihn auf dem Bild gesehen hatte?

Ich wartete die Stunde nicht ganz ab, sondern rief schon nach einer Dreiviertelstunde wieder an. Diesmal ging der Mann direkt ran. Er klang außer Atem.

»Du, ich bin gerade mit den Hunden draußen, ich kann jetzt nicht reden.«

»Wann denn dann?«

»In einer Stunde.«

»Wo sind Sie denn? Können wir uns treffen?«

»Ich wohne in Helsingborg.«

»Und wie heißen Sie?«

»Oskar.«

»Und weiter?«

»Helander. Oskar Helander.«

»Ich könnte in einer Dreiviertelstunde in Helsingborg sein, aber ich will erst wissen, worum es hier eigentlich geht.«

»Okay, da vorn ist eine Bank ... Da setz ich mich drauf und lass die Hunde frei. Die brauchen Auslauf.«

Ich hörte Schritte und das Hecheln mehrerer Hunde.

»So, jetzt.«

»Warum haben Sie meinen Kollegen angerufen?«

»Weil ich ihn wiedererkannt hab.«

»Wen?«

»Den auf dem Foto.«

»Björkenstam?«

»Ja.«

»Sie kennen ihn?«

»Na ja, nee ... nicht wirklich, aber ... Ich weiß ein bisschen was über ihn. Ich dachte, vielleicht würde ich ja eine kleine Belohnung kriegen.«

»Doch nicht von einer Lokalzeitung – bei denen weiß man doch nicht mal, ob die morgen noch existieren. Nicht mal die großen Zeitungen bezahlen mehr viel für Hinweise. Aber was können Sie denn über ihn erzählen?«

»Er ist ein Mörder.«

»Was?«

»Oder wie immer das heißt. Totschläger. Verdammt.«

»Björkenstam?«

»Ja.«

»Wie kommen Sie darauf?«

»Es ist schon eine Weile her, das war eine Kneipenschlägerei in Båstad, da haben damals sicher fünfzehn, zwanzig Leute mitgemischt. Ein verschissener Fight. Kannst du überall nachlesen. Einer meiner Kumpels ist dabei draufgegangen. Darüber ist damals ziemlich viel berichtet worden. Irgendwer hat ihm gegen den Kopf getreten, wer genau, ist nie geklärt worden, da hat ja auch keiner ein Wort gesagt, also, wir haben kein Wort gesagt, klar, wir waren auch nicht gerade Gottes Lieblingskinder, aber diese verdammte Oberschichtenclique hat das Maul genauso wenig aufgekriegt, die waren sich für so was zu fein.«

»Wann ist das passiert?«

»1990.«

»Und Sie behaupten, Björkenstam sei in die Sache verwickelt gewesen?«

»Er hat meinem Kumpel damals gegen den Kopf getreten.«

»Und Sie haben nicht gegen ihn ausgesagt?«

»So was verdrängt man lieber, so in der Art. Aber als ich ihn dann in der Zeitung gesehen habe, ist mir klar geworden, dass dieses Arschloch mittlerweile Multimillionär ist, während ich hier wie ein verdammter Loser von der Invalidenrente leben muss. Aber dieser andere, der Typ von der Zeitung, der hat nicht zurückgerufen.«

Ich wusste nicht mehr, was genau ich über den Welpen erzählt hatte, und sagte daher nur: »Der ist krankgeschrieben.«

»Ich muss hier noch ein paar Sachen abwickeln, aber wir könnten uns zum Essen treffen.«

»Okay. Aber haben Sie denn irgendwelche Beweise?«

»Mich selbst und mein Gedächtnis. Und ein paar Zeitungsausschnitte.«

»Bringen Sie alles mit, was Sie finden können.«

»In Ordnung.«

Er gab mir die Adresse eines Cafés in der Nähe seiner Wohnung, wo wir uns für zwölf Uhr verabredeten.

Eine Sache sagte Oskar Helander noch, bevor er auflegte: »Ich hab im Übrigen mit ihm gesprochen, er klingt immer noch genau wie früher. Ich hab ihm gesagt, dass jetzt Zahltag ist, heißt das nicht so?«

»Was genau?«

Aber meine Frage hörte er schon nicht mehr, stattdessen brüllte er den Hunden hinterher.

»Mit wem haben Sie gesprochen? Mit Björkenstam?«

Er drückte das Gespräch weg.

Was war das denn bitte schön gewesen?

Ich hatte das gleiche Kribbeln im Bauch wie immer, wenn ich einer guten Story auf die Spur gekommen war, wie immer, wenn ich überzeugt war, an einer großen Sache dran zu sein, und ich hatte bereits Schlagzeilen, Titelseiten und Sonderbeilagen vor Augen.

Was hatte er gleich wieder gesagt?

Hatte er wirklich mit Jacob Björkenstam gesprochen – mit dem »heimlichsten Millionär« Schwedens? Was zum Teufel hatte er zu ihm gesagt?

Dass ihr Mann unterwegs war, störte sie nicht. Das bedeutete schlichtweg nur, dass sie mehr Zeit hatte, um der Spur des Geldes zu folgen.

Es schien, als hätten ihre Schwiegereltern beinahe überall mitgemischt: bei Immobilien in Stockholm und London, in Industriebetrieben, in der Landwirtschaft, im Gastgewerbe, in Lebensmittelbetrieben und Einkaufszentren.

Auf die eine oder andere Weise war auch sie Teil des Imperiums.

Inzwischen wusste sie, dass es heutzutage längst nicht mehr ungewöhnlich war, wenn auch Frauen große Unternehmen leiteten, warum also ihre eigene Familie darauf beharrte, dass Frauen in Geschäftsdingen nichts zu sagen hätten, wollte ihr nicht einleuchten. Ihre Schwiegermutter beispielsweise war doch durchaus eingebunden, und manchmal konnte man sogar beinahe den Eindruck gewinnen, als sei sie es, die insgeheim die Strippen zog.

Erstaunlicherweise hatten weder ihr Mann noch die Schwiegereltern einen Ehevertrag gefordert oder auch nur aufs Tapet gebracht. Bisweilen hatte sie den Verdacht, dass alle sie für beschränkt hielten und ihr nicht zutrauten, auch nur ansatzweise zu begreifen, wie sie ihren Nutzen aus dem Familienvermögen ziehen konnte. Vermutlich lag es aber einfach nur daran, dass in einer Familie von ihrem Schlag das Wort »Scheidung« gar nicht erst existierte.

Man saß es aus.

Man sah weg.

Man ließ die Jungs eben Jungs sein.

So war es schon immer gewesen, und so würde es für immer bleiben.

Allzu viele Freundinnen hatte sie nicht mehr. Die neuen, die sie über ihren Mann kennengelernt hatte, trugen Spitznamen wie Muffan, Trillis, Pysse oder Pirran. Sie stammten aus einer vollkommen anderen Welt als sie selbst und erwähnten Namen wie Madde, Carl Philip und Victoria, als wäre es das Selbstverständlichste der Welt.

Wo sie aufgewachsen war, hatte die Königsfamilie nicht gerade hoch im Kurs gestanden.

Die neuen Freundinnen waren die Schwestern oder Frauen von Freunden ihres Mannes, und sie hatten Agneta augenblicklich Aggis getauft.

In ihrem alten Leben war sie immer Neta gewesen. Aber zumindest war Aggis noch besser als Muffan oder Pirran, was eher nach Schimpf- denn nach Kosename klang.

Pysse hatte ihr erzählt, Jacob gehe fremd.

Pysse war eine groß gewachsene Frau mit einem länglichen, grobschlächtigen Pferdegesicht.

»Kümmere dich nicht darum, was die Leute reden«, hatte sie gesagt. »Niemand ist perfekt, auch wir beide nicht. Wir gehen zwar vielleicht nicht fremd oder führen uns auf wie gewisse Männer, aber wir haben auch unsere Fehler und Macken, und wer sagt denn, dass unsere Fehler und Macken nicht genauso schlimm wären?«

Sie hatte keinen Schimmer, was ihre Fehler und Macken sein sollten.

Normalerweise trafen sie sich selten bis nie, doch dann hatte Pysse ein Mittagessen im Riche an der Birger Jarlsgatan in Stockholm vorgeschlagen, und mit der Zeit dämmerte ihr, was der eigentliche Grund dafür sein musste: dass Pysse ihr nämlich vom Betrug ihres Mannes hatte erzählen wollen, dass sich Pysses Gemeinheit und Schadenfreude nur so frei entfalten konnten.

Als sie ihren Mann eines Abends damit konfrontierte, was Pysse ihr gesteckt hatte, lachte er nur.

»Also bitte, diese Frau gackert doch mehr, als gut für sie ist. Nimmst du allen Ernstes für bare Münze, was sie da von sich gibt?«

Er hatte es weder bestätigt noch von sich gewiesen, aber als sie sich später ihrer alten Freundin Petra anvertraute, erwiderte die: »Mein Gott, du hast doch alles, wovon wir immer geträumt haben. Was tut es da zur Sache, dass dein Mann sich rumtreibt und hin und wieder fremdgeht?«

Wahrscheinlich nichts.

Und darum ging es auch gar nicht.

Sie hätte allerdings nicht sagen können, was genau sie störte.

Womöglich hatten sie nie von den gleichen Dingen geträumt.

Sie wusste es nicht mehr.

Mit der Zeit war der Kontakt zu Petra und Marie komplett abgebrochen. Petra wohnte immer noch in Huddinge, mit ihrem Mann, einem Schreiner. Sie hatten drei Kinder, zwei Jungen und ein Mädchen, das hatte sie den Weihnachtskarten entnehmen können, die Jahr für Jahr gekommen waren.

Maries Mann hatte sie rausgeworfen, nachdem sie sich mit einem Zweiundzwanzigjährigen eingelassen hatte, und mittlerweile wohnte sie in einer Einzimmerwohnung in einem Vorort im Norden Stockholms, so weit außerhalb, dass sie den Fernzug in die Stadt nehmen musste. Marie habe ein Alkoholproblem, hatte Petra ihr mal im Vertrauen erzählt.

Ihr Schwiegervater redete gern vom Fokus, den man auf die Arbeit und auf sich selbst richten müsse, allerdings schien der

Klempnerbetrieb ihres Vaters in seinen Augen nicht viel wert zu sein, auch wenn der Vater sich halb totgeschuftet hatte, um Geld zu verdienen und die Familie durchzubringen. Obwohl er nicht annähernd so viel Geld angehäuft hatte wie ihre angeheiratete Familie, hatte er es doch zu einem gewissen Wohlstand gebracht, aber zwischen Geld und Geld bestand offenbar ein eklatanter Unterschied.

Bei den seltenen Gelegenheiten, da sich beide Elternpaare bei Familienfeiern begegnet waren, hatten ihre Mutter und ihr Vater nicht mal am selben Tisch gesessen wie die Björkenstams, und wann immer die Schwiegermutter ihre Eltern empfing, blickte sie demonstrativ an ihnen vorbei. Vielleicht lag es aber auch daran, dass weder ihr Vater noch die Mutter die hohe Kunst der Wangenküsschen beherrschte.

Es war von Anfang an schiefgelaufen.

Und trotzdem war sie hier.

Was hätte sie auch tun sollen?

Es war gerade erst Mittagszeit, trotzdem ging sie runter in die Küche und goss sich ein Glas Rosé ein.

Eine kleine Erfrischung war immer gut.

Das Café, in dem ich mit Oskar Helander verabredet war, lag an einem kleinen Platz in der Vorstadt. Es gab dort ein beeindruckendes Angebot an unterschiedlichen Broten und Kuchen, Torten und Sandwiches. An der einen Ecke des Platzes befand sich eine kleine Ica-Filiale, allerdings sah es ganz so aus, als würden sie dort mehr auf Glücksspiel, Wetten und Pferderennen setzen denn auf Lebensmittel. Die Apotheke hatte bereits geschlossen, die Bibliothek komplett dichtgemacht, und vor einem Friseursalon stand ein Mann und rauchte. In seiner Brusttasche steckten Scheren. Der Laden hieß Sigge Sax, auch wenn der Mann nicht wirklich wie ein typisch schwedischer Sigge aussah.

Das Café war früher mal ein Postamt gewesen, aber Postdienstleistungen von A bis Z bot inzwischen wohl die Ica-Filiale an. Zumindest erzählte das die Bedienung hinter dem Tresen, als ich einen Kaffee bestellte und nebenbei bemerkte, dass der Gastraum für ein Café recht ungewöhnlich aussehe.

Um Viertel nach zwölf war Oskar Helander immer noch nicht da.

Ich verließ das Café und setzte mich für einen Moment auf eine Bank. Neben mir saß ein Mann, der aus dem Nahen Osten zu kommen schien.

Er nickte mir zu.

Ich grüßte zurück.

Er kommentierte das Wetter, ich nickte und wischte mir demonstrativ den nicht vorhandenen Schweiß von der Stirn.

Zwei Frauen betraten den Ica-Laden. Zehn Minuten später kamen sie wieder raus und verglichen ihre Lottozahlen.

Drei Jugendliche um die fünfzehn stellten sich vor der geschlossenen Bibliothek auf, um Musik zu machen. Eine Gitarre, eine Querflöte und ein Tamburin. Das Mädchen mit dem Tamburin sang. Dem Schild zufolge, das sie vor sich aufgestellt hatten, handelte es sich dabei um ein Projekt für Jugendliche, die in den Sommerferien nichts Besseres zu tun hatten. Wie in aller Welt die drei auf *Himlen runt hörnet* gekommen waren, wollte mir trotzdem nicht in den Kopf, eigentlich waren sie dafür zu jung, wahrscheinlich hatten sie das Lied mal in der Schule gehört, aber sie gaben sich die größte Mühe, es hinter sich zu bringen. Tatsächlich brauchte ich eine gute Minute, um das Lied wiederzuerkennen – und dann konnte ich es kaum ertragen, mir das Geschrabbel anzuhören.

Es war immer noch unangenehm schwül, und über Helsingborg hingen schwere Wolken, als ich aufstand, in das Café zurückkehrte und mir noch einen Kaffee bestellte.

Inzwischen war klar, dass Oskar Helander nicht mehr auftauchen würde. Also schlenderte ich zurück zu meinem Wagen, gab seine Adresse ins Navi ein und fuhr einen halben Kilometer weiter in ein Wohngebiet, wo ich den Wagen abstellte und auf Oskar Helanders Haus zuging. Ich war nie viel in Helsingborg unterwegs gewesen, vor allem nicht in diesem Viertel, in dem dreistöckige Wohnhäuser mit Laubengängen sich mit ein paar höheren Wohnblocks, Müllhäuschen und Rasenflecken abwechselten.

Vier Frauen in knöchellangen Gewändern kamen auf mich zu, zwei von ihnen hatten sogar das Gesicht verschleiert, so was nennt sich Nikab, wenn mich nicht alles täuscht, und ist für Islamfeinde natürlich ein rotes Tuch, auch wenn keines der Gewänder rot war. Drei davon waren schwarz, eins weiß. Alle vier schoben Buggys mit Kindern vor sich her. Ein paar kleine Jungs spielten Fußball auf einem Stück Rasen, zwei hatten Barcelona-Trikots an, auf dem einen stand Ibrahimovic, auf dem anderen Messi.

Die Gebäude schienen allesamt aus den Sechzigern zu stammen und waren damals sicher schick gewesen, aber der Lauf der Zeit und eine gewisse Verwahrlosung hatten dazu geführt, dass es hier nur mehr schäbig aussah. Von irgendwoher kam Musik, ein Lasse-Stefanz-Song schallte aus einer der Wohnungen oder von irgendeinem Balkon.

Der Aufzug in Oskar Helanders Haus sah ziemlich heruntergekommen aus. Irgendjemand hatte ein Hakenkreuz in die Wand geritzt, und der Spiegel war zerbrochen. Ein Schwedenpartei-Sticker war halb abgerissen worden, man konnte allerdings immer noch erkennen, was draufgestanden hatte: dass die Ausländer Schweden verlassen sollten. Schon als ich im Erdgeschoss den Aufzug betrat, konnte ich Hundegebell hören, und als der Lift schließlich mit einem so heftigen Ruck stehen blieb, dass ich fast schon mit einem Schleudertrauma rechnete, nahm der Lärm weiter zu.

Der Aufzug hatte es nicht bis ganz auf die Etage geschafft, sodass ich die Schulter einsetzen musste, um die Tür aufzustemmen, und dann einen großen Schritt hinauf in den Laubengang machte, wo ich die Türschilder überflog.

Auf dem dritten stand Helander.

Von hier kam das Gekläffe.

Als ich an den ersten zwei Wohnungen vorbeimarschiert war, hatte ich einen Blick hineinwerfen und die jeweiligen Küchen, ein Arbeits- und ein Schlafzimmer sehen können. Hier jedoch waren die Jalousien runtergelassen.

Ich klingelte. Die Hunde in der Wohnung schlugen noch lauter Alarm.

Niemand machte auf.

Ich klopfte an die Fensterscheibe.

Was ich besser nicht getan hätte. Einer der Hunde musste auf einen Tisch gesprungen sein, weil er sich jetzt gegen die Scheibe warf und wütend seine Krallen einsetzte. Nachdem ich in die anderen beiden Wohnungen gespäht hatte, nahm ich an, vor Oskar Helanders Küche zu stehen, denn die Wohnungen schienen alle gleich geschnitten zu sein.

Der wütende oder panische Lärm von drinnen wurde immer lauter, uns trennte nur mehr eine Jalousie und eine dünne Glasscheibe voneinander.

Ich spähte durch den Briefschlitz.

Konnte nichts erkennen.

Als ich gerade wieder in die Senkrechte kam, ging die Nachbartür auf, und eine gepflegte kleine Frau mit knielanger Hose und einer dünnen, geblümten Bluse trat auf die Schwelle hinaus. Eine Lesebrille baumelte an einer Kette um ihren Hals.

»Hej. Wissen Sie, ob hier jemand zu Hause ist?«, fragte ich und wies auf Oskar Helanders Tür.

»Sind Sie von der Hausverwaltung? Wir haben schon bei Ihnen angerufen. Normalerweise kläffen die Hunde nie so lange.«

Ich nickte und überlegte, was ich jetzt tun sollte.

»Ich hab Sie hier noch nie gesehen, aber es kommen ja ständig Neue«, sagte die Frau. »Früher kannte ich alle von der Hausverwaltung.«

»Und normalerweise führen sich die Hunde nicht so auf?«, hakte ich nach.

»Das sind Pitbulls, trotzdem hab ich keine Angst, die sind ja wirklich brav«, sagte sie.

»Und der Mann? Der Hundehalter?«

»Den hab ich heute noch nicht gesehen, aber wenn er geht, kommt er an meinen Fenstern ja auch nicht vorbei, insofern bekomme ich von ihm nicht so viel mit wie von denen auf der anderen Seite.«

Sie wies hinüber zum anderen Ende des Laubengangs. Neben ein paar Topfpflanzen standen dort ein Campingtisch und zwei zusammengeklappte Campingstühle.

»Das Stockwerk ist im Moment mehr oder weniger ausgestorben«, erklärte sie. »Die ganz hinten sind in ihrem Schrebergarten, die Nachbarn in Griechenland, daneben wohnen Mohammed und seine Frau und dann ich, danach kommt Oskar, das ist der mit den Hunden. Wo seine Nachbarn sind, weiß ich nicht, die fahren öfter mal nach Kanada und sind dann wochenlang weg, ich glaube, ursprünglich kommen sie aus dem Libanon. Und direkt neben dem Aufzug wohnt ein älteres Ehepaar, aber die machen einen Ausflug, die Enkel haben sie heute Morgen abgeholt, sie wollten zusammen nach Falsterbo fahren. Sie stammt ursprünglich von dort, also die Frau aus der Wohnung.«

Helanders Tür war mit einem zusätzlichen Sicherheitsriegel versehen, der jedoch nicht verschlossen war, und womöglich galt das ja auch für das eigentliche Schloss.

»Ich sollte vielleicht reingehen«, sagte ich. »So geht das mit den Hunden doch nicht weiter.«

»Und Sie kommen wirklich von der Verwaltung?«

Ich zückte meinen Führerschein und hielt ihn ihr so kurz hin, dass sie ihn sich unter Garantie nicht genau ansehen konnte.

»Man muss ja fragen«, murmelte sie. »Es steht so viel in der Zeitung, dass sie alte Leute übers Ohr hauen ...«

»Ganz richtig«, sagte ich. »Man kann nie vorsichtig genug sein.«

»Haben Sie denn einen Generalschlüssel?«, fragte sie.

Ich angelte meinen Schlüsselbund hervor und hielt ihn ungefähr in Höhe des Schlosses, während ich gleichzeitig die Klinke nach unten drückte.

Die Tür ging auf.

Ich winkte der Frau mit der freien Hand zu, schob die Tür auf, betrat die Wohnung und machte hinter mir zu.

Die Hunde waren in der Küche eingesperrt.

Als sie mich hörten, warfen sie sich gegen die Tür, und zumindest einer von ihnen kratzte übers Türblatt.

Ich lief ein paar Schritte in die Wohnung hinein. Oskar Helander bewohnte eine Zweizimmerwohnung. Eine komplett verrauchte Zweizimmerwohnung.

Und im nächsten Moment entdeckte ich einen Mann, bei dem es sich vermutlich um Oskar Helander handelte.

Er lag am Boden und starrte zur Decke.

Sah allerdings nichts.

Ich musste mich nicht mal mehr über ihn beugen oder den Puls fühlen, um zu wissen, dass er tot war.

Er hatte ein kleines Loch in der Stirn, genau zwischen den Augen.

Das Loch war klar definiert und trocken, allerdings badeten der Hinterkopf, die Schultern und der Rücken in einer Blutlache.

Mein erster Gedanke war: Muss daran denken, die Klinke abzuwischen.

Die Klinke war das Einzige, was ich angefasst hatte.

Ich sah mich um.

Spartanisch möbliert. Heruntergelassene Jalousien sowohl im Wohn- als auch im Schlafzimmer. Ein Sofa, ein Sessel. Ein gigantischer Flachbildfernseher und eine noch viel größere Helsingborgs-IF-Fahne an der Wand, auf der Fensterbank ein vertrockneter Kaktus in einem Blumentopf. Der Aschenbecher auf dem Couchtisch quoll von Kippen über. Daneben lag eine Schachtel Marlboro mit der Aufschrift »Rauchen kann tödlich sein«, nur dass Oskar Helander nicht der Nikotinsucht erlegen war.

Ich traute mich nicht, die Küchentür zu öffnen.

Die Nachbarin hatte zwar behauptet, die Hunde seien brav,

aber so richtig brav klangen sie im Moment nicht, sie polterten schwer gegen die Küchentür, kläfften, knurrten und jaulten wie besessen. Ich konnte es ihnen nicht verdenken. Ihr Herrchen war tot, war erschossen worden, und bestimmt hatten sie das Blut gewittert. Die Frau hatte überdies gesagt, dass es sich um Pitbulls handelte, sie hatte es wie Piiietbulls ausgesprochen, und vor Pitbulls sollte man Respekt haben. Ein ausgewachsener Pitbull brachte bis zu dreißig Kilo auf die Waage, und auch wenn die Küchentür nach innen aufging, befürchtete ich, dass die Hunde sie durch ihr schieres Gewicht und ihre Verzweiflung aufzwingen könnten.

Im Schlafzimmer stand eine Kommode, und mit meiner Schirmmütze über der Hand zog ich alle vier Schubladen auf.

Unterwäsche, ein paar T-Shirts, dreieinhalb Stangen Zigaretten.

Oskar Helander hatte wirklich ein spartanisches Leben geführt.

Vielleicht hatte er alles für die Hunde ausgegeben.

Im Bad: Seife, Rasierer, Zahnbürste, Zahnpasta und zwei Kondome.

Wo war sein Handy?

Wenn die Polizei es sicherstellen würde, würden sie meine Nummer darauf finden und wissen, dass ich angerufen hatte.

Ich ging neben ihm in die Hocke. Er hatte eine Billigjeans an, ein Paar Sneakers und ein aufgeknöpftes kariertes Kurzarmhemd über einem Iron-Maiden-Shirt.

Er stank.

Tot sah er halbwegs verwundert aus, womöglich auch verschreckt, das war nicht eindeutig zu erkennen.

Die Brusttasche war leer, und auch in den vorderen Jeanstaschen steckte nichts.

Ich hatte immer noch die Kappe als Schutz über die Hand gezogen, als ich vorsichtig versuchte, ihn zur Seite zu drehen.

Der Gestank wurde schlimmer.

Das Blut schwappte unter seinem Kopf, unter seiner Hüfte war es klebrig.

In der rechten Gesäßtasche konnte ich ein Portemonnaie ertasten, und als ich ihn ganz herumgedreht und den schweren Körper ein Stück angehoben hatte, fand ich das Handy in der linken Gesäßtasche.

Ich nahm beides an mich.

Wischte die Klinke innen an der Wohnungstür ab und trat dann wieder hinaus in den Laubengang.

Die Frau stand immer noch vor ihrer Tür.

»Ist irgendwas passiert?«

Ich zog Helanders Tür zu und wischte auch diese Klinke ab.

»Ich glaube, Sie sollten die Polizei rufen.«

»Die Polizei? Weshalb denn das?« Sie sah bestürzt aus.

»Ich traue mich nicht, die Küchentür aufzumachen, da soll sich besser mal die Polizei drum kümmern.«

»Sie finden, ich sollte dort anrufen?«

»Ja, rufen Sie die 112 an und sagen Sie Bescheid, dass hier ein paar durchgedrehte Hunde das ganze Haus zusammenkläffen, erzählen Sie ihnen, dass Sie sich nicht aus Ihrer Wohnung trauen.«

»Aber ich hab doch gar keine Angst vor ihnen.«

»Nein, das weiß ich, aber sagen Sie das denen nicht.«

Ich zuckte kurz zusammen, als einer der Hunde erneut gegen die Scheibe sprang. Es knackte im Rahmen, und über die Scheibe zog sich ein Riss.

»Können Sie nicht dort anrufen? Oder gehen Sie jetzt?«, fragte die Frau.

»Ja, ich muss weiter, in irgendeinem Keller ist Wasser ausgetreten. Rufen Sie die 112 an und erzählen Sie denen, dass es um Leben und Tod geht.«

Im selben Moment barst die Scheibe hinter mir, und in einer Wolke aus Glassplittern und Jalousienlamellen flog ein riesiger Hund knurrend an mir vorbei, prallte gegen den Blumenkasten, der am Laubenganggeländer befestigt war, rutschte über die Kante und stürzte nach unten.

Ein dumpfer Schlag, und es war still.

Der Hund, der gerade durch die Scheibe gesegelt war, hatte dunkles Fell gehabt, der andere, der sich noch in der Wohnung befand, war weiß oder zumindest hell. So genau sah ich nicht hin, weil er sich im nächsten Moment auf die Hinterläufe stellte, kläffte, dass ihm der Speichel nur so um die Lefzen spritzte, und dann versuchte hochzuspringen und nach mir zu schnappen. Es war nur noch eine Frage von Sekunden, bis auch er auf den Küchentisch und dann mit Leichtigkeit raus auf den Laubengang springen würde.

»Rufen Sie an, verdammt!«, schrie ich die Frau an.

Sie nickte, verschwand in ihrer Wohnung und schlug die Tür hinter sich zu. Auf ihrem Briefschlitz stand Evy Karlsson.

Ich ließ den Aufzug links liegen und nahm die Treppe.

Der Hund, der aus dem Fenster gesprungen war, lag unten auf der Erde.

Nach dem Sturz aus dem dritten Stock war er genauso mausetot wie sein Herrchen.

Bestimmt hatte er sich das Genick gebrochen.

Der Kopf sowie ein Vorderbein ragten aus einem Teil der Jalousie heraus, sodass es aussah, als hätte der Hund irgendein merkwürdiges Jäckchen an. Die Zunge hing aus dem Maul. Das rechte Vorderbein konnte ich nicht sehen.

Denselben Weg, den ich gekommen war, wollte ich nicht wieder nehmen, stattdessen stieg ich über den toten Hund hinweg, umrundete das Haus, machte einen kleinen Umweg an ein paar Schrebergärten vorbei, damit mich niemand sah, und lief zurück zum Parkplatz. Als die Polizei kam, das Zufahrtstor durch die Grünanlagen aufschloss und langsam und bedächtig auf Oskar Helanders Haus zufuhr, saß ich bereits in aller Ruhe in meinem Wagen. Es waren ein Mann und eine Frau: Sie saß am Steuer des Streifenwagens, er hatte das Tor aufgesperrt. Die Jungs, die zuvor Fußball gespielt hatten, stellten sich an den Zufahrtsweg und folgten dem Streifenwagen mit dem Blick. Einer von ihnen ließ den Ball in einer Tour mit der Hand auf den Boden prellen. Der Himmel war inzwischen schwarz, und in Richtung Dänemark konnte man es bereits blitzen sehen.

Es hatte vierundzwanzig Minuten gedauert, bis die erste Streife vorgefahren war, und dann dauerte es weitere siebzehn Minuten, bis zwei zusätzliche Fahrzeuge mit Blaulicht, aber ohne Sirene von der Straße heraufkamen.

Ich ließ den Motor an und fuhr los.

Oskar Helander brauchte keine Sirenen mehr und sein Hund ebenso wenig.

Bei einem Café namens Koppi hielt ich an. Es lag ganz in der Nähe des sogenannten Kärnan, des letzten Überbleibsels einer Festung.

Ich bestellte mir einen Cowboy Latte – hauptsächlich wegen des Namens – und ein belegtes Brötchen, suchte mir einen Platz am Fenster und rief Arne an, um ihm zu erzählen, was vorgefallen war.

Ich ahnte bereits, wie er reagieren würde.

»Meinst du wirklich, das hat was mit dem Mädchen zu tun?«

»Ich weiß es nicht«, antwortete ich.

»Und wenn ja, wie soll das alles zusammenhängen?«

»Auch das weiß ich nicht«, sagte ich. »Wie geht's ihr denn?«

»Gut, wir sitzen vor dem Fernseher oder hören Musik, uns fehlt insofern nichts.«

»Eine Sache vielleicht noch«, sagte ich. »Oskar Helander –

der Typ, der erschossen wurde –, hat ebenfalls auf Jacob Björkenstams Zeitungsfoto reagiert, ganz genau wie das Mädchen. Er hat versucht, den Verfasser des Artikels anzurufen, nur dass der nicht zurückgerufen hat, überhaupt hat sich vor heute Morgen, als ich ihn angerufen hab, niemand bei ihm gemeldet.«

»So weit, so gut«, sagte Arne.

»Er hat mir erzählt, dass Björkenstam vor etlichen Jahren bei einer Kneipenschlägerei einen Mann totgetreten hat, dafür aber nie verurteilt worden ist. Außerdem hat er wohl kürzlich erst mit Björkenstam gesprochen, weil er erwähnt hat, dass der ›immer noch genauso klingt wie früher‹.«

»Dann hatte er zumindest seine Nummer, das ist mehr, als du zustande gebracht hast.«

Ich schnitt eine Grimasse in Richtung Handy und fuhr fort: »Außerdem hat er was von ›Zahltag‹ gesagt. Er brauchte Geld, allerdings ist er nicht zu der Verabredung mit mir erschienen, und was dann passiert ist, weißt du ja inzwischen, Kopfschuss und ein Höllenhund, der durch die Luft gesegelt ist.«

»Trotzdem verstehe ich nicht, was das mit dem Mädchen zu tun haben soll«, entgegnete Arne.

»Ich auch nicht.«

»Hast du schon mit Eva gesprochen?«

»Die sitzt inzwischen in der Abteilung für Wirtschaftskriminalität und kann für uns nicht annähernd so viel Zeit erübrigen, wie sie es gern täte. Zu Jacob Björkenstam hat sie jedenfalls nichts finden können, und das heißt doch, dass er nie festgenommen oder für irgendwas verurteilt wurde.«

Ich bat ihn, das Mädchen von mir zu grüßen.

»Die schaut sich gerade eine Doku über Killerwale an«, erwiderte Arne.

Vor lauter Eile und Aufregung hatte ich Helanders Portemonnaie bisher nicht untersucht. Jetzt lag es vor mir neben dem Becher mit meinem Cowboy Latte. Es bestand aus braunem Kunstleder und sah ziemlich abgewetzt aus. In einem kleinen Fach mit Reißverschluss befanden sich zweiundzwanzig Kronen in Münzen sowie eine Bank-, eine EC- und eine Kreditkarte. Dem Führerschein zufolge war Helander zum Zeitpunkt seines Todes siebenundvierzig Jahre alt gewesen.

Außerdem steckten in dem Portemonnaie 5100 Kronen – lauter Fünfhunderter und ein Hundertkronenschein.

Ziemlich viel Geld für jemanden, der am Telefon erwähnt hatte, dass er ›wie ein verdammter Loser‹ von der Stütze lebte. Deshalb war das Portemonnaie überhaupt so dick.

Oskar Helanders Handy hatte ich nur deshalb mitgenommen, weil niemand erfahren durfte, dass ich ihn angerufen hatte. Erst jetzt fiel mir ein, dass ich womöglich überprüfen sollte, ob es gesperrt war.

War es.

»PIN eingeben«, stand auf dem Display.

Keine Ahnung, was Oskar Helanders PIN war oder welche Ziffernkombinationen ich ausprobieren sollte, um sein Handy zu entsperren. Allerdings hatte ich einmal gehört, dass viele die letzten vier Ziffern ihrer Personennummer als PIN nahmen. Ich fischte also erneut den Führerschein heraus und tippte die letzten vier Ziffern in das Handy ein.

Das Ding vibrierte kurz, dann erschien wieder auf dem Display: »PIN eingeben«.

Hätte ich das Handy entsperrt, wäre ich womöglich an Jacob Björkenstams Nummer gekommen, und sei es nur, um Arne Kontra zu geben.

Genau genommen war das Handy ein brandneues Smartphone. Die weiche Schutzhülle fühlte sich auf der Rückseite irgendwie uneben an, und als ich sie abzog, fiel ein kleiner, gezackter Schlüssel heraus, der aussah, als gehöre er zu einem Vorhängeschloss oder einer Geldkassette. Einen Schlüsselbund hatte Helander nicht bei sich getragen, aber als ich versuchte, mich wieder zu erinnern, war mir, als hätte einer am Haken an der Garderobe gehangen.

Dass ich den Schlüssel hin- und herdrehte, half mir auch nicht weiter, also stopfte ich ihn wieder zurück hinter die Handyhülle.

Dann starrte ich das Display an.

»Akkuladestand niedrig.«

Oskar Helander war nach eigenen Worten ›ein verdammter Loser‹ gewesen, aber sein Handy war bedeutend neuer als meins. Mein Ladekabel passte nicht. Ich marschierte zum Tresen und fragte, ob sie vielleicht ein passendes Ladegerät hätten, das ich mir leihen könnte. Hatten sie, sie hatten die komplette Palette. Und sie sahen mich an, als wäre ich der allerletzte Vollidiot, obwohl ich doch das allerneuste Modell hatte.

Ich versuchte es mit einem kleinen Scherz. »*First world problems…*«

Niemand lachte.

Während ich darauf wartete, dass Oskar Helanders Handy auflud, klickte ich mich durch mein eigenes. Die Nachricht von Helanders Ableben hatte auf der Homepage der Lokalzeitung bereits Schlagzeilen gemacht. Allerdings stand dort nur, dass in einem Wohnblock in Helsingborg ein Mann tot in seiner Wohnung aufgefunden worden sei. Und dass einer seiner Hunde durch ein Fenster gesprungen und zu Tode gestürzt war.

Außerdem stand da, dass der Mann erschossen worden war.

Kein Wort von einem Mitarbeiter der Hausverwaltung, der vor der Polizei die Wohnung betreten hatte.

Angeblich gab es keine Zeugen.

Ich wollte gerade das Ladekabel aus Oskar Helanders Handy ziehen, als es plötzlich anfing, das Riff aus Deep Purples *Smoke on the Water* zu dudeln.

Ich tippte mit dem Finger auf das »Anruf annehmen«-Symbol und ging ran.

»Hallo?«

»Hallo?«, erwiderte eine junge Stimme.

»Wer ist denn da?«, fragte ich.

Es war kurz still am anderen Ende, dann fragte dieselbe Stimme: »Sind Sie das?«

»Möchte ich meinen«, antwortete ich.

»Sind Sie der ... Mann?«

Es klang nicht so, als würde die Person Oskar Helander mit Namen kennen, also kannte sie vermutlich auch nicht seine Stimme.

»Ja, ich bin's.«

»Ich ... Ich ... Ich würd gern was kaufen, aber ... ich weiß nicht ... Ich hab Sie noch nie angerufen.«

»Woher hast du meine Nummer?«

»Von einem Freund. Er hat früher öfter was gekauft und meinte, ich sollte einfach anrufen und nach dem Mann fragen.«

»Was brauchst du?«

»Was zum Rauchen.«

Inzwischen klang die Stimme am Telefon fast wie die eines kleinen Jungen.

»Okay«, erwiderte ich. »Wie viel?«

»Einen Fünfer.«

Einen Fünfer? Was sollte das denn heißen? War aber schlussendlich egal, nachdem ich ohnehin nichts zu verkaufen hatte.

»Und welche Sorte?«, fragte ich, ohne zu wissen, wovon ich eigentlich redete. Ich würde wohl Tourmanager Krister Jonson um Rat fragen müssen.

»Na ja ... also, dieselbe ... was Sie immer haben«, antwortete der Junge.

»Gut. Und wo?«

»Wo können Sie denn?«

»Wo bist du denn im Moment?«

»In Helsingborg.«

»Ich bin in der Innenstadt und muss hier noch ein paar Dinge erledigen. Kannst du in ... sagen wir ... einer Stunde?«

»Klar, ich hab sonst nichts vor.«

Ich beschrieb ihm den kleinen Platz, an dem ich Oskar Helander hätte treffen sollen.

»Aber ...«

»Was?«

»Sonst waren Sie immer da, wo die Hunde ausgeführt werden, sagt zumindest mein Kumpel.«

Ich hatte nicht den blassesten Schimmer, wo hier Hunde ausgeführt wurden, also erwiderte ich: »Ja, ich ändere aber meine Treffpunkte, die Bullen ... du weißt schon.«

»Ja, klar, versteh ich«, sagte er.

»Kohle hast du?«

»Ja, wenn's immer noch genauso viel kostet?«

»Es kostet immer noch genauso viel«, sagte ich. »Wie heißt du?«

Er zögerte. »Müssen Sie das wissen?«

»Nein, aber vielleicht hast du ja auch einen Decknamen. Ich bin immerhin ›der Mann‹.«

Es dauerte eine Weile, bevor er antwortete: »Okay. Tompa.«

Sobald wir aufgelegt hatten, rief ich Arne an.

»In einer Stunde soll ich Drogen an einen Jungen namens Tompa verkaufen, nur hab ich keine Ahnung, wo ich die hernehmen soll. Aber vielleicht kann er mir ja erzählen, wer Oskar Helander war und was er mit Jacob Björkenstam zu tun hatte.«

Sie war Dmitri Golovin bisher nur ein einziges Mal begegnet. Er war Mitte sechzig; woher sie das wusste, hätte sie nicht mehr zu sagen vermocht, aber sie war sich ziemlich sicher.

Ihr Mann war schwer beeindruckt von Golovin und dessen Background, sie selbst hatte eher Angst vor ihm. Irgendwann hatte sie einmal gesagt, dass Golovin kein Geschäftsmann, sondern ganz einfach nur ein Gangster sei.

»Geld ist Geld«, hatte ihr Mann entgegnet. »Als sie das neue Russland aufgebaut haben, ging so was ganz schnell, da haben sie's nicht so genau genommen.«

Sie waren in einem schwarzen Rolls-Royce vom Moskauer Flughafen abgeholt worden – mit Leibwächtern, die sowohl vor ihnen als auch hinter ihnen hergefahren waren. Ein dritter Wagen hatte sich soweit möglich neben ihnen gehalten. Die Leibwächter waren in BMWs unterwegs gewesen, drei in jedem Wagen.

Golovin wohnte in einem eingefriedeten Herrenhaus in einem Wald, der vielleicht eine Stunde von Moskau entfernt lag. Sie und ihr Mann waren in einem separaten Flügel untergebracht worden, und sie hatten sogar eigenes Personal gehabt: einen Mann und eine Frau, die draußen im Flur auf Stühlen gesessen und auf Anweisungen gewartet hatten. Als Dmitri Golovin sie herumführte, hatte sie das Gefühl gehabt, sich durch das Schloss von Versailles zu bewegen, das sie allerdings nur von Bildern her kannte. Ständig waren ihnen fünf Leibwächter auf den Fersen, allesamt bewaffnet, drei mit Maschinengewehren, die zwei anderen mit Handfeuerwaffen in Achselholstern.

Für einen Augenblick hatte sie gedacht, dass Golovin Eisbären hielte – bis er erklärte, die Tiere, denen sie sich gegenübersah, seien afghanische Schutzhunde. Sie waren weiß, hatten eisblaue Augen und wogen mindestens einhundert Kilo.

Golovin fragte sogar, ob sie einen haben wollten.

Er werde darüber nachdenken, erwiderte ihr Mann.

Golovins linke Hand war verstümmelt, und der rechte Arm fehlte komplett. Nach ein paar Gläsern Wodka erzählte er bereitwillig und nicht ganz ohne Stolz, wie einige seiner Widersacher aus jenen Zeiten, als es in Russland noch zugegangen war wie einst im Wilden Westen, ihn an einen massiven Holztisch gesetzt, die Hände flach auf die Tischplatte gelegt und ihm dann zwei gewaltige Nägel hindurchgejagt hätten. Dann hatten sie ihn abwechselnd mit den bloßen Fäusten und einem Hammer verprügelt, bis er blutüberströmt liegen geblieben war. Die linke Hand war ihm erhalten geblieben, sie glich allerdings eher einer unförmig geschwollenen Masse mit Fingern als einer normalen Hand. Die Wunde in der Rechten hatte sich so stark entzündet, dass der Arm amputiert werden musste und er seither mit einer Arm- und Handprothese lebte.

»Das russische Gesundheitssystem gehört zu den besten der Welt«, erzählte er und zeigte ihnen, wie er den künstlichen Arm bewegen, ihn heben, damit deuten und sogar einen Stift in der Hand halten konnte.

Dass er die Tortur überhaupt überlebt hatte, war ein Wunder: Außer gebrochenen Rippen und Schlüsselbeinen, ausgeschlagenen Zähnen und einem zertrümmerten Kiefer hatte er auch einen doppelten Schädelbruch davongetragen, aber anstatt die Narben zu verbergen, rasierte er sich tagtäglich den Kopf, um sie zur Schau zu tragen und zu demonstrieren, dass er unsterblich war.

Wo sein Geld herstammte, wusste sie nicht, aber im vergangenen Jahr hatte sie immer wieder gegoogelt und Recherchen betrieben, und auch wenn sie nicht alles im Detail verstand, war sie sich doch im Klaren darüber, dass irgendwer dafür hatte bluten müssen, dass so viele andere so unfassbar reich geworden waren. Unter Garantie hatten unzählige Russen untätig mitansehen müssen, wie sich die Oligarchen ihrer Welt bemächtigten.

Nach dem Abendessen hatten sie auf der Terrasse ein opulentes Feuerwerk bestaunt.

Ihr Gastgeber hatte seinen künstlichen Arm um ihre Taille gelegt und mit der Handprothese ihren Hintern getätschelt. Vor Schreck hatte sie nicht mal reagiert, und jetzt fiel ihr auch wieder ein, woher sie wusste, dass Golovin schon über sechzig war. Er hatte sich zu ihr herübergebeugt und ihr zugeflüstert: »Ich bin schon fünfundsechzig, aber potent wie ein Fünfundzwanzigjähriger!«

Dann hatte er ihr in den Po gekniffen und gelacht.

Sie fragte sich, ob Golovin mit seiner künstlichen Hand etwas gespürt hatte.

Ob er womöglich übernatürliche Kräfte hatte.

Der Kniff hatte wehgetan.

Als sie sich später im Badezimmerspiegel betrachtet hatte, war dort ein blauer Fleck zurückgeblieben.

Ihr Mann hatte bloß gelacht.

»Ist das wirklich so verwunderlich? Du hast eben einen schönen Hintern, und Russen sind, wie Russen nun mal sind.«

Und jetzt hatte sie Dmitri Golovin tatsächlich eine Mail geschrieben.

Sie wusste nur noch nicht, wann oder ob sie die Mail abschicken sollte.

Ich war wieder auf demselben verwaisten Vorstadtplatz.
Beim ersten Mal hatte ich auf einen Mann gewartet, der dealte, und jetzt war ich derjenige, der vorgab, mit Drogen zu dealen, die ich nicht mal besaß. Beide Verabredungen waren gleichermaßen unerwartet zustande gekommen, beruhten aber auf einem Improvisationstalent, von dem ich mir einbildete, dass es ganz ordentlich war.

Auf dem Weg hatte ich im Radio gehört, dass auf die ungewöhnliche, lang andauernde Hitze sowohl Starkregen als auch heftige Gewitter folgen könnten, aber obwohl am Horizont schon eine Wolkenbank aufzog, war es immer noch stickig und warm.

In den Zeitungen stand noch immer nichts von einem verschwundenen Mädchen, es stand überhaupt nichts Interessantes darin.

Überhaupt nicht schwer war dafür zu erkennen, wer auf diesem Vorstadtplätzchen Tompa war.

Teils, weil er nervös wirkte und sich unsicher umsah, teils aber auch, weil außer ihm keine Menschenseele da war.

Er schlenderte ein bisschen auf und ab, glotzte bei Ica durch die Ladenfront, im Café durchs Schaufenster und irgendwann zu guter Letzt in meine Richtung.

»Sind Sie der Mann?«, fragte er.

»Tompa?«

Er nickte.

»In diesem Fall bin ich der Mann, ja. Setz dich.«

Er zögerte. Als er sich schließlich setzte, rutschte er auf der Bank so weit wie möglich von mir weg. Sein langes blondes Haar hatte er zu einer Art Dutt hochgebunden, und ein spärliches Bärtchen sprießte an seinem Kinn. Er war vielleicht neunzehn, zwanzig Jahre alt.

»Sie sehen nicht so aus, wie ich Sie mir vorgestellt habe«, stellte er fest.

»Da kann ich leider nicht viel machen«, gab ich zurück.

Darüber schien er erst mal nachdenken zu müssen.

»Wo haben Sie die Hunde?«, fragte er schließlich.

»Die durften heute daheimbleiben.«

»Die anderen sagen, Sie haben die Hunde immer dabei. Und dass Sie sich immer dort verabreden, wo Sie sie frei herumlaufen lassen können.«

Er zeigte in Richtung einer Rasenfläche auf der gegenüberliegenden Straßenseite.

»Ich muss hin und wieder den Ort wechseln, die Polizei, du weißt schon«, sagte ich.

»Klar«, sagte er, als wäre es das Logischste der Welt. Allerdings sah er inzwischen noch verunsicherter aus und zwirbelte sein dünnes Bärtchen zwischen Daumen und Zeigefinger der rechten Hand.

»Wer ist denn dein Kumpel, der sonst bei mir einkauft?«

Er sah mich erstaunt an.

»Weshalb wollen Sie das wissen?«

»Nur so, bin nur neugierig, vielleicht kann ich dir ja einen Freundschaftspreis machen.«

Er zupfte immer fester an seinem Bärtchen und sah sich um.

»Sie sind aber kein Bulle, oder?«

»Nein, ich ...«

Zu spät. Tompa sprang auf und sprintete an der Ica-Filiale vorbei auf einen Parkplatz zu. Obwohl er drahtig war, sah er nicht sonderlich fit aus, allerdings brauchte ich erst mal eine Weile, um mich von der Bank hochzustemmen, und in seinen Sneakers war er gegenüber mir mit meinen Stiefeln an den Füßen klar im Vorteil. Er hatte also von Anfang an einen Vorsprung, den er jetzt leicht ausbauen konnte.

Als ich den Zaun erreichte, der um den Parkplatz herum verlief, war er bereits verschwunden. Wo ich stand, klaffte ein Loch im Maschendraht. Auf der anderen Seite standen die Häuserblocks, wo Oskar Helander gewohnt hatte, und ein kleiner, untersetzter Mann mit Turban kam von dort den Weg entlang. Er ließ einen Bus vorbeifahren, ehe er die Straße überquerte, den Maschendraht zur Seite zog und quer über den Parkplatz lief. So zertrampelt, wie der Boden hier aussah, diente dieses Loch im Zaun offenbar als allgemeine Abkürzung für alle, die keine fünfzig Meter weiter durch die Einfahrt gehen wollten.

»Haben Sie gesehen, wo der Junge hin ist?«, rief ich ihm zu. »Er ist hier durch und dann den Weg runtergelaufen, er muss Ihnen entgegengekommen sein.«

Ich war ziemlich überrascht und ein bisschen verärgert, dass ich so heftig keuchte.

Er blieb stehen und sah zu mir auf.

Dann sagte er irgendwas, was ich nicht verstehen konnte. Er hatte einen goldenen Schneidezahn.

Ich versuchte es auf Deutsch und Englisch.

Er zeigte hinüber zu den Schrebergärten, ehe er sich schulterzuckend abwandte und in Richtung Platz verschwand.

Ich marschierte ihm nach und betrat erneut das Café, in dem ich auf Oskar Helander gewartet hatte, bestellte eine Flasche Wasser und setzte mich an einen Tisch. Rennen war noch nie meine Stärke gewesen, und mit den Jahren war das nicht besser geworden.

Ich trank beinahe die ganze Flasche in einem Zug leer.

Dann sagte die Frau hinterm Tresen: »Wir schließen gleich, wenn Sie also noch was haben wollen – die Brote gibt es jetzt zum halben Preis.«

Ich stand auf und schlenderte zu ihr hinüber.

»Wissen Sie, wo man hier in der Gegend Hunde frei laufen lassen kann?«

»Klar, drüben auf der anderen Straßenseite und dann gleich rechts, da ist eine Art Hundepark.« Sie zeigte mehr oder weniger in dieselbe Richtung, in die Tompa gezeigt hatte.

Mit einer weiteren Flasche Wasser in der Hand machte ich mich auf den Weg.

Zwei Typen Anfang zwanzig hatten ihre beiden Pitbulls auf dem eingezäunten Gelände freigelassen, und die beiden Hunde jagten einander nach.

Ich setzte mich auf eine Bank und sah ihnen eine Weile zu.

Ob das die Bank war, auf der Oskar Helander gesessen hatte, während wir telefoniert hatten?

Die Typen trugen beide dunkle Hosen und weiße Shirts, einer hatte einen Bart, der andere sah einfach nur unrasiert aus, auch wenn er definitiv mehr Bartwuchs zu haben schien als der nervöse Tompa. Die Hunde liefen immer noch hintereinander her, knurrten und schnappten und hatten anscheinend ihren Spaß.

Ich stand auf, stellte mich an den Zaun und fragte: »Habt ihr von diesem Mann gehört, der hier heute gestorben ist?«

Der Kleinere – und vermutlich Jüngere – schlenderte auf mich zu und blieb jenseits des Zauns direkt vor mir stehen. Er war der mit den Bartstoppeln. Über seinem weißen T-Shirt trug er eine Weste.

»Scheiße, ja, der eine Hund ist aus dem Fenster gesprungen, hat ganz schön geklatscht.«

»Kanntet ihr ihn?«

Der zweite sah misstrauischer aus und war ein paar Meter entfernt stehen geblieben.

»Warum fragen Sie?«

»Habt ihr die Hunde hier zusammen laufen lassen?«, fuhr ich fort.

»Manchmal«, antwortete der Stopplige, während der Bärtige nur finster rüberschaute.

»Was hat er eigentlich verkauft?«

»Wie, verkauft? Was meinen Sie?«, hakte der Bärtige eilig nach.

»Ich dachte, er hätte gedealt«, erklärte ich.

»Wollen Sie was kaufen, oder was?«

»Nein.«

»Was wollen Sie dann, verdammt? Sind Sie ein Bulle? Die Cops waren hier schon überall und haben sich umgehört.«

»Nein, alles in Ordnung«, sagte ich. »Ich bin kein Bulle, ich bin einfach nur neugierig.«

»In dieser Gegend kommt Neugier nicht gut«, teilte der Bärtige mir mit.

Ich schwieg eine Weile, dann fragte ich: »Hatte er nicht zwei Hunde?«

Der Stopplige nickte.

»Und was ist aus dem zweiten Hund geworden?«

»Den haben die Bullen mitgenommen«, antwortete der mit dem Bart.

Dann rief er seinen Hund, leinte ihn an, verabschiedete sich von seinem Kumpel und verschwand. Der Hund drehte sich immer wieder um und zerrte an der Leine. Dass der Spaß für ihn vorbei sein sollte, schien ihm gar nicht zu gefallen.

Bartstoppel war stehen geblieben, zog jetzt einen kleinen roten Ball aus der Hosentasche und schleuderte ihn weg. Der Hund spurtete sofort los, um ihn zu holen. Nachdem die beiden das

Spielchen mehrmals wiederholt hatten, streckte ich die Hand über dem Zaun aus und stellte mich vor.

»Ich heiße Harry Svensson. In Wahrheit bin ich nicht einfach nur neugierig. Ich bin Journalist.«

»Elvis«, sagte er und gab mir die Hand.

»Elvis, das ist ungewöhnlich«, sagte ich.

»Nicht dort, wo ich herkomme.«

»Und wo ist das?«

»Montenegro.«

Sein Hund trabte heran und schnupperte an meiner Hand, er war vom Rennen und der Toberei immer noch ganz aus der Puste, seine Zunge hing aus dem Maul und schlackerte hin und her.

»Und wie heißt er?«, fragte ich.

»Zlatan.«

Als der Hund seinen Namen hörte, spitzte er die Ohren, und Elvis tätschelte ihm den Rücken.

»Zlatan«, rief ich, und der Hund stellte sich auf die Hinterbeine, sodass ich ihn hinter den Ohren kraulen konnte.

Begeistert schleckte er mir die Hand.

»Er mag Sie«, stellte Elvis fest.

»Hunde mögen mich immer«, erwiderte ich.

»Zlatan mag sonst niemanden, das ist echt erstaunlich.«

Ich zuckte mit den Schultern und kraulte weiter, während Zlatan versuchte, am Zaun hochzuspringen und mir übers Gesicht zu lecken.

»Er vertraut Ihnen«, bemerkte Elvis. »Ich vertrau Ihnen auch.« Und nach einer Weile: »Was Sie vorhin wissen wollten … Ja, er hat gedealt. Oskar. Hat sich ›der Mann‹ genannt, aber das wussten Sie wahrscheinlich schon.«

Ich nickte.

»Hat alles Mögliche vertickt, Zigaretten, Alk, Bier, Dope …

Hauptsächlich hat er an junge Leute verkauft, also, an Schweden, die fanden es immer cool herzukommen und ein bisschen Gangster zu spielen, während die Hunde hier rumtobten.«

»Und wo hatte er sein Zeug her?«

Elvis zuckte mit den Schultern. »Wo man so Zeug eben herbekommt.«

Er verzog das Gesicht.

»Wo hat er es denn aufbewahrt?«

»Daheim.«

»Bei sich in der Wohnung?«

»Irgendwo, ja.«

»Kanntest du ihn?«

»Nur hier vom Hundeplatz, seine beiden Tiere waren wirklich freundlich.«

Als ich sie zuletzt gesehen hatte, waren sie alles andere als freundlich gewesen.

»Ich wusste natürlich, was er trieb«, fuhr er fort. »Ich wusste, dass er dealte.«

»Hast du auch bei ihm gekauft?«

Elvis schüttelte den Kopf. »Ich hab damit nichts am Hut, trinke nicht, rauche nicht, das machen nur die Schweden.«

»Kennst du jemanden namens Jacob Björkenstam?«

Er schüttelte nachdenklich den Kopf.

»Haben hier manchmal irgendwelche Gang-Mitglieder rumgehangen?«

»Kam vor. Ein paarmal gab's hier Schießereien.«

Er drehte sich zu den Häuserblocks um und zeigte auf ein Gebäude. »Da drin wohnen ein paar von denen. Irgendjemand ist da mal mit 'nem Hammer halb totgeschlagen worden.« Dann wandte er sich einem anderen Haus zu. »Und da ist jemand abgestochen worden, und manchmal brennen da die Motorräder.«

»Was glaubst du, warum wurde Helander erschossen?«

Er zuckte mit den Schultern.

»So was passiert eben in so Kreisen ... da kann man nicht viel machen. Die Gangs wollen ihre Geschäfte allein betreiben.«

Ich nickte.

»Sind Sie vom Fernsehen?«, fragte er.

»Nein, ich schreibe hauptsächlich für Tageszeitungen«, antwortete ich.

»Wenn Sie hierüber was schreiben – ich hab nie was gesagt.«

»Schon klar.«

Nachdem alles gesagt war, leinte er Zlatan an, verabschiedete sich und machte sich auf den Weg. Ich sah ihm eine Weile nach und murmelte dann vor mich hin: »*Elvis has left the building.*« Das hatte ich immer schon mal sagen wollen. Außerdem fühlte es sich wirklich speziell an, an ein und demselben Tag sowohl Elvis als auch Zlatan kennengelernt zu haben.

Ich sah mich um. Als ich das erste Mal dort gewesen war, war zwischen den Häuserblocks ordentlich was los gewesen. Inzwischen war es menschenleer. Genau wie sein Kumpel war auch Elvis mit seinem Hund verschwunden, und es spielte dort auch niemand mehr Fußball.

Nach Regen sah es auch nicht aus.

Als ich bei meiner Verfolgungsjagd nach dem jungen Mann mit Dutt am Supermarkt vorbeigelaufen war, hatte ich aus dem Augenwinkel einen Blick auf eine Abendzeitung erhascht, auf der irgendetwas von »sibirischer Dauerdürre« gestanden hatte. Die war wohl mittlerweile bis hierher vorgedrungen.

Ich lief auf eins der Häuser zu, von denen Elvis gesagt hatte, dass dort Mitglieder einer Biker-Gang wohnten. Drei Motorräder parkten davor, von den Besitzern war allerdings keine Spur, und ich konnte ja unmöglich überall klingeln und herumfragen, ob ich es gerade mit einem Gang-Mitglied zu tun hatte. Ganz abgesehen davon, dass ich absolut keinen Plan hatte, was ich hätte fragen sollen, wenn ich denn einen von denen angetroffen hätte.

Stattdessen fotografierte ich die Nummernschilder und ein paar Sticker, die auf den Tanks klebten.

Kill all Jews stand auf einem, *Jews burn the best* auf einem anderen.

Auf dem dritten war ein Hakenkreuz abgebildet.

Auf der anderen Seite des Tanks klebte ein BSS-Logo. Diese Buchstabenkombination hatte ich schon lang nicht mehr gesehen. *Bevara Sverige svenskt* – »Schweden muss schwedisch bleiben«.

Schon komisch, dass ausgerechnet diejenigen, die ein rein schwedisches Schweden forderten, dieser Forderung am liebsten auf Englisch Ausdruck verliehen.

Dann kam mir ein Gedanke. Ich rief das Online-Telefonbuch auf und suchte die Nummer von Evy Karlsson raus, Oskar Helanders Nachbarin.

Ich ließ es eine Weile klingeln.

Dann ging Evy ran.

Ich legte auf und machte mich auf den Weg zu ihr. Diesmal funktionierte der Aufzug gar nicht mehr, also nahm ich die Treppe.

In Oskar Helanders Küchenfenster war eine Holzfaserplatte eingesetzt worden, und über der Tür klebte Polizei-Absperrband.

Ich drückte auf Evy Karlssons Klingel.

»Hej«, sagte ich, als sie die Tür aufzog. »Wissen Sie noch, wer ich bin?«

Sie sah mich eine Weile stumm an und sagte dann hörbar entrüstet: »Er war tot!«

»Ich weiß.«

»Sie haben keinen Mucks gesagt.«

»Ich hatte andere Probleme, als dieser Hund durchs Fenster gesprungen ist.«

»Aber Sie haben ihn doch liegen sehen, Oskar, meine ich.«

»Ich hab Panik gekriegt.«

»Und was wollen Sie diesmal?«

»Darf ich vielleicht kurz reinkommen?«

Evy ließ mich herein und zog die Tür hinter uns zu. »Ich weiß schon, dass es gewissenlose Leute gibt, die Rentner übers Ohr hauen«, erklärte sie, während sie vor mir herlief, »wahrscheinlich, weil viele Alte noch an das Gute in der Welt glauben und daran, dass niemand ihnen am Zeug flicken will.« Evys Wohnung war picobello sauber und voll ausgestattet und sah im Großen und Ganzen exakt genauso aus wie die von Oskar Helander, nur dass sie nicht annähernd so spartanisch eingerichtet war. Überall standen kleinere und größere Dekoartikel, gerahmte Fotos von Leuten unterschiedlichen Alters und Blumenvasen herum, und auf einem schweren Beistelltisch thronte ein altmodischer Röhrenfernseher.

»So was sieht man nicht mehr allzu oft«, stellte ich fest.

»Der reicht mir doch vollkommen«, sagte sie. »Warum sollte ich mir einen neuen anschaffen, solange der alte noch funktioniert?«

Ich nickte.

»Setzen wir uns in die Küche«, schlug sie vor und zog zwei Stühle unter dem Küchentisch hervor. »Kann ich Ihnen etwas anbieten?«

»Nein danke.« Ich nahm auf einem der Stühle Platz. Auf der Anrichte stand ein altes Transistorradio mit herausgezogener Antenne, ein Lokalsender lief in voller Lautstärke.

»Also, was führt Sie her? Beim letzten Mal haben Sie behauptet, Sie wären von der Hausverwaltung.«

»Das stimmt nicht ganz«, entgegnete ich. »Ich hab es nur nicht abgestritten, aber behauptet hab ich es selbst mit keiner Silbe. Ich bin von Beruf Journalist und bin einem Hinweis nachgegangen, demzufolge Ihr Nachbar Oskar Helander mit Drogen gedealt haben soll. Und dann ist passiert, was eben passiert ist...«

»Es war wirklich ein lieber Hund, ich hatte immer ein paar Leckerli für ihn in der Manteltasche, für den Fall, dass ich ihnen draußen über den Weg laufe.«

Auf dem Laubengang ging ein Mann vorbei und winkte.

»Jetzt weiß ich, warum Sie meinten, dass sie nicht so viel von ihm mitbekommen haben. Er selbst kam nie an Ihrem Fenster vorbei, oder?«

Sie schüttelte den Kopf.

»Und Sie haben im Lauf des Tages auch nichts Ungewöhnliches bemerkt? Dass beispielsweise irgendwer, den Sie nicht kannten, draußen vorbeigekommen ist?«

»Nein, aber wer zu Oskar will, kommt ja auch gar nicht bis hierher.« Dann fügte sie hinzu: »Wer zu Oskar *wollte*, meine ich natürlich. Ich frage mich, wer jetzt die Wohnung kriegt. Gute Nachbarn sind wirklich wichtig.«

»War Oskar ein guter Nachbar?«

»Er hat sich hauptsächlich um seine eigenen Angelegenheiten gekümmert. Er hat niemanden gestört.« Und nach einer Weile: »Was die Polizei wohl mit dem zweiten Hund gemacht hat?«

»Ich weiß es nicht, aber ich nehme an, dass sie sich um ihn kümmern.«

»Ich hoffe nur, dass er nicht eingeschläfert wird.«

Neben dem Radio lagen ein dickes buntes Kreuzworträtselheft und drei Stifte, die Lesebrille hing an einer dünnen Kette um Evys Hals.

»Aber obwohl Oskar nie an Ihrer Wohnung vorbeikam, haben Sie sich öfter unterhalten...«

»Wenn wir uns am Aufzug über den Weg gelaufen sind, ja, sofern der denn mal funktioniert hat. Geht er wieder?«

Diesmal war ich an der Reihe, den Kopf zu schütteln.

»Egal wie oft wir anrufen, sie lassen ihn einfach nicht reparieren. Und ich kann Ihnen versichern, die Treppen sind anstrengend, ich selbst komme einigermaßen klar, aber ich hab Freundinnen, die brauchen einen Rollator, und die kommen weder hoch noch wieder runter. Können Sie darüber nicht was in der Zeitung bringen? Sie kennen doch bestimmt Leute, die da arbeiten?«

»Ich kann es mal versuchen«, sagte ich. »Wie war er so?«

»Oskar?«

»Ja.«

»Im Großen und Ganzen schweigsam. Irgendwie schien es immer, als würde man mehr mit den Hunden als mit ihm sprechen.«

»In der Zeitung stand, dass er ein Dealer war, wussten Sie das?«

»Gerüchteweise, ja, andererseits reden die Leute ja so viel. Er hat niemanden gestört.«

»Ich weiß, dass es so war.«

»Ja, offenbar kann man heutzutage alles kaufen, so sind die Zeiten nun mal, früher war das hier eine gute Gegend. Immerhin wohne ich bereits hier, seit diese Häuser gebaut wurden. Seit diese Motorradleute hier sind, ist ständig Radau, sie streiten und prügeln sich.«

»Kriegen Sie viel von ihnen mit?«

»Nein, eigentlich nur, wenn sie abends oder nachts heimkommen. Dann veranstalten sie oft einen Höllenlärm. Müssen die wirklich immer so viel Gas geben?«

»Keine Ahnung, ich bin nie Motorrad gefahren«, sagte ich. »Ich hab munkeln hören, dass er seine Geschäfte auf dem Hundeplatz hier in der Nähe abgewickelt hat – Sie wissen sicher, wo der ist –, und dass er daheim in seiner Wohnung seine Ware aufbewahrte. Allerdings hab ich nichts gesehen, als ich drüben in der Wohnung war, und in der Zeitung stand auch nichts davon.«

»Womöglich hat er es unten im Keller versteckt.«

»Aber ... da wird die Polizei doch sicher auch gewesen sein?«

»Kann sein, aber dann hatte er ja auch noch diesen anderen Verschlag. Er hatte einen wie wir alle und einen zusätzlichen, den er extra angemietet hat, fällt mir gerade wieder ein.«

»Ach so?«

»Ja, das hat Sven-Gösta mal erwähnt, der mittlerweile tot ist, aber er war hier für die Gebäude verantwortlich, bevor die Häuser aufgekauft wurden. Inzwischen wird ja alles von Stockholm aus verwaltet.«

Ich angelte Oskar Helanders Handy aus der Tasche, zog die Hülle herunter, fummelte den versteckten Schlüssel raus und hielt ihn zwischen Daumen und Zeigefinger geklemmt hoch.

»Könnte sein, dass ich den Schlüssel dazu habe«, sagte ich.

»Wissen Sie, welcher Verschlag es ist, Evy?«

Natürlich wusste sie es.

Da der Aufzug endgültig nicht mehr funktionierte, nahmen wir die Treppe. Sie schloss die Kellertür auf, und dann liefen wir an einem guten Dutzend Maschendrahtverschlägen vorbei, bis wir vor einer Tür stehen blieben, die mit einem Vorhängeschloss gesichert war.

»Und Sie glauben, die Polizei ist hier unten nicht gewesen?«

»Ich weiß es wirklich nicht.«

Der Schlüssel passte, ich schloss auf, stieß die Tür auf, wir traten beide ein, und ich zog die Tür wieder zu.

Hier hatte Oskar Helander also sein Lager gehabt.

In diversen Pappkartons standen mindestens fünfzig Schnapsflaschen, auf Regalböden dänisches, schwedisches und deutsches Bier, und in einem kleinen Kühlschrank lagerte das, was ein gewisser Tompa hatte kaufen wollen.

»Ich hatte ja keine Ahnung«, sagte Evy Karlsson und sah sich mit großen Augen um.

Klar, dass niemand aus Helanders Laubengang von seinen Geschäften etwas mitbekommen hatte. Die Bestellungen nahm er telefonisch entgegen, dann lief er runter in den Keller, holte eine Flasche Wodka, eine Einkaufstüte voller Bier oder ein paar Fünfer Hasch und ging dann mit dem Zeug im Gepäck die Hunde Gassi führen.

So erregte er keinen Verdacht.

Mit meiner Schirmmütze über der Hand durchsuchte ich die Pappkartons, drehte und wendete die Flaschen in den Regalen hin und her und nahm die kleinen Beutel mit Dope in die Hand. Erst fiel es mir nicht einmal auf, doch unter einem der Plastikbeutel lag ein brauner Umschlag.

Er enthielt Zeitungsausschnitte.

Drei verschiedene Artikel über einen Fall von Totschlag vor einer Kneipe in Båstad. Eilig überflog ich die Texte. Allen dreien zufolge wusste niemand, wer die tödlichen Tritte ausgeteilt hatte. In einem Artikel war der entsprechende Satz unterstrichen und danebengekritzelt worden: »Von wegen!« Unter Garantie stammte der Kommentar von Oskar Helander selbst.

Ich war mir nicht sicher, ob ich den Umschlag liegen lassen oder an mich nehmen sollte.

Am Ende beschloss ich, ihn liegen zu lassen, Eva Månsson anzurufen und sie zu bitten, die Helsingborger Kollegen auf Helanders Kellerverschlag hinzuweisen. Wenn die wiederum aus den Artikeln ihre Schlussfolgerungen ziehen und die Ermittlungen in dem Fall wieder aufnehmen würden, wäre es ganz sicher nicht verkehrt. Wenn dagegen niemand die Verbindung zwischen Helander, der Kneipenschlägerei und Björkenstam sähe und die Artikel einfach liegen blieben, würde ich immer noch auf eigene Faust weiterforschen können.

Insofern wollte ich das weitere Vorgehen einfach Eva Månsson überlassen.

Ich legte also den Umschlag zurück an seinen ursprünglichen Platz und fragte Evy Karlsson: »Wurden Sie eigentlich von der Polizei befragt?«

»Sie waren bei mir, ja, eine wirklich entzückende Polizistin war das. Wir saßen in der Küche, genau wie Sie vorhin.«

»Haben Sie der hiervon erzählt?« Ich zeigte auf die Flaschen.

»Nein, an den Verschlag hatte ich gar nicht gedacht, und sie hat mich ja auch nicht danach gefragt.«

»Und von mir haben Sie ihnen auch nichts erzählt?«

Sie spähte zu mir hoch. »Nein, ich war viel zu erschüttert, weil er tot war und weil der Hund tot war... Sie hat mich bloß gefragt, ob ich irgendwas gehört hätte oder ob irgendwer an meinem Fenster vorbeigelaufen sei, und das war ja nicht der Fall. Außerdem war Oskar ja schon tot, als Sie da waren.«

Irgendwie erinnerte mich Evy Karlsson an Elvis' Kumpel mit dem Hund. Er hatte auch nichts gesagt, weil er sich raushalten und nicht in irgendwas hineingezogen werden wollte, was sein eigenes Wohlbefinden hätte beeinträchtigen können. Evy Karlsson hatte nichts gesagt, weil sie einer Generation angehörte, die Behörden, Ärzten, Politikern, Direktoren und Polizeibeamten großen Respekt entgegenbrachte. Solange sie nicht gefragt wurde, brachte sie aus eigenem Antrieb nichts zur Sprache.

Ich nickte. »Das war gut so, und das sollte auch weiter unter uns bleiben. Wissen Sie noch, wie sie hieß?«

»Die Polizistin, meinen Sie?«

»Ja.«

»Ich hab's oben aufgeschrieben.«

»Dann rufe ich Sie später an.«

Ich rieb die Klinke mit meinem Hemdsärmel ab, bevor wir gingen. Dann hängte ich das Vorhängeschloss wieder ein, schob den Schlüssel zurück unter die Hülle von Oskar Helanders Handy und wischte zu guter Letzt auch noch das Vorhängeschloss sauber.

Dann bedankte ich mich bei Evy Karlsson für die Hilfe und versprach ihr, sie zum Essen einzuladen, falls sie es mal nach Solviken in unser Restaurant verschlagen sollte. Sie selbst fuhr nicht mehr Auto, aber sie meinte, eine Freundin von ihr fahre noch, und sie könnte sich durchaus vorstellen, mal vorbeizukommen.

»Gladys ist schon fünfundachtzig, aber wirklich eine gute Fahrerin. Nur im Kreisverkehr hat sie Probleme, Kreisel mag sie einfach nicht.«

»In Solviken gibt es so gut wie keine Kreisel«, versicherte ich.

Nachdem ich mich von ihr verabschiedet hatte, saß ich eine Weile in meinem Auto an dem kleinen Vorstadtplatz und wusste nicht recht, was ich tun sollte.

Irgendwann beschloss ich, nach Mölle zu fahren. Selbst wenn ich dort niemanden aus der Björkenstam-Familie zu Gesicht bekäme, musste ich doch zumindest etwas essen.

Bevor ich losfuhr, schickte ich Arne noch ein Lebenszeichen und erzählte ihm, was in den vergangenen Stunden passiert war. Er bat mich, vorsichtig zu sein. Dann rief ich noch mal kurz bei Evy Karlsson an, die mir den Namen der Polizistin durchgab: Linn Sandberg. Der Name kam mir bekannt vor, wenn ich mich recht erinnerte, war das Eva Månssons Ansprechpartnerin bei der Polizei in Helsingborg gewesen.

Harry Svensson war zum Mittagessen nicht in Mölle aufgetaucht. Sie hatten sich natürlich nicht verabredet, und es gab auch nicht den mindesten Grund zu der Annahme, dass er jetzt auf einmal täglich hier auftauchen würde. Als sie nach einem Glas Wein nach Hause ging, war sie trotz allem enttäuscht gewesen.

Sie hatte sich an den Computer gesetzt und nach stundenlangem Hin und Her die Mail an Dmitri Golovin abgeschickt, die sie so lange in den Entwürfen gespeichert hatte.

Dann war sie zwischen Angst und Aufregung hin- und hergerissen gewesen und hatte sie am Ende für ein weiteres Glas Wein unten im Hotel Kullaberg entschieden.

Beim zweiten Glas hatte sie Harry entdeckt.

Er stieg aus seinem Wagen und schlenderte auf das Lokal zu, in dem sie sich erstmals begegnet waren. Sie war zu weit entfernt, um zu rufen, und aufzustehen und ihm nachzulaufen kam ihr unpassend vor.

Das Lokal war bis auf den letzten Platz besetzt. Als Harry über den Parkplatz auf das Hotel zulief, winkte sie ihm zu.

»Sitzen Sie hier den ganzen Tag?«, fragte er.

Sie nickte. »Haben Sie das Mittagessen heute ausfallen lassen?«

»Ich hatte einiges zu tun. Haben Sie denn schon gegessen?«

»Ich wollte eigentlich gerade gehen, aber ein Gläschen könnte ich noch trinken.«

Er bestellte sich ein Krabbenbrot.

»Verfolgen Sie die Nachrichten?«, fragte er.

»Nicht wirklich. Warum?«

»Ich weiß ja nicht, was in dieser Gegend vor sich geht, aber irgendwie hab ich so ein Gefühl, als würden hier Drogen die gesamte Gemeinde vergiften. Ich hab ein bisschen recherchiert, bevor ich hergekommen bin. In Helsingborg ist ein Drogendealer erschossen worden, angeblich eine regelrechte Hinrichtung. Und ein Bekannter von mir, ein Journalist, hat mit erzählt, dass diverse Biker-Gangs sich gegenseitig bekriegen, anscheinend geht es da um unfassbare Summen. Es würde mich nicht wundern, wenn irgendeine von diesen Biker-Gangs hinter der Marihuanaplantage draußen im Wald stecken würde. Haben Sie davon gehört?«

Sie schüttelte den Kopf.

Im Grunde bekam sie so gut wie überhaupt nichts mit und wusste paradoxerweise doch erstaunlich viele Dinge, von denen andere nicht die geringste Ahnung hatten – was immer sie mit den Jahren eben aufgeschnappt hatte, ohne zu wissen, was sie mit den Informationen anfangen sollte.

Die täglichen Lokalnachrichten hatten sie indes nie sonderlich interessiert.

»Anscheinend gibt es eine Riesenplantage dort draußen im Wald, aber nach allem, was in der Zeitung steht, weiß niemand, wer sie betreibt.«

Sie plauderten ein bisschen weiter.

»Arbeiten Sie immer noch als Journalist?«, fragte sie.

Er blickte auf und kaute auf den letzten Krabben herum. Dann tupfte er sich den Mund mit einer Serviette ab und lächelte.

»Warum fragen Sie?«

Sie zuckte mit den Schultern.

»Reine Neugier.«

»Ja und nein«, antwortete er. »Ich bin nirgends mehr angestellt, aber wenn sich irgendeine Story auftut, sag ich natürlich nicht Nein.«

»Ich hab mir Ihr Buch im Internet bestellt.«

Er sah sie verwundert an.

»Sie haben mitgeholfen, einen Mörder zu fassen«, sagte sie. »Und darüber haben Sie ein Buch geschrieben.«

Er nickte.

»Ja, stimmt schon, das waren Arne und ich, wir haben das zusammen gemacht, allerdings war das nicht so geplant, ich bin da zufällig in eine Sache reingestolpert, die immer größer wurde.« Nach kurzem Schweigen fragte er: »Wollen Sie mir irgendwas erzählen?«

Sie lachte und hörte selbst, wie gekünstelt es klang.

»Nein, ganz bestimmt nicht. Aber das Buch will ich trotzdem lesen, das scheint ja ein spannender Fall gewesen zu sein.«

Agneta Björkenstam fand also, dass diese Angelegenheit, mit der Arne Jönsson und ich uns vor gut einem Jahr beschäftigt hatten, eine spannende Sache gewesen war.

Sie hatte ja keine Ahnung.

Immerhin war ich nicht nur in diesen Fall hineingezogen worden; der »Spanking-Mörder«, wie ihn die Medien getauft hatten, hatte mich außerdem gewissermaßen erpresst, und das Ganze gipfelte darin, dass der Mann in seiner eigenen kleinen Folterhütte auf seinem Grundstück einem Brand zum Opfer fiel.

Ein Gutteil meiner Beteiligung an dem Fall war überhaupt nie öffentlich geworden.

Leider hatte ich immer noch keine Ahnung, wie viel Agneta Björkenstam über die Geschäfte ihres Mannes – oder über seine Vergangenheit – wusste, aber zumindest hatte ich ihr jetzt den einen oder anderen Floh über Biker-Gangs und Drogen ins Ohr gesetzt. Jetzt konnte ich nur mehr abwarten, was passieren würde, sofern denn überhaupt etwas passierte.

Als ich wieder zuhause war, rief ich Eva Månsson an und erzählte ihr, was ich über Oskar Helander und den Kellerverschlag in seinem Wohnhaus in Erfahrung gebracht hatte. Schwer zu sagen, ob sie nun glaubte, ich sei auf irgendeine Weise in die Sache verwickelt oder nicht. Zumindest sagte sie nichts.

Helanders Tod beherrschte inzwischen die Webseiten sämtlicher Zeitungen. Je weiter die Artikel von der ursprünglichen

Meldung aus der Lokalzeitung abschweiften, umso wilder blühten die Spekulationen.

Ich hatte Agneta Björkenstam gegenüber von einer Hinrichtung gesprochen, und das Wort stand auch in sämtlichen Artikeln. Was die Marihuanaplantage im Wald anging, hatte ich geflunkert, denn dass in der Lokalzeitung in einer Kurzmeldung von einem »mysteriösen Drogenversteck in einem Wald in Nordwest-Schonen« die Rede war, sah ich überhaupt erst, als ich daheim am Küchentisch E-Mails und Webseiten checkte. Das Bild erkannte ich natürlich wieder: Es war das Foto, das ich selbst geschossen und an Lars Berglund geschickt hatte, allerdings war weder unter Bild noch Text ein Urheber genannt.

Von den traditionellen Medien hatte niemand Oskar Helanders Namen gebracht, da war nur von einem »47-Jährigen« die Rede, aber man musste nicht lang suchen, um im Netz nicht nur seinen Namen, sondern auch eine Menge mehr oder weniger glaubwürdiger Zusatzinformationen über seine Geschäftstätigkeit zu finden.

Als ich mich auszog, entdeckte ich ein paar winzig kleine Glassplitter in meiner Hemdtasche und an meiner Mütze. Die Fensterscheibe musste wirklich in Abertausend Stücke zersprungen sein, als der Hund hindurchgesegelt war. Ich nahm die Splitter vorsichtig in die Hand und spülte sie dann im Klo runter, bevor ich raus auf die Veranda trat.

Eine der Abendzeitungen hatte ein Bild des toten Hundes gebracht.

Irgendjemand hatte eine Decke darüber ausgebreitet.

Eine Art von Respekt, die in der heutigen Medienwelt selten war.

Mitunter fiel es ihr schwer zu verstehen, wovon ihre Mutter sprach.

Wenn sie getrunken hatte – entweder allein oder mit dem netten Nachbarn –, behauptete sie immer, sie werde selbst für Gerechtigkeit sorgen, falls die Polizei denjenigen nicht finden und verhaften würde, der ihren Exmann umgebracht hatte, denn sie wisse genau, wer dahinterstecke. Wenn die Mutter richtig viel getrunken hatte, beharrte sie umso nachdrücklicher darauf, und dann erzählte sie auch, sie habe ein Gesicht im Fenster des Wagens gesehen, das sie nie wieder vergessen würde.

Obwohl sie Englisch in der Schule hatte, wollte ihr nicht einleuchten, was »dunkle Nächte« mit dem Tod ihres Vaters zu tun hatten oder wie diese Nächte dafür sorgen sollten, die Gerechtigkeit wiederherzustellen. Ihre Mutter sagte oft, dass sie Leute kannte, die »dunkle Nächte« kannten, und dass sie mit denen Kontakt aufnehmen würde, wenn sie keine andere Wahl mehr hätte.

Wenn Mama sich hinlegte und in der Flasche oder Bierdose noch ein Rest war, kippte sie ihn in den Ausguss.

Mama hatte das nie bemerkt.

V

Donnerstagmorgen

Ich wurde von einer Explosion geweckt.

Es klang, als wären das Haus, das Lokal, ganz Solviken in die Luft gejagt worden, und es dauerte sicher eine gute Minute, ehe ich wieder wusste, wo ich mich befand, und mir dämmerte, dass die Explosion gerade nur der Donner gewesen war.

Irgendwo ganz in der Nähe musste der Blitz eingeschlagen haben, womöglich unten im Hafen oder in einem der Bäume hinter dem Haus.

Irgendwie roch es wie eine Schweißflamme, und als ich mir endlich den Schlaf aus den Augen geblinzelt hatte und über den Skälderviken hinausblickte, sah das, was sich dort hinter den Wolken abspielte, aus wie eine Lasershow. Es war gleichermaßen schön und furchterregend.

Es regnete immer noch nicht und war nach wie vor genauso schwül wie am Vorabend, als ich mich auf die Veranda gesetzt hatte, und obwohl ich offenkundig draußen eingeschlafen war, war ich schweißgebadet. Irgendwo in der Ferne grollte es dumpf und wütend, und immer wieder zickzackten kilometerlange Blitze aus den Wolken herunter in die Bucht, aber ein Knall, der auch nur annähernd so laut gewesen wäre wie der erste, der mich geweckt hatte, kam nicht mehr.

Ich hätte gern gewusst, wie spät es war, aber der Akku meines Handys hatte den Geist aufgegeben.

Ich hatte immer wieder gehört, dass Trockengewitter – sprich:

Gewitter ohne Regen – am gefährlichsten seien, hatte aber nie eine plausible Erklärung dafür bekommen. Allerdings hatte ich es mir in etwa so zurechtgelegt, dass ein Haus, das durch einen Blitz in Brand geriet, vom Regen wieder gelöscht werden konnte. Wenn es aber nun nicht regnete, brannte das Haus ganz einfach ab.

Es musste kurz nach sechs Uhr morgens war. Fischer-Bosse schipperte gerade in den Hafen. Ich steckte mein Handy ans Ladekabel und lief runter, um Hallo zu sagen. Simon Pender hatte irgendwann mal behauptet, dass Fischer-Bosse alles über jeden in Solviken und Umgebung wisse.

An diesem Morgen trug er einen breitkrempigen Strohhut und wie üblich ein T-Shirt, das so verwaschen und ausgeblichen war, dass man den Aufdruck beim allerbesten Willen nicht mehr lesen konnte.

»Hast du keine Angst rauszufahren, wenn's gewittert?«, fragte ich.

»Solange die Fische keine Angst haben, hab ich auch keine«, antwortete er und machte sich daran, seinen Fang auszuladen und rüber zu seiner Hütte zu tragen, wo er den Fisch in große Plastikbottiche auf Eis legte.

»Wie läuft's denn so?«, fragte ich.

»Schlecht«, antwortete er. »Bei der Hitze wird das einfach nichts. Die Leute bestellen und bestellen, aber am Freitag hab ich gerade mal drei Schollen und einen Butt gefangen, das reicht ganz einfach nicht, da kann ich nicht liefern. Wenn ich ordentlich was fangen will, muss ich richtig weit rausfahren, und das will ich nicht, dafür ist das Boot nicht ausgelegt. Ich weiß nicht mal, ob ich morgen überhaupt rausfahren soll, die Hitze soll sich ja halten.«

Ich setzte mich auf eine der Stufen zu seiner Fischbude.

»Ich hatte ganz vergessen, dass am Wochenende Hafenfest ist. Ich hab Plakate gesehen, als ich gerade runtergelaufen bin. Da steht, die ›Freunde Solvikens‹ organisieren die Feier. Weißt du vielleicht, wer dahintersteckt?«

Ausgerechnet von den »Freunden Solvikens« hatte ich im vergangenen Sommer einen Brief bekommen, weil eine gewisse Person namens Bodil und ich nackt baden gewesen waren. Ich hatte mich damals schon gefragt, wer diese Freunde waren.

»Das sind Sommergäste«, erklärte Fischer-Bosse, »irgendwelche Stockholmer oder so, Großstädter jedenfalls, die hier jeden Sommer wieder aufkreuzen, weil irgendein alter Sack oder eine alte Tante das Zeitliche gesegnet hat und sie das Haus geerbt haben und jetzt meinen, sie müssten so was wie die Tradition pflegen, würd ich jetzt einfach mal so tippen. Ich bin mir nicht ganz sicher, aber es sieht verdammt danach aus.«

In Solviken herrschte eine nicht zu übersehende Hierarchie, genau wie in anderen Küstenstädtchen auch. Die ökonomische Elite hatte auch die soziale Vormachtstellung inne und lebte in geerbten größeren oder kleineren Villen oder Häusern, die sie sich entweder mühsam erstritten hatten oder die sie mit ihren Geschwistern oder Kindern teilen mussten. Ich kannte Familien, die einander vor Gericht zerrten, weil sie sich nicht einigen konnten, wer Zugang zum gemeinsamen Haus haben oder wer für das Rasenmähen verantwortlich sein sollte. Derlei Familienarrangements bringen selten das Gute im Menschen hervor.

»Aber wer genau?«

»Tja, wie heißen sie gleich wieder… Kvist, Rosengren, Björkenstam… Du weißt schon, wen ich meine.«

Ich zuckte erst mal zusammen.

»Hast du Björkenstam gesagt? Wo wohnen die denn? Ich hab in der Zeitung irgendwas von einem Björkenstam gelesen, aber der wohnt in Mölle.«

»Das ist der Sohn. Die Eltern wohnen hier in Solviken. Warst du nie oben?«

Er zeigte vage in Richtung des Hügels hinter dem Lokal, dort wo der Wald immer dichter wurde. Ich schüttelte den Kopf.

»Die haben da oben ein ganzes Schloss«, erklärte er.

Ich wohnte bereits den zweiten Sommer in Solviken, aber dort oben war ich nun wirklich nie gewesen.

»Die haben sogar einen eigenen Golfplatz auf dem Grundstück. Okay, nur sieben Löcher, aber trotzdem. Ihn – Edward Björkenstam – kannst du gar nicht übersehen. Der fährt hier manchmal mit dem Sportwagen vor, um eine Runde zu schwimmen.«

Jetzt wusste ich endlich, wer das war! Kvist, Rosengren, Björkenstam... Wie immer sie auch hießen, sie waren vom selben Schlag.

Kein Einziger von ihnen hatte je gegrüßt.

Als Fischer-Bosse erwähnte, dass Edward Björkenstam manchmal im Cabrio herumfuhr und baden ging, fiel mir wieder ein, dass ich einmal versucht hatte, mit ihm zu plaudern. Ein eleganter Mann mit grauem Haar und großen Zähnen. Er hatte einen weit ausholenden, festen Gang, hielt den Blick gen Himmel gerichtet und hatte den Mund wie zu einem ewigen Lächeln leicht geöffnet. Vielleicht wartete er aber auch nur auf gebratene Spatzen. Wobei er sich sicher schon den einen oder anderen gut durchgebratenen Spatz einverleibt hatte. Ich musste daran denken, wie er einmal seinen Wagen, einen kleinen MG, mit laufendem Motor mitten auf dem Parkplatz stehen gelassen hatte, sodass auch wirklich keiner an ihm vorbei hätte raus- oder reinfahren können, und dann seelenruhig runter ans Wasser geschlendert war, um eine Runde schwimmen zu gehen. Er hatte eine weiße Badekappe mit Monogramm getragen.

Damals hatte ich zu ihm hinübergegrüßt.

Er hatte nicht zurückgegrüßt.

Er hatte mich nicht einmal angesehen.

Wenn schon Bosse und die anderen Einwohner Solvikens von

den sogenannten Null-Achtern mit Geringschätzung bedacht wurden, so galten Simon Pender und ich nurmehr als Kneipenpöbel, den nicht mal die Katze hereinschleppen würde.

»Frau Björkenstam ist die Fleißigste von ihnen. Das Hafenfest organisiert sie schon seit Jahren«, sagte Fischer-Bosse.

»Hab ich die auch schon mal gesehen?«

»Sie ist immer mit einem Jack Russell unterwegs.«

»Alle sind mit einem Jack Russell unterwegs.«

Er zuckte mit den Schultern.

»Viveca«, sagte er dann. »Ich glaube, sie heißt Viveca.«

Als ich wieder nach Hause lief, schoss mir durch den Kopf, dass ich irgendwo schon mal eine Frau mit einem Jack-Russell-Terrier gesehen hatte.

Nachdem ich Kaffee gekocht hatte, setzte ich mich raus auf die Veranda, und mein Blick fiel auf die Zeitung und ein Foto von Emma Dahlström.

Anscheinend hatten sie den Artikel gar nicht online gestellt, zumindest war ich am Vorabend nicht darüber gestolpert, aber in der Printausgabe stand die Schlagzeile etwa in der Mitte der Titelseite.

»Mutter und Tochter verschwunden!«

Als ich zum entsprechenden Artikel blätterte, waren dort das Bild einer mir unbekannten Frau sowie des kleinen Mädchens abgedruckt, das mich mitten in der Nacht überrascht hatte – ein Mädchen, das nicht redete und das sich zurzeit in Arne Jönssons Obhut in Anderslöv befand.

Ein Nachbar hatte Alarm geschlagen, weil er die beiden – Mutter und Tochter – seit Tagen nicht mehr gesehen und sich Sorgen gemacht hatte.

Mittlerweile war der Artikel online gestellt worden, und ich schickte Arne und Eva Månsson den Link.

Dann rief ich Arne an.

»Das Mädchen heißt Emma und gilt seit vier Tagen als vermisst. Heute steht es in der Zeitung – wenn du deinen Rechner hochfährst, klick auf den Link, den ich dir gerade geschickt habe, dann kannst du den Artikel lesen.«

Die obere Hälfte der Titelseite war Oskar Helander gewidmet. In dieser Zeitung hieß er nach wie vor nur der »47-Jährige«. Im Innenteil fand ich drei Artikel: einen zu seinem Tod und dem möglichen Tatgeschehen, einen zu der Wohnsiedlung, in der er gelebt hatte und die für Schießereien, Biker-Gangs und illegale Machenschaften bekannt war, und einen dritten, in dem darüber spekuliert wurde, ob es sich bei dem Verbrechen um eine Fehde zwischen Drogendealern gehandelt haben könnte. »Unbestätigten Angaben« und einer »anonymen Quelle« zufolge hatte der »47-Jährige« mit Hasch, Alk und Tabletten gedealt.

In einer Randnotiz ganz unten auf einer der Seiten stand, dass irgendwer dem Bettler vor dem Systembolaget in Höganäs einen Eimer Wasser übergekippt hatte.

Und eine Seite weiter stieß ich auf einen dreispaltigen Artikel samt Foto der Marihuanaplantage, die ich entdeckt hatte. Die Überschrift lautete:

GEHEIMES DROGENVERSTECK
in NW-Schonen im Wert mehrerer Millionen

So hätte ich die Überschrift nicht gestaltet. Der Größenunterschied zwischen den Versalien und der Unterzeile war zu groß, und dass ein Versteck grundsätzlich geheim war, verstand sich eigentlich von selbst. Weder der Verfasser des Artikels noch der Fotograf war namentlich erwähnt, aber das Foto erkannte ich trotzdem als mein eigenes wieder.

Ich rief Eva an und erzählte ihr, dass das Mädchen aus dem Zeitungslink dasselbe sei, das mitten in der Nacht bei mir aufgekreuzt war. Mit dem Namen des Mädchens und dem seiner Mutter, Emma und Åsa Dahlström, hätte die Polizei es vielleicht leichter zu ermitteln, was passiert war.

Ich selbst hatte mich seit Tagen darum bemüht, aber nicht einmal gewusst, dass die Mutter der Kleinen … dass Emmas Mutter ebenfalls verschwunden war.

Ich rief noch mal bei Arne an und schlug vor, er solle Emma den Artikel zeigen und sie fragen, ob sie irgendetwas dazu sagen wolle.

Bevor ich Jonna Moberg anrief, dauerte es ein bisschen länger.

Seit ihrer Hochzeit hieß sie Bertilsson, aber für mich war sie immer Jonna Moberg geblieben.

Ich hatte schon seit Jahren nicht mehr mit ihr gesprochen, obwohl ich sie vermisste und auch ein schlechtes Gewissen ihr gegenüber hatte.

Ich vermisste sie, weil ich sie wirklich gern gehabt hatte.

Und das schlechte Gewissen hatte ich, weil ich das zwischen uns auf meine Art beendet hatte – sprich: gar nicht.

Sie hatte einen Sommer lang als Aushilfe bei meiner Zeitung gearbeitet und war öfter mal vorbeigekommen, um zu plaudern oder um sich von mir ein paar Tipps für ihre Artikel geben zu lassen. Sie hatte ein Näschen für Nachrichten, war unerschrocken und konnte mit Leuten umgehen, nur das mit dem Schreiben war nicht ganz ihr Ding.

Hin und wieder hatten wir ein wenig miteinander geflirtet, sofern man denn überhaupt von Flirten reden konnte.

Doch dann waren wir einmal zeitgleich in Kopenhagen unterwegs gewesen. Sie sollte über irgendeinen königlichen Blödsinn berichten, während ich an einer Reportage über den Parken arbeitete, das Fußballstadion, in dem auch Konzerte stattfanden und das einige Jahre lang als Vorbild für sämtliche Stadionbauten in Skandinavien hergehalten hatte.

Für Jonna hatten sie ein richtig schäbiges Hotel am Rådhuspladsen gebucht.

Ich hatte selbst gebucht und wohnte entsprechend in einem Designhotel.

Irgendwann landete sie erst auf meinem Schoß, und dann landeten wir beide in ein und demselben Bett.

Sie war neugierig und umtriebig, süß und eigenwillig, tough und verspielt, gierig und geduldig und hatte die außergewöhnliche Begabung, Situationen heraufzubeschwören, die immer auf die gleiche Weise endeten. Wir haben nie darüber gesprochen, aber es muss ihr wirklich im Blut gelegen haben.

Nach drei Sommermonaten eröffnete sie mir, dass sie sich eine Beziehung wünschte und Kinder haben wollte.

Jonna war dreiundzwanzig, ich vierundvierzig.

Das allein hätte mich nicht groß gestört, mit dem Alter hatte ich eigentlich nie ein Problem gehabt.

Was mir allerdings den Schlaf raubte, wann immer sie in meinen Armen lag, war die Tatsache, dass ich nur ein Jahr jünger als ihr Vater war. Wie hätte ich dem bitte gegenübertreten sollen?

Also ging ich ihr irgendwann ganz einfach aus dem Weg, tauchte ab und war schlicht und ergreifend feige.

Nett war das nicht gewesen, und ich war auch alles andere als stolz darauf.

Eines Tages lernte sie den Trabreporter Martin Bertilsson kennen, und im Handumdrehen hatten die beiden zwei Kinder.

Aus Jonna wurde nie eine große Journalistin. Allerdings war sie eine phänomenale Researcherin, die sich im Internet zurechtfand und es durchforsten konnte wie kein Zweiter. Sie kündigte bei der Zeitung, schloss sich einer Gruppe von Freelancern an und wurde irgendwann sogar zusammen mit zwei Kollegen für eine investigative Reportage ausgezeichnet.

Mit dem Internet hab ich kein größeres Problem, ich kenne

seine Untiefen, aber wer sein Handwerk richtig gut beherrscht und hinreichend kreativ ist, weiß auch, wie man an alte Zeitungs- und Gemeindearchive, Bankverbindungen und Steuerunterlagen herankommt. Für jemanden wie Jonna Moberg gab es diesbezüglich keine Grenzen, eine einzelne Datenbank war ihr nie genug, es gab immer noch andere Stellen, an denen man weiterforschen, andere Suchmaschinen, die man nutzen, weitere Spuren, die man verfolgen konnte und die dann zu neuen Fährten führten.

Was Klicks anging, hatten niedliche Kätzchen, die auf einem Bein stehen und Tuba spielen, die Nase definitiv vorn vor aufsehenerregenden, wichtigen Enthüllungen. Insofern zog ich wirklich den Hut vor Jonna und ihrer Recherchegruppe, die Rassisten, Nazis und andere halbseidene Leute aus der Deckung ans Licht der Öffentlichkeit zerrten.

Als ich ihre Nummer wählte, nahm Martin Bertilsson den Anruf entgegen.

Ich weiß ja nicht, was Jonna ihm von mir oder von uns erzählt hatte, aber er klang eher reserviert, als er mir mitteilte, sie sei mit den Kindern draußen. Immerhin versprach er, ihr auszurichten, sie möge mich zurückrufen.

Ich lief zum Hafen, setzte mich auf eine Bank am Pier und wartete. Fischer-Bosse war inzwischen mit seinen Kisten fertig, saß auf der Treppe vor seiner Fischbude und wartete ebenfalls vielleicht auf bessere Zeiten oder auf Kunden. Ansonsten war es im Hafen komplett still, menschenleer und ruhig.

»Hej«, sagte ich, als mein Handy klingelte.
»Lang nichts von dir gehört«, sagte sie.
»Nein.«
Dann herrschte erst mal Stille.
»Ist das alles, was du mir zu sagen hast – nein?«
»Nein«, sagte ich und musste lachen.
»Das ist nicht witzig.«

»Nein. Wie geht's?«

»Danke der Nachfrage, aber ich nehme an, du rufst nach all der Zeit nicht an, um mich zu fragen, wie's mir geht.«

»Nein.«

»Du wiederholst dich.«

»Ich weiß«, erwiderte ich. »Ich brauche deine Hilfe.«

»Nicht dein Ernst.«

»Ich brauche Hilfe bei der Recherche über eine Person, und ich brauche Hilfe bei ein paar Sachen, die schon vor langer Zeit passiert sind und zu denen ich selbst nichts rausfinde, und da bist du mir eingefallen, ich kenne einfach niemand Besseren als dich.«

»Nur deshalb bin ich dir eingefallen?«

»Nicht nur.«

»Nee, klar.«

Ich wusste, was ich hätte sagen sollten – dass es wahrscheinlich dumm von mir gewesen war, sie anzurufen.

»Weshalb sollte ich dir helfen?«, fragte sie.

»Darauf hab ich keine gute Antwort.«

»Das hier wird echt anstrengend, Harry.«

»Ich glaube, dass du den Auftrag spannend finden wirst, ich glaube, du wirst darauf anspringen, sobald du hörst, worum es geht, und ich glaube, du wirst einen fantastischen Job machen.«

»Und wenn ich Nein sage, kommst du her und legst mich übers Knie?«

»Das ging unter die Gürtellinie, Jonna.«

»Tja.«

Wir waren beide eine Weile still.

Im Augenwinkel meinte ich, eine Frau mit einem Jack-Russell-Terrier an der Leine vom Hafen hochkommen zu sehen. Der Hund blieb stehen, um an irgendwas zu schnuppern, und die Frau zerrte an der Leine.

»Das war Absicht«, sagte Jonna schließlich. »Ich hatte mir damals ein paar Sachen zurechtgelegt, die ich dir an den Kopf werfen wollte, wenn ich je wieder mit dir reden würde, aber irgendwann ist das dann ja im Sand verlaufen.«

»Ich hätte dich nicht anrufen dürfen, Jonna. Ich weiß nicht, was ich sagen soll. Entschuldigung?«

Zu guter Letzt seufzte sie und fragte: »Worum geht es überhaupt?«

Bis ich sämtliche Namen aufgezählt und die Ereignisse geschildert hatte, vergingen zwanzig Minuten. Jonna machte sich derweil Notizen und versprach, sich zu melden, sobald sie irgendetwas in Erfahrung gebracht hätte. Dann erzählte sie, dass sie im Augenblick mit ihren beiden Kindern in Elternzeit daheim und jeder ein Idiot sei, der das für eine Art Urlaub hielt. Wann genau sie sich zurückmelden werde, könne sie nicht sagen.

Das sei schon okay, sagte ich, und dass ich für jede Info dankbar sei.

Eine Weile blieb ich noch am Pier sitzen und dachte an Jonna Moberg, an ihren Mann und ihre Kinder – die ich noch nie gesehen hatte –, und überlegte, wie ihr und mein Leben hätte verlaufen können. Wie anders alles doch gekommen wäre, wenn wir damals Kinder bekommen hätten.

Es war alles den Bach runtergegangen.

Glaubte ich.

Nein, wusste ich.

Aber wie hieß es so schön: Über vergossene Milch sollte man nicht jammern.

Und allzu viel sollte man wohl auch nicht nachdenken, sonst bekam man es nur mit der Angst zu tun. Ich glaube, Rod Stewart hat darüber mal ein Lied geschrieben.

Sie hatte nicht mal mitbekommen, dass Ladi und ihr Mann aus Kopenhagen zurückgekommen waren, und als sie aufwachte, hatte er das Bett auch schon wieder verlassen. Im Großen und Ganzen schienen Sex oder körperliche Nähe für ihn keine große Rolle mehr zu spielen. Wie hatte sich dieses Bedürfnis einfach in Wohlgefallen auflösen können?

Vielleicht holte er sich seine Befriedigung ja auch auf andere Weise, andernorts und mit anderen Frauen.

Oder aber er war einfach nur seltener erregt.

Vielleicht war das ja der natürliche Lauf der Dinge.

Wahnsinnig leidenschaftlich war er nie gewesen, schoss es ihr durch den Kopf. Eher war er der pflichtschuldige Liebhaber gewesen.

Außer einmal.

Das eine Mal.

Worüber sie nie wieder ein Wort verloren hatte.

Gewisse Dinge behielt man einfach für sich.

Er war mit seinen Freunden in Båstad ausgegangen, sie war mit ihren Freundinnen unterwegs gewesen. Sie hatte schon in ihrem Hotelbett gelegen, als er irgendwann zurückgekommen und über sie hergefallen war. Er hatte ihr den Slip runtergezogen, und dann hatte es sich angefühlt, als würde er ihr einen Gummiknüppel zwischen die Beine schieben. Darauf war sie nicht gefasst gewesen, es tat weh, trotzdem hielt er sie an den Armen fest und presste sich in sie. Er stank nach Alkohol, hatte blutige Schrammen an den Fingerknöcheln der rechten Hand, und irgendwie roch sein Schweiß in dieser Nacht besonders streng, verwest. Sie versuchte, sich ihm zu entziehen, gab ihm zu verstehen, dass sie Schmerzen litt, doch er ließ nicht von ihr ab – und dennoch wollte es nicht recht klappen. Daraufhin warf er sie der Länge nach über den Hotelschreibtisch, sodass Telefon, Schreibtischlampe, ein Glas und ein Aschenbecher zu Boden krachten, hielt sie mit der Linken im Nacken fest, spreizte ihre Beine, stieß mit dem pulsierenden Knüppel in sie hinein und hielt ihr mit der rechten Hand den Mund zu, um ihren Protest zu ersticken.

Als er hinterher im Bett lag, schlich sie zur Toilette.

Sperma und Blut liefen an ihren Schenkeln hinunter.

Sie war vergewaltigt worden.

Der Mann, der dort im Bett lag und laut schnarchte, war derselbe, den sie wenige Wochen später heiraten würde.

Der Mann, der sie vergewaltigt hatte.

Sie legte sich auf das Hotelsofa.

Weinte, bis sie irgendwann einschlief.

Sie wachte davon auf, dass er ihr über die Wange strich.

»Es tut mir leid, Liebling«, flüsterte er. »Es war nur... Ich konnte mich nicht mehr beherrschen, du warst so verdammt sexy, und da bin ich einfach geil geworden... verstehst du?«

Er gab ihr einen Kuss auf die Stirn.

Er hatte seinen Tennisschläger in der Hand und war schon umgezogen.

Ihr fiel wieder ein, dass er ja an diesem Tag mit Georg Grip Tennis spielen wollte.

Sie mochte Georg Grip.

Sollte sie ihm gegenüber etwas sagen?

Es ihm erzählen?

Nein.

Gewisse Dinge behielt man einfach für sich, das war ihr klar.

Gewisse Familiengeheimnisse blieben besser für immer geheim, das hatte sie schon lange begriffen.

Er richtete sich wieder auf, zog ein paar Geldscheine aus seiner Tasche und hielt sie ihr hin.

»Hier, kauf dir was Schönes, und wenn ich wieder vom Tennis zurück bin, gönnen wir uns einen Champagner-Lunch.«

Fünf Tausender.

Fünftausend Kronen für eine Vergewaltigung.

Nach dem Mittagessen fragte sie ihn, warum er blutige Knöchel hatte.

»Wir hatten einiges getrunken, ich bin gegen eine Wand gelaufen«, antwortete er.

Als sie später hörte, dass am selben Abend in einem der von ihm besuchten Lokale jemand totgetreten worden war, fragte sie ihn, ob er irgendetwas davon mitbekommen habe.

»Draußen war Krawall, keine Ahnung, was genau passiert ist. Wir hatten drinnen Spaß und haben getrunken.«

Sie fragte nicht noch einmal nach.

Er war nie wieder so erregt gewesen wie in jener Nacht.

Die Zeit meinte es mal besser, mal schlechter mit ihr, ob sie alle Wunden heilen konnte, wusste sie nicht, aber das Vergessen funktionierte einigermaßen.

Die Erniedrigung, die Demütigung hatte sie mit der Zeit in gewisse Teile ihres Hirns verbannt, in denen dunkle Geheimnisse zu Hause waren – eben jene Familiengeheimnisse.

Den Schrei jedoch, den er ausgestoßen hatte, als er gekommen war, hatte sie nie vergessen.

Manchmal spähte sie heimlich zu ihm rüber, wenn sie mittagessen gingen oder über rote Teppiche flanierten und er mit seinem Aussehen, seinem Lachen und seinem Charme Frauen wie Männer um den Finger wickelte, und dann fragte sie sich immer, wie ein derart viehischer Schrei über seine Lippen hatte kommen können.

Die fünf Tausender hatte sie nie ausgegeben.

Und er hatte nie gefragt, was sie sich davon gekauft hatte.

Die Scheine hatte sie ganz unten in das Schmuckkästchen geschoben, das sie von ihrer Großmutter geschenkt bekommen hatte.

Inzwischen war sie nicht einmal mehr sicher, ob die Scheine überhaupt noch gültig waren. Zog die Regierung oder irgendeine Behörde nicht hin und wieder Geld aus dem Verkehr?

Doch selbst wenn sie gültig waren, waren sie für sie nichts wert.

Einmal hatte sie versucht, mit ihrer Mutter darüber zu reden. Sie hatte ihr erzählt, dass eine Bekannte auf diese Weise misshandelt worden sei, woraufhin ihre Mutter vage erwidert hatte, man beiße nicht die Hand, die einen füttere. Ob ihre Mutter begriffen hatte, dass es um sie selbst gegangen war, wusste sie nicht.

Als sie Muffan später die gleiche Geschichte anvertraute, hatte die gesagt: »Also bitte, Aggis, wir Frauen müssen für unsere Männer da sein. Außerdem glauben sie doch nur, dass sie die Oberhand haben, in Wahrheit – und das wissen wir doch – sind wir diejenigen, die bestimmen.«

Ja, klar, als ob.

Sie schob die Gedanken beiseite, schlug die Decke zurück, stand auf und trat hinaus auf die Veranda. Während sie über das Meer blickte, dorthin, wo es zwischen den Wolken blitzte, und sie sich gerade fragte, wann diese Hitze – die allmählich anstrengend wurde – endlich ein Ende hätte, hörte sie plötzlich Stimmen.

Aufgeregte Stimmen.

Sie kamen weder unten aus der Küche noch aus dem Garten.

Sie lief die Treppe runter. Die Küche war leer, aber als ihr Blick aus dem Fenster fiel, sah sie den SUV dort draußen mit Ladi auf der offenen Ladefläche des Kofferraums und Beule, der hinter dem runtergelassenen Fenster auf der Rückbank hockte.

Der kleine Sportwagen des Schwiegervaters stand daneben.

Was machte der denn hier?

Die Stimmen kamen von der Giebelseite des Hauses. Die Terrasse dort benutzten sie nur selten.

Wenn sie durch die Küche den Flur entlang zu einem der Gästezimmer schlich, könnte sie sich hinter die Vorhänge stellen und auf die Terrasse runtersehen…

Ihr Schwiegervater stand, während ihr Mann saß.

Ihm gegenüber saß seine Mutter mit ihrem Hund auf dem Schoß.

Der Schwiegervater redete.

Und gestikulierte.

Beugte sich vor und tippte auf eine Zeitung, die auf dem Tisch lag.

Plötzlich brüllte ihr Mann so laut, dass sie es sogar im Haus hören konnte: »Ich sag doch, dass ich keinen blassen Schimmer habe!«

Normalerweise schrie er seinen Vater nicht an.

Die Schwiegermutter schürzte die Lippen, schüttelte den Kopf, warf einen Blick über die Schulter und sah dann hinauf.

Es fühlte sich an, als würde diese Frau sie direkt anstarren. Als könnte sie durch den Vorhang hindurchsehen, hinter dem sie sich versteckte.

Als sie Sekunden später wieder hinausspähte, sagte die Schwiegermutter etwas, ihr Mann sah hoch zum Fenster, und dann standen die Schwiegereltern auf und gingen.

Der Sportwagen wurde angelassen und verschwand.

Ihr Mann saß noch eine Weile da und starrte auf die Zeitung.

Irgendwann knüllte er sie zusammen und warf sie in die Hecke.

Schließlich stand auch er auf und marschierte zurück ins Haus.

Als sie in der Küche auf ihn zutrat, tat sie so, als wäre sie gerade aus dem Schlafzimmer gekommen.

»Ist irgendwas passiert?«, fragte sie.

»Nein, nichts.«

Sein Blick war finster, und er sah wütend und bedrohlich aus.

»Willst du auch einen Kaffee?«

Er schüttelte den Kopf, guckte durchs Küchenfenster und schien mit den Gedanken unendlich weit weg zu sein.

»Ich hätte schwören können, dass ich Edward und Viveca gehört habe. Was haben die denn hier gemacht?«

»Was, was hast du gehört?« Er schnellte zu ihr herum. »Hast du uns belauscht?«

»Ich hab gar nichts gehört, nur Stimmen, und ich meine, dass es Edward und Viveca waren – was ist denn los?«

»Gar nichts ist los.«

»Du siehst aus, als würdest du dich aufregen.«

»Ich hab nur schlecht geschlafen.«

»Lief's gut in Kopenhagen?«

Er antwortete ihr nicht.

Stattdessen marschierte er aus der Küche, aus dem Haus und runter zu Ladi und Beule.

Eine Minute später hörte sie Autotüren schlagen, und auch der weiße, in Russland angemeldete SUV verließ das Grundstück.

Sie goss sich einen Becher frischen Kaffee ein und lief hinüber zur Terrasse, wo ihre Familie mit dem Hund gesessen hatte.

Die zusammengeknüllte Zeitung lag immer noch unter der Hecke.

Sie strich sie glatt und legte sie auf den Gartentisch.

Die Hauptmeldung betraf den Mord an einem Drogendealer, aber es ging auch um eine Mutter und deren Tochter, die verschwunden waren, und ein bisschen weniger ausführlich um eine Marihuanaplantage, die man irgendwo in der Nähe in einem Wald entdeckt hatte.

Sie hatte keine Ahnung, was den Aufruhr verursacht hatte.

Natürlich hatte auch Harry Svensson von der Plantage gesprochen, aber warum ihre Schwiegereltern aufgewühlt sein sollten, weil es jetzt in der Zeitung stand, wollte ihr nicht recht einleuchten.

Von Solviken aus war es nicht weit bis Jonstorp, also beschloss ich, es darauf ankommen zu lassen, lief zu meinem Wagen und fuhr los. Das Haus, in dem Emma und ihre Mutter wohnten oder vielmehr gewohnt hatten, war nicht schwer zu finden. Das zweigeschossige Gebäude lag direkt am Dorfrand.

Es nieselte immer noch, als ich den Wagen neben ein paar Tennisplätzen abstellte, oder vielleicht bildete ich es mir ja auch nur ein. Manchmal ist dieser hauchzarte, kaum spürbare Regen wirklich tückisch.

Dem Übersichtsplan im Hauseingang zufolge wohnten in dem Haus vier Parteien, und auf einem der Schilder stand »Dahlström«. Ich lief die Treppe hoch und klopfte. Eine Klingel gab es nicht, aber neben dem Türrahmen war ein Schildchen mit »Å. Dahlström« angebracht worden.

Aus der Wohnung war kein Mucks zu hören, und auch im Treppenhaus war es totenstill.

Ich sah durchs Fenster hinaus ins Freie.

Mit ein wenig gutem Willen hätte man die Wohnung in einer Makleranzeige durchaus mit »Meerblick« verzeichnen können. Wenn ich mich auf die Zehenspitzen stellte, konnte ich, obwohl es draußen diesig war, den Kullaberg erahnen.

Ich lief wieder nach unten und blieb vor einer Tür stehen, an der »G. Nygren« stand. Der Mann, der sich in der Zeitung geäußert hatte, hatte Gunnar Nygren geheißen.

Ich klopfte auch hier.
Keine Reaktion.
Ich klopfte lauter.
Immer noch niemand, der an die Tür kam, um zu öffnen.
Auch aus dieser Wohnung war kein Mucks zu hören.

Ich lief raus auf die Straße und blieb kurz neben den Briefkästen stehen. Zu einem davon – einem großen, fest montierten Ding – hätte man einen Schlüssel benötigt. Die anderen drei waren stinknormale Plastikkästen, wie man sie überall im ländlichen Schweden sah. Auf den Dahlström-Kasten hatte jemand eine Gans mit Nils Holgersson auf dem Rücken gemalt. Ich zog den Deckel auf und warf einen Blick hinein. Nur Werbung.

Hinter einem Fenster im Erdgeschoss bewegte sich eine Gardine, und ich lief zurück zum Haus und klopfte an die Scheibe. Ein etwa sechzigjähriger Mann fummelte am Fensterriegel, und dann drang widerlich kalter Zigarettengestank durch den schmalen Spalt.

»So«, sagte er, »und was wollen Sie?«
»Darf ich kurz reinkommen?«
Er warf einen Blick über die Schulter.
»Lieber nicht.«
»Warum denn nicht?«
»Hier ist es gerade ein bisschen unordentlich.«
»So schlimm kann's doch nicht sein.«
»Mein Sohn ist da.«
»Und der macht Unordnung?«
Die Lider des Mannes waren geschwollen, die Wangen unrasiert und die Lippen spröde und trocken. Seine Hand zitterte, als er das Fenster ein Stück weiter aufzog.
»Ich würde nur gern ein bisschen mehr über die Frau erfahren, die oben gewohnt hat«, sagte ich.
»Sie meinen Åsa?«

»Ja, Åsa Dahlström. Und ihre Tochter.«

»Emma«, murmelte er. »Nettes Ding. Wissen Sie, wo die zwei abgeblieben sind?«

»Nein, aber ich hab gelesen, was sie der Zeitung schreiben, und ... na ja, ich suche sie auch.«

Er sah verwirrt aus.

»Könnte ich nicht doch reinkommen, es regnet«, sagte ich, auch wenn ich mir nicht sicher war, ob das tatsächlich stimmte.

»Aber es ist wirklich ziemlich unordentlich.«

»Stört mich nicht.«

Als der Mann die Tür aufmachte, stellte ich mich erst mal vor. Er gab mir die Hand und sagte fast schon feierlich: »Gunnar. Gunnar Nygren.«

Am Boden lagen Klamotten, und es roch ungelüftet, nach Rauch und nach noch etwas anderem, was mich an irgendeine x-beliebige Spelunke in Kopenhagen um vier Uhr morgens erinnerte. Überall standen, lagen und kullerten Bierdosen herum.

»Gehen wir in die Küche«, schlug er vor.

Auf den zweiten Blick sah Gunnar Nygren alles andere als gute sechzig aus. Er hatte nur aufgrund der Körperhaltung, seiner Art und des erschöpften Säuferblicks so alt gewirkt.

Er hatte kurz geschorenes graues Haar und einen Schnurrbart, der ziemlich ungepflegt wirkte.

»Mein Sohn ist da«, wiederholte er. »Wir haben gestern ein bisschen gefeiert. Das ist Peter.«

Er wies zum Küchensofa, auf dem ein junger Mann saß, der den Kopf auf dem Küchentisch auf beide Arme gebettet hatte. Auch auf dem Sofa und auf einem der Küchenstühle lagen Bierdosen, und eine Handvoll stand auf der schmuddeligen Wachstuchtischdecke auf dem Küchentisch. Mitten auf dem Tisch stand ein Aschenbecher, in dem sich sicher mehrere hundert Kippen häuften. Angestrengt hob der Junge den Kopf, sah erst mich, dann seinen Vater an und sagte: »Verdammt, Vattern, ich heiß Boogie.«

»Erzähl keinen Scheiß, wir haben dich Peter getauft.«

»Aber jetzt heiß ich Boogie.«

Dann legte der junge Mann den Kopf zurück auf die Arme und war offenbar auf der Stelle wieder eingeschlafen.

»Wollen Sie auch ein Bier?«, fragte Gunnar.

»Ist noch ein bisschen früh für mich«, antwortete ich.

Er machte den Kühlschrank auf und wieder zu. Es hatte modrig gerochen, als würde darin irgendwelches Essen vergammeln, aber ob er die Kühlschranktür deshalb wieder zugeschoben hatte, wusste ich natürlich nicht.

»Ich dachte, wir hätten noch... aber...«

Dann verstummte er und fing an, die Dosen auf der Spüle unter die Lupe zu nehmen.

»Hier ist noch eine«, sagte er und studierte die Aufschrift. »Scheiße, das ist Leichtbier. Hast du das ganze normale Bier getrunken, Peter?«

»Boogie«, murmelte der junge Mann, ohne auch nur den Kopf zu heben.

»Können wir uns teilen«, schlug Gunnar vor. »Ist allerdings nicht kalt.«

»Danke, geht schon«, erwiderte ich. »Erzählen Sie mir ein bisschen von Åsa. Und von Emma.«

Er machte die Dose auf, setzte an und nahm ein paar gierige Schlucke. Dann rülpste er und wischte sich den Mund trocken.

»Tja, weiß der Teufel, was da passiert ist.«

»Sind Sie sich öfters begegnet?«

»Jeden Tag«, antwortete er. »Fast.«

»Und dann... sind sie einfach verschwunden?«

Wieder blickte er leicht verwirrt drein, zog ein paar Kippen aus dem Aschenbecher und fand eine, die noch nicht ganz bis zum Filter runtergeraucht war, steckte sie sich zwischen die trockenen Lippen und zündete sie sich mit einem Streichholz aus einer großen Schachtel an.

»Ich glaub, dass die sie mitgenommen haben«, sagte er.

»Wer?«

Boogie hob den Kopf. »Du hast doch keine Ahnung, Vattern.«

»Stimmt, aber ich kann ja wohl trotzdem glauben, was ich will.«

»Wer? Wer denn? Wer hat sie mitgenommen? War das Mädchen auch dabei?«

Gunnar nickte. »Klar war das Mädchen auch dabei. Ich glaub zwar nicht, dass sie im Krankenwagen mitfahren wollte, aber die haben sie gezwungen.«

»Sah nicht nach einem Krankenwagen aus«, merkte Boogie an.

»Es war ein großer weißer Wagen. Wenn du was gebechert hast, siehst du nicht mehr richtig.«

Was Boogie unterrum anhatte, weiß ich nicht, aber am Oberkörper trug er lediglich eine schwarze Lederweste. Der hagere Brustkorb und die nackten, dürren Arme waren mit Tätowierungen übersät – von Rosen bis hin zu Schlangen und dem einen oder anderen Schwert. Sein Haar war halb lang, rabenschwarz und strähnig. Ein kleiner Ring steckte in seiner Unterlippe, und um seinen Hals hingen drei, vier Ketten, an denen Sterne, ein Kreuz und noch irgendwas anderes baumelte, was aussah wie ein Weihnachtsbaum. An den Fingern steckten vier Totenkopfringe, und die Augen hatte er sich mit irgendwas umkringelt, was Kajal heißt, wenn ich mich nicht irre. Er sah aus wie ein Waschbär. Ansonsten war er bleich wie eine Leiche.

»Warum hätten die sie in einem normalen Wagen abholen sollen, wenn sie doch krank war?«, fragte Gunnar.

»Ach, war sie krank?«, gab Boogie zurück.

»Warum hätten die sie denn sonst abholen sollen?«

Allmählich reichte es mir. »Gerade haben Sie gesagt, irgendwer hätte sie mitgenommen, Gunnar. Mitnehmen und abholen sind aber schon zwei Paar Schuhe.«

»Hab ich das gesagt?«, fragte Gunnar.

Es dauerte eine ganze Weile, bis ich herausgefunden hatte, dass Boogie in Klippan wohnte und auf Hardrock stand. Sowohl er als auch sein Vater hatte Åsa gerngehabt – sie war nett gewesen, freundlich und hilfsbereit, und der Vater hatte große Stücke auf Emma gehalten.

»Sie hat sich wirklich toll um ihre Mutter gekümmert«, erklärte er.

Von den beiden wusste keiner so recht, womit Emmas Mutter ihren Lebensunterhalt verdient hatte, vermutlich als Erntehelferin und mit anderen Gelegenheitsjobs.

»Und sie sieht gut aus«, sagte Gunnar.

»Mein Typ ist sie nicht«, entgegnete Boogie.

»Nee, hat ja auch keine Tattoos.«

Der Sohn warf ihm einen bösen Blick zu.

Angesichts der Zahl der leeren Bierdosen und des Geruchs, der Vater und Sohn Nygren umwehte, war ich nicht wirklich überrascht, dass es eine Weile dauerte herauszufinden, wann Åsa Dahlström denn nun abgeholt worden war.

Irgendwann hatten die beiden sich auf Mitternacht geeinigt, womöglich kurz danach.

»Ist sie selbst gegangen?«, fragte ich.

»Sie haben sie gestützt«, erklärte Gunnar.

»Und zu wievielt waren sie?«

»Zu dritt.«

»Drei Männer?«, hakte ich nach.

Beide nickten.

»Haben Sie mit ihnen gesprochen?«

»Nee, ich wollt noch fragen, bin dann aber nicht rechtzeitig rausgekommen«, sagte Gunnar.

»Weil du voll warst wie ein Eimer.«

»Ich bin über die Teppichkante gestolpert«, sagte Gunnar.

Ich hatte die Wohnung zwar nicht eingehend studiert, aber einen Teppich hatte ich garantiert nicht gesehen.

»Wer sind Sie überhaupt?«, wollte Gunnar wissen.

»Harry Svensson«, antwortete ich.

»Ja, das sagten Sie bereits, aber was machen Sie? Was wollen Sie von Åsa?«

»Er will's ihr besorgen«, warf Boogie ein und lachte schallend.

Er hörte erst damit auf, als sein Vater ihm die Faust ins Gesicht hämmerte.

»Wozu war das denn gut, verdammt?« Er massierte sich die Nase.

»So redet man nicht über Frauen«, wies ihn sein Vater zurecht.

»Ich bräuchte ein paar Informationen über sie«, sagte ich eilig.

»Sind Sie ein Bulle?«, fragte Boogie. Dann wandte er sich an seinen Vater: »Du hast doch wohl verdammt noch mal keinen Bullen in die Wohnung gelassen?«

Weil Gunnar nicht antwortete, sagte ich: »Ich bin Reporter und gerade an einer Story dran, bei der Åsa Dahlström mir eventuell helfen könnte.«

»Und was soll das für 'ne Story sein?«, fragte Gunnar.

»Das will ich nicht verraten.«

Boogie starrte mich unverwandt an.

»Sie wissen aber schon, dass ihr Alter abgeknallt wurde, oder?«

Das hatte ich nicht gewusst. Ich dachte eine Weile nach, ehe ich antwortete: »Nein. Wie kam's dazu?«

»Irgendein Arschloch hat ihn eben abgeknallt, hat 'ne Kugel

mitten in die Stirn gekriegt. Åsa meinte, sie wüsste, wer es war, sie wollte sogar, dass ich ihr helfe, ich kenn da ein paar Leute, die Motorrad fahren, die können so was klären.«

»Verdammte Verbrecher, mit denen du zu tun hast«, knurrte Gunnar Nygren.

Da hatte er ganz sicher recht, nur war ich nicht hier, um Boogie seinen schlechten Umgang vorzuhalten oder ihn dafür zu verurteilen, ich wollte einfach nur wissen, was er gesagt und getan hatte.

»Inwiefern, also, was hast du dann gemacht?«

»Sie hat 'ne Nummer von mir gekriegt, die sie anrufen sollte.«

»Wessen Nummer?«

Boogie grinste mich schief an, als wäre ich nicht ganz dicht. Dann sagte er: »Glauben Sie allen Ernstes, dass ich Ihnen das erzähle? Da krieg ich doch als Nächster eine Kugel in den Kopf.«

»Was haben Sie mit dieser Gang zu tun?«, wollte ich wissen.

Boogie feixte bloß. Stattdessen antwortete sein Vater: »Er kauft denen irgendeinen Scheiß zum Rauchen ab.«

»Und dein Scheißbier ist besser, oder was?«, fauchte der Sohn ihn an.

»Von deinem Scheiß kriegt man ein weiches Hirn.«

»Ach, und von deinem Scheiß nicht?«

Ich hatte meine Zweifel, dass ich mit Vater und Sohn Nygren noch viel weiter kommen würde.

»Regnet es immer noch?«, fragte Gunnar im selben Moment.

»Sieht so aus«, antwortete ich, auch wenn ich mir nicht sicher war.

»Dabei war's echt ein schöner Sommer«, sagte er.

Boogie stand auf, als ich mich gerade verabschieden wollte. Er verließ die Küche und verschwand im Nachbarzimmer, und nach einer halben Minute wurde Musik aufgedreht. Dass es sich um Hardrock handelte, wunderte mich kein bisschen. Gunnar begleitete mich noch ins Treppenhaus, wies mit dem Daumen zurück zur Wohnung und sagte: »AC/DC, die sind gar nicht übel, das ist echt generationsübergreifende Musik. Vor ein paar Jahren haben wir uns die im Parken angeguckt, drüben in Kopenhagen, Peter und ich.«

Selbst als ich wieder draußen an der verhältnismäßig frischen Luft war und zu meinem Auto zurücklief, konnte ich die Musik noch hören.

Gunnar Nygren stand am Küchenfenster und winkte, als ich losfuhr.

Ich winkte zurück.

Inger Johansson hatte einen Bauern erwähnt, der eines unnatürlichen Todes gestorben war, und ich konnte mich noch vage an irgendeinen Vorfall erinnern, allerdings war es nichts, was ich selbst gelesen oder worüber ich mich schlaugemacht hätte. Vielmehr hatte Andrius Siskauskas davon berichtet. Ihm zufolge war die Polizei von einem Diebstahl ausgegangen, wogegen Andrius selbst der Ansicht gewesen war, der Bauer habe irgendwie mit Alk- und Zigarettenschmuggel zu tun gehabt.

»Das machen die Bauern alle, anders können die doch gar nicht überleben«, hatte Andrius gesagt.

Sofern ich mich richtig erinnerte.

Wer sich allerdings bestimmt richtig erinnerte, war der ehemalige Nachrichtenchef Lars Berglund, also machte ich mich wieder auf den Weg nach Lerberget.

Obwohl es mächtig nach Regen aussah, saß er wie immer draußen und strich die Zaunlatten vor seinem Haus, doch anscheinend hatte er nichts gegen eine kleine Kaffeepause einzuwenden. Er zündete seine Pfeife an.

Und er erinnerte sich in der Tat noch an den Mord an diesem Bauern.

»Richtig, er hieß Dahlström. Wie immer, wenn so was passiert, gingen eine Menge Hinweise bei uns ein, trotzdem kam nie etwas dabei heraus. Aber Sie haben recht, die Polizei ist damals davon ausgegangen, dass es sich um einen Dieseldiebstahl handelte. Das war eine Zeit lang hier in der Gegend eine regelrechte Seuche, allerdings ging es in dem Fall um etwas anderes, oder vielmehr hätte es durchaus um etwas anderes gehen können.«

»Zum Beispiel? Mein litauischer Kumpel meinte, Dahlström hätte mit Schmuggelware gehandelt, mit Schnaps oder mit Zigaretten.«

»Keine Ahnung, ob das stimmt, aber die Leute, mit denen ich mich unterhalten habe, meinten, Dahlström wäre eine ehrliche Haut gewesen, und es hätte ihn nur deshalb erwischt, weil er ›zu viel gewusst‹ hätte.«

»Was soll er denn gewusst haben?«

»Sagen Sie es mir. Allerdings war er Edward Björkenstams Pächter, insofern ...«

Er wedelte kurz mit der Pfeifenhand durch die Luft, als müsste ich mir den Rest schon selbst zusammenreimen.

»Insofern?«, hakte ich nach.

»Björkenstam ist ein Meister des Verbergens und Verschleierns. Und es war ausgerechnet in Zusammenhang mit diesem Fall, dass ich aufgehört habe, meiner alten Redaktion Hinweise von Dritten zu geben, denn nie ist irgendetwas davon weiterverfolgt worden. Entweder waren sie an meinen Tipps nicht interessiert, oder aber irgendwer in der Geschäftsleitung war gut mit Edward Björkenstam befreundet. Ich hatte den Anzeigenchef im Verdacht. Er hat immer schon versucht, kontroverse Artikel zu unterbinden, und irgendwann hab ich darin ein Muster erkannt. Irgendwelche Enthüllungsgeschichten über Straßendealer aus Helsingborg waren nie das Problem, weil es sich dabei um Einwanderer handelte, aber eine Geschichte über Björkenstam, bei der es um etwas anderes als dessen Modelleisenbahn ging, wäre ein Ding der Unmöglichkeit gewesen. Diese Modelleisenbahn muss übrigens echt beeindruckend sein.«

»Hätte es denn irgendeinen Anlass gegeben, eine Enthüllungsgeschichte über ihn zu schreiben? Und wenn ja, worüber?«

»Einer meiner Informanten meinte jedenfalls, der Mord an Dahlström sei eine Hinrichtung gewesen, ein Auftragsmord durch einen Profikiller.«

»Aber wäre die Polizei da nicht aufmerksam geworden?«

Berglund zuckte mit den Schultern und wedelte erneut mit seiner Pfeife.

»Oder hat Björkenstam auch dort gute Freunde?«

Berglund zuckte mit den Schultern, wedelte abermals mit der Pfeife, diesmal allerdings mit einem Lächeln im Gesicht.

Ich trommelte mit den Fingern auf die Tischplatte.

Dann gab ich mir einen Ruck.

»Ich fahr zu ihm«, sagte ich. »Und wenn ich mir nur den Golfplatz auf seinem Grundstück ansehe.«

»Damit gab es auch Ärger«, sagte Berglund. »Er liegt mitten im Naturschutzgebiet, ohne dass er dafür eine entsprechende Genehmigung beantragt hätte. Aber irgendwie ist er auch damit ungestraft davongekommen.«

»Wenn ich Ihnen zukommen ließe, was ich herausfinde, könnten Sie sich das mal ansehen?«

»Was meinen Sie?«

»Die Sachen zuordnen, Zusammenhänge herstellen und... na ja, etwas darüber schreiben?«

»Für wen denn?«

»Wenn ich finde, worauf ich spekuliere, dann dürfte es glaube ich nicht problematisch werden, damit rauszukommen.«

»Natürlich«, antwortete er.

Es war fast Mittag, und eigentlich hatte ich vorgehabt, nach

Mölle zu fahren, um nachzusehen, ob Agneta Björkenstam wieder in ihrem Stammlokal auftauchen würde, aber nachdem ich Eva Månsson angerufen und ihr Bericht erstattet hatte, beschloss ich, stattdessen zu Mama und Papa Björkenstam nach Solviken zu fahren.

Um zu ihrem Haus zu gelangen, musste man ein paar hundert Meter oberhalb des Hafens auf eine schmale Seitenstraße abbiegen. Schon nach wenigen Metern wurde die Straße noch schmaler, und dann sah ich zwei Schilder, die einen Sammelpunkt auswiesen. Fischer-Bosse hatte einen kleinen Golfplatz erwähnt. Die Straße verlief quer darüber und verschwand in einem Waldstück. Dahinter fuhr man durch mehrere offene Gatter und zu guter Letzt auf einen Hof, auf dem zwei Autos standen: ein kleiner Sportwagen – wahrscheinlich derselbe, mit dem Edward Björkenstam zum Baden fuhr –, und ein schwarzer Mercedes.

Das Haus war kein Haus, sondern ein Schloss.

Vielleicht nicht ganz Downton-Abbey-Kaliber, aber es sah aus, als hätte Edward Björkenstam sich hier eine Miniaturversion aus dem ländlichen England errichten lassen. Womöglich hatte ihm seine Modelleisenbahn dabei ja als Inspirationsquelle gedient.

Niemand trat aus dem mächtigen Eingangsportal, um mich willkommen zu heißen.

Zumindest sah ich niemanden, und es war auch nichts zu hören.

Ich lief zwei Treppenabsätze hinauf und blieb vor dem Eingang stehen.

Gab es an solchen Portalen nicht normalerweise einen Türklopfer, mit dem man sich bemerkbar machen konnte?

Dann hörte ich etwas, das wie ein Traktor klang.

Am entlegenen Ende des Hofs lag ein Wäldchen, und als ich mich ein paar Schritte von der Eingangstreppe entfernt hatte, kam genau von dort ein Traktor gefahren. Ich stellte mich ihm in den Weg, und der Fahrer stieß die obere Hälfte der Tür auf und streckte den Kopf heraus.

»Björkenstam?«, rief ich. »Ist er daheim?«

»*Swedish no... English? German?*«, fragte der Traktorfahrer und zuckte ungeduldig mit den Schultern.

»*Björkenstam, is he at home?*«

»*Boss over there*«, antwortete er und zeigte hinüber zum anderen Ende des Hauses.

Der Gehweg, der um das Haus herumführte, war geradezu lächerlich akkurat geharkt, die Rasenfläche ordentlich gepflegt, und hier und da standen Bäume unterschiedlicher Art und Größe. Etwa hundert Meter weiter unten in einer weitläufigen Ecke des Gartens stand Edward Björkenstam neben einem stattlichen Haufen Reisig, Zweigen und Ästen.

Zwei Männer in dunkelgrünen Overalls leisteten ihm Gesellschaft. Er selbst trug einen großen, breitkrempigen braunen Hut auf seinem grauen Haar, ein helles Hemd und eine Kakihose. Als ich näherkam, konnte ich auch die schweren Stiefel an seinen Füßen erkennen. Es sah aus, als würde er gerade Benzin aus einem großen Kanister über den Reisig- und Holzhaufen gießen. Einer der Männer sagte etwas und zeigte zu mir rüber.

Björkenstam wandte sich nicht einmal um. Entweder hatte er nicht verstanden, was der Mann gesagt hatte, oder er scherte sich nicht darum. Ich setzte auf Letzteres. Was solche Typen angeht, bin ich einfach schrecklich vorurteilsbehaftet.

»Ich dachte, bei der Trockenheit wäre offenes Feuer verboten«, rief ich. Das war nicht gerade die freundlichste aller Begrüßungsfloskeln, insofern war es letztlich kein Wunder, dass Björkenstam sich nicht umdrehte.

Er drückte dem Mann, der auf mich gezeigt hatte, den Benzinkanister in die Hand, angelte eine Streichholzschachtel aus der

Tasche, zündete ein Streichholz an und warf es auf den Reisighaufen.

Das Benzin fing sofort Feuer, und es krachte laut, ehe der ganze Haufen auflöderte und es zu knistern und zu prasseln begann. Ich konnte das Flackern der Flammen auf Björkenstams Gesicht sehen.

Es sah aus, als würde er lächeln.

Ich wich ein Stück zurück, weil die Hitze mir zu stark wurde. Björkenstam rührte sich nicht von der Stelle.

Als er sich schließlich zu mir umdrehte, sagte er: »Und wer zur Hölle sind Sie?«

»Harry Svensson«, antwortete ich. »Ich bin Journalist.«

»Mit solchem Pack gebe ich mich nicht ab«, sagte er und grinste den beiden Overalltypen zu. Ich bin mir nicht ganz sicher, ob sie ihn verstanden hatten, aber sie lachten, vielleicht um auf Nummer sicher zu gehen.

»Wir müssen uns auch nicht miteinander abgeben«, entgegnete ich. »Ich will Ihnen nur einige Fragen stellen.«

»Weshalb sollte ich Ihnen antworten?«

»Das ist ein anderes Paar Schuhe. Sie dürften…«

Er fauchte seinen anscheinend polnischen Begleitern irgendetwas auf Deutsch zu und marschierte dann mit langen Schritten an mir vorbei auf sein Schloss zu. Den Blick hatte er gen Himmel gerichtet, der Mund stand halb offen. Ich musste beinahe joggen, um mit ihm Schritt zu halten.

Die beiden Männer waren neben dem Feuer stehen geblieben.

»Ich arbeite an einer Story über…«

»Kein Interesse.«

»Es geht um die Drogenplantage im Wald«, fuhr ich fort.

Er blieb auf der Stelle stehen und sah mir direkt in die Augen. Er war ungefähr so groß wie ich, und ich ahnte, dass Jacob Björkenstam die Art und Haltung seines Vaters geerbt hatte, nur dass Edward Björkenstam allmählich rundlich wurde.

»Ich hab munkeln hören, dass Sie etwas darüber wüssten.«

Ich verabscheute mich dafür, ihm nicht auf den Kopf zuzusagen, was ich mir zusammengereimt hatte, aber es ging jetzt darum, ihn bei der Stange zu halten, und nicht um meine Selbstachtung. Nicht dass es viel gebracht hätte. Er machte auf dem Absatz kehrt und ließ mich einfach stehen. Als wir das Haus erreichten, zeigte er auf meinen Wagen.

»Ist das Ihrer?«

»Ja.«

»Setzen Sie sich ans Steuer und verschwinden Sie von hier, bevor ich die Polizei rufe.«

»Im Hinblick auf das Feuer sollte das vielleicht eher ich tun...«

»Das geht Sie einen Scheißdreck an, das hier ist mein Grund und Boden, und darauf kann ich machen, was ich will.«

Er war der erste Mensch, der mir gegenüber die Bezeichnung »Grund und Boden« in den Mund genommen und bei dem es komplett selbstverständlich geklungen hatte.

»Vielleicht bauen Sie hier ja auch Drogen an, wer weiß?«, entgegnete ich. »Anscheinend ist das hier ja üblich, es war heute erst ein Bild in der Zeitung.«

Er hob erneut die Hand.

»Ihr Wagen steht dort drüben. Machen Sie, dass Sie verschwinden.«

Einer der großen Flügel des Eingangsportals ging auf, und Viveca Björkenstam kam heraus. Ein Jack-Russell-Terrier raste kläffend auf mich zu, und ich erkannte sowohl sie als auch den Hund von diversen Begegnungen in und um Solviken wieder. Die beiden wiederum hatten mich und Bodil ein Jahr zuvor nackt baden sehen, womöglich war der Hund deshalb so aufgeregt. Bei dem Gedanken an die nackte Bodil Nilsson dürfte immerhin so manch einer in lautes Freudengebell verfallen.

Ich ging in die Hocke.

»Lassen Sie die Finger von dem Hund!«, blaffte Edward Björkenstam.

»Er ist auf mich zugerannt«, gab ich zurück und richtete mich wieder auf.

»Was ist das denn für einer?«, rief Viveca Björkenstam herüber.

»Ein Journalist, schnüffelt hier rum, aber er fährt jetzt wieder.«

»Otto, hierher«, rief die Frau und klatschte in die Hände.

Es dauerte ein paar Sekunden, ehe mir aufging, dass sie den Hund zu sich gerufen hatte. Ich habe nie verstanden, warum Leute ihren Hunden altmodische Menschennamen geben. Aber es gab schlimmere Namen als diesen.

Otto gehorchte nicht.

Er schwänzelte nur weiter um meine Beine und sprang an mir hoch, als wollte er spielen.

»Zu Frauchen!«, brüllte Herrchen.

Otto zog angesichts des lauten Befehls den Kopf ein und lief mit eingeklemmtem Schwanz wieder die Treppe hoch.

»Ich hätte ein paar Fragen zu der Drogenplantage«, rief ich Viveca Björkenstam zu, »aber Ihr Mann will mir nicht zuhören, vielleicht möchten Sie ja ...«

»Hören Sie endlich auf mit dem Geschwätz und verschwinden Sie«, fauchte Edward Björkenstam mich an.

Ich lief zurück zu meinem Wagen, stieg ein und ließ den Motor an. Als ich an Edward Björkenstam vorbeirollte, kurbelte ich das Fenster runter.

»Beim nächsten Mal könnte ich mir ja vielleicht Ihre Modelleisenbahn ansehen.«

Schlagartig war er hochrot im Gesicht, und er hatte schon den Mund aufgemacht, um irgendwas zu sagen, doch da hatte ich bereits das Fenster hochgekurbelt und fuhr weiter.

Im Rückspiegel sah ich, wie er mir wütend nachstarrte.

Seine Frau stand auf der Treppe und sah abwechselnd meinen Wagen und ihren Mann an.

Keine Ahnung, was der Hund machte, aber er hatte mir gefallen.

Für ein Mittagessen war es zu warm, also setzte sie sich auf eine Bank und versuchte, so manierlich wie möglich ein Softeis zu essen.

Sie hatte keine Ahnung, was mit dem Eis verkehrt war, es hatte im selben Augenblick angefangen zu zerlaufen, als sie das Waffelhörnchen in die Hand gedrückt bekam, und es sah ganz danach aus, als würde das meiste davon auf der Erde landen, sosehr sie sich auch anstrengte.

Als Harry Svensson aus seinem Wagen stieg, sah er sie nicht, sondern marschierte schnurstracks auf das Lokal zu, in dem sie sich kennengelernt hatten.

Unterwegs blieb er stehen und begrüßte kurz einen Mann, den sie fast täglich hier sah. Heimlich, allerdings nicht unauffällig genug, spähte der immer wieder in ihre Richtung. Er trug einen Blaumann, dessen Beine er unter den Knien abgeschnitten hatte, ein T-Shirt und ... er war bislang immer nur barfuß unterwegs gewesen.

Als die beiden Männer sich voneinander verabschiedet hatten, ließ Harry den Blick über die Tische vor dem Lokal und dann über den Pier streifen, drehte sich um – und entdeckte sie.

»Darf ich mich setzen?«, fragte er, als er zu ihr herübergeschlendert war.

Sie nickte. »Aber kaufen Sie sich kein Softeis, das schmilzt binnen Sekunden.«

Harry wirkte irgendwie nervös, nicht so cool und relaxt wie die anderen Male, als sie sich getroffen hatten. Er hatte die Handflächen auf die Bank gestemmt und streckte die Beine aus.

»Ist irgendwas passiert?«, fragte sie.

Die gleiche Frage hatte sie ihrem Mann früher am Tag gestellt.

»Ja, ach, ist gerade ein bisschen viel. Hier in der Gegend geht ja so Diverses vor sich.«

»Das sind die Zeiten«, murmelte sie.

»Ich weiß nicht«, entgegnete Harry Svensson. »Krumme Dinger hat es immer schon gegeben, aber früher hat man davon nichts mitbekommen, früher haben die Reichen sich einfach aus gewissen Sachen rausgekauft, wenn überhaupt. Manchmal genügte es auch schon, dass sie einfach reich waren.«

Sie hatte keinen Schimmer, wovon er redete, hatte aber trotzdem wieder dieses mulmige Gefühl, dass Harry Svensson irgendwie sie selbst und ihr Leben meinen könnte, so wie es derzeit war, aber schon ganz bald nicht mehr sein würde.

»Ich hab vorhin mit Danne gesprochen, also, mit dem Hafenkapitän, und er meinte, dass demnächst ein russisches Boot hier anlegt. Anscheinend irgendein reicher Russe, der hier einen Geschäftspartner treffen will.«

Fast wäre ihr das Waffelhörnchen aus der Hand gefallen. Einen kurzen Moment lang überlegte sie, ob sie ihm nicht erzählen sollte, dass sie das Boot kannte. Sie wusste auch, dass es bald anlegen und dass der reiche Russe – Dmitri Golovin – ihren Mann besuchen kommen würde.

»Da ist Eis auf Ihre Shorts getropft«, sagte Harry Svensson.

»Ach, verdammt.«

Sie war mit den Gedanken woanders gewesen und hatte nicht einmal gemerkt, dass das Softeis auf ihre Shorts getropft war. Mit dem zerknüllten Rest ihrer Serviette wischte sie den Fleck weg und warf Serviette, Waffel und Eis in den Papierkorb neben der Bank.

»Womöglich besuchen die ja diese Leute mit dem russischen Auto«, fuhr Harry Svensson fort.

Am Gras unter der Bank wischte sie sich beide Hände ab, richtete sich wieder gerade auf und sah ihn an.

»Wen? Wen meinen Sie?«

»Die Russen mit dem Boot.«

»Ja?«

»Haben Sie hier noch nie ein russisches Auto gesehen?«

Sie schüttelte den Kopf.

»Die Leute reden ständig davon, ein großer weißer SUV, getönte Scheiben. Ich selbst hab ihn bisher noch nicht gesehen, aber er ist in Russland zugelassen und ist anscheinend hier überall unterwegs, die Leute fragen sich, was das für Typen sind.«

Wenn der Zeitungsartikel ein Köder gewesen war, so hatte ich jetzt mit allem, was ich erwähnt hatte, ein regelrechtes Schleppnetz für Agneta Björkenstam ausgelegt.

Womöglich täuschte ich mich, aber ich hatte das Gefühl, als hätte ein Teil dessen, was ich gesagt hatte, bei ihr durchaus Eindruck hinterlassen – als wüsste sie nur nicht, was sie darauf erwidern oder wie sie reagieren sollte, nachdem ich ja zumindest offiziell nicht wusste, dass sie diejenige war, die sie nun einmal war.

Jeder von uns spielte sein Spielchen.

Nur dass meine Spielsteine immer noch im Rennen waren.

Wie viele sie noch übrig hatte, ob sie überhaupt noch welche hatte oder lediglich so tat, wusste ich allerdings nicht.

Das würde sich noch zeigen müssen.

Ich bekam eine SMS von Jonna, in der sie mich fragte, ob ich Skype hätte. Ich steuerte den Parkplatz vor dem Campingplatz bei Mölle an, fuhr meinen Laptop hoch, schickte ihr eine Nachricht mit meinem Skype-Usernamen, und nach ein paar Sekunden blubberte es aus dem Lautsprecher.

»Hej.«

Sie sah immer noch genauso aus wie früher.

Kurzer blonder Pagenschnitt, schiefes Lächeln, wacher Blick.

»Schalt die Kamera an«, sagte sie.

»Das mag ich nicht …«

»Schalt die Kamera an.«

»Ich hab mich nicht rasiert.«

»Schalt die Kamera an, oder ich lege wieder auf.«

Ich schaltete die Kamera an.

»Du hast dich wohl rasiert.«

»Stimmt.«

Sie schüttelte den Kopf und verzog das Gesicht zu einem »Was führst du jetzt schon wieder im Schilde?«-Ausdruck. Typisch Jonna.

Offenbar saß sie in einer Küche, hinter ihr konnte ich ein offenes Fenster, einen Kühlschrank und die Spüle sehen, und man hörte Vögel zwitschern.

Kinder hörte ich keine. Womöglich war sie gerade allein daheim. Ich fragte jedenfalls nicht nach.

»Das Ganze wird 'ne Weile dauern«, sagte sie.

»Okay.«

»Als ich erst mal dahintergekommen bin, hat sich mir eine völlig neue Welt rund um Jacob Björkenstam eröffnet. Und die ist größer, als man es auf den ersten Blick vermutet.«

»Okay…«

»Die Eltern heißen Edward und Viveca Björkenstam. Weißt du, wer das ist?«

»Ja, inzwischen schon«, antwortete ich.

»Solltest du. Sie verbringen den Sommer immer in Solviken, da treibst du dich doch auch rum?«

»Da treib ich mich auch rum«, sagte ich.

»Also… Ich geb das mal in groben Zügen wieder, nachher mail ich dir die Sachen dann, damit du dir alles in Ruhe ansehen kannst.«

»In Ordnung.«

»Was diese Geschichte aus Båstad angeht, stand ein bisschen was in der Lokalpresse, allerdings wurden keine Namen genannt.«

»Im Vergleich zu heute hat man damals nicht so häufig Echtnamen veröffentlicht«, erklärte ich.

»Es hat da eine Kneipenschlägerei gegeben, die eskaliert ist, ich nehm an, es war in einem Vorgänger von Pepes Bodega, du weißt schon, dieser Promi-Absteige, aber wenn ich es richtig verstanden habe, war das damals eher ein ziemlich übles Loch.«

»Ich weiß.« Ich hatte früher mal die eine oder andere »Hier feiern die VIPs«-Story zur berüchtigten Swedish-Open-Woche geschrieben.

»Der Streit ist wohl draußen auf der Straße weitergegangen, und eine Person wurde dabei totgetreten. Es wurde nie jemand zur Rechenschaft gezogen. Allerdings hab ich ein paar interessante Details über Björkenstams Internatszeit gefunden. Anscheinend war er die treibende Kraft bei diversen widerlichen Aufnahme- und Initiationsriten und solchen Sachen, auch darüber stand das eine oder andere in der Zeitung, wurde letztendlich dann aber totgeschwiegen.«

»Wow.«

»Na ja ... Es gibt noch mehr, und zwar noch sehr viel mehr, das hier war nur die Spitze des Eisbergs.«

»Ich bin dir unendlich dankbar«, sagte ich. »Bist du auch auf seine Frau gestoßen? Agneta?«

»Ja, allerdings scheint sie in diesem Zusammenhang eher die Außenseiterrolle zu spielen. In den Kreisen, in denen sich die Björkenstams bewegen, stammt man samt und sonders aus der Oberschicht. Nur Frau Björkenstam ist die Tochter eines Klempners aus Huddinge. Er heißt ... Irgendwo hatte ich es doch gerade noch ... kleinen Moment noch ... Lundgren. Jan-Åke Lundgren. Seine Frau heißt Gun. Agneta ist das einzige Kind.«

»Haben Agneta und Jacob Kinder?«

»Einen Sohn namens Carl, er ist siebzehn und scheint ganz ordentlich Tennis zu spielen.«

»Wow«, sagte ich noch mal.

»Die zwei sehen ziemlich gut zusammen aus, sie und Björkenstam.«

Dass ich sie mehrmals getroffen hatte, erwähnte ich mit keiner Silbe.

»Was genau willst du eigentlich mit all den Infos?«, wollte Jonna wissen.

»Ich bin mir noch nicht sicher.«

»Also das alte Lied: Du bist dir noch nicht sicher, du glaubst nicht, dass es irgendwohin führt, und dann auf einmal lässt du die Bombe platzen, als wärst du gerade erst ganz zufällig darüber gestolpert. Dann stehst du da und nimmst deinen Applaus entgegen, weil wieder alle denken, du wärst der beste Investigativreporter, den es auf der ganzen Welt gibt.«

»Was du mir gerade erzählt hast, hätte ich nie im Leben ausgegraben«, wandte ich ein.

»Jetzt mal halblang, was ich da mache, ist wirklich kein Hexenwerk.«

»Aber ich hätte dafür deutlich länger gebraucht.«

»Stimmt«, pflichtete Jonna mir bei.

Ich wollte ihr nicht unter die Nase reiben, dass man über die größten Enthüllungsgeschichten tatsächlich meistens zufällig stolperte. Stattdessen hakte ich ein bisschen nach.

»Was machen diese Björkenstams eigentlich? Woher stammt ihr Vermögen? Ist das geerbtes Geld?«

»Teils, aber diesbezüglich bin ich noch nicht richtig weitergekommen. Es scheint fast, als hätte Edward Björkenstam sich hochgearbeitet, wenn auch nicht völlig aus dem Nichts. Jacob wiederum lebt seit einigen Jahren offenbar vom Papas Kohle.«

»Ist vor einigen Jahren irgendwas Spezielles vorgefallen?«

»Da bin ich noch dran, aber es hat etwas mit Russland zu tun.«

»Danke, Jonna«, sagte ich.

»Hat Spaß gemacht, war mal was anderes. Behalt deinen Mail-Account im Blick, ich schick dir ab sofort nach und nach Material.«

Ehe wir auflegten, winkte ich ihr zum Abschied zu.

Ich saß noch eine ganze Weile da und dachte darüber nach, was ich an diesem Tag erlebt und was ich von Jonna erfahren hatte.

Ich hatte schon ganz vergessen, wie niedlich sie aussah, wenn sie lächelte.

Nach einer Weile wählte ich Arnes Nummer. Er ging nicht ran.

Stattdessen nahm ich mir die Marihuanaplantage vor. In Brunnby hielt ich bei einem Supermarkt an und kaufte ein paar Flaschen Wasser, einen Eimer, Seife und eine Scheuerbürste. Es musste doch möglich sein, den festsitzenden Dreck von dem Stein zu entfernen, auf den ich dort gestoßen war.

Doch so weit kam ich gar nicht erst.

Ich war gerade erst ein paar Kilometer gefahren, als ich im Rückspiegel zwei Motorräder entdeckte. Keine Ahnung, woher die gekommen waren, sie näherten sich auf jeden Fall in hohem Tempo, überholten mich dann aber nicht, sondern hängten sich bloß an mich dran.

Nach einer Weile drosselten sie das Tempo und waren schon fast wieder aus meinem Rückspiegel verschwunden, doch dann tauchten sie plötzlich wieder auf und saßen mir fast auf der Stoßstange. Ich ging vom Gas, damit sie überholen konnten, aber anscheinend wollten sie lieber hinter mir herfahren. Ich konnte nicht gleichzeitig die Straße und den Rückspiegel im Blick behalten, aber ich hatte immerhin gesehen, dass beide Fahrer Halbschalenhelme trugen, und bei einem von ihnen flatterte langes, dunkles Haar im Fahrtwind. Ähnliche Helme hatten die Deutschen im Zweiten Weltkrieg auch getragen.

Beide trugen Lederwesten und Handschuhe, die Arme waren nackt, und sie saßen sichtlich bequem zurückgelehnt auf ihren Maschinen.

Nach einer Weile ging eine Straße links ab, und ich setzte den Blinker, ging vom Gas und steuerte die Ausfahrt an.

Auch die zwei Bikes wurden langsamer. Einer der Fahrer blinkte sogar.

Ich bog ab, und die beiden fuhren mir nach.

Vielleicht hundert Meter weiter scherte der langhaarige Fahrer aus, als wollte er mich überholen, fuhr dann aber neben mich, sah zu mir rüber und bedeutete mir mit der Linken, stehen zu bleiben.

Der andere war hinter mir geblieben.

Ich beschleunigte, und der Langhaarige ließ sich wieder zurückfallen.

Die beiden riefen einander etwas zu, nickten, und dann schloss der Langhaarige erneut zu mir auf.

Er hatte Jeans und schwere Stiefel an.

Die Maschine war schwarz lackiert, und auf dem Tank stand Harley Davidson.

Der Fahrer signalisierte mir wieder zu halten, doch als vor mir eine Nebenstraße auftauchte, überraschte ich die beiden, indem ich das Lenkrad herumriss und nach rechts schoss, dass die Reifen quietschten.

Die Bikes fuhren geradeaus weiter.

Ich trat das Gaspedal durch und raste weiter, bis ich an einer Weide mit grasenden Kühen landete.

Ich hielt an, schob die Tür auf und spitzte die Ohren.

Aus der Ferne konnte ich die beiden Motorräder hören, nur verschwand das Motorengeräusch nicht, sondern kam stattdessen näher. Sie mussten irgendwo gewendet haben. Ich sah mich um: Kühe zur Rechten, ein kleiner Wingert zur Linken und ein

Stück weiter ein offenes Gatter. Ich zog die Fahrertür zu, fuhr durch das Gatter und landete quasi mitten im Weinberg.

Die Gegend war für Weinanbau durchaus bekannt, aber ich war noch nie auf einem Weinberg gewesen. Der Weg zwischen den Weinstöcken war geschottert, hier und da wuchs Gras. Und er schien breit genug zu sein, um mit dem Auto durchzupassen.

Ich legte den ersten Gang ein und ließ die Kupplung kommen.

Der Wagen rumpelte und hüpfte über den unebenen Boden, Weinranken peitschten gegen die Fenster und kratzten über die Türen. Vor einem Maschendrahtzaun endete der Weg.

Hier unten konnte ich nirgends ein Gatter oder Tor im Zaun entdecken. Allerdings verlief jenseits des Zauns eine Straße.

Auf der anderen Straßenseite standen ein paar Einfamilienhäuser.

Dahinter konnte ich vage den Skälderviken ausmachen.

Es hatte zwar genieselt, aber da der Boden immer noch sehr trocken war, hing über dem Weg, den ich eingeschlagen hatte, eine Staubwolke, und wenn die beiden Motorradfahrer auch nur halbwegs clever waren, wussten sie inzwischen, wohin ich gefahren war.

Ich legte erneut den ersten Gang ein und trat das Gaspedal durch.

Der Zaun verzog sich zwar, gab aber nicht nach, und die Hinterreifen drehten im Gras durch.

»Verdammt!«

Mit einem Bolzenschneider hätte ich das Ding zerschneiden können, nur trug ich eben für gewöhnlich keinen Bolzenschneider mit mir herum. Ich hing also auf dem Hang fest, rollte vielleicht zwanzig Meter zwischen den Rebstöcken rückwärts, bremste, legte wieder den ersten Gang ein und gab Vollgas, sodass der Wagen mächtig ins Schlingern geriet.

Diesmal gab der Zaun nach, ich landete auf der Straße und riss gerade noch rechtzeitig das Lenkrad herum, um einem strategisch günstig platzierten Kinderwagen auszuweichen, an dem ein Schild befestigt war, das vor spielenden Kindern warnte. Stattdessen nietete ich vier Briefkästen um, ehe der Wagen wieder auf der Fahrbahn war.

Als Nächstes landete ich vor einer langen Mauer. Ich war also in eine Sackgasse gefahren. Ich setzte zurück, wendete und fuhr denselben Weg zurück, den ich gekommen war. Wenn es hier wirklich spielende Kinder gab, so waren die hoffentlich gerade schwimmen oder zu Hause in Sicherheit.

Als ich an dem umgefahrenen Zaun vorbeikam, konnte ich zwischen den Rebstöcken die Motorräder sehen, von deren Rädern Staub aufwirbelte.

Ich gab Gas. Ich ahnte eher, als dass ich sie im Rückspiegel sah, dass die Motorräder hinter mir herfuhren, als ich nach links abbog und wieder Wein zu meiner Linken stand und noch mehr Kühe zu meiner Rechten grasten.

Sie blieben hinter mir, selbst als ich auf gerader Strecke auf Hundertzwanzig beschleunigte.

Der Langhaarige schloss erneut zu mir auf.

Der andere blieb hinter mir.

Sobald der Langhaarige Gas gab, um vor mir einzuscheren und mich zum Anhalten zu zwingen, riss ich das Steuer nach links und stieg gleichzeitig auf die Bremse.

Als ich mit einem lauten metallischen Kratzen sein Motorrad traf, stürzte der Langhaarige von seiner Maschine, während der andere mir hintendrauf raste, den Lenker losließ und über das Wagendach und die Motorhaube nach vorne segelte. Sein Bike blieb hinter mir liegen.

Das Hinterrad der anderen Maschine rotierte immer noch, erwischte den Boden, und dann eierte das Motorrad zehn, fünfzehn Meter wie ein Sulky ohne Fahrer weiter, ehe es in einem Stacheldrahtzaun hängen blieb.

Blökend galoppierten die Kühe davon.

Ich blieb noch kurz sitzen, um wieder zu Atem zu kommen, bevor ich die Fahrertür aufschob.

Abgesehen von dem Motorengeräusch meines Wagens, meiner Atmung, meinem Puls und einem leisen Zischen von dem Motorrad hinter mir war es vollkommen still.

Die Kühe waren vielleicht fünfundzwanzig Meter weiter bei einer Tränke stehen geblieben und glotzten neugierig bis beunruhigt zu mir herüber.

Der Langhaarige lag mit dem Rücken zu mir am Boden.

Er bewegte sich leicht, schien aber nicht bei vollem Bewusstsein zu sein.

An seinem linken Unterarm prangten lange, blutige Kratzer.

Auf dem Rücken seiner Lederweste stand Dark Knights.

Der andere war auf dem Bauch gelandet und lag so reglos und mit dem Kopf in einem derart unnatürlichen Winkel da, dass ich auf einen Blick erkannte, dass er tot war.

Auch auf seiner Weste stand Dark Knights.

Wo ich das Motorrad gerammt hatte, war mein linker Kotflügel eingedrückt, aber ich konnte ihn zumindest so weit wieder zurückbiegen, dass er nicht am Vorderreifen schleifte. Die hintere Stoßstange war verbeult, und der Draht, eine Schraube oder irgendein Nagel aus dem Zahn hatte einen tiefen Kratzer in der Motorhaube hinterlassen, aber ansonsten war der Wagen noch halbwegs intakt. Den größten Schaden schienen die Weinstöcke verursacht zu haben: Über beide Seiten verliefen lange Schrammen.

Die Motorhaube war noch so heiß, dass ich sie nicht mal anfassen konnte.

Mir selbst stand der kalte Schweiß auf der Stirn.

Ich zitterte am ganzen Leib.

Ich holte noch ein paarmal ganz tief Luft, dann sprang ich wieder ins Auto, legte den Gang ein und verschwand.

Niemand kam mir entgegen.

Niemand fuhr mir nach.

Nach einer Weile kam ich an der Verbindungsstraße raus und bog nach links in Richtung Solviken ab, als mir plötzlich durch den Kopf schoss, dass ich das Auto wohl zu jemandem in die Werkstatt bringen sollte, der keine Fragen stellte oder zumindest nicht allzu viele. Außerdem würde ich mir einen Leihwagen besorgen müssen. Ich rief Andrius Siskauskas an, und eine halbe Stunde später fuhr ich vor seinem Haus vor.

Ich war noch nie bei ihm daheim gewesen.

Er wohnte ein Stück oberhalb des Hafens in einem großen, altmodischen Klinkerhaus mit einem riesigen Garagenanbau, in dem zwei Autos standen.

Auf dem Hof standen ein Trampolin, ein Bauwagen, ein Pferdeanhänger, ein Öltank, ein Rasentraktor und zwei Lieferwagen, und auf beiden Dachgiebeln saßen Überwachungskameras.

Als Andrius rauskam, hatte er ein verwaschenes T-Shirt und eine Radlerhose an. Er rieb sich am Kinn.

»Was ist mit deinem Auto passiert?«

»Ich hab einen Hund überfahren«, sagte ich.

Er rieb sich noch ein bisschen heftiger am Kinn und sagte dann: »Das muss ein ziemlich großer Hund gewesen sein.«

Ich nickte bloß und hielt die Hände einen guten Meter auseinander, um ihm eine Vorstellung zu geben.

Zwei seiner Jungs kamen aus der Garage, und dann fingen sie an, auf Litauisch zu diskutieren, liefen um den Wagen herum, zeigten hierhin und dorthin und gingen in die Hocke, tasteten über den Lack, zogen am Kotflügel und klopften die hintere Stoßstange ab. Zu guter Letzt verkündete Andrius, sie würden den Wagen schon wieder flottkriegen, sie könnten ihn sogar ganz neu lackieren und mir solange einen ihrer Wagen leihen.

Dann fragte ich, wann einer seiner Jungs das nächste Mal bei der Klinik Rasen mähen ginge.

»Ich glaube, morgen schon«, antwortete er.

»Könntest du nicht selbst fahren und den Rasen mähen?«

»Klar, aber warum sollte ich?«

»Weil ich ein paar Infos bräuchte und die mich dort womöglich wiedererkennen. Irgendjemand ganz bestimmt. Du könntest nach einem Glas Wasser oder so fragen und dann ein bisschen die Augen für mich offen halten.«

»Ich hab immer die Augen offen. Die meisten Schweden liegen ja nur auf der faulen Haut und arbeiten nicht richtig.«

»Ich weiß schon, Andrius. Aber schau doch einfach mal, ob du möglicherweise Motorräder siehst. Irgendetwas Ungewöhnliches, Verdächtiges.«

»Jagst du dieses Jahr wieder einen Mörder?«

»Ich weiß noch nicht, was ich jage.«

»Okay, ich fahre selbst.«

Zurück nach Solviken fuhr ich in einem dunkelblauen BMW SUV.

Er war ziemlich neu und technologisch derart modern ausgestattet, dass ich nicht einmal annähernd verstand, wie alles funktionierte. Immerhin konnte ich Gas geben, lenken und blinken – ich war ohnehin einer der Letzten hierzulande, die das machten –, aber das eingebaute Navi beispielsweise war mir ein komplettes Rätsel, und ich konnte auch nicht rückwärtsfahren, ohne erst stehen zu bleiben, den Motor abzuschalten, den Automatikhebel entsprechend einzulegen und dann den Wagen wieder anzulassen.

Das Auto hatte ein litauisches Nummernschild.

Ich tat mein Bestes, um den Eindruck zu erwecken, dass ich aus Vilnius stammte.

Unten am Hafen schaffte ich tatsächlich einen U-Turn, ohne zurücksetzen zu müssen, und lief dann die Treppe hoch zum Restaurant, marschierte direkt in die Küche und goss mir ein Wasserglas voll Calvados ein.

Meine Hände zitterten immer noch so heftig, dass ich erst mal kleckerte, als ich das Glas anhob.

Ich goss mir sofort ein zweites ein.

Diesmal trank ich ein klein wenig langsamer.

Die Flasche nahm ich mit nach Hause und rief von dort aus Arne an. Immer noch keine Antwort.

Was war mit ihm los? Und was mit Emma?

Wo waren die beiden?

Ich suchte die Nummer von Arnes Nachbarin Hjördis heraus und rief bei ihr an. Es dauerte eine Weile, ehe sie ranging.

»Wer ist denn da?«, fragte sie.

»Harry, Arnes Kumpel.«

»Ach, wie nett... Wie kann ich helfen?«

»Haben Sie Arne gesehen?«

»Ja, aber das ist schon eine Weile her.«

»Was hat er denn gemacht?«

»Er ist weggefahren.«

»Allein?«

»Nein, das kleine Mädchen, auf das er aufpasst, war bei ihm.«

Verdammt noch... Ich hatte ihm doch gesagt...

»Aber es waren nur die beiden?«

»Ja, sonst hab ich niemanden gesehen. Hier im Dorf ist den Sommer über ja auch niemand.«

»Und den beiden ist niemand hinterhergefahren?«

»Nein, die Straße war menschenleer, da waren nur Arne und das Mädchen.«

»Gut«, sagte ich. »Könnten Sie vielleicht ein bisschen die Augen aufhalten? Ich meld mich später noch mal.«

Gut? Wie kam ich denn darauf? Das war alles andere als gut. Was zum Teufel hatte Arne sich dabei gedacht?

Hätte seine Nachbarin Hjördis nicht gesehen, wie Arne und das Mädchen weggefahren waren, hätte ich Eva Månsson gebeten, mal vorbeizufahren und nach dem Rechten zu sehen, aber wenn sie nicht daheim waren, konnten sie überall sein.

Ich checkte ein paar Webseiten, fand aber nichts über einen tödlichen Motorradunfall.

Ich rief erneut bei Arne an.

Keiner ging ran.

Dann rief ich noch mal bei Hjördis an.

Arne und Emma waren noch nicht wieder zurückgekehrt.

Das Haus war leer, als sie heimkam. Sie setzte sich an ihren Schminktisch und fuhr den Rechner hoch.
Sie spürte, wie sie sofort errötete.
Ganz oben die Antwort.
Russischer Absender.
Sie holte tief Luft und klickte darauf.
Die Mail war verhältnismäßig lang, und sie fragte sich, ob Dmitri Golovin sie selbst verfasst oder einen seiner Handlanger gebeten hatte, sie zu schreiben. Bei allem, wozu er mit seiner Armprothese fähig war, wäre es für ihn sicher kein Ding der Unmöglichkeit, am Computer zu arbeiten. Die Mail war auf Englisch verfasst, trotzdem konnte sie beim Lesen den russischen Einschlag förmlich heraushören.

Sie musste die Mail zweimal lesen, ehe sie sich aufs Bett legte.
Ihr Herz raste.
Ihre Wangen glühten.
Was hatte sie getan?
Was hatte sie in Gang gesetzt?

Als Arne zurückrief, war das Erste, was ich sagte: »Wo hast du dich verdammt noch mal herumgetrieben?«

»Was denn? Was ist denn mit dir los?«

»Kapierst du nicht, dass ich mir Sorgen gemacht habe? Ich hab mit Hjördis telefoniert, und sie meinte, du wärst mit Emma weggefahren. Spinnst du eigentlich?«

»Jetzt mal mit der Ruhe, Harry. Was ist denn los mit dir?«

»Du hast mir einen Schreck eingejagt«, sagte ich.

»Es ist doch nichts gewesen, warum sollte hier etwas passieren?«

»Das weiß man nie. Ich hab in einer Tour bei dir angerufen, und du warst nicht da.«

»Gibt's hier jetzt so was wie Anwesenheitspflicht, oder was?«

»Hast du immer noch nicht begriffen, dass wir es mit ein paar brandgefährlichen Leuten zu tun haben?«

»Ich kann schon auf mich aufpassen, das habe ich bisher immer geschafft.«

Er klang eingeschnappt.

Ich holte einmal tief Luft.

»Okay, fangen wir noch mal von vorne an. Wie geht's Emma?«

»Wunderbar«, antwortete er.

»Und was habt ihr unternommen?«

»Das hätte ich dir schon noch erzählt, wenn du nicht so verdammt pampig rübergekommen wärst.«

»Tut mir leid, Arne. Hier ist einiges los gewesen.«
Ich erzählte ihm von dem Motorradcrash.

Er war ziemlich lange still, bevor er schließlich sagte: »Tja, ganz so turbulent war's bei uns nicht. Emma und ich waren da in deutlich friedlicherer Mission unterwegs.«

»Erzähl.«

»Erst haben wir einen alten Journalistenfreund getroffen, einen ehemaligen Kollegen, von dem ich wusste, dass er vor Urzeiten schon mal über deine besondere Freundin Viveca Björkenstam geschrieben hatte. Mein Kurzzeitgedächtnis ist nicht mehr zu hundert Prozent verlässlich, aber was früher war, weiß ich noch ziemlich gut, und an den Namen Björkenstam konnte ich mich noch erinnern. Wusstest du, dass die Zuckerfabrik hier unten zwischenzeitlich Edward Björkenstam gehört hat? Ziemlich lange sogar?«

»Nein, wusste ich nicht.«

Komm zur Sache, dachte ich. Was hat das mit dem ganzen Rest zu tun?

»Sie haben hier eine Weile gewohnt oder sind womöglich auch zwischen Stockholm und Solviken gependelt. Inzwischen ist die Fabrik in dänischer Hand, wie die anderen Zuckerfabriken auch.«

»Ach ja?«

»Allerdings war Viveca Björkenstam hier schon lange unterwegs, bevor sie die Zuckerfabrik übernahmen.«

»Und?«

»Der Mann, den wir getroffen haben, heißt Hilding Krona und ist jetzt zweiundneunzig. Ich bin ja immer auf der Suche nach Leuten, die noch am Leben sind und mir von früher erzählen können, Zeug, das nirgends dokumentiert wurde, und ein anderer alter Lokalredakteur hatte mir den Tipp gegeben. Ich konnte mich an Hilding noch von früher erinnern, dachte allerdings, er wäre längst unter der Erde, aber er wohnt in einem Altersheim ein Stückchen außerhalb von Östra Grevie, also sind wir dort hingefahren und haben ihn besucht.«

Komm endlich zur Sache, Arne, dachte ich, auch wenn ich wusste, dass es immer besser war, ihn einfach in seinem eigenen Tempo erzählen zu lassen.

»Anschließend haben wir uns ins alte Archiv der *Trelleborgs Allehanda* gesetzt«, fuhr er prompt fort, »und sind die Jahrgänge 1963 und 1964 durchgegangen. Es war derart staubig und muffig dort, dass ich in einem fort hab niesen müssen, keine Ahnung, ob ich da auf irgendetwas allergisch reagiert oder mir eine Erkältung eingefangen habe, hoffentlich nicht, mit so einer Sommergrippe ist ja bekanntlich nicht zu spaßen.«

»Und was habt ihr herausgefunden?« Ich versuchte, nicht allzu ungeduldig zu wirken.

»Damals hieß Viveca natürlich noch nicht Björkenstam. Sie hieß Hiort mit Nachnamen, und sie war hier, um Proselyten anzuwerben.«

»Proselyten? Was soll das sein? Ist das nicht irgendetwas Religiöses?«

»Eigentlich ja, aber es kann auch was anderes sein, und zwar eher auf dem Gebiet der Politik.«

»Erzähl mal weiter.«

»Ein nettes junges Ding aus der Redaktion hat mir geholfen, die Artikel abzufotografieren und dann zu kopieren – sie nannte es ›scannen‹ –, und dann haben wir sie dir geschickt.«

Ich fuhr den Laptop hoch.

»Stimmt, ich hab eine Mail von der *Trelleborgs Allehanda* bekommen.«

»Über Viveca selbst steht im Text nicht besonders viel, aber sie ist mit auf dem Foto. Da ist sie natürlich deutlich jünger, aber du wirst sie trotzdem wiedererkennen«, sagte Arne.

Auf dem Foto neben dem Artikel waren fünf Personen zu sehen: drei junge Männer und zwei junge Frauen.

Laut Bildunterschrift war es auf dem Marktplatz in Trelleborg geschossen worden.

An einem Abend, als es schon ziemlich dunkel war.

Zwei der Männer hatten Fackeln in der Hand.

Einer hielt ein Blatt Papier vor sich, als würde er eine Rede halten.

Alle fünf trugen eine Armbinde mit einem Hakenkreuz darauf.

»Erkennst du sie?«, fragte Arne.

»Ich erkenne sie«, murmelte ich. Der Blitz des Zeitungsfotografen erhellte ihr Gesicht, sodass sie bleicher aussah als die anderen. »Was zum Teufel hatten die vor?«

Ich überflog den Text.

Wäre er heute veröffentlicht worden, hätte er ganz sicher empörter geklungen, doch damals hatte Hilding Krona knapp und sachlich geschrieben, dass eine neu gegründete Partei aus Lund mit nationalsozialistischen Wurzeln in Schonen Mitglieder anwerbe.

»Dann war Schonen also damals schon so naziverseucht?«, fragte ich.

»Wie meinst du das?«

»Ich hab eigentlich nur mit mir selbst gesprochen.«

»Ja, da kriegt man auch die besten Antworten«, sagte Arne.

Viveca schien Edward Björkenstam 1963 noch nicht gekannt zu haben, auf dem Bild war er jedenfalls nicht dabei.

»Erkennst du die andere Frau auch?«

»Hm.«

Während Viveca am rechten Bildrand stand, war am linken Bildrand eine gewisse Anna Härdh zu sehen. Die beiden sahen einander in gewisser Weise ähnlich: grimmig, ernst, aber von ihrer Botschaft an die Nation zutiefst überzeugt, auch wenn die Nation in diesem Fall lediglich aus einem Platz in Trelleborg bestand. Hilding Krona hatte nirgends erwähnt, wie groß ihr Publikum gewesen war.

»Sie ist verschwunden.«

»Wer?« Allmählich fiel es mir schwer, ihm zu folgen.

»Die andere, Anna hieß sie, oder?«

»Ja, steht zumindest da.«

»Während Viveca kurz darauf, noch im selben Jahr, zurück nach Stockholm ging, ist Anna in Schonen geblieben, hat Hilding erzählt. Sie hat einen dieser Grafen geheiratet, die es hier in Schonen in Massen gibt. Sie heißt inzwischen Anna Härdh af Croonsiö. Der Graf ist wohl schon lange tot, sein Land wurde verpachtet, und als sie nicht mehr bleiben konnte, wurde das Herrenhaus an ein Unternehmen vermietet, das dort Konferenzen, Dinner, Hochzeiten, fünfzigste Geburtstage und solche Sachen ausrichtet.«

»Aber sie selbst ist verschwunden?«

»Behauptet jedenfalls Hilding.«

Allmählich verstand ich überhaupt nichts mehr.

»Und wie hängt das alles zusammen?«, fragte ich.

»Ich weiß ehrlich gesagt nicht, ob Hilding selber mit den Nazis sympathisiert hat, aber er wusste ziemlich gut Bescheid, was die Aktionen dieser jungen Leute anging. Keine Ahnung, ob du das noch weißt, aber obwohl Lund immerhin Universitätsstadt ist und die Leute es doch besser wissen müssten, haben dort mit den Jahren immer wieder erstaunlich viele Studenten mit Rechtsextremen sympathisiert.«

»Ist mir nicht neu.«

»Jedenfalls hat Hilding Viveca – inzwischen Björkenstam – später im Fernsehen und in diversen Zeitschriften gesehen, wobei ihre Nazivergangenheit zumindest von offizieller Seite kein

Thema mehr war. Und jetzt improvisiere ich mal ein bisschen, aber diese Anna Härdh af Croonsiö lag bis vor Kurzem hier in einem Altersheim, wurde dann allerdings entlassen und abgeholt.«

»Und von wem?«

»Was glaubst du?«

Mit Betonung auf dem Du.

»Was glaubst denn du selbst?«, gab ich zurück. »Scheint doch, als wüsstest du es schon.«

»Das bleibt jetzt aber unter uns. Von Viveca Björkenstam.«

Ich sagte erst mal nichts.

Sah nur das alte Foto in der *Trelleborgs Allehanda* an und war fasziniert und zugleich abgeschreckt von den zornigen, entschlossenen jungen Gesichtern, die so viel Hoffnung, aber auch so unendlich viel Hass ausstrahlten.

1963.

War da nicht diese ganze Popgeschichte und Jugendrevolte losgegangen?

Warum waren ausgerechnet diese jungen Schweden stattdessen zu Nazis geworden, warum hatten sie sich rückwärts gewandt und in einer politischen Bewegung, die Hass predigte, Kraft und Energie gefunden? War es wirklich so einfach gewesen, sich ohne jeden Widerspruch mit Hakenkreuzen und Naziparolen auf einen Platz irgendwo in Schweden zu stellen?

Die hatte damals niemand ernst genommen, so musste es gewesen sein.

Der Zweite Weltkrieg lag noch nicht lange genug zurück, als dass die Leute hätten glauben können, es gäbe Schweden, die allen Ernstes wieder in ihre Stiefel stiegen und anfingen zu marschieren.

So musste es gewesen sein. Wer hätte denn ahnen können, dass in Schweden fünfzig Jahre später Männer und Frauen mit rechtsradikaler Gesinnung wieder zu politischer Macht gelangen würden? Wie naiv wir doch gewesen waren.

»Anna ist wahrscheinlich eine der letzten Verbindungen, womöglich sogar die letzte zu einer Zeit, für die sich Viveca zwar bestimmt nicht schämt, die sie aber lieber unter Verschluss hält. Auch wenn es heutzutage fast schon akzeptabel ist, derlei Ansichten zu haben, wird das Björkenstam-Imperium ganz sicher nicht damit hausieren gehen.«

Ich murmelte etwas in mich hinein, während ich den Artikel erneut überflog.

»Hörst du mir noch zu?«, fragte Arne.

»Ja, aber was hat sie denn mit ihr gemacht, also, wenn es wirklich Viveca Björkenstam war, von der du erzählt hast?«

»Ich hab natürlich dieses Heim im Tegelberga angerufen, in dem sie gelebt hat.«

»Es hätte mich auch sehr gewundert, wenn du das nicht getan hättest.«

»Aber ich hab einfach nichts rausbekommen. Da muss die Polizei ran, vielleicht kannst du ja Eva anrufen?«

Arne war mit Hauptkommissarin Eva Månsson aus Malmö immer schon gut klargekommen.

»Die Leiterin dieses Heims hat gesagt, dass sie grundsätzlich keine Informationen über ihre Patienten rausgäben, und in diesem Fall wären die Akten sogar *top secret*, allerdings müsste ich mir keine Sorgen machen, weil Frau Härdh af Croonsiö ›in außergewöhnlich guten Händen‹ sei.«

»Und?«

»Hast du nicht von einer Art Klinik daheim bei dir erzählt? Hat nicht irgendwer gesagt, dass die Björkenstams eine Privatklinik hätten?«

»Ja, aber irgendwer sagt auch, sie hätten eine Marihuanaplantage.«

»Das eine schließt das andere nicht aus. War Hitler nicht auch drogenabhängig?«

»Keine Ahnung«, sagte ich. »Aber ich meine, das war nicht Hitler, sondern Sherlock Holmes.«

Im Grunde wusste ich nicht mal, was ich da sagte. Mir schwirrte der Kopf wie ein Schwarm Kolibris auf Speed, und ich brachte nur ein zerstreutes Dankeschön und »Gute Arbeit!« vor und legte auf.

Ich würde noch einmal ausführlich mit Jonna Moberg reden müssen.

Ich schrieb ihr eine E-Mail mit einer Erklärung, hängte den Artikel aus der *TA* an und bat sie nachzuforschen, was aus den anderen Leuten auf dem Bild geworden war.

Sie selbst hatte mir in der Zwischenzeit diverse Links und Artikel geschickt, und den Rest des Abends verbrachte ich damit, in Gesellschaft einer Flasche Calvados alles durchzulesen und mir einen Reim darauf zu machen.

Jonna hatte mir unter anderem ein paar alte Ausschnitte aus den Lokalblättchen der Stadt geschickt, in der Jacob Björkenstam aufs Internat gegangen war.

Augenscheinlich hatte sich keine der überregionalen Zeitungen für die widerlichen Initiationsspielchen interessiert, was überraschend war, wo man doch gerade mit solchen Enthüllungen über die Oberschicht Schlagzeilen machen konnte.

Außer dass man dort die Neuankömmlinge gezwungen hatte, nackt durch die ganze Schule zu laufen, sie mit Handtüchern ausgepeitscht oder unter die eiskalte Dusche gestellt hatte, hatten sie Brennnesseln pflücken, auf einen Hocker legen, sich die Hosen runterziehen und sich daraufsetzen müssen.

Einer der Älteren (Jonna hatte die Stelle mit einem Sternchen markiert und dazugeschrieben: »Bin mir fast sicher, das war Björkenstam«) hatte die ganze Sache angefeuert und es zu seiner

Spezialität gemacht, den Neulingen eine Karotte in den Enddarm zu schieben und sie sie anschließend essen zu lassen.

Jonna hatte außerdem einen Artikel über ein Tennisturnier mitgeschickt, das Björkenstam und ein junger Mann namens Georg Grip gewonnen hatten. Auf dem Bild posierten die zwei Arm in Arm mit Tennisschlägern in der Hand. Schon damals hatte Björkenstam gut ausgesehen.

In der Begleitmail hatte Jonna geschrieben:

> Hast du ein Glück, Harry. Georg Grip wohnt bei dir in der Nähe, sprich mit ihm darüber, was in der Schule passiert ist, das waren wirklich keine netten Jungs. Damit kannst du Björkenstam konfrontieren.

Sie hatte sogar Adresse und Telefonnummer geschickt, ich rief den Ort auf meinem Handy auf, aber dorthinzufahren würde mehr als eine Stunde dauern.

Ich beschloss, Georg Grip anzurufen, das war besser, als vor seiner Tür zu stehen und ihn zu überrumpeln. Das würde ich tags darauf gleich als Allererstes tun.

Jonna hatte mir überdies ein Dokument zusammengestellt, das Inserate, Annoncen und Werbeanzeigen für die verschiedenen Geschäftszweige der Familie Björkenstam enthielt: Industrie- und Dienstleistungsunternehmen, Lebensmittelfirmen, Ladengeschäfte. Dass sie derart viele Standbeine hatten oder gehabt hatten, war mir nicht klar gewesen, aber als mein Blick auf ein bestimmtes Logo fiel, kam es mir tatsächlich bekannt vor, auch wenn ich damals sicher nicht bewusst darauf geachtet hatte. Aber ging es bei der Werbung nicht grundsätzlich darum, zwar präsent, aber nicht zu auffällig zu sein und dafür zu sorgen, dass sich die Konsumenten trotzdem an einen erinnerten?

Die ersten Bilder auf dem Logo zeigten eine Familie: Die Mutter saß mit einem Jungen auf dem Schoß auf einem Stuhl, und der Vater stand hinter ihnen und hatte die Hände auf die Schultern der Mutter gelegt. Dass es sich dabei um jüngere Versionen von Edward und Viveca Björkenstam handelte, war nicht zu übersehen. Der Junge musste ihr Sohn Jacob sein.

Mit der Zeit war der Sohn gewachsen und stand irgendwann neben seiner Mutter. Der Vater war hinter seiner Frau stehen geblieben und hatte immer noch die Hände auf ihre Schultern gelegt. Allerdings hielt sie inzwischen einen Hund auf dem Schoß – einen Jack-Russell-Terrier. Das konnte unmöglich Otto sein, der mir die Hände abgeschleckt und mit dem Schwanz gewedelt hatte, obwohl sowohl Herrchen als auch Frauchen sauer auf mich gewesen waren.

In der nächsten Phase war auch Agneta Björkenstam mit auf dem Bild. Diesmal saß sie auf dem Stuhl, mit einem Baby im Arm.

Edward und Jacob standen hinter ihr.

Viveca Björkenstam stand mit dem Hund im Arm neben Agneta, die ihr Haar damals noch lang getragen hatte.

Die Texte rund um die Bilder und die unzähligen Geschäftstätigkeiten der Familie handelten von Familienzusammenhalt und der sogenannten Kernfamilie, nur dass man nicht mal genau hinsehen musste, um zu ahnen, dass Agneta Björkenstam – mit ihrem Dekolleté, den leicht geöffneten Lippen und den Augen, die direkt in die Kameralinse blickten –, hier das eigentliche Verkaufsargument war.

Auf dem letzten Bild saß Viveca Björkenstam wieder mit dem Hund auf dem Schoß, während sich ihr Sohn, ihr Mann, der Enkel und die Schwiegertochter in einem Halbkreis hinter ihr aufgestellt hatten.

Auch wenn alle breit lächelten, strahlte das Bild keine Freude aus.

Agneta trug jetzt einen Pagenschnitt. Ziemlich sicher hatte der Fotograf sie darum gebeten, noch einen weiteren Knopf an ihrer Bluse aufzuknöpfen.

Sohn Carl sah seinem Vater ziemlich ähnlich. Er trug weiße Shorts, ein kurzärmliges Hemd und hatte einen Tennisschläger in der Hand.

Der Hund auf Viveca Björkenstams Schoß sah am vergnügtesten von allen aus. Womöglich war das Otto.

In dem Artikel einer Wirtschaftszeitung stand, dass das Vermögen der Familie Björkenstam sich mittlerweile auf dreizehn Milliarden Kronen belaufe und dass sie zum Zeitpunkt X landesweit vierunddreißig Discounter-Warenhäuser besessen hätten. Der Artikel war schon ein paar Jahre alt, und von Jacob Björkenstams potenziellen russischen Geschäftsfreunden war darin nicht die Rede.

Der Wirtschaftsredakteur einer großen Tageszeitung hatte Jacob Björkenstam indes als »Nichtsnutz« tituliert, der sein Aussehen und seinen Charme einsetzte, um Geschäftsbeziehungen zu knüpfen, auch wenn er selbst ein Taugenichts war und Papa hatte einspringen müssen, um bei den missglückten Bestrebungen des Sprösslings den Karren aus dem Dreck zu ziehen.

Aber auch dieser Artikel war nicht gerade der aktuellste.

Derselbe Redakteur hatte allerdings erst kürzlich vermeldet, Jacob Björkenstam habe sich in Monaco niedergelassen und sei drauf und dran, mit ein paar russischen Oligarchen diverse größere Deals abzuschließen.

Als würde das alles erklären.

Allmählich spürte ich die Wirkung des Calvados, und ich überlegte fieberhaft, wann ich zuletzt etwas gegessen hatte. Vielleicht sollte ich runter ins Restaurant schleichen und irgendetwas aus dem Kühlschrank stibitzen.

Arne hatte gesagt, er könne durchaus auf sich aufpassen. Aber für den- oder diejenigen, die hinter all den Ereignissen der vergangenen Tage steckten, wäre er ein leichtes Opfer.

Oder hatte am Ende ich selbst all diese Ereignisse herbeigeführt?

Oder Emma, als sie mitten in der Nacht zu mir geflüchtet war und bei mir Schutz gesucht hatte?

Ich lief runter, machte mir ein Hühnchensandwich und nahm mir noch ein Bier mit hoch.

Jonnas Mails schickte ich weiter an Arne, Eva Månsson und den ehemaligen Nachrichtenchef Lars Berglund.

Dann sah ich nach, ob nicht doch noch irgendein Rest von irgendeinem Joint zu finden war, aber das Fach, in dem Krister Jonson die Tüte mit den Joints deponiert hatte, war genauso leer wie vor einigen Tagen.

Das Telefon klingelte.

»Hier ist jemand, der mit dir sprechen will«, sagte Arne.

Er reichte den Hörer weiter.

»Hej«, sagte ein Stimmchen. »Hier ist Emma.«

Ich machte es mir bequem.

»Hej, Emma, wie schön, dass du mich anrufst.«

»Ich wollte nur schnell Gute Nacht sagen«, fuhr sie fort. »Jetzt ist Arne wieder dran.«

»Ja, das war's schon«, sagte er.

»Das nenn ich Fortschritt«, erwiderte ich.

»Bist du dir sicher, dass der eine Biker-Typ gestorben ist?«, wollte er wissen.

»Ja.«

»Sicher, dass dich niemand gesehen hat?«

»Sicher? Na ja... Wir sind durch ein Wohngebiet gefahren. Auf der Straße war keiner, als der Unfall passiert ist, aber das heißt natürlich nicht, dass mich niemand gesehen hat.«

Emmas Stimme und ihr Gute Nacht wärmten mir das Herz,

doch in meinem Kopf quietschten immer noch Reifen, Motoren liefen auf Hochtouren, Blech zerbeulte, und ein junger Mann schlug einen Salto mortale nach dem anderen und blieb jedes Mal mit dem Kopf in einem unnatürlichen Winkel am Boden liegen.

Von einem Schrei wachte ich auf.
Ich hatte selbst geschrien.

Für Emmas Mutter war es immer schwieriger geworden, die Dinge am Laufen zu halten. Mit Gelegenheitsjobs war nicht allzu viel Geld zu machen, und mit der Zeit blieb sie immer häufiger bei dem netten Nachbarn im Erdgeschoss sitzen. Anderen erzählte sie, dass sie sich bloß unterhielten, aber wenn sie wieder hoch in ihre Wohnung kam, war sie betrunken.

Erst als sie den Sohn des Mannes traf, verbesserte sich ihre Laune.

»Der kann uns helfen, Emma, dass wir endlich recht bekommen«, sagte sie.

Und dann erzählte sie wieder von den »dunklen Nächten« und davon, dass der Sohn des Nachbarn Leute kannte, an die man sich wenden konnte, um an Geld zu kommen, wenn andere sich schuldig gemacht hatten.

»Dann sind wir reich, Emma«, sagte sie.

Später am Abend kam ein Wagen vorbei und holte sie beide ab.

Ihre Mutter hatte sich schick angezogen, hatte sich geschminkt und war voller Zuversicht nach unten zu dem wartenden Auto gelaufen.

Es war groß und weiß, so ein Auto hatte Emma noch nie mit eigenen Augen gesehen, geschweige denn in einem gesessen. Ein großer, kräftiger Mann saß am Steuer und ein kleinerer und untersetzter jüngerer daneben.

Schlagartig war Mamas Vorfreude wie weggefegt.

»Hier stimmt was nicht«, flüsterte sie Emma zu. Dann fragte sie den Mann am Steuer: »Wohin fahren wir denn?«

Emma sah, wie zwei Motorräder hinter den Wagen fuhren und anhielten.

»Ich dachte, er wollte selbst kommen«, sagte Mama.

»Er wartet auf uns, wenn wir ankommen«, entgegnete der Größere.

Sie fuhren nach Solviken, auf einem Weg, der immer schmaler wurde, dann einen Golfplatz durchschnitt und schließlich vor einem Haus endete, das eher wie ein Schloss aussah.

Der junge Mann öffnete die Tür auf Emmas Seite, und ihre Mutter beugte sich zu ihr herüber und raunte ihr zu: »Lauf, Emma, lauf, so schnell du kannst!«

Emma dachte nicht mal mehr darüber nach.

Sie rannte, so schnell sie konnte.

VI

Freitag

Er wohnte mitten in Schonen, inmitten eines Meers aus Pferdekoppeln – Koppeln, so weit das Auge reichte. Also gab es hier doch noch gewisse Orte, an denen ein Gefühl endloser Weite aufkam. Klar, wenn ich die Augen zusammenkniff, konnte ich natürlich auch das eine oder andere Pferd erkennen.

Das Haus war zweistöckig, weiß getüncht und stand auf einer kleinen Anhöhe mit atemberaubender Aussicht über all diese endlosen, kilometerlangen weißen Zäune.

Sofern es ihn überraschte, dass ich vor seiner Tür aufgetaucht war, so ließ er es sich zumindest nicht anmerken. Als ich ihm jedoch eröffnete, dass ich mich mit ihm über Jacob Björkenstam unterhalten wollte, antwortete er: »Wundert mich, dass nicht schon früher jemand aufgetaucht ist.«

Grip hatte sich auf dieselbe Oberschichtenart wie Jacob Björkenstam ein jugendliches Aussehen bewahrt. Entweder wurde man mit so etwas geboren, oder aber es lag an all den Karotten, die einem in den Arsch geschoben wurden, sobald man eine neue Schule besuchte.

Er war nicht ganz so gut in Form, wie es Björkenstam zumindest dem äußeren Eindruck nach immer noch zu sein schien, aber er hatte kräftiges, grau gesprenkeltes Haar, und sein Gesicht und die Arme waren gebräunt, wahrscheinlich weil er nicht nur drinnen saß und seine Pferde durchs Fenster beobachtete, sondern vielmehr oft im Freien unterwegs war.

Er trug ein Hemd mit kurzen Ärmeln und eine weiße Hose.

»Gehen wir runter an die Trainingsbahn, dort können wir uns unterhalten«, schlug er vor.

An einen Tisch im Schatten eines großen Sonnenschirms nahmen wir auf ein paar bequemen Stühlen Platz, die aussahen wie Regiestühle bei Filmaufnahmen.

Georg Grip besaß Galopprennpferde, ob er sie aber züchtete oder nur mit ihnen handelte, brachte ich nicht in Erfahrung, was wohl daran lag, dass ich ihn nicht fragte.

Dass sie so groß waren, war mir allerdings nicht klar gewesen.

Die Pferde waren riesig, die Reiter dagegen umso kleiner.

Die Erde bebte, und Sand und Grasfetzen stieben überallhin, als sie an uns vorbeipreschten.

»Wie steht's denn um den guten alten Jacob?«, fragte er.

»Keine Ahnung, ich hab ihn nicht kennengelernt, aber sein Name taucht ständig in einer Geschichte auf, an der ich gerade dran bin«, antwortete ich.

Er nickte.

Dann kramte er sein Handy raus und schrieb eine SMS.

»Er ist zu Geld gekommen«, sagte er.

»Seid ihr das nicht alle, ihr Kumpels von damals?«

»Absolut nicht. Mag sein, dass die meisten von uns in unserer Jugend finanziell ganz anständig aufgestellt waren, aber das bedeutet nicht, dass alle ihr Vermögen automatisch auch verwalten konnten. Jacob...«

Er verstummte.

»Was wollten Sie sagen?«

»Jacob war diesbezüglich nicht sonderlich begabt.«

»Wie das?«

»Um es mal klar zu sagen: Er war ein Nichtsnutz.«

»Aber...«

Er gebot mir mit erhobener Hand Einhalt.

»Ich weiß, ich weiß, was Sie jetzt sagen wollen, er gehört zu den reichsten Personen Europas, aber das liegt nur daran, dass diese reichen Russen ihn für sich arbeiten lassen. Ich bin mir sicher, dass er nicht mal weiß, mit wem oder was er da zu tun hat.«

»Aber wie ist er dann all die Jahre klargekommen?«

»Eltern... Die waren immer für ihn da: Die Mutter baut ihn wieder auf, und der Vater zückt die Brieftasche.«

Eine junge Frau in einem kurzen schwarzen Kleid und weißer Schürze kam mit einem Tablett auf uns zu, und jetzt wusste ich auch, was Georg Grip in seiner SMS geschrieben hatte. Sie stellte zwei Gläser, eine Karaffe und einen Eiskübel vor uns ab.

»Kann ich noch etwas für Sie tun, Herr Grip?«

Sie war vielleicht Anfang zwanzig, hatte einen blonden Kurzhaarschnitt und eine Stupsnase.

»Nein, das war alles, danke.«

Wir sahen ihr beide nach, bis sie hinter einer Hecke am Wohnhaus verschwand.

»Man ist nie zu alt, um sich an ein bisschen jugendlicher Schönheit zu erfreuen«, sagte Georg Grip und schenkte uns beiden ein.

»Ich bin mit dem Auto da«, sagte ich und hob die Hand.

»Der ist ganz leicht, damit können Sie allemal noch fahren.«

Dann widmeten wir uns unseren Gläsern.

Herrlich erfrischend bei diesen Temperaturen.

»Eine urschwedische Erfindung«, sagte er und zeigte auf sein Glas.

»Was, das Glas?«

»Lättgrogg. So was gibt's nur in Schweden. Zwei Zentiliter Schnaps plus eine verdammte Menge alkoholfreies Zeug, hat irgendjemand zu Prohibitionszeiten erfunden.«

Das hatte ich nicht gewusst. Ich räusperte mich.

»Sie hatten diese reichen Russen erwähnt... Er kassiert eine Provision dafür, dass er deren Geld verwaltet, hab ich das richtig verstanden? Ich bin bei den Recherchen auch auf eine Person gestoßen, die behauptet, Björkenstam habe vor Jahren mal jemanden totgetreten.«

Georg Grip nickte.

»Kann passieren«, sagte er.

»Was meinen Sie?«

»Tja, das war eine echt üble Geschichte. Wir waren damals in diesem Lokal in Båstad, das später zu Pepes Bodega umbenannt wurde, glaube ich, womöglich hieß es auch damals schon so, keine Ahnung, ich hab das nicht mehr so genau im Kopf. Irgendwer hatte jemand anderem die Hose vollgekleckert oder jemandes Freundin angerempelt, daraufhin gab es Streit, und die Bauernjungs sind rausgeflogen. Wir sind geblieben, wir gehörten immerhin zu den Tennisleuten, zu den Reichen und Schönen, also durften wir dableiben, nur dass irgendwann das Gerücht herumging, dass die anderen uns draußen auflauern würden und, tja, da waren wir schon ziemlich betrunken, also haben wir beschlossen rauszugehen und für Recht und Ordnung zu sorgen.«

Er sprach nicht weiter.

»Und haben Sie das? War es wirklich so, dass Sie im Recht und die anderen im Unrecht waren?«

»Ich weiß es nicht mehr. Ich weiß nicht mal mehr, ob wir damals wirklich begriffen haben, was da geschehen ist. Waren Sie schon mal bei so einer richtig großen Schlägerei dabei?«

Ich schüttelte den Kopf und nahm noch einen Schluck von meinem Lättgrogg. An das Zeug hätte ich mich durchaus gewöhnen können.

»Die haben mächtig Prügel bezogen. Man glaubt ja immer, dass solche Schlägereien stundenlang andauern, dabei war das Ganze nach einer guten Minute schon wieder vorbei. Zwei, drei von uns hatten ein Veilchen abbekommen und zerrissene Hemden, einer hatte Nasenbluten. Die anderen haben sich zurückgezogen. Nur dass eben einer liegen geblieben ist.«

»Was hat die Polizei gesagt?«

»Nichts.«

»Wie, nichts?«

»Båstad und die Open-Woche haben damals nicht annähernd für so viel Wirbel gesorgt wie heutzutage. Es waren nicht halb so viele Leute da, und es gab keine Security. Ich glaube, die Polizei musste damals erst aus Ängelholm anrücken, und es dauerte mindestens eine Dreiviertelstunde, bis sie vor Ort war.«

»Und bis dahin waren Sie verschwunden.«

»Wir waren alle weg.«

»Außer einem.«

Georg Grip nickte.

Nicht dass er zu der Sorte Mensch gehörte, mit der ich jederzeit liebend gerne hätte umgehen wollen, aber er hatte einen kräftigen Händedruck, und etwas an seiner Art, an seiner Offenheit und seinem aufrichtigen Blick versicherte mir, dass ich ihm trauen konnte. Irgendwie mochte ich ihn sogar und konnte mir vorstellen, ihn bei Gelegenheit wieder zu treffen.

Vielleicht lag es auch nur am Lättgrogg.

Trotzdem erzählte ich ihm von Oskar Helander und davon, dass er Jacob Björkenstam angerufen und ein paar Tage später eine Kugel in den Kopf bekommen hatte.

»Ich glaube nicht, dass Jacob irgendjemanden erschießen könnte«, sagte Grip.

»Aber er hat zwei ständige Begleiter, die das für ihn erledigen könnten«, wandte ich ein. »Einen großen Russen, der mal Boxer gewesen sein dürfte, und einen kleinen, fetten Schweden, der nicht nur dumm, sondern auch unangenehm ist.«

»Aber dieser... Wie hieß er gleich wieder? Nylander?«

»Helander.«

»Der wusste, dass es Jacob war, der den Typen totgetreten hatte?«

»Hat er am Telefon zumindest behauptet. Allerdings war er schon tot, bevor ich noch mal mit ihm reden konnte. Ich hab ein paar Artikel von damals gelesen, aber überall stand nur, dass der Täter nie ermittelt werden konnte. Sie müssen mir nicht alles erzählen, aber ich war in Helanders kleinem Schnaps- und Drogenlager, und dort hab ich überdies einige alte Zeitungsausschnitte über die Tat gefunden.«

»Stand irgendwas drin?«

»Nein, nicht direkt, aber irgendwer hatte an den Rand geschrieben, er wüsste, wer zugetreten hat, und ich bin ziemlich sicher, dass es Helanders Schrift war.«

»Ich weiß nicht, ob Jacob... Der war meines Erachtens eher auf anderen Unfug aus.«

»Sie meinen die Initiationsrituale?«

Er zuckte mit den Schultern und nahm noch einen Schluck Lättgrogg.

»Davon haben Sie also auch erfahren.«

»Ich hab was darüber gelesen«, sagte ich.

»Ach ja...«

»Karotten und diverse andere Aktionen. Das nennen Sie Unfug?«

»Jacob war da ziemlich erfinderisch. Karotten, Kleiderbügel, Bügeleisen... Einer hat sich mal mit einer Seife im Mund und Wäscheklammern an den Hoden hinstellen müssen. Oder wir haben ins Klo gepisst, und anschließend hat Jacob sie mit dem Kopf in die Schüssel gedrückt. Einen hat er mal gezwungen, sich hinzuknien und auf das Bild seiner Mutter zu onanieren.«

»Das ist echt übel«, sagte ich.

»Wurde alles totgeschwiegen.«

»Wie war das möglich?«

»Der Vater, Edward, hat im Vorstand der Lokalzeitung gesessen und war einer der Hauptgeldgeber der Schule.«

»Waren Sie auch mit von der Partie?«

Er zog die Schultern hoch und machte ein langes Gesicht.

»Nicht dass ich stolz darauf wäre. Es war leicht, sich da mitziehen zu lassen, Jacob konnte wirklich charismatisch sein, und in derlei Situationen war es schwer, sich ihm zu widersetzen. Er war wie ein echter General, dem man, wenn's darauf ankommt, bis in den Tod folgt.«

Ich schüttelte den Kopf.

»Warum erzählen Sie mir das alles? Und ausgerechnet jetzt?«

»Ich will nicht lügen, ich war ganz bestimmt – genau wie Jacob Björkenstam – kein Engel. Anderen gegenüber waren wir richtige Unmenschen. Ich könnte mir selbst was vormachen, aber wem hilft das jetzt noch? Ich kann nicht ungeschehen machen, was wir damals getan haben. Und irgendwie hab ich das Gefühl, mein Gewissen erleichtern zu können, indem ich es Ihnen erzähle. Ich hab darüber nie ein Wort verloren, aber es ist inzwischen einige Zeit vergangen, und es wundert mich, wie gesagt, dass deshalb nicht schon früher jemand auf mich zugekommen ist.« Nach einer Weile fuhr er fort: »Ich hab gute Geschäfte und gutes Geld gemacht, aber ich war dabei immer ehrlich, wenn auch nicht gerade zimperlich. Ich besitze ein paar Immobilien in London, dank derer ich im Grunde keinen Finger mehr krumm machen muss, ich war dreimal verheiratet, ich hab drei Töchter und zwei Söhne und kann nächtelang nicht schlafen, wenn ich mir vorstelle, dass auch nur eins meiner Kinder das Gleiche erleiden könnte, was wir anderen angetan haben. Ein Willkommensritual – so hat es der Direktor damals vor der Presse genannt. Ich war zu dumm oder zu feige, um klar auszusprechen, was es in Wahrheit war.«

Er zeigte auf ein Pferd, das vorüberdonnerte, der Jockey sah aus wie eine Mücke, die versuchte, sich an dem gewaltigen Pferderücken festzuklammern.

»Das hier, das ist bloß eine Art Hobby, ich mach das, weil ich's mir ganz einfach leisten kann. Ich weiß schon, dass der Trab in Schweden höher im Kurs steht, ich müsste umsatteln, wenn ich damit Geld verdienen wollte, aber Galopp hab ich schon immer lieber gemocht. Es ist wohl das Gleiche wie beim Glücksspiel und bei Wetten. Für mich hat der Galopp immer schon was Romantisches gehabt.«

»Sie und Jacob haben Tennis gespielt...«

»Ja, und sogar irgendwas gewonnen, wenn ich mich recht erinnere. Er war gar nicht schlecht, aber Carl Björkenstam, sein Sohn, der ist ein echtes Talent. In irgendeiner Tenniszeitschrift – oder war's in einem Tennisblog? – hab ich gelesen, dass er fürs schwedische Daviscup-Team gehandelt wird. Er ist erst siebzehn! Aber es dauert ohnehin nicht mehr lange, bis wir nur noch Kinder für den Daviscup stellen, verdammt. Wissen Sie noch – Borg, Wilander, Edberg? Das waren noch Zeiten, was?«

»Spielen Sie immer noch?«

Er schüttelte den Kopf. »Golf auch nicht mehr. Ich bin das schwarze Schaf meiner Generation.«

»Wo lebt der Sohn eigentlich?«

»Florida. Ich glaube, Jacob und Agneta sind damals für ein paar Jahre dorthin gezogen, damit er auf irgendeine Tennisschule gehen konnte.«

»Ich hab ein altes Foto von Björkenstam gefunden – mit Boxhandschuhen. Hat er auch geboxt?«

»Ja, allerdings war er zu feige, um richtig gut zu werden. Beim Boxen war er immer am besten, wenn sein Gegner festgehalten wurde.«

»Oder wenn er treten konnte.«

»Oder wenn er treten konnte.«

»Nach jemandem, der am Boden lag.«

»Ich glaube sogar, dass der Typ bereits bewusstlos war, als Jacob zutrat – das heißt, sofern tatsächlich er es war…«

Er hatte sein Glas abgestellt und hob die Hände.

»Wären Sie bereit, das an offizieller Stelle zu wiederholen?«, fragte ich.

»Bereit? Na ja… Was soll das bringen? Verjähren solche Sachen nicht? Wie lang ist das jetzt her – fünfundzwanzig, sechsundzwanzig Jahre? Wen interessiert das noch?«

»Die Eltern.«

»Edward und Viveca?«

»Nein, die Eltern des Toten.«

»Ach so, ja, klar. Aber es konnte damals niemandem etwas nachgewiesen werden, und das hat sich bis heute nicht geändert. Es ist doch das Gleiche wie bei Gang-Kriegen, mit den Hells Angels und dem ganzen Mist, oder bei Krawallen im Fußballstadion, wenn die Hooligans aufeinander losgehen. Da sagt doch keiner was. Keiner hat was gesehen, keiner weiß was, keiner redet. Ich kann wirklich nicht sicher sagen, ob es damals Jacob oder irgendjemand anderes war.«

»Oskar Helander hat behauptet, er habe es gewusst.«

Georg Grip verzog erneut das Gesicht und zuckte mit den Schultern.

»Sie haben erwähnt, dass er das behauptet hat, ja.«

»Und jetzt ist Oskar Helander tot, wurde ermordet«, fuhr ich fort.

»Ich weiß es ehrlich nicht«, sagte Georg Grip. »Ich erinnere mich kaum mehr daran, wer an dem Abend überhaupt dabei gewesen ist.«

»Drogen?«

»Bitte?«

»Ist Ihnen irgendwie zu Ohren gekommen, dass Björkenstam mit Drogen zu tun hätte? Oder vielmehr die Björkenstams?«

»Wie kommen Sie darauf?«

»In einem Wald ganz bei mir in der Nähe wurde eine riesige Marihuanaplantage gefunden, heute Morgen stand es in der Zeitung. Einer meiner Informanten hat angedeutet, dass die Björkenstams damit zu tun haben könnten, oder besser gesagt: Mein Informant wäre nicht überrascht, wenn die Björkenstams damit zu tun hätten. Der Polizei zufolge ist das Zeug mehrere Millionen wert.«

»Davon weiß ich nichts«, erwiderte Grip. »Wir haben vielleicht hier und da mal eine Line gezogen, vor allem als wir damals angefangen haben, am Stureplan herumzuhängen, aber an sich hatten wir mit Drogen nie groß etwas am Hut, das war nicht unser Ding. Unser Ding war Alkohol, nur dass wir keine Champagnerduschen veranstaltet haben oder so, wir haben ihn gesoffen.« Er brach in dröhnendes Gelächter aus. »Ich bin schon ziemlich früh nach London gezogen«, fuhr er nach einer Weile fort. »Das englische Naturell lag mir besser als das schwedische. Ich bezweifle, dass Jacob Drogen genommen hat, davor hatte er viel zu viel Schiss und war zu vorsichtig, er hat immer erst abgewartet, bis jemand anders irgendetwas ausprobiert hat, ehe er selbst mitgemacht hat.«

»Sie scheinen ihn nicht sonderlich zu mögen.«

»Nein, mit der Zeit mochte ich ihn wirklich nicht mehr.«

»Warum?«

»Er ist ein Großmaul und ein falscher Hund.«

Meines Erachtens steckte noch mehr dahinter, aber das behielt ich für mich.

Nach einer Weile fuhr Georg Grip fort: »Sie sagen, Sie hätten ziemlich viel gehört... aber von dem Mädchen hat Ihnen niemand erzählt?«

»Nein.«

»Sein Frauenbild ... Wie soll ich es formulieren? Sein Frauenbild war nicht allzu positiv.«

»Und?«

»Er hat gern Arbeitermädchen aufgerissen, die ließen sich von seinem Geld, von seinem Auftreten und seinem Charme beeindrucken. Diejenige, auf die ich anspiele, war so ein Bauernmädel aus dem Hinterland. Er hat sie mit auf sein Hotelzimmer genommen. Tags darauf wurde sie gefunden: an die Bettpfosten gefesselt und mit einem Apfel im Mund. Auf ihre Schenkel hatte er ›Schweinefotze‹ geschrieben. Jacob hat es natürlich weit von sich gewiesen und erzählt, sie hätten Sex gehabt und er wäre daraufhin gegangen, und von dem Rest hätte er keine Ahnung.«

»Und was ist anschließend passiert?«

»Gar nichts. Es stand Aussage gegen Aussage, und Edward hat mal wieder seine Brieftasche gezückt.«

»Verdammt! Manchmal denke ich, ich hätte echt schon alles gesehen oder gehört, aber schlimmer geht immer, wie mein Großvater zu sagen pflegte.«

»Und das war, nachdem er Agneta getroffen hatte«, sagte Grip. Dann fuhr er sich mit der Hand über die Stirn. »Sie hat sich umgebracht.«

»Wer? Das Mädchen?«

Er nickte.

»Den Grund kennt keiner genau, aber ich nehme an, dass es mit Jacob zu tun hatte, mit dem, was da passiert ist. Sie hat behauptet, er habe sie, tja, wie sagt man, anal vergewaltigt, sie hatte Verletzungen und blutete, und man konnte sein Sperma in ihr nachweisen. Er meinte, es sei in gegenseitigem Einvernehmen passiert, und zu dem ganzen Rest – dass sie gefesselt worden war, und dann das, was da auf ihrem Körper stand – könne er nichts sagen. Aber ich hab da meine eigenen Ansichten. Was Frauen anging, war er mir jedenfalls ein bisschen ... suspekt. Und seither hatte ich so meine Probleme mit ihn. Agneta war ein nettes Mädchen, müssen Sie wissen. Sie hatte es nicht leicht, schließlich war sie kein Mitglied unserer Clique. Damals waren wir so eine Art riesige Stockholm-Gang, in der jeder jeden kannte und jeder irgendwann mit jedem geschlafen hat. Und dann kam sie, machte eine Ausbildung zur Nageldesignerin, viele Mädels aus der Clique lachten über sie, und zwar nicht immer nur hinter ihrem Rücken. Wie es ihr heute geht, weiß ich leider nicht, aber damals sah sie wirklich fantastisch aus.«

»Sie sieht immer noch gut aus.«

»Wundert mich nicht.«

Ich nahm den letzten Schluck Lättgrogg.

»Da gibt's noch eine merkwürdige Sache, aber ... Ich hab gehört, dass der Herr Papa ...«

»Edward?«

»Ja. Dass er eine Modelleisenbahn haben soll.«

Erneut brach er in schallendes Gelächter aus.

»Und das darf man als Erwachsener nicht?«

»Doch, doch, ich hätte auch immer gern eine gehabt, ich mag Züge aller Art, aber, na ja, ich bin halt einfach nur neugierig.«

Er goss sich den Rest Lättgrogg ein und leerte sein Glas in einem Zug.

»Ich weiß, dass er Modelleisenbahnen gesammelt hat, aber gesehen hab ich die Anlage nie. Björkenstams waren immer sehr auf Privatsphäre bedacht, man durfte bei ihnen nicht alle Zimmer betreten, um es vorsichtig zu formulieren.«

Irgendwann begleitete Georg Grip mich zurück zu meinem Auto. Er bot mir an, ihn GG zu nennen, so wie ihn alle anderen auch nannten, aber falls ich je irgendetwas über Jacob Björkenstam schreiben sollte, wollte er nicht namentlich genannt, sondern höchstens als langjähriger Freund oder enger Vertrauter bezeichnet werden.

»Heißt das in den Medien nicht immer so? ›Ein enger Vertrauter der Familie‹?«

»Kommt vor«, sagte ich.

Ich verabschiedete mich von Georg Grip und machte mich wieder auf den Weg quer durch Schonen, durch diese blühende Gegend, in der zugleich so erschreckend viele eine fremdenfeindliche, rassistische Partei mit unverkennbar faschistischen Wurzeln gewählt hatten. Angeblich waren die Wähler dieser Partei die Abgehängten und Verlierer der Gesellschaft, die kümmerlichen Reste einer schwedischen Arbeiterschicht, die von den Kürzungen durch die konservative Regierungspartei besonders hart betroffen waren.

Nur dass die Gemeinden, an denen ich vorbeikam, wohlhabend waren und letztlich die Oberschicht dominierte.

Keine Ahnung, wovor diese Menschen in all den eingezäunten Einfamilienhäusern Angst hatten.

Bevor ich zu Georg Grip gefahren war, hatte ich einen Beitrag in einer Lokalzeitung gefunden, der von einem Motorradunfall mit tödlichem Ausgang handelte. Dem kurzen Artikel zufolge war der Unfall auf einer wenig befahrenen Nebenstraße passiert, und die Polizei ging davon aus, dass sich die beiden Motorradfahrer irgendwie ineinander verhakt hatten. Einer der Beteiligten war noch vor Ort gestorben, der andere lag in einem Krankenhaus in Helsingborg, hatte aber das Bewusstsein noch nicht wiedererlangt. Zeugen gab es keine.

Die Fahrer, so hieß es darüber hinaus, seien beide Mitglieder einer Motorrad-Gang gewesen. Die Westen mit dem Dark-Knights-Logo wurden nicht erwähnt.

Auch ein Auto wurde nicht erwähnt.

Ebenso wenig ein kaputter Zaun hinter einem Weinberg.

Das Bild des Toten stand mir immer noch vor Augen, auch wenn ich am Vorabend versucht hatte, die Erinnerung daran mit

Calvados zu vertreiben. Sein Salto mortale über mein Auto lief in meinem Schädel ab wie ein ruckeliger alter Stummfilm, und ich bildete mir sogar ein zu hören, wie sein Genick brach, als er auf dem Boden aufschlug. Ein alter Nazi-Helm bot nun mal keinen Schutz, das hätten sogar diese beiden Typen wissen müssen, immerhin hatten die Deutschen den Zweiten Weltkrieg verloren.

Dem Artikel zufolge war der junge Mann vierundzwanzig Jahre alt gewesen, als er starb.

Der andere war siebenundzwanzig. Zwar war er schwer verletzt, schwebte aber nicht mehr in Lebensgefahr.

Ich fuhr zu Arne und Emma nach Anderslöv.

Kaum war ich zur Tür hereingekommen, rannte Emma auf mich zu und fiel mir um den Hals.

Arne stand in seiner Schürze am Herd und war gerade dabei, Kabeljau mit gekochten Eiern und geklärter Butter zuzubereiten.

»Denk an deine Diabetes, Arne. Ist zerlassene Butter wirklich gut für dich?«

»Nur ein kleines bisschen«, entgegnete er.

Emma hatte neue Sachen an: ein Sommerkleidchen und Sandalen.

»Als wir in Trelleborg waren, sind wir kurz shoppen gegangen«, erklärte Arne. »Sie konnte doch nicht weiter in ein und denselben Klamotten rumlaufen. Die alten hab ich in die Waschmaschine gesteckt.«

»Alles gut gegangen?«, fragte ich Emma und setzte mich neben sie auf den Boden.

Sie nickte.

Bei Tisch beschwerte sich Arne wieder mal darüber, dass seine Bekannten wegstarben oder in irgendeinem Krankenbett lagen und nicht mehr mit ihrer Umgebung kommunizieren konnten.

»Aber du siehst heute frischer aus«, sagte ich. »Auch wenn ich immer noch der Ansicht bin, dass dieser Ausflug nach Trelleborg eine Schnapsidee war, scheint er dir gutgetan zu haben.«

Er zuckte mit den Schultern.

»Reine Glückssache, dass ich Hilding Krona erwischt hab«, sagte er.

»Mit ein bisschen Glück und Talent kommt man schon ein ganzes Stück weiter.«

Während Emma Arne half, den Tisch abzudecken, fuhr ich meinen Rechner hoch.

Jonna hatte mir eine Handvoll Artikel über Russen geschickt, die mit Partnern im Westen Geschäfte machten – legale Geschäfte, aber auch solche, die sich zwischen Legalität und Illegalität bewegten, und dann natürlich auch Geschäftsbeziehungen, die schlicht und ergreifend ungesetzlich waren. Wenn ich Jonnas Kommentare und Hinweise richtig deutete, gehörten Jacob Björkenstams Geschäftsbeziehungen zur letzten Kategorie, allerdings war diesbezüglich kaum irgendwas eindeutig schwarz oder weiß, da schien es sich um eine einzige große, undurchdringliche Grauzone zu handeln.

Obwohl Jonna sich alle Mühe gegeben hatte zu verdeutlichen, an welchen Transaktionen Jacob Björkenstam beteiligt war, begriff ich nicht recht, was dahintersteckte. Diese Art der Geschäftstätigkeit war für mich immer schon ein Buch mit sieben Siegeln gewesen, und als ich mich auf Begrifflichkeiten wie Strohmann, Geldwäsche, geheime Konten und Briefkastenfirmen konzentrierte, verlor ich bald das Interesse.

Es war gerade erst eine gute Stunde her, dass ich mich in Flyinge von Georg Grip verabschiedet hatte, trotzdem rief ich ihn nun an und fragte, ob er sich womöglich einmal ansehen könnte, mit wem Jacob Björkenstam Geschäfte machte.

»Geben Sie mir einen Tag. Sie können mich ja morgen früh zum Frühstück einladen«, sagte er.

Als ich aufgelegt und den Rechner wieder runtergefahren hatte, drehte ich mich zu Arne um.

»Und was machen wir jetzt?«

»Schlag was vor«, gab Arne zurück.

»Du könntest mir vielleicht eine Scheuerbürste leihen«, sagte ich.

Ich hatte zwar sowohl einen Eimer als auch eine Scheuerbürste gekauft, aber die Tüten vergessen, als ich meinen Wagen zu Andrius Siskauskas gebracht hatte.

»Gut, dass du Emma Sachen gekauft hast«, sagte ich. »So weit hatte ich gar nicht gedacht, aber sie braucht natürlich mehr Klamotten, sie kann ja nicht die ganze Zeit in Gummistiefeln rumlaufen.«

Ich drehte mich zu Emma um.

»Warst du schon mal in Kopenhagen?«

Sie schüttelte den Kopf.

»Sollen wir dorthin fahren?«

Sie zuckte mit den Schultern.

»Das geht ganz schnell«, sagte ich. »Wir müssen einfach nur über den Öresund.«

Auf dem Weg nach Kopenhagen erzählte ich Emma, dass ich ihre Nachbarn aus dem Haus am Stadtrand von Jonstorp getroffen hätte, und fragte sie, ob es stimmte, dass irgendjemand gekommen sei und sie und ihre Mutter an dem Abend abgeholt hätte, als sie zu mir nach Solviken gerannt war.

Sie nickte.

»Das waren die, die mich gejagt haben«, sagte sie.

Ich nickte.

»Hast du da auch Motorräder gesehen?«

Sie dachte eine Weile nach.

»Kann sein. Ich weiß nicht mehr genau. Ich hatte Angst.«

»Ich glaube, dass sie deine Mama reingelegt haben«, sagte ich.

»Glaub ich auch.«

Ein paar Straßenzüge vom Rådhuspladsen entfernt fand ich eine Parklücke, aber als wir gerade die belebte Straße überqueren wollten, blieb Emma neben dem Wagen stehen.

Ich kehrte um und machte ein paar Schritte auf sie zu.

»Was ist denn los?«

Sie antwortete nicht.

»Willst du nicht mitkommen?«

Als die Ampel auf Grün sprang, schob sie ihre linke Hand in meine rechte und marschierte los. Sie war nie in Kopenhagen gewesen, wusste aber, dass man dort bei Rot nicht auf die Straße lief.

Von da an liefen wir Hand in Hand weiter.

Ich hatte einen Kloß im Hals.

Wir folgten der touristenverseuchten Strøget bis zum Rådhuspladsen und liefen dann weiter einige Straßen entlang, auf denen ich vor einiger Zeit mal einem Mörder nachgespürt hatte ... Vestergade, Larsbjørnsstræde, Studiestræde. Schon damals, als Jonna und ich in Kopenhagen gewesen waren, waren mir die vielen kleinen Designerläden und die Sexshops aufgefallen, in denen Spanking-Toys angeboten wurden. Jonna hatte sich hier ein Paar Laufschuhe mit dicker Ledersohle gekauft, die auch noch anderen Zwecken gedient hatten, als nur darin zu laufen. Die Schuhe waren teuer, aber ihr Geld wert gewesen.

In den Läden war Emma wahnsinnig schüchtern, und ich war es nicht gewohnt, mit Kind und für ein Kind Klamotten einzukaufen, aber wir bekamen Unterstützung von ein paar freundlichen Verkäuferinnen, und als wir uns am Ende an einem Pølser-Wagen zwei rote Würstchen gönnten, hatten wir Unterwäsche, zwei Kleider, eine Jeans, eine Schirmmütze, ein paar T-Shirts und eine rosarote Sonnenbrille gekauft. Ich hatte immer schon eine Schwäche für Doc Martens, und nachdem uns drei Modelle in

Kindergröße zur Auswahl gestanden hatten – schwarz, blau und rot –, hatten wir uns auf die schwarzen geeinigt.

Die Schuhe und ein helles Kleid hatte Emma direkt anbehalten. Die Gummistiefel warf ich in einen Mülleimer.

Bei Frellsen Chokolade aßen wir Softeis mit Zuckerstreuseln und fanden inmitten von Horden grauenhaft geschmacklos gekleideter Touristen sogar einen Sitzplatz am Brunnen vor dem Café Europa.

Emma konnte sich gar nicht sattsehen an einem Jongleur auf einem großen Einrad. Sie hatte immer brav gelacht, wenn ich was Lustiges gesagt hatte, aber als sie sich in den Jongleur auf seinem Einrad verguckte, fing ich an, an ihrem Geschmack in Sachen Unterhaltung zu zweifeln. Okay, der Jongleur hatte eine Melone auf dem Kopf und einen übertrieben großen Zirkusschnurrbart im Gesicht – aber ich wollte mir gar nicht erst ausmalen, was passiert wäre, wenn wir einem Pantomimen begegnet wären.

Offenbar fanden die Grenzer an der Öresundbrücke einen Wagen mit litauischem Kennzeichen nicht verdächtig. Wir wurden jedenfalls nicht rausgewunken, sondern konnten ungehindert wieder heim nach Schweden fahren.

Als ich Emma bei Arne absetzte, fragte er, was ich als Nächstes vorhätte.

»Ich fahr zu dieser Plantage und dann weiter zu den Björkenstams«, antwortete ich.

Allerdings stattete ich zuerst Eva Månsson in Malmö einen Besuch ab und ging mit ihr Kaffee trinken. Sie erwähnte, dass sie tags darauf nur vormittags arbeiten werde und vorbeikommen könne, wenn sie fertig sei.

»Da kannst du auch gleich Linn kennenlernen, die Kollegin aus Helsingborg, die ist echt klasse und ehrgeizig, und es ist wahrscheinlich einfacher, wenn ihr direkt miteinander sprecht und ich nicht immer die Vermittlerin spielen muss. Sollte irgendetwas sein, liegt Helsingborg ohnehin näher.«

»In Ordnung, du weißt am besten Bescheid, genauso machen wir's«, sagte ich.

Auf dem Weg gen Norden über die E6 beharrte das Navi in Andrius' Auto darauf, mir zu erzählen, wie weit es noch bis Vilnius sei.

Diesmal behielt ich sowohl den Rückspiegel als auch sämtliche Abzweigungen im Blick, um sicherzustellen, dass nirgendwo Motorräder lauerten. Ich parkte ein ganzes Stück entfernt von dem Waldweg, der hinauf zu der Plantage führte, und anstatt den Weg und dann den Pfad hinauf zu nehmen, lief ich zwischen den Bäumen und Büschen hindurch auf die große Lichtung zu.

Wenn er richtigliege, so hatte Lars Berglund gemutmaßt, habe sich an derselben Stelle früher einmal ein ziemlich großer Tanzboden mitten im Wald befunden. Und als ich dort in der mystischen Stille stand, konnte ich mir nur zu gut vorstellen, wie es hier früher zugegangen war: Männer und Frauen, Mädchen und Jungen jeden Alters, die zum Tanzen und Musikhören gekommen waren und den Wald förmlich zum Leben erweckt hatten. Der Tanzboden an sich musste genau an derselben Stelle gestanden haben, wo sich jetzt das Gewächshaus mit den Marihuanapflanzen befand.

Es waren wohl andere Zeiten gewesen.

Keine besseren, aber eben andere Zeiten.

Auch damals hatten die Leute daheim Schnaps gebrannt, sich besoffen und geprügelt. Insofern war immer schon alles ähnlich gewesen, nur dass eben der schwarzgebrannte Schnaps inzwischen vom Dope abgelöst worden war.

Auch wenn die Stille mystisch war, fühlte ich mich hier im Wald irgendwie unbehaglich, als bärge er Geheimnisse, von denen Otto Normalbürger keine Ahnung hatte.

Für viele waren ein Grillabend, Wein aus dem Kanister, ein geruhsamer Job und ein Reihenhaus mit Kindern und einer kleinen Töle Sinn und Zweck des Lebens. Für manch andere bedeuteten Sinn und Glück etwas vollkommen anderes. Ich selbst war mir nicht ganz sicher, worin Glück für mich bestand.

In schwachen Momenten kam mir manchmal der Gedanke, dass ich glücklich werden könnte, indem ich mit Bodil und ihrer Tochter Maja eine Art Familie gründete, aber das kam wirklich nur in einsamen Momenten vor, oft mitten in der Nacht, wenn ich alte SMS von ihr las oder mir die Handvoll Nacktbilder ansah, die sie mir mal geschickt hatte. Ich konnte jeden Millimeter ihres Körpers unter meinen Fingerspitzen spüren, möglicherweise war das ja meine Version vom Glück.

Ich war an einer Tankstelle rausgefahren und hatte dort zwei Flaschen Ramlösa gekauft, und nachdem ich das Polizei-Absperrband, das um das Gewächshaus gespannt worden war, angehoben hatte, kippte ich das Wasser über den Stein, den ich dort entdeckt hatte. Als er erst mal nass war, war es verhältnismäßig einfach, die Erde, das Moos und die Flechten runterzuschrubben, die sich dort festgesetzt hatten.

Ich hatte mich nicht getäuscht: in den Stein war eine Art Kranz aus Nazisymbolen eingemeißelt.

Und ein Porträt von Adolf Hitler.

Außerdem drei schwedische Namen.

Bei meinem ersten Besuch in dem Gewächshaus hatte ich nur einzelne Buchstaben erkennen können, aber mithilfe von Arnes Bürste hatte ich sie binnen Sekunden freigelegt und sah drei Namen vor mir:

Anna
Viveca
Bertil

Nachnamen gab es nicht.

Allerdings hatten ausgerechnet diese drei Namen in der Bildunterschrift in dem Artikel gestanden, den Arne im Archiv der *Trelleborgs Allehanda* ausgegraben hatte.

Ganz unten auf dem Stein, quasi schon unter der Erde, stand noch etwas, nur leider saß der Stein so fest, dass ich ihn nicht bewegen konnte. Ich schoss ein paar Fotos, packte dann meine Scheuerbürste und mein Ramlösa zusammen und machte mich wieder auf den Weg.

Ich hatte niemanden gesehen und nichts gehört, trotzdem lief ich auch zurück quer durch den Wald, statt den Trampelpfad und den Weg zu nehmen.

Von einem Moment zum anderen fing es an zu schütten.

Es war, als hätte der Regen für Jahre in den Startlöchern gestanden und nur darauf gewartet, niederzugehen und mal so richtig zu zeigen, wie viel Kraft und Ausdauer so ein offener Himmel hatte, sobald der Startschuss kam.

Das letzte Stück zum Auto rannte ich, und als ich losfuhr, peitschten die Scheibenwischer hin und her wie ein Metronom zum Takt einer Speedmetal-Band, und trotzdem reichte das frenetische Hin und Her nicht aus, um die Windschutzscheibe vom Wasser freizuhalten. Ich fuhr wie in Zeitlupe bis zum Golfplatz bei Familie Björkenstams Schloss oben auf dem Hügel über Solviken. Die Fähnchen flatterten im zusehends heftigen Wind.

Es war Nachmittag und mitten im Sommer, aber so dunkel, dass irgendwer im Haus der Björkenstams Licht eingeschaltet hatte und ein Scheinwerfer den Hof beleuchtete.

Ein schwarzer Mercedes parkte auf dem Hof.

Am Steuer saß ein Mann mit kahl rasiertem Schädel.

Er behielt mich im Blick, so gut es der Regen zuließ, während ich eine Schirmmütze aus dem Handschuhfach angelte, sie aufsetzte und dann vom Wagen aus die Treppe hochrannte und klopfte. Der Mann schaltete sogar die Scheibenwischer ein, um sehen zu können, was ich vorhatte.

Ich hatte kaum die Faust gehoben, als auch schon die Tür aufging und mir ein Mann entgegentrat, den ich auf den ersten Blick wiedererkannte. Er zuckte kurz zurück, um nicht mit mir zusammenzustoßen. Dann traten Viveca und Edward Björkenstam links und rechts neben ihn.

Über dem Eingang war ein kleines Dach angebracht, sodass ich dort einigermaßen trocken blieb, obwohl der immer stärker werdende Wind den Regen vor sich hertrieb. Ich besaß sogar die Geistesgegenwart, das Handy zu zücken und von den dreien eine Bilderserie zu schießen.

Im selben Moment kam der Typ aus dem Mercedes mit einem Regenschirm rübergerannt. »Was zur Hölle soll das werden?«

»Gar nichts«, antwortete ich.

»Handy her!«

»Nichts da«, sagte ich.

»Dann löschen Sie die Bilder.«

»Nichts dergleichen werde ich tun.«

»Nur die Ruhe, Robban«, sagte der Mann, den ich wiedererkannt hatte.

Robban machte einen Schritt zurück, sah mich aber weiter an, als wäre er jederzeit bereit, mich zu Boden zu schicken.

Sein Chef drehte sich um und verabschiedete sich von den Björkenstams. Hinter ihnen war inzwischen noch eine weitere Person aufgetaucht, ein Mann in den Siebzigern, wenn nicht noch älter, der sich auf einen Gehstock mit Silberknauf stützte. Er hatte ein schmales, längliches Gesicht, und sein schlohweißes Haar war akkurat zurückgekämmt.

Auch ihn erkannte ich wieder.

Noch einer von denen, die in Solviken nie grüßten.

Ich war mir ziemlich sicher, dass es sich bei ihm um Bertil

Rasck handelte, den Typen, der in den Sechzigern auf dem Marktplatz in Trelleborg zu den Massen gesprochen hatte.

Der Mann, der sich soeben verabschiedet hatte, hielt mir die Hand entgegen.

»Markus Jihflod, angenehm.«

Ich vermied es, ihm die Hand zu geben.

Jihflod gehörte zu den jüngeren Hardlinern einer Partei, die in Schweden mittlerweile ziemlich stark geworden war und mit dem Wohlstand der Rentner Politik machte, indem sie polterte, die Einwanderer würden ihnen ihr Stück vom Kuchen wegnehmen. Die Partei hatte definitiv rechtsradikale Wurzeln.

Angeblich war es ihr gelungen, den Durchschnittsschweden zu erreichen, dabei konnte man kaum weiter entfernt vom Durchschnittsschweden sein als Jihflod: Er hatte sich das schmalzige Haar zurückgekämmt und einen Scheitel gezogen, der so schnurgerade war wie eine Linie Koks, und es kostete ihn vermutlich mehrere Stunden, seinen Dreitagebart derart nonchalant und natürlich aussehen zu lassen. Die Marke seines Anzugs – samt Zweireiher und Weste – sagte mir rein gar nichts. Er strahlte eine unangenehme Arroganz aus, nur leider wurde sein Bemühen um Eleganz durch seine Schweinsäuglein unterminiert. Jetzt verstand ich auch, warum er so oft eine Sonnenbrille trug, aber nicht mal er hätte in der fast schon nächtlichen Dunkelheit, die der Starkregen mit sich gebracht hatte, eine Sonnenbrille rechtfertigen können. Jihflod war Vorsitzender der Parteijugend und lag in einer Dauerfehde mit dem Parteivorstand, der seiner Ansicht nach zu weichgespült und nicht mehr hinreichend fremdenfeindlich und arisch war. Dass ich ihm nicht die Hand gegeben hatte, schien ihm nichts auszumachen, womöglich war er an so was gewöhnt, er zuckte bloß kurz mit den Schultern und joggte dann unter Robbans Regenschirm auf den schwarzen Mercedes zu.

»Was wollen Sie?«, fragte Edward Björkenstam, nachdem Jihflod vom Hof gefahren war. »Haben wir Sie nicht schon mal davongejagt? Wie kommen Sie darauf, sich hier wieder blicken zu lassen?«

»Ich bin bloß neugierig, ein bisschen mehr über Ihren Background zu erfahren, Frau Björkenstam. Und nachdem ich Jihflod hier gesehen habe, bin ich jetzt natürlich umso gespannter.«

»Wir reden nicht mit Ihnen«, erwiderte Edward Björkenstam.

Ich klickte das Foto an, das ich im Gewächshaus aufgenommen hatte, und hielt ihnen das Handydisplay hin.

»Und was ist das hier? Falls Sie nicht erkennen können, was da steht...«

»Wir sehen, was da steht«, fiel Viveca Björkenstam mir ins Wort, die zuvor distanziert und überheblich gewirkt hatte, jetzt aber sichtlich irritiert und überrascht zu sein schien, nachdem ich ihr das Bild von dem alten Stein gezeigt hatte. »Wo haben Sie das her?«

»Bin quasi darüber gestolpert«, sagte ich. »Ich bin sozusagen dem Duft des Marihuanas gefolgt.«

»Verschwinden Sie«, blaffte Edward Björkenstam mich an.

Von drinnen hörte ich munteres, aufgeregtes Hundegebell, und dann schoss Otto auf mich zu, schnüffelte an mir, und seine Rute peitschte genauso wild hin und her wie vor wenigen Minuten meine Scheibenwischer.

»Klassischer, ehrlicher Journalismus«, sagte ich. »Es kursieren diverse Informationen über Sie, und ich dachte, ich würde gerne Ihre Version hören und Ihnen die Gelegenheit geben, zu dem einen oder anderen Vorwurf Stellung zu nehmen.«

»Im Journalismus gibt es keine Ehrlichkeit.«

Ich trug vor, was ich mit den Jahren schon oft vorgetragen hatte: »Sie müssen mich ja nicht reinlassen, aber es ist ziemlich nass hier draußen, und falls Sie sich nicht äußern möchten, reicht auch mein bisheriges Material aus, um einen Artikel zu schreiben, der sicher landesweit Beachtung finden wird. Nur dass dann eben gewisse Aussagen unwidersprochen bleiben. Das gute alte ›Kein Kommentar‹ macht das Ganze nur verdächtiger.«

»Dann sollten wir ihn wohl mal reinlassen und mit ihm reden«, murmelte Viveca Björkenstam.

»Sicher?«, fragte ihr Mann.

»Mit solchen Leuten bin ich bisher immer fertiggeworden.«

Ihr Lachen klang tatsächlich herzlich.

Edward hatte eine dunkle Hose und ein weißes, nicht ganz zugeknöpftes Hemd an. Viveca Björkenstam hatte ihr Haar zu einem Knoten hochgesteckt und trug ein dunkles Kleid mit einem filigranen Silbermuster und mehr Schmuck, als Tiffany's in seiner New Yorker Auslage hatte. Außerdem hatte sie sich eine graue Strickjacke umgelegt. Otto sprang mir um die Beine, als wir die große, lang gezogene Eingangshalle mit einem beeindruckenden Kronleuchter unter der Decke durchquerten. Auf dem Boden lag ein Teppich, der so dick und weich war wie der Pelz eines Bären nach dem Winterschlaf. Hier und da standen Sessel herum, und an den Wänden hingen ein paar riesige Ölgemälde von Feldherren und Schlachten sowie das großformatige Bild eines Jagdhunds mit einem Vogel im Fang, das mir vage bekannt vorkam.

In einem Zimmer mit offenem Kamin, einem braunen Ledersofa mit drei passendenden Sesseln und noch mehr Gemälden von Krieg, Blutvergießen und Leid ließen wir uns nieder.

Die Fenster gingen hinaus zum Garten, in dem ich Edward Björkenstam dabei erwischt hatte, wie er einen Berg Äste, Zweige und weiß der Teufel was angezündet hatte, obwohl es drumherum trocken wie Zunder gewesen war. Im Augenblick war von dem Garten nicht mehr allzu viel zu sehen, außer dass der Wind durch die Bäume fegte. Draußen war es stockfinster, und Regenwasser lief in Strömen über die großen Fensterscheiben. Der Mann, den ich für Bertil Rasck hielt, hatte mit einem Glas in der Hand, vermutlich Whisky, auf einem Sessel in Reichweite eines silbernen Servierwagens mit einem guten Dutzend Flaschen Platz genommen.

Frau Björkenstam trat an den Kamin und hielt die Handflächen über die prasselnden Scheite. Angesichts all der Preziosen, mit denen sie sich behängt hatte, war ich für einen kurzen Augenblick besorgt, sie könnte kopfüber ins Feuer fallen.

»Wenn man mitten im Sommer den Kamin anheizen muss, stimmt mit der Natur doch irgendetwas nicht«, sagte sie. »Hoffentlich haben wir nicht so ein Wetter, wenn am Wochenende Hafenfest ist.«

Sie drehte sich zu mir um und zeigte auf einen der Sessel.

»Nehmen Sie Platz. Kann ich Ihnen etwas anbieten?«

»Nein danke, alles gut«, antwortete ich und setzte mich.

Viveca Björkenstam setzte sich in die Sofamitte und faltete die Hände im Schoß.

Edward Björkenstam war hinter ihr stehen geblieben.

»Also, was sind das denn nun für grässliche Geschichten, von denen Sie glauben, dass wir sie kommentieren müssten? Jacob, unser Sohn – Sie wissen sicher, wer das ist –, hat erwähnt, dass die Leute sich über uns das Maul zerreißen wie die... Zigeuner. Mein Mann und ich sind aufrechte, respektable schwedische Staatsbürger. In Stockholm pflegen wir Umgang mit dem Königshaus und mit Repräsentanten aus Politik und Wirtschaft, und hier unten organisieren wir das Hafenfest, das ordentlich Geld in die Gemeindekasse spült. Als es dieser Gemeinde wirtschaftlich noch weniger gut ging, waren wir es, die vor ein paar Jahren nach diesem fürchterlichen Orkan die Mehrkosten für den Wiederaufbau des Piers getragen haben.«

»Gudrun«, warf Bertil Rasck von seinem Sessel aus ein.

»Richtig, so hieß er.«
»Ich weiß gar nicht, wo ich anfangen soll«, sagte ich.
»Unser Jacob wird verleumdet, seit er eingeschult wurde. Es scheint fast so, als könnten die Leute – die Schweden im Allgemeinen – es einfach nicht ertragen, dass einige bessergestellt sind als andere. Aber so ist das Leben nun mal. So ist es immer schon gewesen, und so wird es wohl immer bleiben.«
»Wenn ich sämtliche Hinweise aufzählen müsste, die ich zu Ihrer Familie erhalten habe, dann... Also, einer davon lautet, Ihr Sohn habe während einer Kneipenschlägerei in Båstad jemanden tot...«
»Die Sache ist längst verjährt«, fiel sie mir ins Wort. »Es ist nie jemand verhaftet oder angeklagt worden. Jungs sind eben Jungs, die müssen auch mal ausrasten, so was kommt doch in den besten Familien vor.«
»An sich schon«, sagte ich. »Nur dass der Mann, der mir von dem Streit damals erzählte, wenige Stunden, nachdem wir uns unterhalten hatten, umgebracht wurde.«
Viveca Björkenstam lächelte – ein eiskaltes Lächeln, das nicht bis zu den Augen reichte.
»Und was in aller Welt haben wir damit zu tun?«
»Er hat erwähnt, er habe mit Ihrem Sohn gesprochen.«
Sie zuckte mit den Schultern.
»Das ist ja wohl nicht strafbar.«
»Nein, aber...«
»Jetzt hören Sie mir mal gut zu, wie auch immer Sie heißen.«
»Svensson«, sagte ich. »Harry Svensson.«
»Jetzt hören Sie mir mal gut zu, Herr Svensson. Unser Sohn ist ein attraktiver Mann, aber das ist ja wohl kein Verbrechen. Man wird ihn kaum dafür verklagen können, dass die Frauen hinter ihm her sind. Es gibt eine Menge Frauen, die an seinem und unserem Geld interessiert sind, das ist kein Geheimnis und war

schon immer so. Und es hat immer schon Frauen gegeben, die Männer verführt haben, nur um im Nachhinein zu behaupten, sie wären vergewaltigt worden.«

Mit keiner Silbe hatte ich die Frau erwähnt, die Selbstmord verübt und von der mir Georg Grip erzählt hatte.

»Wo immer man den Namen Björkenstam erwähnt, kriegt man zu hören, dass Sie ziemlich gut darin seien, gegen Geld gewisse Vorfälle aus der Welt zu schaffen, die sich zu einem Skandal auswachsen könnten.«

»Was soll dieses Gewäsch?«, kam es von Rascks Sessel.

Edward Björkenstam hatte noch immer nichts gesagt, während seine Frau erwiderte: »Manchmal gibt es keinen anderen Weg, um zu verhindern, dass das eigene Privatleben in der Boulevardpresse breitgetreten wird, obwohl man sich rein gar nichts hat zuschulden kommen lassen. Mitunter ist es das Geld wert, um irgendwelchen Klatschgeschichten zuvorzukommen. Die Leute denken leider viel zu schnell: Wo Rauch ist, da ist auch Feuer. Und diese Sorte Frau hat das genau begriffen. Das ist einer der Nachteile, wenn man wohlhabend ist.«

»Wie viele andere Nachteile gibt es denn?«

Ich bereute augenblicklich, dass ich das gesagt hatte.

Viveca Björkenstam schürzte die Lippen.

»Wenn Sie hier nur sitzen und unverschämt sein wollen, können Sie sofort wieder gehen. Ich habe Ihnen unsere Tür geöffnet, ich habe mich bereit erklärt, Ihre Fragen zu beantworten, und das sollten Sie gefälligst respektieren.«

»Die Pressefreiheit gilt doch nur für Kommunisten«, warf Bertil Rasck von seinem Sessel ein. »Sobald man mit der Wahrheit rauskommt, wird einem der Mund verboten.«

Er kippte den Inhalt seines Glases hinunter und knallte es auf den Beistelltisch.

Ich saß einen Moment stumm da und tat so, als würde ich

nachdenken. Das Feuer knisterte, es klang richtig gemütlich. Otto kam, schnüffelte an meinen Schuhen und legte sich auf meine Füße. Dieser Tag war wie gemacht dafür, dass die ganze Nation die Füße hochlegte.

»Ich hab keine Beweise dafür, aber ich bin davon überzeugt, dass einer von Ihnen mit dem Mord an einem hiesigen Bauern vor rund einem Jahr zu tun hat«, sagte ich.

»Was zum Teufel redet dieser Mann?«

Bertil Rasck war derart erregt, dass ihm beim Sprechen der Speichel aus dem Mund spritzte, und Edward Björkenstam schüttelte resigniert den Kopf.

»Lass dich so von einem kleinen Schreiberling nicht provozieren, Bertil«, sagte Viveca Björkenstam und winkte ab. »Sie sollten jetzt besser gehen, Svensson.«

Ich hatte es überhaupt nicht mitbekommen, aber mittlerweile hatten die beiden Männer, die Edward Björkenstam mit dem Feuer geholfen hatten, das Haus oder besser gesagt das Schloss betreten. In ihren Overalls standen sie in der Tür und gaben sich alle Mühe, furchteinflößend zu wirken.

Ich stand auf und marschierte auf die Tür zu.

Otto lief mir nach.

»Zumindest haben Sie einen netten Hund«, sagte ich.

Ich hätte lieber einen würdigeren Abgang hingelegt, aber das verflixte litauische Auto zickte, und ich musste allen Ernstes rückwärts vom Hof des Schlosses Björkenstam fahren. Erst als ich denselben Weg zurückgelegt hatte, den ich gekommen war, und auch den Golfplatz hinter mir gelassen hatte, gelang es mir, endlich den Vorwärtsgang einzulegen. Nach einem ordentlichen Kavaliersstart konnte ich mich zumindest darüber freuen, dass sie an dieser Stelle garantiert neues Gras würden aussäen müssen.

Jonna hatte über Viveca Björkenstams Nazivergangenheit nichts herausfinden können, aber wenigstens ein halbwegs aktuelles Bild von Bertil Rasck geschickt, das meine Vermutung bestätigte: nämlich dass er es war, der daheim bei den Björkenstams im Sessel gesessen hatte, und dass er es auch war, der sich vor vielen Jahren auf einem Platz in Trelleborg hatte ablichten lassen.

Ich machte einen Abstecher zu Lars Berglund in Lerberget. Natürlich wusste er, wer Bertil Rasck war. »Der wohnt den Sommer über hier unten und pfeffert mit seinen Beiträgen zum Niedergang der schwedischen Gesellschaft die Leserbriefkolumne. Alles die Schuld der Ausländer. Mittlerweile hält er sich allerdings halbwegs damit bedeckt, wen genau er mit den ›Ausländern‹ meint. Ich hab nie einen seiner Leserbriefe abgedruckt, und das Ganze gipfelte dann vor zwei Jahren in einem handgeschriebenen Brief, in dem er behauptete, ich sei Jude oder werde zumindest am Gängelband der jüdischen Medienmafia geführt. Außerdem wäre er nicht überrascht, wenn sich herausstellte, dass ich obendrein eine homosexuelle Veranlagung hätte.«

»Netter Mensch«, sagte ich. »Eine Researcherin namens Jonna, die mir derzeit hilft, hat mir einen Artikel aus der *Expo* geschickt, in dem steht, dass Rasck diese ausländerfeindliche Partei großzügig unterstützt. Und vor drei Jahren stand in der *Expo*, dass Bertil Rasck bei mehreren Gelegenheiten den Holocaust geleugnet habe.«

»Im selben Jahr«, ergänzte Berglund, »als ich besagten handgeschriebenen Brief bekam, ließ der Chefredakteur verlautbaren, dass es für eine liberale Zeitung wie unserer wichtig sei, der ganzen Bandbreite an Ansichten gerecht zu werden, insofern ... Ich weiß nicht, aber vielleicht hat er da ja versucht, Einfluss zu nehmen, womöglich teilen die beiden auch gewisse Naziüberzeugungen. Wenn ich mich richtig erinnere, hat er außerdem mehrmals an die Gemeindeverwaltung geschrieben und dort gefordert, Personen jüdischer Abstammung den Einfluss zu verwehren.

Das war alles so verrückt, dass ich Rasck nie ernst genommen habe, aber wie sich jetzt zeigt, war das womöglich falsch.«

»Wie gesagt, netter Mensch.«

»Hat Ihre Researcherin denn irgendetwas Konkretes über die Björkenstams gefunden?«

Ich schüttelte den Kopf.

»Und haben Sie mal über eine Sache nachgedacht?«

»Was meinen Sie?«

»Könnte es nicht sein, dass die Björkenstams via Rasck Geld in diese Partei pumpen? Da kassiert er die Schelte, wenn denn überhaupt von Schelte die Rede sein kann. Diese Aasgeier werden ja langsam salonfähig und stehen in ihren potthässlichen Volkstrachten dem Königspaar Spalier. Rasck ist Kritik so sehr gewöhnt, dass sie von ihm abperlt, während der Name Björkenstam nach wie vor blütenrein ist.«

»Mag sein«, sagte ich, wusste allerdings nicht recht, was ich glauben sollte.

Es klang, als würde ihr Mann unten in der Küche irgendetwas zerschlagen. Sie wartete ab, bis er sich wieder beruhigt hatte, bevor sie nach unten ging und fragte: »Was ist passiert?«

Sie hatte ihn schon lange nicht mehr so aufgewühlt erlebt, womöglich noch nie. Sein sonst so ordentlich frisiertes Haar stand zu Berge, auf der Stirn glänzten Schweißtropfen, und aus seinem Blick sprach reine Panik.

»Golovin«, sagte er nur.

»Was ist mit ihm?«

»Er kommt nicht.«

Sie wusste, dass für eine groß angelegte Feier in Mölle eingekauft worden war, während ihre Schwiegereltern gleichzeitig in Solviken das Hafenfest ausrichteten.

Und sie hatte auch gewusst, dass Golovin nicht kommen würde. Das hatte in der E-Mail gestanden.

»Und warum nicht?«, fragte sie.

»Keine verdammte Ahnung – dieser unmögliche Sekretär hat angerufen und einfach ausrichten lassen, dass er den Besuch absagen will. Anscheinend liegt er mit seinem Scheißboot in Kopenhagen.«

Auch das hatte sie bereits gewusst.

»Den ganzen verdammten Scheiß ...«

»Was?«

»Er hat den ganzen verdammten Scheiß abgesagt.«

Dann verschwand er hinaus in den Garten, und sie hörte nur mehr, wie ein Auto angelassen wurde und davonfuhr. Sie sah sich in der Küche um, es schien zwar nichts kaputt zu sein, aber die Küchenstühle lagen kreuz und quer am Boden. Draußen schüttete es noch immer. Trotzdem beschloss sie, einen kleinen Spaziergang zu machen.

Eva Månsson rief an und erzählte, dass ein Kollege aus Helsingborg, der in Sachen Biker-Gangs ermittelte, angedeutet habe, es könne zu einer Auseinandersetzung zwischen den Szeneneulingen Dark Knights und den alteingesessenen Hells Angels und Bandidos kommen.

Außerdem hatte er erzählt, dass ein Dark-Knights-Mitglied bei einem Verkehrsunfall ums Leben gekommen sei. Sein Kompagnon liege im Krankenhaus in Helsingborg im Koma. »Er glaubt nicht, dass die beiden sich ineinander verhakt haben und sonst niemand beteiligt war. Er glaubt, es hat noch eine dritte Person gegeben.«

»Hm.«

»Er glaubt, irgendwer aus einer anderen Gang habe die ganze Sache so arrangiert, dass es nach einem simplen Unfall aussah.«

»Hm.«

»Er meint, die alten Gangs seien im Großen und Ganzen nur daran interessiert, möglichst schnell Geld zu verdienen und ganz allgemein Unruhe zu stiften, während die Dark Knights darüber hinaus ausländerfeindliche Tendenzen aufwiesen, die an Rechtsradikalismus grenzten.«

»Aha«, sagte ich, um mal was anderes zu sagen.

»Außerdem hat er erzählt, dass derjenige, der überlebt hat, zwei Pistolen in den Stiefeln hatte – eine auf jeder Seite.«

Nachdem wir aufgelegt hatten, fuhr ich zu Andrius Siskauskas. Mein schlechtes Gewissen angesichts des Unfalls war mit einem Mal wie weggefegt. Immerhin hätte es ja doch genauso sein können, wie ich es mir eingebildet hatte. Diese Biker waren doch selber schuld. Womöglich hatten sie den Auftrag gehabt, mich aus dem Weg zu räumen, vielleicht hätten sie mich auch nur einschüchtern sollen, mir vielleicht auch eins überbraten, vielleicht hatte einer von den beiden Oskar Helander erschossen, aber darauf zu schließen, dass zwei Dark-Knights-Mitglieder einen kleinen oder auch größeren Drogendealer umgebracht hätten, nur weil sie hinter mir her gewesen waren, war womöglich doch ein bisschen sehr weit hergeholt, auch wenn sie den Drogenhandel in Helsingborg unter ihre Kontrolle bringen wollten. Verdächtiger war allerdings, dass sie just in dem Moment aufgetaucht waren, als ich den Björkenstams einen kleinen Besuch abgestattet hatte, wobei das – wenn sie tatsächlich irgendeine Verbindung zu den Neonazis hatten – letzten Endes nicht allzu verwunderlich war. Der Background der Björkenstams und der derzeitige Bekanntenkreis der Familie waren von meiner Warte aus betrachtet schließlich mehr als zweifelhaft.

Dass ich trotzdem ein schlechtes Gewissen hatte, lag einzig und allein daran, dass ich Eva Månsson nicht die ganze Wahrheit gesagt hatte.

Auf Andrius Siskauskas' Hof wurde gerade ein Rasenmäher von einem Schlepper geladen, der die Zufahrt fast völlig blockierte. Ich ließ den Wagen ein Stück entfernt stehen und lief den Rest des Wegs zu Fuß.

»Mit so einem kannst du aber keinen normalen Garten mähen«, rief ich und zeigte auf den Rasenmäher, der aussah wie ein Panzer aus dem Zweiten Weltkrieg.

»Damit geht alles weg, man darf nur nicht zu viele Sträucher und Zeug im Garten haben«, entgegnete Andrius.

Er hatte sich eine eigenartige Zipfelmütze aufgesetzt. Ich kommentierte sie nicht weiter, sagte aber: »Gibt's was Neues von der Klinik?«

»Wurde nicht reingelassen. Hab den Traktor vorn geparkt, bin zur Tür gelaufen, und als eine Frau aufgemacht hat, hab ich ihr erzählt, ich hätte meine Wasserflasche daheim stehen lassen, und hab gefragt, ob ich kurz reinkommen und etwas trinken dürfte.«

»Und, durftest du?«

»Sie hat mich nur angestarrt und dann die Tür zugeschlagen. Kam zurück mit einem Glas Wasser in der Hand. Dann hat sie gewartet, bis ich vor der Tür ausgetrunken hatte, hat das Glas genommen und ist wieder reingegangen. Sie hat kein Wort zu mir gesagt.«

»Und du hast nicht zufällig etwas gesehen?«

»Was?«

»Keine Ahnung, Andrius – was Auffälliges, irgendwas, was nicht ganz stimmt. Irgendwas, was dir verdächtig vorkam.«

Er schüttelte den Kopf.

»Da sind zwei kleine Hügel hinter dem Haupthaus, die man nicht mähen kann. Sie sehen aus wie Gräber, vielleicht von alten Haustieren, Hunden, Katzen oder Kaninchen, die gestorben sind. In Schweden hat man mehr Mitleid mit Tieren als mit Menschen.«

»Kann sein«, sagte ich.

»Wie lief's mit dem Auto?«, fragte Andrius.

»Vorwärts lief's gut, aber mit der Schaltung hatte ich so meine Probleme, mit dem Rückwärtsgang und auch mit dem Anlasser.«

»Der läuft auf litauischer Batterie«, erklärte er, und sowohl er als auch seine beiden Jungs brachen in schallendes Gelächter aus. Immerhin hatte es inzwischen aufgehört zu regnen.

»Das Wasser, das sie mir gebracht hat, war nicht einmal kalt«, brummte Andrius, als er endlich aufgehört hatte zu lachen.

Ich kehrte heim nach Solviken, holte die Post, schmierte mir in der Restaurantküche ein Brot, lief dann hoch auf meine Veranda und blätterte die Zeitungen durch, die ich gekauft hatte.

Ich war müde.

Ich wusste nicht, was ich als Nächstes tun sollte.

Ich hatte eine Menge über eine gewisse Familie Björkenstam in Erfahrung gebracht, war aber immer noch meilenweit davon entfernt zu wissen, was mit Emma passiert war. Lange hatte sie kein Wort gesagt, und jetzt, da sie endlich angefangen hatte zu reden, wollte ich nicht den Eindruck erwecken, sie einer Befragung zu unterziehen. Lieber wollte ich behutsam vorgehen. Ich wusste lediglich, dass ihr Vater ermordet worden war und dass sie beim Anblick von Jacob Björkenstams Foto eine Sterbensangst bekommen hatte.

Ich hatte Jacob Björkenstams Eltern mit dem Fall konfrontiert und ein paarmal mit seiner Frau gesprochen.

Vielleicht sollte ich mich endlich mit ihm persönlich auseinandersetzen.

Warum hatte ich das nicht längst getan?

Weil ich Angst hatte, dämmerte es mir.

Möglicherweise würde ich dafür einen Leibwächter brauchen oder eine Art Helfershelfer.

Eva Månsson konnte ich diesbezüglich nicht um Hilfe bitten.

Vielleicht sollte ich Andrius Siskauskas und ein paar seiner Jungs fragen.

Keine Ahnung. Irgendwie konnte ich mich zu nichts durchringen.

Ich blätterte weiter die Zeitungen durch.

In der Lokalzeitung stand, dass der Bettler vom Systembolaget einen Tritt gegen den Kopf bekommen hatte und im Krankenhaus gelandet war. Ein Polizeisprecher hatte verlautbart, man wisse, wer der Täter sei, habe ihn aber bislang nicht dingfest machen können.

In einem Kommentar dazu äußerte sich Markus Jihflod, der junge Politiker, den ich bei den Björkenstams getroffen hatte, dass es an der Zeit sei, der ganzen Bettelei im Land ein Ende zu setzen.

Dass eine Gewalttat begangen worden war, erwähnte er mit keiner Silbe.

Er könne den Frust der schwedischen Bevölkerung angesichts dieser Situation gut nachvollziehen, schrieb er und forderte, das ganze Bettlerpack außer Landes zu verweisen.

Auf dem Bild von ihm, das in der Zeitung abgedruckt worden war, konnte man im Hintergrund den Glatzkopf sehen, der versucht hatte, mein Handy zu konfiszieren, den Typen, den Jihflod Robban genannt hatte.

Unter dem Artikel war ein Veranstaltungshinweis abgedruckt. Das Hafenfest in Solviken – das hatte ich schon ganz vergessen.

In der Annonce hießen Edward und Viveca Björkenstam die Besucher des Fests willkommen. Am Samstagnachmittag werde ein Flohmarkt stattfinden, es gäbe Brottorte und am Abend Tanzmusik. Eine Kapelle sollte auftreten, von der ich noch nie gehört hatte. Sonntags dann wäre Markt, es gäbe »leichte Unterhaltung« und Garnelen direkt vom Boot.

Ich rief die Webseite der Lokalzeitung auf.

Ganz zuoberst fand ich eine Kurzmeldung über den Motorradfahrer, der den Unfall, bei dem sein Kumpel gestorben war, zunächst überlebt hatte und der nun im Krankenhaus in Helsingborg seinen Verletzungen erlegen war.

Einem Sprecher des Krankenhauses zufolge waren seine Verletzungen nicht lebensbedrohlich gewesen. Dass er nun doch gestorben war, sei sowohl überraschend als auch unerwartet gewesen. Eine Krankenpflegerin habe ihn während der Routinerunde vor dem Abendessen tot in seinem Bett aufgefunden.

Ich schämte mich nicht mal für den Gedanken, dass mich jetzt niemand mehr mit dem Unfall in Verbindung bringen konnte. Zwei Männer waren ums Leben gekommen, und in gewisser Hinsicht hätte man womöglich behaupten können, dass ich ihren Tod mit herbeigeführt hatte oder zumindest mit dafür verantwortlich war.

Eine Bekannte von mir sagt immer, ich würde »immer so durchs Leben schlenzen«. Obwohl ich natürlich jedes Mal protestiere und das Gegenteil behaupte, hat sie nicht ganz unrecht, wie ich insgeheim zugeben muss, zumal man das Wort »schlenzen« auch nicht jeden Tag zu hören kriegt.

Ich hatte das Gefühl, in letzter Zeit das meiste in den Sand gesetzt zu haben. Jonna war mir mit ihrer Recherche eine großartige Hilfe gewesen, was mein schlechtes Gewissen angesichts der Art und Weise, wie ich sie vor ein paar Jahren behandelt hatte, umso schlimmer machte. Schluss machen war noch nie meine Stärke gewesen.

Wenn ich irgendwas im Sande verlaufen ließ, wurde es mir als Zögerlichkeit ausgelegt, und wenn ich darauf hoffte, so den potenziellen Trennungsschmerz zu lindern und die Tränen zum Versiegen zu bringen, machte ich alles nur noch schlimmer und hinterließ am Ende bloß einen Scherbenhaufen. Eine frühere Nachbarin von mir, eine ältere Dame, hatte gerne eine Redewendung gebraucht, nach der ich versuchte zu leben. Wann immer sie mit einem größeren Problem konfrontiert gewesen war, hatte sie gesagt: »Das wird sich schon irgendwie regeln. Und wenn nicht, geht es trotzdem irgendwann vorbei« – eine Lebensphilosophie, die man genauso gut als Nonchalance bezeichnen konnte. Im Grunde hatte ich nie wirklich Verantwortung übernommen, weil ich ja doch immer ein Hintertürchen gehabt hatte, und aufgrund dieses Hintertürchens saß jetzt beispielsweise Jonna mit Mann und zwei Kindern in einem Haus im Stockholmer Hinterland, obwohl sie genauso gut ... *Now you're married with a kid, when you could be having fun with me...* War das nicht irgendein Lied?

Ich ging nach drinnen, fuhr den Rechner hoch, schickte Jonna eine Mail und bedankte mich in aller Form für ihre Hilfe bei der Recherche. Und ich fragte sie nach ihrer Kontonummer.

Ich hatte noch ein bisschen von dem Geld übrig, das ich vor einem knappen Jahr aus dem Versteck des »Spanking-Mörders« hatte mitgehen lassen, und ich hatte mir vorgenommen, ihr fünfundzwanzigtausend Kronen zu überweisen.

Jonna ging mir einfach nicht mehr aus dem Kopf.

Ich war mit dieser Biker-Gang, mit Emma, einem toten Hund, einem toten Dealer und einer mehr oder weniger kriminellen Familie, die einen der respektabelsten Namen in ganz Schweden trug, derart beschäftigt gewesen, dass ich an kaum was anderes hatte denken können. Doch als ich jetzt eine Weile dagesessen hatte und die E-Mail noch mal überflog, die ich zuvor verfasst hatte, musste ich mir eingestehen, dass ihre letzte Antwort – »Kommst du dann her und legst mich übers Knie?« – etwas in mir geweckt hatte, worüber ich schon lange nicht mehr nachgedacht oder überhaupt einen Gedanken daran verschwendet hatte. In ihrer letzten Mail an mich hatte Jonna geschrieben:

> Musst ja nicht wieder so viele Jahre verstreichen lassen,
> bis du dich das nächste Mal meldest.

Na prima.

Und wie war das bitte zu verstehen?

Ein sich näherndes Donnern riss mich aus den Gedanken.

Erst dachte ich, es würde gewittern, doch draußen war nicht eine einzige dunkle Wolke am Himmel zu sehen, und sehr bald war mir klar, dass es sich um Motorradlärm handelte.

Lärm von mehr als einem Motorrad.

Ich lief raus und bis zur Giebelseite des Hauses und zählte die Maschinen, die zum Hafen runterdonnerten und dann auf den Wendeplatz einbogen, ehe sie unterhalb des Lokals stehen blieben und fast den ganzen Hafen blockierten.

Ich kam auf zweiundzwanzig Maschinen. Anscheinend alle von derselben Marke.

Der Lärmpegel war dermaßen hoch, dass es mir in den Ohren rauschte, während sie einer nach dem anderen die Motoren abstellten.

Die Fahrer trugen samt und sonders blaue oder schwarze Jeans, schwere Stiefel, unterschiedlichste Helme, T-Shirts und Westen mit einem Logo auf dem Rücken, manche hatten lange Haare, andere kurze, zumindest was den Haar- und Bartwuchs anging, gab es also wenig Gemeinsamkeiten.

Eine Sache hatten sie jedoch gemein: Auf ihren Westen stand Dark Knights.

Die Situation erinnerte mich an eine Szene aus einem alten Western: Die Schurken waren soeben in die Stadt eingeritten und ballerten ein paarmal in die Luft, bevor sie von den Pferden stiegen, den Saloon betraten und sich etwas zu trinken bestellten, vorzugsweise Whisky.

Nur dass es hier keinen Saloon gab, hier gab's nur unser Solvikener Restaurant, und es ballerte auch keiner in die Luft, allerdings traten diese Biker wie so viele Männer auf, die im Pulk unterwegs waren, seien es Biker-Gangs, Fußballhooligans oder wer auch immer sich im Schutz der Herde unbesiegbar fühlte: Sie liefen laut grölend die Treppe zu unserem Lokal hoch und führten sich auf, als gehörte ihnen die ganze Welt.

Bis sie oben ankamen, hatte ich mich schon wieder zurückgezogen und stand jetzt hinter einem Pfeiler auf meiner Veranda, während Simon Pender versuchte zu überblicken, wie und wo sie Platz nahmen. Sie setzten sich, wo es ihnen gerade passte, und zwei von ihnen traten hinter die Bar und fingen auf der Stelle an, eigenmächtig Bier zu zapfen.

Sie nahmen sich, was ihnen gerade in den Sinn kam, liefen in die Küche und bedienten sich und betraten die Fischbude und schaufelten händeweise geräucherte Garnelen auf Baguettes.

Ob ich bloß feige war oder vielmehr strategisch dachte, hätte ich nicht sagen können, jedenfalls zog ich mich mucksmäuschenstill in mein Haus zurück, schloss die Tür hinter mir ab und spähte vorsichtig durchs Küchenfenster. Mir war nicht ganz klar, ob sie nur meinetwegen hier in unser Restaurant gekommen waren, aber es hätte mich zumindest nicht verwundert.

Dann plötzlich fingen drei von ihnen an, eine junge Bedienung namens Ida hin- und herzuschubsen. Ida kreischte und versuchte, sich zu wehren, als sie ihr in die Bluse und unter den Rock griffen. Damit war die Grenze überschritten. Niemand bekam mit, dass ich aus dem Haus und durch den Hintereingang in die Kneipe schlich. Im vergangenen Jahr hatte ich noch einen Golfschläger gehabt, aber der hatte mittlerweile ausgedient und war in Simons Besitz übergegangen. Ich lief an der Küche vorbei, wo Simon dastand wie gelähmt, betrat sein Büro und schnappte mir den Schläger, den er dort zu seiner Verteidigung als Waffe aufbewahrte.

Auf direktem Weg lief ich hinaus zur Fischbude, wo einer der Männer inzwischen Idas Rock hochgezogen hatte und ein anderer versuchte, ihr den Slip runterzuziehen.

Er kam nicht allzu weit, weil Simon Penders Golfschläger ihn hart am Arm traf und der Mann daraufhin brüllend zu Boden ging. Der Typ, der Ida festgehalten hatte, ließ sie los und wirbelte zu mir herum, allerdings auch nur so weit, bis der Goldschläger ihn in die Kniekehlen traf.

An den Tischen wurde es schlagartig still.

Ida rückte sich die Klamotten zurecht, rannte in Richtung Hafen und dann weiter auf die Straße.

Die zwei, die ich mit dem Golfschläger erwischt hatte, lagen immer noch am Boden und greinten vor sich hin.

Die anderen ließen Essen und Bier links liegen, standen auf und stellten sich in einem Halbkreis vor mir auf.

Der weiße Ritter, dachte ich noch, warum hatte ich mal wieder den verdammten Ritter spielen müssen?

Ich hoffte inständig, dass Simon gerade die Polizei alarmierte, allerdings würde es eine Ewigkeit dauern, bis die hier ankäme.

Die übrigen Gäste waren aus dem Restaurant getürmt, sobald die Biker-Gang hier aufgetaucht war, manche waren inzwischen aus Solviken geflüchtet, andere spähten immer noch neugierig vom Pier und von den Anlegern herauf.

Ein Mann mit schulterlangem Haar und einem Hemd mit Iron-Maiden-Aufdruck trat nach vorn und baute sich vor mir auf.

Für ein Biker-Gangmitglied hatte er einen erstaunlich gepflegten Bart. Er kniff die stechenden Augen zusammen.

»Hier steckst du also, Svensson«, sagte er. Ich meinte, einen dänischen Einschlag in seiner Aussprache wahrzunehmen.

Ich antwortete nicht.

»Wir sind uns bislang nicht begegnet, ich hab nur von dir gehört«, fuhr er fort.

Auch darauf erwiderte ich nichts.

Ich versuchte auszurechnen, wie viele von diesen Typen ich unschädlich machen könnte, ehe ich selbst überwältigt werden würde.

Ich konnte sie an einer Hand abzählen.

»Freunde von mir behaupten, du wärst ein verdammt nerviges Stück Scheiße«, sagte er.

»Ihr hattet keinen Grund, über die Bedienung herzufallen«, sagte ich.

»Die Jungs wollten bloß wissen, wie sie aussieht, außerdem

war es ein guter Trick, um dich aus deinem Loch zu locken«, sagte er und lachte.

Die anderen, die sich hinter seinem Rücken aufgestellt hatten, stimmten augenblicklich mit ein.

Er drehte sich zu ihnen um.

»Was meint ihr, kriegt er seinen Golfschläger zu spüren, oder schleifen wir ihn lieber ein Stück hinter dem Bike her?«

Kein Zweifel, dass er mich lieber hinter einem Bike herschleifen wollte.

Wenn einer nach dem anderen auf mich zugekommen wäre, hätte ich vielleicht noch eine Chance gehabt. Da sie sich jedoch alle auf einmal auf mich stürzten, brachte es auch nichts, dass ich mit meinem Golfschläger noch zwei, drei schöne Treffer landete. Einer handelte sich eine blutige Nase ein, ein anderer presste sich die Hand vor den Mund, aber alles in allem waren es zu viele, und im Handumdrehen hatten sie mich zu Boden geworfen, meine Hände gefesselt und schleppten mich die Böschung unterhalb der Fischbude hinab auf eins der geparkten Motorräder zu.

Auf halber Strecke ließen sie mich fallen, sodass ich mit dem Gesicht voran und ungebremst im Schotter landete.

Ich rollte mich zur Seite und sah noch, wie sie auf ihre Bikes stiegen und die Motoren anließen.

Bevor er losfuhr, rief der Mann, der offenbar der Anführer war, in meine Richtung: »Mit dir sind wir noch nicht fertig, Svensson.«

Wieder mit dänischem Einschlag.

In weniger als einer Minute war der Hafenvorplatz leer.

Keine Ahnung, wie die zwei auf ihre Maschinen gekommen waren, aber sowohl der Typ, dem ich vermutlich den Arm zertrümmert, als auch derjenige, den ich in den Kniekehlen erwischt hatte, war verschwunden, und das Gleiche galt für den Typen mit der blutenden Nase.

Während des ganzen Tumults hatte ich gar nicht mitbekommen, dass Fischer-Bosse unten im Hafen gewesen war, doch jetzt kam er die Böschung raufgesprintet, ging neben mir in die Hocke und schnitt mir mit einem Messer, auf dem noch Schuppen schimmerten, die Hände los.

»Was zum Teufel war da gerade los, Harry?«, fragte er mich, und ich antwortete: »Keine Ahnung.«

»Bist du verletzt?«

»Nein, fühlt sich nicht so an.«

»Hast du Schmerzen?«

»Nein, auch nicht«, sagte ich.

»Du hast einen Kratzer auf der Wange«, stellte er fest.

»Und Schotter zwischen den Zähnen.« Ich spuckte aus.

Ich legte Fischer-Bosse den Arm um die Schulter. Als wir zurück zum Restaurant liefen, drehte ich mich noch mal um und sah hinab zum Hafen. Dort unten stand vielleicht ein Dutzend Gaffer, die hier- und dorthinzeigten und wild diskutierten. Ganz hinten stand eine Frau mit einem angeleinten Jack Russell. Sie trug eine einfarbige Strickjacke mit Kapuze und starrte angestrengt in eine andere Richtung, raus übers Wasser, aber als sie kurze Zeit später einen Anleger entlanglief, um zurück zur Hauptstraße zu kommen, war ich mir sicher, dass es sich um Viveca Björkenstam handelte.

Ich hätte zu ihr rüberrufen oder ihr nachlaufen können.

Ich hätte auch Otto rufen oder herbeipfeifen können.

Ich tat nichts dergleichen.

Auch wenn ich keine Schmerzen hatte, stand ich vermutlich unter Schock.

Die Frau hätte ich gerade nicht ertragen können.

Als wir vor dem Lokal ankamen, stellte Simon Pender mir die gleiche Frage wie Minuten zuvor Fischer-Bosse: »Was zum Teufel war da gerade los, Harry?«

Und wieder antwortete ich: »Keine Ahnung.«

Ich wusch mir das Gesicht, spuckte ein paar letzte Steinchen aus und fragte: »Simon, hast du die Polizei gerufen?«

»Nein, daran hab ich gar nicht gedacht.«

»Auch egal«, erwiderte ich. »Es hätte sowieso zu lange gedauert, bis sie hier gewesen wäre.«

»Hast du die gekannt?«

Ich schüttelte den Kopf.

»Aber sie waren hinter dir her.«

»Das waren deine Gäste«, entgegnete ich. »Du lässt sie rein und bedienst sie, obwohl man sie nicht unter Kontrolle kriegt, ich dachte, du würdest irgendwann rauskommen und das Kommando übernehmen.«

»Die kannte ich nicht, und mit den Hells Angels hatte ich nie Probleme, das hab ich doch erzählt.«

Trotzdem sah er leicht beschämt aus.

»*Same same but different*«, gab ich zurück. »Und auch wenn ich dir egal bin, hättest du zumindest Ida helfen müssen.«

Während Simon, die zweite Bedienung und eine junge Spülhilfe mit Irokesenschnitt anfingen, hinter den Dark Knights herzuräumen, goss ich mir einen ordentlichen Calvados ein.

Sie waren hinter dir her – ja, das stimmte wohl.

Ich hatte das Glas halb geleert, als mein Handy klingelte.

Es war Lars Berglund aus Lerberget.

»Der Hof steht in Flammen.«

»Wovon reden Sie?«

»Der alte Dahlström-Hof brennt«, sagte er.

»Welcher Hof?«

»Der Hof von Emmas Vater. Wo das Mädchen mit seiner Mutter und dem Vater gewohnt hat. Ich wusste das nicht, aber diese Biker-Gang... diese Dark Knights haben den Hof in den letzten Monaten als Hauptquartier genutzt.«

»Das erklärt, warum sie so schnell von der Bildfläche verschwunden sind.«

»Wer?«

»Erklär ich Ihnen später.«

»Fahren wir hin?«, wollte er wissen.

»Warum eigentlich nicht?«

Wir wussten beide nicht genau, wie man zu dem Hof gelangte, trotzdem war es verhältnismäßig einfach, ihn zu finden: Die Flammen und der Rauch waren ein besserer Wegweiser als mein Vilnius-Navi.

Die Feuerwehr hatte die Zufahrt gesperrt. Trotzdem hatte sich inzwischen eine Menge Schaulustiger eingefunden, die neugierig beobachteten, was dort vor sich ging. Es schien nicht allzu gut voranzugehen, wer immer diesen Brand gelegt hatte, hatte ganze Arbeit geleistet.

Ich hatte meinen Presseausweis nicht dabei, Lars Berglund schon, und nach einer Weile schaffte er es tatsächlich, ein paar Worte mit einem Feuerwehrmann zu wechseln, der felsenfest davon überzeugt war, dass es sich hierbei um Brandstiftung und bei den Tätern höchstwahrscheinlich um gegnerische Biker handelte, die die Dark Knights loswerden wollten.

»Als wir ankamen, war hier keine Menschenseele mehr, allerdings haben ein paar Anwohner erzählt, sie hätten Motorräder gehört, bevor das Feuer ausgebrochen ist, und dann ist wohl eine größere Dark-Knights-Fraktion hier vorgefahren und hat quasi augenblicklich wieder kehrtgemacht«, erzählte er.

Er hatte den Helm abgenommen und wischte sich den Schweiß von der Stirn.

»Wir können hier nicht viel ausrichten«, fuhr er fort. »Eigentlich nur sicherstellen, dass das Feuer sich nicht ausbreitet.«

Da nirgends in der näheren Umgebung andere Gebäude standen, war mir nicht ganz klar, was er meinte. Wahrscheinlich sagten Feuerwehrmänner solche Sachen, um überhaupt etwas zu sagen.

Berglund machte sich auf den Weg und sprach ein paar Gaffer an, während ich das Gefühl hatte, dass es hier nichts mehr zu tun gab.

Für die Dark Knights tat es mir nun wirklich alles andere als leid, allerdings machte ich mir allmählich Gedanken, wie ich Emma erklären sollte, dass ihr Elternhaus drauf und dran war, bis auf die Grundmauern niederzubrennen.

Sobald ich wieder in Solviken war, rief ich Eva Månsson an, und sie versprach, sich sofort mit Helsingborg in Verbindung zu setzen.

Als Nächstes erzählte ich Arne, was vorgefallen war.

Allerdings erzählte ich ihm nicht alles. Die Drohung, mich hinter einem Motorrad herzuschleifen, behielt ich lieber für mich.

Simon kam rüber und berichtete, dass Ida mittlerweile die Polizei verständigt hatte und dass auch gleich ein Streifenwagen vorbeigekommen war.

»Allerdings gab es nicht mehr viel für sie zu tun«, sagte er. »Das einzig Interessante war eigentlich, dass der Beamte, der sich mit mir unterhalten hat, erwähnte, dass er schon mal hier gewesen sei. Im letzten Sommer. Als sie die Dieseldiebe gesucht haben.«

»Na ja, weißt du, da steht ein ganzer Hof in Flammen, nur deshalb ist die Gang so schnell hier abgerückt. Die Dark Knights. Der Hof war wohl ihr Hauptquartier.«

Dann teilte ich ihm mit, dass ich mich hinlegen müsse, weil ich erschöpft sei.

Ich war schon fast an meiner Tür, als Simon mir nachrief: »Weißt du, wie der hieß?«

»Wer?«

»Der Polizist.«

»Nein, wie sollte ich?«
»Laxgård.«
»Laxgård?«
»Komischer Name, was?«, sagte Simon.
»Irgendwie muss er ja heißen«, antwortete ich. »Wie geht's Ida?«
»Die ist total verstört. Die taucht hier nicht mehr auf.«
Das konnte ich gut verstehen.

Auch ich wäre am liebsten abgehauen und hätte gewisse Ereignisse, die ich mir nicht erklären konnte, und diverse Personen, die mir nicht geheuer waren, ganz einfach hinter mir gelassen. Letztlich musste ich sogar den Hells Angels dankbar sein, weil sie mich indirekt davor bewahrt hatten, hinter einem Motorrad hergeschleift zu werden.

Als ich mich endlich hingelegt hatte, fiel mir wieder ein, dass dieses Lied – über das Ausgehen und Spaßhaben, statt mit einem Kind daheim zu sitzen – von den Specials war.

Ein bisschen Denksport hatte noch nie geschadet.

VII

Samstag

Auch an diesem Morgen lag neben ihr niemand im Bett, doch als sie aufstand und ans Fenster trat, konnte sie Stimmen hören, genau wie tags zuvor, nur dass sie diesmal nicht von der Terrasse kamen, sondern anscheinend aus der Küche.

Und genau wie tags zuvor klangen die Stimmen ziemlich aufgeregt. Es war immer noch warm draußen, allerdings war der Himmel bewölkt. Als sie im Morgenrock die Treppe runterlief, stellte sie fest, dass es sich sogar um dieselben Stimmen handelte. Sie verstummten, sobald sie die Tür zur Küche öffnete.

»Guten Morgen.«

Niemand antwortete.

Dann stand ihr Schwiegervater auf, ging an ihr vorbei und verließ das Haus, ohne ein einziges Wort zu ihr zu sagen. Ihr Mann und ihre Schwiegermutter waren sitzen geblieben. Der Hund der Schwiegermutter wedelte, lief auf sie zu, schnüffelte und leckte ihr übers Bein.

»Was ist los?«, fragte sie. »Ihr seid so... ich weiß auch nicht...«

»Das Gleiche könnten wir dich fragen«, sagte die Schwiegermutter.

Sie stand auf und schob den Stuhl unter den Küchentisch. Ihre Dauerwelle lag wie immer perfekt, sie trug eine karierte Bluse, die bis zum Hals zugeknöpft war, dunkelblaue, enge Jeans und an den Händen derart viele Ringe und Armreife, dass sie schier in die Knie zu gehen schien, als sie aufstand.

»Was willst du damit andeuten?«

»Das weißt du ja wohl selbst am besten«, gab die Schwiegermutter zurück.

»Nein, ich weiß es wirklich nicht«, entgegnete sie irritiert. »Das ist jetzt schon der zweite Morgen, an dem ihr hier sitzt und euch streitet...«

»Wir haben diskutiert«, unterbrach die Schwiegermutter sie.

»...und ihr hier seid und ich nicht weiß, worüber ihr euch auslasst und was vorgefallen ist.«

»Frag du sie, Jacob.«

Ihr Mann hatte die ganze Zeit stumm dagesessen, doch jetzt ergriff er das Wort.

»Harry Svensson. Sagt dir der Name etwas?«

Sie zuckte regelrecht zurück. Mit dieser Frage hatte sie nicht gerechnet. Angesichts der E-Mails, die sie bekommen und die sie verschickt hatte, waren ihre Befürchtungen in eine ganz andere Richtung gegangen, und sie hatte schon Angst gehabt, ihre Familie könne sie entdeckt haben.

»Da siehst du es«, sagte ihre Schwiegermutter und zeigte vorwurfsvoll auf sie.

»Er hat ein Restaurant in Solviken, soweit ich weiß.«

»Er ist Journalist«, sagte ihr Mann. »Er war bei Mama und Papa daheim und hat dort rumgeschnüffelt.«

»Das... Das wusste ich nicht.«

»Und woher weißt du, dass er ein Lokal hat?«, hakte die Schwiegermutter nach. »Du bist dort gewesen. Du bist beobachtet worden, als du mit Harry Svensson Wein getrunken hast.« Ihr Tonfall sprühte regelrecht vor Verachtung. »Und auch in Mölle wurdest du mit ihm zusammen beobachtet. In diesen Käffern hier kann niemand etwas geheim halten. Gestern habt ihr auf einer Bank gesessen und Eis gegessen«, fuhr sie fort.

»Ist das wahr?«, wollte ihr Mann wissen.

»Ich hab mich mit ihm unterhalten, ja. Aber das war nur Small Talk. Vor ein paar Tagen hat er sich in dem Lokal unten am Hafen an meinen Tisch gesetzt, und... ist einige Tage später wieder aufgetaucht.«

»Und natürlich bist du deshalb nach Solviken gefahren, damit du dich *ganz zufällig* wieder mit ihm treffen kannst«, stellte Viveca Björkenstam fest und verdrehte die Augen. Dann wandte sie sich an ihren Sohn. »Du erinnerst dich daran, was ich gesagt habe, Jacob.«

Er blieb stumm.

Ihr war zum Heulen zumute.

»Was hast du gesagt?«, fragte sie und trat einen Schritt auf den Küchentisch zu. »Was geht hier vor?«

»Ich würde meine Hand dafür ins Feuer legen, dass sie uns gestern belauscht hat. Du bist manchmal wirklich so naiv«, fauchte die Schwiegermutter.

»Ich hab euch nicht belauscht! Ich wohne hier, und ich werde mich ja wohl noch frei bewegen dürfen!«

Viveca schnaubte, rief den Hund zu sich und leinte ihn an. In der Tür drehte sie sich noch einmal um und wandte sich erneut an ihren Sohn: »Es ist an der Zeit, mal auf den Putz zu hauen. Es ist längst überfällig, dass du ihr klarmachst, wer hier der Herr im Haus ist. Die da« – sie machte ein paar Schritte auf Agneta zu und schnipste ihr mit dem Zeigefinger übers Ohr – »glaubt wohl, dass sie weiß Gott wer ist – ein Klempnerbalg, ein Simpel! Die muss mal ordentlich zurechtgestutzt werden, eine Tracht Prügel an der richtigen Stelle tät der mal gut, sonst...«

Sie holte kurz aus, zerrte dann den Hund zu sich und marschierte hinaus zum Wagen.

Als Agneta sich ihrem Mann zuwandte, hatten sich ihr Verzweiflung und Angst in blanke Wut verwandelt. Sie stützte sich mit beiden Händen auf den Tisch, sah ihm direkt ins Gesicht und sagte: »Und was machst du, verdammte Scheiße? Lässt deine Mutter auf diese Weise mit mir reden? Darf sie verdammt noch mal so mit mir reden?!«

Er antwortete ihr nicht.

»Sie behauptet, hier könnte niemand etwas geheim halten. Was ist dann so verdammt geheimnisvoll, dass ihr hier die Köpfe zusammensteckt? Was? Kannst du mir das beantworten? Was geht hier vor?«

»Worüber unterhaltet ihr euch?«

»Wer?«

»Du und dieser Svensson. Der Journalist.«

Sie richtete sich gerade auf und verschränkte die Arme. Fast hätte sie gefragt, was das eine mit dem anderen zu tun hatte, besann sich dann aber eines Besseren.

»Wind und Wetter, worüber man sich eben unterhält, Belanglosigkeiten. Leider kommt es ja in diesem Haus, seit wir hier eingezogen sind, zu keiner Unterhaltung mehr.«

»Weiß er, wer du bist?«

»Keine Ahnung. Ich denke nicht. Ich habe mich ihm nur mit Vornamen vorgestellt.«

»Wollte er wissen, wie du heißt?«

»Nein.«

»Wollte er irgendetwas anderes wissen?«

»Zum Beispiel?«

»Zum Beispiel ... über uns.«

»Über uns? Wer soll das sein, verdammt?«

»Mama und Papa. Ich. Wir eben.«

Sie musste schlucken.

»Nein, er wollte gar nichts wissen.«

»Und du hast ihm auch nichts erzählt?«

»Ich hab nicht mehr und nicht weniger erzählt, als das, was ich dir gerade gesagt hab: Wir haben übers Wetter geredet.«

»Oben bei meinen Eltern hat er eine Drogenplantage erwähnt und behauptet, die beiden hätten was damit zu tun. Und als sie ihn aufgefordert haben zu verschwinden, hat er sich nach Papas Modelleisenbahn erkundigt.«

Sie erstarrte, wusste gar nicht, was sie sagen sollte.

»Woher weiß er davon?«

»Das kann ich dir nicht sagen.«

»Aber du hast nichts erzählt?«

»Kein Sterbenswort, das versuche ich dir doch gerade klarzumachen. Allerdings hat er gestern einen Artikel über diese Drogensache erwähnt, keine Ahnung, ich lese keine Zeitung. Und er hat erzählt, dass in Helsingborg ein Dealer erschossen worden ist.«

»Und das hat er einfach so erwähnt? Aus heiterem Himmel?«

»Ganz genau.«

»Woher wusste er das?«

»Das hab ich doch gerade gesagt. Er liest offenbar Zeitung.«

Sie schlug mit der flachen Hand auf den Tisch.

»Und warum ist er dann zu meinen Eltern gefahren?«

»Das weiß ich verdammt noch mal nicht!«

Er nahm den Salzstreuer vom Tisch und drehte ihn zwischen den Fingern hin und her. Er schien nachzudenken. Nach einer Weile stellte er den Salzstreuer zurück, stand auf und verschwand in der Gästetoilette. Als er wiederkam, baute er sich vor ihr auf und sah ihr direkt in die Augen.

»Vielleicht hat Mama recht.«

»Womit?«

»Dass man dich ein bisschen zurechtstutzen muss.«

»Wovon redest du, verdammt?«

»Ich weiß nicht, was du diesem Kerl von uns erzählt hast und was nicht, aber offensichtlich treibst du dich hier überall herum und bietest dich an wie eine Scheißhure.«

Sie zuckte zurück und spürte, wie ihr die Zornesröte ins Gesicht stieg.

»Was ... zur Hölle ... redest du ...«

Als er sie mit der flachen Hand im Gesicht traf, musste sie sich mit aller Kraft zusammenreißen.

Wie versteinert und mit offenem Mund stand sie da, ehe sie den Arm hob, um zurückzuschlagen oder ihm das Gesicht zu zerkratzen. Doch er schlug ihren Arm weg und gab ihr auch noch auf der anderen Seite eine Ohrfeige.

»Du kannst ... verdammt noch mal ... nicht ...«

Aber er konnte. Sie versuchte noch gegenzuhalten, protestierte lautstark, schrie, aber er packte sie nur unter den Armen und zerrte sie zur Toilette. Sie trat mit beiden Füßen um sich, kam aber nicht los, erwischte stattdessen nur ein paar Dekoartikel von der Kommode im Flur.

Die Klotür stand sperrangelweit auf.

Deckel und Brille waren hochgeklappt.

Sie trat um sich und versuchte, ihn zu beißen, erwischte mit den Zähnen seine Hand, er schrie, ließ von ihr ab, stieß sie zu Boden, und als sie nicht sofort wieder auf die Beine kam, kroch sie stattdessen zur Tür, war schon halb über die Schwelle, als er sie an den Knöcheln packte, sie zurückzerrte, die Tür zutrat und sie vor die Toilette schob, wo er sie auf die Knie zwang und ihren Kopf nach unten drückte.

Sie spannte den ganzen Körper an, jeden einzelnen Muskel, doch er presste ihr sein Knie in den Rücken und drückte ihren Kopf in die Kloschüssel.

Er hatte nicht gespült.

Sie sah seine Pisse vor Augen, und der Gestank stieg ihr in die Nase.

Beide verharrten wie bei einem merkwürdigen Griff in einem Ringkampf ohne Regeln, ehe er ihr unversehens die Knie wegtrat, erst das rechte, dann das linke, sie kippte nach vorne, bekam Urin in den Mund, in die Nase, versuchte, Luft zu schnappen, versuchte, die Luft anzuhalten, trat nach hinten aus, fuchtelte mit beiden Händen, aber er hatte ihr sein Knie zwischen die Schulterblätter gestemmt, und Panik stieg in ihr auf, als ihr die Luft ausging ... und er sie schließlich mit einem schnellen Griff in die Haare zurückzog.

»So macht man das, wenn ein Hund stubenrein werden soll. Ich hatte gedacht, du wärst stubenrein, aber da hab ich mich wohl getäuscht, da hatte Mama recht«, flüsterte er ihr ins Ohr.

Sie rang nach Luft.

»Nein, nicht ...«

Dann war nichts mehr zu hören.

Er drückte ihren Kopf erneut nach unten, und diesmal spülte er, Wasser strömte über ihren Hals, und es fühlte sich an, als würde sie ertrinken, während sie gleichzeitig verzweifelt versuchte, die Luft anzuhalten.

Sie hustete, keuchte, spuckte aus, als er sie wieder hochzog und der Spülkasten wieder mit Wasser volllief.

»Also, was hast du Svensson erzählt?«, fauchte er.

»Nichts ... Nichts, ich weiß wirklich nicht ...«

Sie konnte kaum sprechen.

»Sicher?«

»Ja, verdammt – ja!«

Es hörte auf zu plätschern, der Spülkasten war voll.

»Weißt du, wie lange du unter Wasser warst? Gerade mal acht Sekunden. Hat sich länger angefühlt, was?«

»Nicht noch mal ...«

Er drückte ihren Kopf nach unten.

Als er die Spülung drückte, hatte sie das Gefühl, aufgeben zu müssen, sie wollte nicht mehr, konnte nicht mehr dagegen ankämpfen, und es schien, als würde sie in eine neue, verlockende oder auch feindselige Welt hinübergleiten ... als würde sie gleich sterben. Sie bekam nicht mal mehr mit, dass er ihren Kopf schon wieder hochgezogen hatte, bis sie erneut anfing zu keuchen, zu spucken, sich die Kehle freizuräuspern, und nach Luft schnappte. Die Lunge schmerzte, sie war am Leben, sie konnte Licht sehen, irgendetwas, was aufblitzte, und da erst erkannte sie, dass er sie gerade mit dem Handy fotografiert hatte.

»Sieh zu, dass du das hier wieder in Ordnung bringst und dass du dich in Ordnung bringst. Du siehst beschissen aus, um es mal deutlich zu sagen. Aus irgendeinem Grund kann Golovin dich gut leiden, und deshalb brauche ich dich noch, und seit dieser Journalist hier angefangen hat rumzuschnüffeln, brauchen wir dich umso mehr. Ansonsten hätte ich dich schon längst vor die Tür gesetzt, Mama hat immer schon recht gehabt, eine Dreckstöle wie dich hätte ich niemals bei uns aufnehmen dürfen.«

Dann drehte er sich zum Badezimmerspiegel um und fuhr sich mit den Fingern durchs Haar.

»Beule soll auf dich aufpassen, und ich glaube nicht, dass er etwas dagegen hat. Ihr scheint ja gut miteinander auszukommen.«

Als er gegangen war und die Tür zugezogen hatte, ließ sie sich langsam auf den Boden sinken und legte die Wange auf den Toilettenboden.

Sie hätte gern geweint.

Konnte aber nicht.

Wusste, dass es ihr nicht gelingen würde.

Sie rappelte sich auf die Knie, versuchte aufzustehen, aber der Boden war so nass, dass sie ausrutschte und vornüberfiel. Kurz fragte sie sich, wo ihre Pantoffeln geblieben waren, sie konnte sie nirgends entdecken, sie musste sie verloren haben, als er sie zum Klo gezerrt hatte.

Immer noch auf allen vieren versuchte sie, langsam wieder normal zu atmen.

Begriff nicht, was da gerade passiert war.

Der Streit, die Diskussion, in der Küche.

Der Schwiegervater, der einfach gegangen war.

Die Schwiegermutter, die ihr gegen das Ohr geschnipst und sie einen Simpel genannt hatte.

Die Ohrfeigen – ihre Wangen brannten immer noch, aber ob vor Schmerz oder vor Wut angesichts der Erniedrigung, hätte sie nicht sagen können.

Sie kauerte noch auf allen vieren am Boden, als der untersetzte Mann die Tür aufschob und ihr gerade, als sie aufstehen wollte, einen Fuß auf den Rücken stellte und sie zurück zu Boden drückte.

So würde sie nicht aufstehen können.

Mit einer Hand hob er ihren Morgenrock und das Nachthemd an und starrte auf ihren Hintern und die Oberschenkel hinab.

»Würdest du mir vielleicht aufhelfen?«, fragte sie schließlich.

Er antwortete nicht.

Stattdessen spürte sie mit einem Mal seine Hände an ihren Oberschenkeln und die Finger, die sich dazwischenschoben.

Die dumpfe, quälende Vorahnung, dass ihr altes und gewohntes Leben ein für alle Mal vorbei war, sollte jetzt Realität werden.

Als GG – Georg Grip – nach Solviken kam, legte er einen formvollendeten Auftritt hin.

Auf dem Weg hinunter zum Lokal war ich überraschend auf einen jungen, kräftigen Kerl gestoßen, der ein Stück vom Haus entfernt auf einem Stuhl saß. Simon Pender hatte zwar nicht die Polizei benachrichtigt, aber er hatte Andrius Siskauskas angerufen, der den Jungen für uns abgestellt hatte.

Er stammte aus Litauen, war blond und blauäugig, und hätte er in einem alten schwedischen Film mitgespielt, hätte er unter Garantie Kalle geheißen. Er hatte mir kurz zugenickt, als ich Hallo sagte, dann war ich weiter zum Restaurant gelaufen und hatte mich mit meinem Laptop an einen Fenstertisch gesetzt, um ein bisschen Ordnung in die Nachrichten zu all den Wirtschaftstransaktionen zu bringen, die Jonna ausgegraben, zusammengestellt und geschickt hatte. Im selben Moment war ein hellblauer Mercedes hinunter zum Hafen geglitten – und »gleiten« traf es wirklich –, war weiter zum Wendeplatz gefahren, hatte kehrtgemacht und blieb schließlich unterhalb des Restaurants stehen.

Eine junge Frau in einer schwarzen Uniformhose mit schmalen weißen Biesen, einer weißen Bluse, schwarzem Schlips und Schirmmütze stieg aus und öffnete für GG die hintere Wagentür. Es war dieselbe Frau, die uns bei ihm daheim an der Galopprennbahn den Lättgrogg serviert hatte. Sie hätte wunderbar auf ein altes Roxy-Music-LP-Cover gepasst, schoss mir spontan durch den Kopf.

GG selbst trug ein schreiend buntes Hawaiihemd mit großen Blumen, eine helle Hose und auf dem Kopf einen Panamahut. Er winkte mir erfreut zu, als er mich erkannte, und lief die Treppe zum Restaurant herauf.

Seine Chauffeurin setzte sich wieder ans Steuer.

Als er oben angekommen war, gaben wir uns die Hand.

»Sie sehen müde aus«, stellte er fest.

»Es ist einiges passiert«, erwiderte ich. »Möchten Sie vielleicht einen Lättgrogg?«

»Ich könnte auch was Richtiges vertragen. Wie heißt es so schön? Irgendwo auf der Welt ist es immer schon fünf Uhr.«

Er entschied sich für einen Bourbon mit Ginger Ale, und als ich damit wiederkam, zeigte ich hinunter zu dem hellblauen Mercedes.

»Soll sie wirklich da unten sitzen bleiben?«

»Machen Sie sich keine Gedanken, sie büffelt.«

»Hat sie auch einen Namen?«

»Nettan.«

»Das ist doch kein Name.«

Er zuckte mit den Schultern.

»Sie kann aber genauso gut auch hier sitzen und büffeln«, sagte ich.

»Sie entscheiden. Es ist Ihr Restaurant.«

Ich stellte den Drink vor GG ab, lief runter und fragte Nettan, ob sie sich oben zu uns setzen mochte.

Mochte sie.

»Ist das die Kurzform von Anette?«, fragte ich, als wir die Treppe hochstiegen.

»Was?«

»Nettan.«

»Nein, das ist mein Taufname.«

Sie hatte eine weiche, freundliche Stimme. Was für Lehrbücher sie dabeihatte, konnte ich nicht sehen. Sie ließ sich zwei Tische von uns entfernt nieder, angelte eine Brille mit einem dunklen Gestell hervor, klappte einen Laptop auf, fing an, in ein paar dicken Wälzern zu blättern, und tippte hin und wieder auf der Tastatur.

»Sie ist blitzgescheit«, sagte GG.

Ich sah einzig und allein ein Roxy-Music-Cover vor mir.

GG aß ein Schinken-Käse-Baguette, Nettan trank Eiswasser, und ich goss mir einen Becher Kaffee ein.

GG hatte sich mit Jacob Björkenstams Geschäftsverbindungen beschäftigt und eröffnete mir jetzt eine Welt, von der ich wenig wusste und noch weniger verstand. Mein ganzes Leben lang hatte ich versucht, meine Einkünfte und Ausgaben zumindest halbwegs übereinzubringen, und trotz GGs schulmeisterlichen Erklärungen konnte ich schlicht und einfach nicht begreifen, was für irrsinnige Summen durch anderer Leute Hände gingen, und zwar auf eine Weise, die uns Normalsterblichen verwehrt war.

»Jacob ist in Monaco gemeldet, was den schwedischen Behörden den Zugriff auf ihn wesentlich erschwert. Ich bin mir nicht ganz sicher, aber ich nehme an, dass er bei irgendeiner kleinen schwedischen Bank ein Konto hat. Sein Name dürfte in der Geschäftswelt nach wie vor nicht allzu bekannt sein. Außerdem nehme ich an, dass er eine Briefkastenfirma entweder auf Zypern oder in Panama betreibt. Steueroasen, die einem absolute Diskretion zusichern, werden immer seltener, aber ich glaube, sowohl Zypern als auch Panama und vielleicht Belize spielen immer noch eine gewisse Rolle. Jacob braucht diese vollkommene Diskretion, nur so kann er verhindern, dass die Behörden spitzkriegen, woher die Gelder stammen.«

Wenn ich GG also richtig verstand, hatte Jacob Björkenstam

einen Konzern aufgebaut, dessen unterschiedlichste Mutter- und Tochterfirmen ganz offiziell in Schweden Geschäfte tätigen durften. Das war womöglich eine Erklärung, warum er hier in der Gemeinde Investitionen tätigen wollte. Leider hatte mich auch GG wie so viele andere, die mir wirtschaftliche Spielereien und Tricksereien erklären wollten, relativ bald abgehängt, aber so viel hatte ich immerhin verstanden, dass die Gelder, die durch korrupte Geschäfte in Russland angehäuft worden waren, auf diese Weise gewaschen wurden und dann auf einem Schweizer Konto landeten, und da der Absender ein schwedisches Unternehmen war, gingen die Schweizer Banken davon aus, dass mit dem Konto alles in Ordnung war.

»Von diesen Geldern bezieht Jacob eine Provision. Ist Ihnen klar, wie viel das ist, um wie viel es sich handelt?«

»Kann ich nicht behaupten.«

»Mehrere hundert Millionen.«

»Okay...« Eine unbegreifliche Summe – aber wenn GG das sagte, dann war es sicher so.

»Und ich glaube, ich weiß auch, mit wem er Geschäfte macht«, fuhr er fort.

»Okay?«

»Ich hab vor vielen Jahren in London mit Immobilien spekuliert, und ein Teil ging dabei an russische Investoren. Der ganze Stadtteil Belgravia ist inzwischen mehr oder minder in russischer Hand, nur dass man dort fast ausschließlich *Russinnen* sieht. Die Männer kaufen die Immobilien, bleiben dann aber mit ihren Geliebten zu Hause in Russland, während ihre Ehefrauen bei Dolce & Gabbana, Versace und Roberto Cavalli shoppen gehen und in ihren Louis-Vuitton-Handtaschen Plunder heimschleppen.« Dann fragte er: »Haben Sie schon mal von Dmitri Golovin gehört?«

Ich schüttelte den Kopf.

»Einer meiner Konkurrenten hat ihm damals in Belgravia

ein Haus für fünfzig Millionen Pfund verkauft. Trotzdem ist er immer nur wenige Wochen im Jahr dort. Das ganze Jahr über beschäftigt er eine ganze Armee aus Bediensteten und Haushälterinnen, obwohl er kaum vor Ort ist, aber einen Wohnsitz in London zu haben ist nun mal Prestigesache.«

»Echt irre.«

»Golovin ist nicht ganz der klassische Typ russischer Oligarch – er hat einen wesentlich schillernderen Hintergrund. Als er klein war, ist seine Mutter mit ihm aus Georgien nach Moskau gekommen, und dort hat er sich ganz nach Art vieler alter Immigranten und Mafiosi seine eigene Organisation aufgebaut. Im Internet werden Sie kaum etwas über ihn finden, aber er unterhält Kontakte bis in die vordersten Reihen des Parteiapparats, ist inzwischen schier unfassbar reich, und ich glaube, dass er Jacob als Mittelsmann benutzt. Wahrscheinlich haben sich die beiden in Florida kennengelernt. Golovin hat dort Fuß gefasst, indem er russische Maschinenbauteile an die amerikanische Weltraumforschung verkauft hat. Soweit ich weiß, hat er damals alles auf eine Karte gesetzt und über einen Buchungstrick mehr als neunzig Millionen Dollar einkassiert. Wenn Jacob für einen kleinen Waschgang in der Schweiz davon zehn, fünfzehn Prozent bekommen hat... können Sie sich ja ausrechnen, um wie viel es sich dreht.«

»Er ist auf dem Weg hierher«, sagte ich.

»Wer?«

»Golovin.«

»Tatsächlich?«

GG sah aufrichtig überrascht aus.

»Woher wissen Sie das?«, fragte er.

»Ich glaube es zumindest, wenn ich mich recht erinnere, hat der Hafenkapitän in Mölle ein russisches Boot erwähnt, das derzeit noch in Kopenhagen liegt.«

»Haben Sie Agneta noch einmal getroffen?«

»Seit gestern nicht mehr, nein, aber ich fahre heute nach Mölle und schau mal, ob sie da ist.«

»Grüßen Sie sie von mir, ich hab sie immer gemocht.«

Als Nettan die Wagentür für GG aufzog, hatte es angefangen zu nieseln. Er winkte mir zum Abschied zu, stieg ein, und der Wagen verschwand hinauf in Richtung Schnellstraße.

Allmählich hatte der Schock nachgelassen.
Die Angst und das Gefühl der Erniedrigung waren einem Zorn gewichen, der sich langsam, aber gewaltig in ihr ausbreitete.

Die Panik war in eine Ruhe umgeschlagen, die ihr fremd war, die sie nicht begreifen konnte, die ihr aber sehr gelegen kam.

Sie hatte sich unter die Dusche gestellt, sich angezogen und saß jetzt auf einem der Sessel im Schlafzimmer und spähte durchs Fenster.

Es war niemand zu sehen.

Sie hatte die Tür aufgezogen, um zu sehen, ob Beule ihr immer noch »Gesellschaft leistete«, und tatsächlich hatte er vor der Schlafzimmertür gesessen und irgendein Handyspiel gespielt, aus seinen Kopfhörern hatte es gepiept, gerattert und geschepppert.

Er hatte aufgeblickt, als sie die Tür öffnete, hatte an seinen Fingern geschnüffelt und gegrinst.

Einfach von hier zu verschwinden war also unmöglich, solange der widerliche, fette Kerl Gefängniswärter spielte.

Sie drückte die Tür wieder zu und spürte, wie der Hass hinter ihren Lidern loderte, und durchlebte von Neuem die Erniedrigung – wie er sie mit einem Bein am Boden gehalten und ihr die Kleider hochgeschoben und ihre Schenkel auseinandergezwungen hatte, und sie konnte immer noch seinen brennenden Blick auf ihrer Nacktheit spüren und wie sich seine Finger in sie gezwängt hatten.

Sie zog das Giebelfenster auf.

Zweiter Stock. Zu hoch, um zu springen.

Nirgends ein Regenrohr, an dem sie sich hätte hinunterhangeln können, ganz abgesehen davon, dass sie nicht wusste, ob sie es sich überhaupt trauen würde. Sie dachte darüber nach, ein paar Laken zusammenzuknoten und sich abzuseilen, aber da war nichts, woran sie das Laken hätte befestigen können. Außerdem ging das Fenster hinaus zur Terrasse, wo ihr Mann und ihre Schwiegereltern am Tag zuvor morgens gesessen hatten, man würde sie also ohnehin höchstwahrscheinlich entdecken.

Der Großteil ihrer Kleidung befand sich im Ankleidezimmer gegenüber. Dort würde sie nicht hinkommen, ohne an Beule vorbeilaufen zu müssen.

Immerhin war ihr Laptop hier. Womöglich war das der Schlüssel zu ihrer Zukunft. Außerdem steckten der Leihwagenschlüssel sowie ihre Kreditkarte und etwas Bargeld in ihrer Handtasche.

Wenn sie nur an Beule vorbeikäme, würde sie hier rauskommen und wegfahren können.

Die Frage war nur, wohin.

Dmitri Golovin war hocherfreut gewesen, als er ihre E-Mail bekommen hatte. Er hatte sie gebeten abzuwarten, aber was soeben passiert war, hatte sie nicht voraussehen können, insofern war sie jetzt gezwungen, etwas zu unternehmen.

Sie setzte sich an ihren Schminktisch und fuhr den Laptop hoch.

Gleichzeitig schloss sie ihren Lockenstab an die Steckdose.

D arf ich mich setzen?«
Ich blickte auf.
Es war Jacob Björkenstam.

Ich war ihm nie begegnet, hatte ihn nie live und in Farbe zu Gesicht bekommen, erkannte ihn jedoch von den Fotos wieder, die teils in der Lokalzeitung, teils in den alten Artikeln erschienen waren, die Jonna geschickt hatte.

Ich schaffte es nicht zu antworten oder auch nur zu reagieren, ehe er auch schon fortfuhr: »Oder warten Sie auf meine Frau?«

Ich sah mich um. Ein weißer Wagen mit russischem Kennzeichen war nirgends zu sehen. Björkenstam war also allein gekommen. Oder womöglich ja auch nicht, ich meinte, in der Nähe der Souvenirläden den großen Kerl wiederzuerkennen, der mitten in der Nacht an meiner Haustür aufgetaucht war.

»Nein«, sagte ich.

»Nein was? Darf ich mich nicht setzen? Oder warten Sie nicht auf meine Frau?«

Ich hätte mich ohrfeigen können, dass er so schnell Oberwasser bekommen hatte. Irgendetwas hatten diese Leute – die Oberschicht, die Reichen – an sich, irgendein Bauteil, das sie gegenüber uns anderen überlegen machte. Gegenüber uns Normalsterblichen. Sein Vater war ganz genauso. Es hatte nicht mal unbedingt mit Äußerlichkeiten zu tun, eher mit ihrer selbstgefälligen Art, mit der sie bereits auf die Welt kamen, sie waren es schlichtweg gewohnt zu kriegen, was sie wollten, und brauchten sich nicht einmal anzustrengen, um wie Könige oder amerikanische Hip-Hop-Superstars aufzutreten.

»Klar, setzen Sie sich … und nein, ich warte auf niemanden«, sagte ich, rückte ein Stück zur Seite und machte ihm auf der Bank Platz.

»Hier treffen Sie sich doch normalerweise?«

»Wer?«

Ich wusste selbst, wie bescheuert ich klang.

»Sie und meine Frau.«

»Nicht dass ich wüsste«, entgegnete ich.

»Sie haben sich hier in Mölle nie getroffen?«

»Doch …«

»Na also.«

»Ich weiß wirklich nicht, worauf Sie hinauswollen.«

»Wissen Sie, wer ich bin?«

Er setzte sich, wandte den Kopf um und sah mir direkt ins Gesicht. Er lächelte.

Ein gewinnendes Lächeln. Mit weißen, ebenmäßigen Zähnen.

Er hatte einen sonnengebräunten Teint, und sein dichtes, dunkles Haar war nach hinten gekämmt. Eine Strähne hing ihm über die Schläfe, sodass seine ohnehin schon jungenhafte Erscheinung noch spitzbübischer, charmanter wirkte.

»Ich kenne Sie aus der Zeitung«, sagte ich.

»Und Sie haben meine Frau getroffen. Agneta heißt sie.«

»Ich wusste nicht, dass sie Ihre Frau ist.«

Er lachte kurz auf.

»Wie kommt es, dass ich Ihnen nicht glaube?«

»Keine Ahnung, ich weiß nur, dass ich mich mit jemandem namens Agneta unterhalten habe.«

Der große Kerl hatte sich ein Softeis gekauft und lehnte sich jetzt an die Außenwand der Eisbude. Er schien die gleichen Schwierigkeiten mit dem Eis zu haben, wie sie auch Agneta Björkenstam gehabt hatte. Das Waffelhörnchen hielt er ein Stück vom Körper weg, gleichzeitig versuchte er, sich mit einer Papierserviette die Hände abzuwischen.

Es sah aus, als würde er vor sich hin fluchen.

Ich ließ den Blick schweifen, konnte den kleinen Dicken im Jogginganzug aber nirgends entdecken.

»Sie brauchen gar nicht zu gucken, sie kommt heute nicht.« Dann strich er sich die graue Hose glatt. »Sie ist derzeit ein wenig unpässlich.«

So jungenhaft oder spitzbübisch sein Lächeln gewesen war, als er sich zu mir gesetzt hatte, so hart und eisig war jetzt sein Gesichtsausdruck, und sein Lächeln wich einem höhnischen Grinsen.

»Tja, wenn ich jetzt wüsste, was Sie eigentlich von mir wollen«, sagte ich.

»Sie waren früher Boxer, nicht wahr?«

Ich zuckte mit den Schultern. »Würd ich eher nicht behaupten.«

»So steht's im Internet. Schonischer Meister. Ich dachte, Boxer hätten zumindest ein bisschen Ehre im Leib, immerhin braucht es Mut, in einen Ring zu steigen. Da stellt man doch nicht anderer Leute Frauen nach.«

Ich beschloss, darauf nicht zu reagieren.

»Vielleicht sollten wir zwei mal in den Ring steigen? Ich baue mir daheim gerade ein eigenes Fitnessstudio mitsamt Boxring.«

Ich musste wieder daran denken, was Georg Grip erzählt hatte: wie Jacob Björkenstam Frauen aufgerissen hatte und dass er immer dann bei Prügeleien am besten gewesen war, wenn jemand den Gegner für ihn festgehalten hatte. Allerdings behielt ich das für mich.

»Dass ich geboxt habe, ist lange her. Es würde zu nichts führen. Wundert mich, dass es im Internet erwähnt wird«, sagte ich. »Warum interessieren Sie sich überhaupt dafür? Wissen Sie, wer ich bin?«

Plötzlich sah er wieder halbwegs spitzbübisch aus.

»Sie sind mir, wie soll ich's ausdrücken, ein bisschen zu dreist. Nervig.«

»Ach ja?«

»Sie laufen meiner Frau nach, und Sie haben bei meinen Eltern in Solviken rumgeschnüffelt. Was wollen Sie eigentlich?«

»Gar nichts«, sagte ich.

Er lachte laut und gekünstelt.

Der Große hatte Eis und Serviette weggeworfen, lehnte inzwischen an einem Poller und blickte übers Meer.

»Dann streiten Sie also ab, meine Eltern belästigt zu haben?«

Ich enthielt mich einer Antwort.

»Ihr Schweigen sagt alles«, höhnte er.

Ich sagte immer noch nichts.

»Hier in Schweden ... Wie soll ich es formulieren? In diesem Land herrscht gegenüber Leuten, denen es besser geht als dem gemeinen Volk, enormer Neid. Wir werden verleumdet, und unter dem Deckmantel vermeintlich investigativer Reportagen werden Behauptungen aufgestellt, die weder Hand noch Fuß haben. Der Familie Björkenstam konnte noch nie etwas nachgewiesen werden, und wenn Sie glauben, dass es Ihnen gelingen würde, so täuschen Sie sich.«

»Mit Geld kann man nicht jedes Problem aus der Welt schaffen«, entgegnete ich.

Wieder lachte er, und wieder klang es gekünstelt.

»Vielleicht nicht jedes, aber doch ziemlich viele.«

Ich machte Anstalten aufstehen.

»Sie gehen schon? Wo wir es doch gerade so nett haben!«

»Ich hab zu dieser Unterhaltung nicht viel beizutragen«, sagte ich.

»Erzählen Sie doch einfach, was Ihnen in den Sinn kommt. Was versuchen Sie herauszufinden?«

Ich lehnte mich auf der Bank zurück und streckte die Beine vor mir aus.

»Ich habe einen Hinweis bekommen, dem ich nachgegangen bin. Ich bin nämlich Journalist.«

»Ach ja? Und ich dachte, Sie hätten aufgehört? Haben Sie nicht ein Lokal in Solviken?«

»Einmal Journalist, immer Journalist. Ein guter Journalist ist neugierig, und was das Lokal angeht: Es gehört meinem Bekannten Simon Pender, ich helfe dort nur aus.«

»Ich bin nie da gewesen, aber meine Frau ist gestern Abend hingefahren.«

Er drehte sich zu mir um und sah mir in die Augen. Wenn er irgendeine Reaktion von mir erwartete, dann zu Recht. Damit hatte ich nicht gerechnet, und offenbar stand mir die Überraschung ins Gesicht geschrieben. Woher wusste er das? Hatte sie es ihm erzählt?

Oder ließ er oder irgendjemand sonst mich und die Kneipe beschatten?

»Das hat gesessen, wie ich sehe.«

Ich blickte hinüber zur Mole. Hafenmeister Dan Frej half gerade einem neuen dänischen Segler beim Anlegen.

»Weshalb haben Sie meinen Vater nach dieser Drogenplantage gefragt, von der in der Zeitung die Rede war?«, fuhr er fort.

»Weil ich diesbezüglich einen Hinweis gekriegt habe.«

»Und das reicht, um sich aufzudrängen und unverschämt zu werden? Glauben Sie wirklich, dass die Familie Björkenstam mit so etwas zu tun hätte?«

»Ich hab mich nicht...«

»Na klar haben Sie. Und wie kommen Sie darauf, dass meine Eltern rechtsradikal wären?«

»Ich gehe jetzt besser«, sagte ich und stemmte mich von der Bank hoch.

Er packte mich am Handgelenk.

»Eine Minute noch. Wie viel?«

»Wie viel?«

»Sagen Sie mir, wie viel Sie wollen, damit Sie meine Eltern in Ruhe lassen.«

»Versuchen Sie gerade, mich zu bestechen?«

»Jeder hat seinen Preis.«

»Ich werde jetzt gehen.«

Wenn Jacob Björkenstam auch das Kommando übernommen hatte, als er neben mit aufgetaucht war, so hatte jetzt doch ich wieder Oberwasser, als ich einfach aufstand und davonmarschierte. Wäre er zuerst aufgestanden und gegangen, hätte er einen regelrechten Kantersieg verzeichnet. Ich war nur froh, so geparkt zu haben, dass ich bloß einsteigen und losfahren musste. Hätte ich jetzt erst den Motor an- und wieder ausschalten müssen, um dann rückwärts aus Mölle rauszufahren, hätte er noch in der Nachspielzeit gewonnen.

Trotzdem fühlte ich mich nicht wie ein Gewinner.

Im Rückspiegel konnte ich sehen, wie Björkenstam und der Große aufeinander zuliefen und ein paar Worte wechselten. Dann drehten sie sich um und sahen mir hinterher.

Meine Hände zitterten.

Natürlich hatte ich kapiert, was Björkenstam mir hatte sagen wollen, trotzdem verstand ich immer noch nicht, wie alles zusammenhing und – am allerwichtigsten – ob sie ahnten, was mit Emma passiert war.

Vielleicht gingen sie ja davon aus, dass sie inzwischen tot war, dass sie in jener Nacht, nachdem sie die Flucht ergriffen hatte, irgendwie ins Wasser gefallen und ertrunken war. Bei mir hatten sie zumindest nichts gefunden, womöglich war ich daher in ihren Augen nicht länger verdächtig, die Kleine bei mir aufgenommen und versteckt zu haben.

Ich hatte mit Agneta Björkenstam und mit Jacobs Eltern über Drogen und Nazis gesprochen, doch dass ein Mädchen verschwunden war, hatte ich mit keinem Wort erwähnt.

Trotzdem hatte Jacob Björkenstam oder vielmehr die ganze Familie sofort angenommen, dass ich in irgendeiner anderen Sache unterwegs sein müsste, und jetzt hatte er sogar versucht, mich zu bestechen.

Ich bremste, wendete und fuhr zurück zum Hafen.

Als ich ausstieg, standen Jacob Björkenstam und sein groß gewachsener russischer Begleiter ein Stück oberhalb des Hafens vor der einstigen Feuerwache. So klein, wie das Gebäude war, konnte darin nur ein einziger Wagen Platz gefunden haben. Die beiden waren immer noch in eine Diskussion vertieft, und Björkenstam gestikulierte wild mit beiden Händen.

Der Große entdeckte mich zuerst, und das Gespräch verstummte, als Björkenstam sich zu mir umdrehte.

»Entschuldigung«, sagte ich, als ich nur noch ein paar Meter von ihnen entfernt war, und zeigte auf den großen Mann. »Ich kenne Sie irgendwoher, waren Sie nicht mal bei mir daheim?«

Er sah verblüfft aus. Antwortete aber nicht.

Verwundert sah Björkenstam erst ihn und dann wieder mich an. Ich wandte mich an Björkenstam und sagte: »Ich wusste nicht, dass Sie miteinander bekannt sind.« Als niemand reagierte, fuhr ich fort: »Ich meine sogar, dass ich Sie mal in Höganäs gesehen habe. Sie fahren einen Wagen, der in Russland angemeldet ist, nicht wahr?«

Nachdem er wieder nicht antwortete, schien er tatsächlich um eine gute Antwort verlegen zu sein.

»Und was geht Sie das an?«, fragte Björkenstam.

»Er wird doch wohl noch selbst antworten dürfen«, entgegnete ich und streckte die Hand aus. »Wir haben uns nicht vorgestellt. Ich heiße Harry, Harry Svensson.«

Ohne nachzudenken, griff er nach meiner Hand.

»Ladi.«

Er klang ein bisschen zögerlich, als würde er bereits bereuen, mir die Hand gegeben zu haben. Er hatte dicke Finger, große Pranken mit geschwollenen Knöcheln, aber sein Handschlag war erstaunlich schlaff.

»Ist das Russisch? Eine Abkürzung für Vladimir?«, hakte ich nach.

»Wollen Sie jetzt wieder schnüffeln?«, ging Björkenstam dazwischen.

Ich schüttelte den Kopf.

»Ich schnüffele nicht. Er kam mir bloß bekannt vor, also, unser Freund Ladi hier.«

Ladi wollte schon etwas sagen, doch Björkenstam schnitt ihm das Wort ab.

»Du musst nicht mit ihm reden.«

»Also dann, meine Herren«, sagte ich noch und lief wieder zum Auto.

Ladi und Björkenstam starrten mir unverwandt nach. Erst als ich eingestiegen war, drehte Björkenstam sich um und fing wieder an, wie wild zu gestikulieren, während Ladi still dastand und übers Wasser blickte. Eine ältere Dame mit Rollator näherte sich über den Parkplatz.

Auf der Straße hoch in Richtung Hotel Kullaberg schlug ich mit beiden Händen auf das Lenkrad ein. Keine Ahnung, ob das meine Art der spontanen Siegergeste war oder einfach nur der verzweifelte Versuch, die Navi-Frau endlich zum Schweigen zu bringen.

Ich beschloss, nicht aus Mölle rauszufahren.

Vor dem früheren Bahnhof war genügend Platz für einen anständigen U-Turn. Ich wendete und fuhr zurück zum Hafen, weil…, ja, weil mir die Alte mit dem Rollator aufgefallen war und mein Interesse geweckt hatte.

Björkenstam und Ladi hatten sich inzwischen schon ein Stück vom Hafen entfernt.

Björkenstam gestikulierte immer noch.

Ladi sah übers Meer. Er machte einen durch und durch resignierten Eindruck.

Ich stieg aus.

Die Frau befand sich vielleicht einen Meter hinter Ladi und Björkenstam und ich selbst einen Meter hinter ihr, als sie das Wort ergriff.

Björkenstam drehte sich um, und im selben Moment schrie sie so laut, dass es im ganzen Hafen zu hören war: »Mörder!«

Das Handy hatte ich bereits gezückt.

Ein Foto hatte ich bereits geschossen.

Während Björkenstam verblüfft den Kopf schüttelte, fing ich an zu filmen.

»Mörder«, schrie die Frau von Neuem. »Mörder, Mörder, Mörder!« Sie hörte gar nicht mehr auf.

»Tu endlich was, verdammt«, fuhr Björkenstam Ladi an.

Doch der große Russe stand nur wie angewurzelt da.

Ich konnte ihn verstehen. Es hätte wirklich nicht gut ausgesehen, wenn er eine alte Frau mit Rollator niedergeschlagen hätte.

»Verschwinden wir«, sagte ich und hakte die Frau unter. »Können Sie gehen, wenn Sie sich an mir festhalten?«

»Ja«, antwortete sie.

Mit der Frau am rechten Arm und dem Rollator, den ich mit der Linken vor mir herschob, ging es langsam auf meinen Wagen zu. Im Hafen war nicht mehr allzu viel los, aber bis ich die Frau auf meinen Beifahrersitz gehievt hatte und selbst hinters Steuer gerutscht war, hatten sich drüben bei den Kiosken sechs, sieben Personen um Björkenstam versammelt.

Dan Frej kam von einem der Anleger herauf.

Ich ließ den Motor an und schaffte es tatsächlich, den Rückwärtsgang einzulegen, sodass ich wieder oben an der Straße landete. Dort musste ich den Motor aus- und wieder anschalten, bevor ich den Gang einlegen und wegfahren konnte.

»Ich heiße Harry Svensson«, sagte ich. »Ich nehme an, dort unten wollten Sie nicht bleiben.«

Die Frau schüttelte den Kopf, allerdings wusste ich nicht, ob sie sich damit auf meine Frage bezog, oder auf die Ereignisse von gerade eben.

»Wo wohnen Sie?«, fragte ich.

»Ängelholm«, antwortete sie.

Schwer zu sagen, wie alt sie war, aber jetzt, da sie neben mir saß, sah sie deutlich kräftiger aus, als sie zuvor den Anschein erweckt hatte. Sie hatte große, rissige Hände, die sie nun vor der Brust knetete. Dann drehte sie langsam die Daumen.

»Wie heißen Sie?«, fragte ich.

»Els-Marie Gunnarsson.«

»Ich weiß nicht, wie ich anfangen soll, aber ... Wissen Sie, wer das da unten im Hafen war?«

»Das weiß ich nur zu gut.«

»Dann hatten Sie das also geplant?«

»Ich hab ihn in der Zeitung gesehen. Daraufhin habe ich drei Tage in Folge den Bus genommen, in der Hoffnung, dass er irgendwann auftauchen würde. Von Ängelholm aus bin ich über Jonstorp nach Höganäs gefahren und von dort dann nach Mölle und abends wieder heim.«

Ich warf einen Blick in den Rückspiegel, doch es war weder

ein weißer SUV noch ein Motorrad zu sehen. Gegenüber der Einfahrt zum Campingplatz Möllehässle, wo ich vor ein paar Tagen schon einmal gestanden hatte, fuhr ich an den Straßenrand.

»Komm ich jetzt ins Gefängnis?«, fragte sie, als ich angehalten hatte.

»Das glaube ich nicht«, antwortete ich.

Sie drehte immer noch die Daumen und nickte, als wäre sie mit den Gedanken ganz woanders.

Sie hatte graues Haar, trug eine dünne weiße Jacke über einer Bluse und eine dunkle Hose.

»Ich bin nicht gut zu Fuß«, sagte sie. »Jetzt nehmen sie mir womöglich den Rollator weg.«

»Dann kaufe ich Ihnen einen neuen.«

Sie nickte, aber ich war mir nicht sicher, ob sie meine Worte verstanden hatte.

»Unten am Hafen, da haben Sie ›Mörder‹ gerufen ...«

»Das stimmt.«

»Wie meinten Sie das?«

»Björkenstam ist ein Mörder.«

Für einen kurzen Moment fragte ich mich, ob sie die Kneipenschlägerei mitbekommen hatte, bei der ein junger Mann totgetreten worden war, oder ob sie womöglich die Mutter dieses Mannes war.

»Rein gesetzlich gesehen«, erklärte sie, »oder rein praktisch hat er meine Tochter zwar nicht umgebracht, denn sie hat sich eigenhändig das Leben genommen, aber der Grund dafür war, was er ihr angetan hatte.«

Jetzt wusste ich, wovon sie sprach, davon hatte Georg Grip erzählt: von einer brutalen Vergewaltigung, nach der Jacob Björkenstam behauptet hatte, dass er mit der jungen Frau einvernehmlich Sex gehabt hätte.

»Ich glaube, ich habe davon gehört«, sagte ich, »aber soweit mir zu Ohren gekommen ist, haben Sie und Ihre Tochter nie Anzeige erstattet.«

»Das hätten wir gemacht... Ich wollte jedenfalls zur Polizei gehen, aber dann hat der alte Björkenstam uns angeboten zu bezahlen und alles wiedergutzumachen, und Rune, mein Mann – er ist inzwischen tot –, er meinte, es wäre besser, das Geld zu nehmen, und dass Malin, also unsere Tochter, es sicher gut brauchen könnte. Besser Geld als ein Spießrutenlauf vor Gericht, wo alles noch einmal ans Licht gezerrt würde und... Was er getan hat, Jacob Björkenstam, was er getan hat, war nicht okay.«

Sie war laut geworden und hatte die letzten Worte stark betont.

»In Ordnung... aber...«

Ich ließ die Frage in der Luft hängen.

Sie reagierte nicht.

Stattdessen blickte sie über den Campingplatz, auf dem Kinder herumtollten, hin- und herliefen und Fußball spielten. Ein paar Erwachsene pritschten einander einen Volleyball zu, und Autos mit Wohnwagenanhängern, die groß waren wie Einfamilienhäuser, fuhren auf den Platz oder hinaus.

»Dreißigtausend«, sagte sie.

»Das haben Sie...«

»Dreißigtausend für ein Leben. Malin war unser einziges Kind.«

Eine Weile saßen wir schweigend nebeneinander.

»Rune ist danach nie wieder er selbst gewesen.«

Ich nickte.

Sie hörte auf, Däumchen zu drehen, und faltete die Hände im Schoß. Ich legte meine Hand darauf.

Sie wandte sich zu mir um und sah mich an.

»War es das wert?«

Ich schüttelte den Kopf.

Eine Stunde später saß Els-Marie Gunnarsson unter einem Sonnenschirm an Lars Berglunds Gartentisch in Lerberget.

Ich hatte mich ihr vorgestellt und ihr erklärt, woran ich arbeitete und was ich alles über Björkenstam wusste. Anschließend hatten Lars Berglund und ich diskret beratschlagt, was wir schreiben sollten – und wie. Ich hatte die Fotos und das Filmchen, das ich aufgenommen hatte, an die Fotografin Britt-Marie Lindström geschickt, die sich sofort auf dem Weg nach Lerberget gemacht hatte, um noch ein normales Bild von Els-Marie Gunnarsson zu schießen. Sobald sie fertig wären, würde sie sie mit zurück nach Ängelholm nehmen.

Els-Marie Gunnarsson war zweiundsiebzig und vor dreizehn Jahren frühpensioniert worden, irgendwas mit den Knien oder der Hüfte oder beidem. Seit sieben Jahren war sie Witwe.

Eigentlich hätte sie sich gern was anderes angezogen, aber dazu hätte sie das Schlafzimmer verlassen und an Beule vorbeigehen müssen, und der hätte sich gewundert, wozu sie sich umziehen wollte. Egal, sagte sie sich, sie würde sich irgendwann was anderes kaufen können.

Sie schlüpfte in Shorts und Laufschuhe, steckte ein paar hochhackige Sandaletten in eine Plastiktüte, zog Bluse und BH aus und legte beides zu den Sandaletten in die Tüte.

Dann überprüfte sie den Lockenstab.

Stellte die Plastiktüte neben die Tür.

Holte einmal tief Luft und riss die Tür auf.

Schrie aus vollem Hals.

»Du musst mir helfen, es brennt!«

Dann wirbelte sie herum und stürzte zurück ins Schlafzimmer.

Beule steckte den Kopf durch die Tür.

»Wo ... was ...«

Er konnte den Blick nicht von ihrem Busen abwenden.

»Hier!«, rief sie.

Sie riss den Lockenstab aus der Steckdose und warf ihn zu ihm rüber.

Ohne hinzusehen, was auf ihn zuflog, und den Blick noch immer auf ihre Brüste geheftet, fing er den Lockenstab auf, genau wie sie gehofft und wie sie es erwartet hatte.

Das erhitzte Ende des Geräts erinnerte an einen Dildo, und um es aufzufangen, hatte er das Handy fallen lassen müssen. Als sich das rot glühende Ende in seine Handflächen brannte, brüllte er los.

Er fiel auf die Knie, donnerte den Lockenstab auf den Boden, warf ihn von sich, starrte dann entsetzt auf seine Handflächen hinab und riss den Mund zu einem stummen Schrei auf.

Sie schnappte sich das Ding und rammte es ihm in den Rachen.

»Bestimmte Sachen muss man nun mal in den Mund nehmen«, sagte sie.

Er spie das Gerät wieder aus, brüllte und wand sich am Boden. Es roch beißend und verbrannt, nach Schweiß und nach Urin, während sie sich ein Oberteil überwarf, über ihn drüberstieg, sich die Tüte schnappte, das Schlafzimmer verließ und die Treppe hinunterhastete.

Auf Babyliss ist Verlass, dachte sie noch, während sie auf direktem Weg auf ihren Wagen zulief, den Motor anließ und vom Hof raste.

Als sie schon ein ganzes Stück gefahren war, erkannte sie im Rückspiegel in einiger Entfernung ihren Mann und den großen Russen, die auf dem Weg nach Hause waren. Ihr Mann gestikulierte wild, es sah ganz so aus, als würde er sich über irgendetwas aufregen.

Noch vor dem Hafen bog sie rechts ab und ließ Mölle hinter sich.

Ob ihr Mann im Rückspiegel tatsächlich aufgeregt gewirkt hatte? Er hatte ja keine Ahnung, was ihn daheim noch erwartete.

Als ich wieder in Solviken war, kam eine der Bedienungen aus der Kneipe auf mich zugerannt.
»Da hat gerade jemand für dich angerufen, Harry.«
Sie hatte die Nummer auf einen Zettel geschrieben.
»Okay, aber das ist nur eine Nummer, wer war denn der Anrufer?«, wollte ich wissen.
»Ich glaub, Agneta Björkenstam, hat sie gesagt.«

Niemand folgte ihr, als sie Mölle verließ.
Sie fuhr einfach immer weiter, ohne wirklich zu wissen, wohin, und erst als sie die Weggabelung in Brunnby erreichte, steuerte sie den Parkplatz einer Ica-Filiale an und versuchte, wieder zur Besinnung zu kommen.

Sie glaubte, dass sie in Richtung Solviken unterwegs war.

Sie glaubte auch, dass Harry Svensson ihr auf irgendeine Weise helfen konnte.

Andererseits hatte er sie vermutlich an der Nase herumgeführt.

Oder ihr zumindest nicht die ganze Wahrheit gesagt.

Nach allem, was ihre Schwiegereltern und ihr Mann erzählt hatten, musste Harry Svensson doch gewusst haben, wer sie war.

Warum hatte er dann nichts gesagt?

Hatte ihr Mann recht? War er an irgendeiner Sache dran und hatte sie bloß aushorchen wollen?

Vielleicht.

Wahrscheinlich.

Oder doch eher nicht.

Sie hatte nicht den Eindruck gehabt, als wäre Harry Svensson ein gemeiner oder böswilliger Mensch. Und wenn es irgendwo Geheimnisse gab, die lohnenswert zu lüften wären, dann ganz sicher in der Familie ihres Mannes.

Wenn sie jetzt aber nach Solviken führen, würde ihre Schwiegermutter womöglich ihr Auto entdecken.

Und wenn sie mit dem Hafenmeister in Mölle Kontakt aufnahm? Nein, auch das konnte sie nicht machen. Sie durfte jetzt weder in Mölle noch in Solviken auftauchen.

Sie nahm ihr Handy aus der Tasche und klickte den Posteingang an.

Keine Mail mit russischem Absender.

Vielleicht hatte sie die Lage ja falsch eingeschätzt.

Dann wäre sie jetzt erledigt.

Sie verstärkte den Griff ums Lenkrad und schloss die Augen.

Fast fühlte es sich an, als wäre sie in einen Unfall verwickelt und das Leben würde vor ihren Augen vorbeiziehen. So sagte man das doch, oder? Sie verfluchte sich für ihre eigene Dummheit.

Erst als gänzlich unerwartet ein kurzer Schauer auf das Dach ihres Wagens niederging, konnte sie die düsteren Gedanken wieder abschütteln.

Sie war so weit gekommen, jetzt durfte sie nicht einfach aufgeben.

Sie hatte allen Ernstes einem Kerl ein rot glühendes Lockeneisen in den Rachen gerammt. Noch dazu einem ziemlich unangenehmen Kerl.

Sie legte den ersten Gang ein und fuhr in Richtung Helsingborg.

Dort war sie noch nicht oft gewesen, aber sie hatte in einem gewissen Café Koppi mal Kaffee getrunken, und dort fuhr sie jetzt hin.

Als sie den Wagen abgestellt hatte und auf das Café zulief, fiel ihr Blick auf ein Hotel namens Viking.

Einem spontanen Impuls folgend ging sie hinein und fragte, ob für die kommende Nacht noch ein Zimmer frei sei. Es war mitten im Sommer, und sie rechnete nicht damit, dass in einer Touristenstadt wie Helsingborg überhaupt noch Zimmer verfügbar sein könnten, aber das Viking hatte gerade eine Stornierung reinbekommen, sodass sie auf der Stelle einchecken konnte. Der Portier fragte noch, ob sie Hilfe mit dem Gepäck benötige, aber ... ihr Gepäck bestand aus einer Plastiktüte mit einer Bluse, einem BH und einem Paar Sandaletten.

»Ich komm schon klar«, sagte sie. »Meine Reisetasche ist auf dem Flug verloren gegangen.«

Das Zimmer war winzig, aber so möbliert, dass man kaum das Gefühl hatte, sich in einem Hotel zu befinden. Sie zog eins der altmodischen Sprossenfenster auf, das auf eine Straße mit dem hübschen Namen Fågelsångsgatan hinausging.

Weil sie Harry Svenssons Telefonnummer nicht hatte, googelte sie die Kontaktdaten des Restaurants in Solviken und rief dort an.

Eine junge Frau ging ans Telefon. Sie würde Harry ausrichten, dass sie angerufen hatte.

An der Rezeption fragte sie, ob es in der Nähe ein gutes Geschäft mit gehobener Markenmode gebe.

Der Mann, bei dem sie eingecheckt hatte, war inzwischen nicht mehr da. Stattdessen stand eine junge Frau am Empfang, die sie ansah und dann vorschlug: »Probieren Sie es mal bei Cenino Donna. Die haben alles – Prada, Gucci, Stella McCartney, Dolce & Gabbana, die ganze Palette.«

Die Frau schien zu wissen, wovon sie redete.

»Und wo finde ich das?«

»Kullagatan. Ist nicht weit weg.«

Als sie das Hotel verließ, hatte es angefangen zu regnen.

Sie war freudig erregt.

Nach allem, was sie in den letzten Tagen durchgemacht hatte, und obwohl sie genau genommen keine Ahnung hatte, was als Nächstes kommen würde, war es richtiggehend erstaunlich, wie beschwingt sie war.

Sie fragte sich, warum ihr Mann derart erbost gewirkt hatte, als er und Ladi in ihrem Rückspiegel aufgetaucht waren.

Der Gedanke tat ihrer guten Laune keinen Abbruch.

Sie musste an ihren Sohn denken. Ihr Interesse für Sport ging, abgesehen vom Tennis, praktisch gegen null. Auf Facebook hatte jemand geschrieben, dass irgendein Tennisexperte ihren Sohn Carl für das schwedische Daviscup-Team ins Gespräch gebracht habe.

Dass er so weit weg war, war für sie nicht leicht.

Im Augenblick spielte er ein Nachwuchsturnier in Bristol, und wenn mit Dmitri Golovin alles liefe, wie sie hoffte, würde sie Carl schon bald wiedersehen.

Er meldete sich nur, wenn er mal wieder Geld brauchte, und antwortete ansonsten weder auf Anrufe noch auf E-Mails oder SMS.

Typisch Teenager.

Ursprünglich wollte ich draußen von der Fischbude aus anrufen, aber es hatte angefangen zu regnen, sodass ich mich in eine Nische im Lokal zurückzog und die Nummer wählte, die ich bekommen hatte, eine Nummer, die angeblich Agneta Björkenstam gehörte.

Sie klang misstrauisch, als sie den Anruf entgegennahm.

»Hier ist Harry Svensson«, sagte ich.

Am anderen Ende blieb es eine Weile still.

Dann klang es fast, als würde sie mit jemand anderem reden.

»Moment bitte«, sagte sie zu mir.

Ich wartete.

»So«, meldete sie sich wieder, »ich war gerade in der Umkleidekabine, jetzt kann ich wieder sprechen.«

Diesmal klang mein »Okay« ein wenig misstrauisch.

Sie kam sofort zur Sache.

»Warum haben Sie mir nicht erzählt, dass Sie wussten, wer ich bin?«

Da mir keine gute Antwort einfallen wollte, antwortete ich erst mal gar nicht.

»Hallo? Sind Sie noch dran?«

»Ja, ich bin noch dran.«

»Warum haben Sie es nicht gesagt?«

»Keine Ahnung«, erwiderte ich. »Schien mir nicht wichtig zu sein.«

Sie lachte. Oder schnaubte. Schwer zu sagen.

»Nicht wichtig, sagen Sie, aber haben Sie eine Ahnung, was Sie damit angerichtet haben?«

»Ich weiß nicht, was Sie meinen«, sagte ich.

»Wo sind Sie gerade?«

»Solviken.«

»Könnten Sie nach Helsingborg kommen?«

»Klar, wann?«

»Jetzt gleich.«

»Okay, ich fahre sofort los.«

»Kennen Sie das Koppi?«

»Ja.«

»Dann sehen wir uns da.«

Und schon hatte Agneta Björkenstam aufgelegt.

Sie hatte einen Fensterplatz bekommen und sah, wie er draußen vorbeifuhr.

Er war in einem dunkelblauen Wagen mit litauischem Kennzeichen gekommen.

Mit dem Einparken schien er Probleme zu haben, es sah ganz danach aus, als wollte der Wagen ihm nicht gehorchen.

Als er das Koppi betrat, winkte sie ihn zu sich.

»Ich würde mir etwas bestellen«, sagte er. »Möchten Sie auch irgendwas?«

Sie schüttelte den Kopf und zeigte auf die Tasse vor ihr auf dem Tisch.

»Ich dachte, Männer könnten rückwärts einparken«, sagte sie, als er sich zu ihr gesetzt hatte.

Er lächelte.

»Eigentlich kann ich es auch, aber mit diesem Auto hab ich so meine Schwierigkeiten, es gehört mir nicht, ich hab es nur ausgeliehen.«

»Und wo ist Ihr Auto?«

»In der Werkstatt.«

So hatte sie sich nie zuvor gefühlt.

Harry Svenssons Antworten waren zwar nicht ausweichend, trotzdem war da etwas Beunruhigtes, Fragendes in seinem Blick, er hatte eine Art Verteidigungshaltung eingenommen und offensichtlich keine Ahnung, was sie von ihm wollte.

Sie hatte das Heft in der Hand.

Das freute sie über die Maßen. Viel zu lange hatte sie versucht, es allen recht zu machen oder vielmehr sich selbst im Hintergrund zu halten und das Boot nicht zum Schaukeln zu bringen, wie ihre Mutter zu sagen pflegte.

»Ich habe Sie bereits am Telefon gefragt: Warum haben Sie mir nicht erzählt, dass Sie wussten, wer ich bin?«

»Keine Ahnung«, antwortete er.

Er starrte hinab auf die Tischplatte und wich ihrem Blick aus.

»Wovon haben Sie denn eine Ahnung?«

Die Bedienung kam mit seinem Kaffee und einem belegten Brötchen, und dann erzählte er ihr, dass er einen Hinweis bekommen habe, aufgrund dessen er nach Mölle gefahren war, um dort eventuell mit ihrem Mann zu sprechen.

Während er sich noch mit dem Hafenmeister unterhalten habe, sei sie zufällig vorbeigekommen, der Hafenmeister habe ihm erzählt, wer sie war, und dann ... dann habe es sich einfach nicht ergeben, irgendwas zu sagen, teils weil er nicht gewusst hätte, ob sie etwas wusste, und selbst wenn, hätte er nicht wissen können, was, und außerdem, fügte er hinzu, habe sie ganz einfach fabelhaft ausgesehen, und es habe Spaß gemacht, mit ihr zu plaudern.

»In etwa so war es«, sagte er.

»Als ich gefragt habe, ob Sie in Mölle wohnen, haben Sie behauptet, schon länger nicht mehr dort gewesen zu sein, dabei hatte ich genau gesehen, wie Sie am selben Tag bei uns auf der Zufahrt den Wagen gewendet haben.«

Er blickte auf. Sah verdutzt aus.

»Ich wusste nicht, wo ich gelandet war, und hab bloß eine schöne Frau auf der Terrasse des Hauses gesehen ...«

»Seitdem ist in diesem Haus jedenfalls alles zum Teufel gegangen, ich bin misshandelt und erniedrigt worden und hab daraufhin Reißaus genommen und werde nicht wieder zurückkehren«, sagte sie.

Er schnappte regelrecht nach Luft.

»Was zur ...«

»Genau so ist es gewesen. Wenn Sie also irgendetwas wissen wollen, dann nutzen Sie jetzt die Gelegenheit.«

Ich war wie vom Donner gerührt.
Plötzlich wusste ich nicht mehr, was ich sie fragen wollte, oder besser gesagt: Klar wusste ich, was ich sie fragen wollte, aber ich hatte keine Ahnung, wie ich meine Fragen formulieren sollte und wie viel von dem, was ich inzwischen wusste oder zumindest zu wissen glaubte, ich verraten durfte.

Das hier konnte eine Falle sein.

Als ich Edward und Viveca Björkenstam auf den Pelz gerückt war, hatte es nicht lang gedauert, bis zwei Biker-Typen mir nachgesetzt hatten, und als ich bloß Stunden später Jacob Björkenstam begegnet war, hatte sich binnen kürzester Zeit seine Frau bei mir gemeldet.

Verglichen mit unseren Treffen in Mölle wirkte sie verändert. Da ich grundsätzlich nichts gegen weibliche Gesellschaft einzuwenden habe, hatte ich die Treffen mit Agneta Björkenstam tatsächlich sehr genossen.

Abgesehen davon, dass sie womöglich über hochbrisante Informationen verfügte, hatte sie auch durch ihre Art und ihr attraktives Äußeres mein Interesse geweckt. Ich hatte mehr über sie in Erfahrung bringen und wissen wollen, wie weit sie zu gehen bereit war. Sie hatte entspannt und cool gewirkt und eine Art diskreten Sex-Appeal ausgestrahlt.

Und wie immer fragte ich mich, was mit uns Männern los war. Bodil Nilssons Mann war mit der schönsten Frau der Welt verheiratet gewesen, hatte trotzdem jedem Rock nachgejagt und war ihr andauernd untreu gewesen. Jacob Björkenstam hatte eine sensationell gut aussehende Frau geheiratet und war auf eine derart brutale Weise untreu, dass sogar Vergewaltigung im Raum stand.

Es hatte lang gedauert, bis Bodil ihre Scheidung verkraftet hatte.

Und es hatte gedauert, bis Agneta Björkenstam endlich das Weite gesucht hatte, um abzutauchen.

Ich hatte den Eindruck, als machte sie seit diesen Beschluss einen zupackenderen, ja fast kaltschnäuzigeren Eindruck, als wüsste sie mit einem Mal, was sie selbst wollte, und hätte entschieden, endlich ihren Willen durchzusetzen.

»Ich hab heute Ihren Mann getroffen, tatsächlich erst vor ein paar Stunden«, sagte ich.

Sie sah aufrichtig erstaunt aus.

»Ich war am Hafen, als eine Frau ihn einen Mörder genannt hat.«

Jetzt sah sie noch erstaunter aus.

»Deshalb war er so...«

Sie brachte den Satz nicht zu Ende.

»Deshalb war er was?«

Sie sah zur Straße raus und schien kurz darüber nachzudenken, ob und, wenn ja, wie viel sie mir erzählen sollte.

»Ich muss tatsächlich zugeben, dass ich ausgerechnet heute nach Mölle gefahren war, um ein bisschen zu spionieren und zu hören, ob Sie mir vielleicht helfen könnten, einige Dinge zu verstehen, mit denen ich mich gerade beschäftige und auf die ich mir einfach keinen Reim machen kann. Aber Sie sind nicht aufgetaucht. Und als ich dort auf der Bank saß, auf der wir auch schon gesessen haben, ist Ihr Mann gekommen und hat sich zu mir gesetzt.«

Ich konnte ihr ansehen, dass sie das alles gerade zum ersten Mal hörte.

»Und was hat er gesagt?«, fragte sie nach einer Weile.

»Dass Sie unpässlich seien.«

»Kann man wohl sagen«, murmelte sie.

»Er hat mich beschuldigt... oder, nein, er glaubte anscheinend, Sie und ich, wir hätten eine Affäre.«

Sie brach in Gelächter aus.

»Hat er Sie geschlagen?«, fragte ich.

»Gehen wir lieber nicht ins Detail«, erwiderte sie.

»Ladi war bei ihm.«

»Das ist sein Assistent, zumindest dem Arbeitsvertrag nach, in Wahrheit ist er Leibwächter.«

»Ich bin ihm früher schon mal begegnet, als er vor etwa einer Woche mitten in der Nacht jemanden verfolgt hat.«

»Wer? Ladi?«

»Ja, und noch einer – ein kleiner Dicker. Die beiden haben sich bei meinem Haus herumgetrieben und jemanden gesucht, soweit ich es verstanden habe. Wissen Sie, wer das gewesen sein könnte?«

Emmas Namen erwähnte ich mit keiner Silbe.

Agneta Björkenstam schüttelte den Kopf.

»Keine Ahnung, was sie da getrieben haben, aber es hat alles mit einem Artikel über eine Marihuanaplantage angefangen. Mein Mann und seine Eltern sind schier ausgerastet, als sie ihn gelesen haben. Und dann haben Sie auch noch davon angefangen... Worum ging es dabei überhaupt?«

»Ich weiß es nicht. Wissen Sie es?«

»Ich weiß so einiges, aber darüber weiß ich nichts.«

»Einer meiner Informanten, der ein bisschen Einblick in die Kommunalverwaltung hat, vermutet, dass die Millionen Ihres Mannes oder vielmehr die Investitionen seiner Familie aus Drogengeschäften stammen könnten.«

Sie schüttelte immer noch den Kopf, und zwar zusehends vehement.

»Also, über die Geschäfte meines Mannes weiß ich so ziemlich alles, aber Drogen habe ich nie gefunden.«

»Aber Sie haben gesucht?«

»Ja. Ich habe gesucht, ich war es einfach leid, ständig aus allem rausgehalten zu werden, als wäre ich irgendwie minderbemittelt. Mit Edwards und Vivecas Geschäften kenne ich mich ganz gut aus, aber ich weiß auch oder glaube zumindest, dass Viveca insgeheim zweigleisig fährt. Die dürfen Sie nicht unterschätzen.«

»Die Frau, die Ihren Mann einen Mörder genannt hat, behauptet, er habe ihre Tochter vergewaltigt, nur deshalb habe sich das Mädchen umgebracht«, sagte ich.

»Sie glauben vielleicht, ich wäre eine Idiotin«, sprudelte es jetzt nur so aus ihr heraus, »oder komplett verblödet, weil ich nichts mitbekomme, auch wenn es direkt vor meiner Nase passiert. Aber ich habe mehr mitbekommen, als mein Mann und meine Schwiegereltern glauben, nur dass ich immer schön die Klappe gehalten und ihr Spiel mitgespielt hab.«

Sie hatte Tränen in den Augen.

»Es ist trotzdem nicht so leicht, wie alle sagen – sich einfach zu trennen. Immer wieder habe ich von allen Seiten zu hören bekommen: ›Wir Frauen müssen für unsere Männer da sein.‹ Meine Eltern sind nie zu irgendetwas eingeladen worden, und Jacobs Eltern haben sie bei den seltenen Gelegenheiten, wenn sie einander begegnet sind, wie Luft behandelt. Aber sogar meine eigene Mutter meinte, dass es mir doch gut gehen würde und dass ich das Boot nicht zum Schaukeln bringen dürfte. Dass es mir gut gehen würde? Was zum Teufel hat sie denn gemeint?«

»Ich weiß es nicht«, murmelte ich.

»Meine Schwiegermutter hat immer gesagt, dass Jungs eben Jungs wären und dass wir Frauen damit nun mal klarkommen müssten.«

»Apropos Jungs«, sagte ich. »Stimmt es, dass Ihr Schwiegervater kleine Jungs einlädt, wenn er seine Modelleisenbahn anwirft?«

Erneut lachte sie laut auf.

»Wenn wir uns nachher verabschiedet haben, schicke ich Ihnen ein paar Bilder.«

»Sie wissen nicht zufällig etwas von einem verschwundenen Mädchen?«

»Wann ... oder ... Was meinen Sie?«

»Vor etwa einer Woche. Ein paar Leute, mit denen ich mich unterhalten habe, meinten, dass die Björkenstams etwas damit zu tun haben könnten.«

»Also ... Ich war nicht oft in Solviken, nur ein paarmal, was da so alles vor sich geht, weiß ich natürlich nicht.«

Irgendwie schien sie plötzlich ihre Energie und die zupackende Art verloren zu haben, und mit einem Mal dämmerte mir, dass ich womöglich wirklich mehr wusste als sie.

»Kennen Sie die Klinik ein Stück außerhalb von Solviken? Zwischen Solviken und Mölle?«

»Ja«, antwortete sie zögerlich.

»Wissen Sie, wem sie gehört?«

»Edward und Viveca.«

»Ihren Schwiegereltern?«

Sie nickte.

»Angeblich werden oder wurden dort Personen gegen ihren Willen festgehalten.«

»Davon weiß ich nichts«, sagte sie. »Aber Sie haben schon recht, vor etwa einer Woche muss irgendwas vorgefallen sein. Da gab's zu Hause Streit, ich hab nicht alles mitbekommen, weil ich im Obergeschoss war, aber mein Mann, Ladi und Beule haben sich angeschrien.«

»Beule?«

»So heißt der andere.«

»Der kleine Fettsack?«

Sie nickte.

»Und Sie wissen auch nichts über den Dealer, der hier in Helsingborg erschossen wurde?«

Sie schüttelte den Kopf.

»Lassen Sie es mich so sagen: Ich glaube, mein Schwiegervater ist im Grunde ein guter Mensch, ganz im Gegensatz zu den beiden anderen. Mein Mann... tja. Als wir uns kennenlernten, habe ich bloß dieses Lächeln gesehen, den Charme, den Lifestyle. Meine Schwiegermutter hasst mich, und umgekehrt bringe ich für sie nicht das geringste Gefühl auf.« Dann fuhr sie fort: »Ladi ist ein netter Kerl, aber der andere, den Sie erwähnt haben... Ich hab ihm vorhin ziemlich große Schmerzen zugefügt.«

»Wirklich?«

»Ich hab fast ein bisschen Angst vor mir selbst gekriegt, weil ich das wirklich getan habe, aber... na ja. Sie würden es vielleicht ja sowieso erfahren, oder auch nicht, für mich kommt das aufs Gleiche raus. Aber wenn ich Jacob richtig einschätze, wird er versuchen, es zu vertuschen.«

Sie nippte an ihrer Kaffeetasse und schien nicht mal zu bemerken, dass sie bereits leer war.

»Was machen Sie denn jetzt?«, wollte ich wissen.

»Ich kann schon auf mich selbst aufpassen.«

»Und was ist mit Ihrem Sohn? GG, also, Georg Grip, hat erwähnt, dass er ein ziemlich guter Tennisspieler ist.«

Erneut sah sie verblüfft aus.

»Sie haben mit Georg Grip gesprochen?«

»Ich hab ihn getroffen.«

»Wie geht es ihm?«

»Ganz gut, nehme ich an. Zwischen ihm und Ihrem Mann ist eine Menge ungeklärt, auf dem Internat waren die beiden wohl nicht ganz so nett zu ihren Mitschülern, und ich glaube, dass die Erinnerung daran ihm ziemlich zusetzt.«

»Ich mochte Georg immer gern«, sagte sie.

»Er meinte, er hat Sie auch immer gemocht und dass Sie mehr Klasse haben, als Ihr Mann es verdient.«

»Um meinen Sohn kümmere ich mich ebenfalls, er ist in Sachen Tennis wirklich groß im Kommen.«

»Und was wollen Sie tun?«

»Sie haben ein Boot erwähnt, erinnern Sie sich noch? Damit hängt es zusammen. Ich fand es immer schon furchtbar, dass Jacob mit Russen Geschäfte macht. Die Wahrheit ist, dass er ganz einfach Geld für einen russischen Milliardär gewaschen hat, aber damit ist jetzt wohl endgültig Schluss.«

»Wie? Wie meinen Sie das?«

»Sie werden schon sehen, damit wird Jacob nicht mehr weitermachen. Ich muss jetzt gehen, aber ich hab ja Ihre Nummer, und ich schicke Ihnen gleich noch ein paar Bilder, die Ihnen nützlich sein könnten.«

»Warum haben Sie mir das alles erzählt?«, fragte ich.

»Ich weiß auch nicht, aber ich vertraue Ihnen.« Sie lächelte, stand auf und sagte: »Leben Sie wohl. Es war nett, Sie kennenzulernen, Harry Svensson.« Und nach kurzem Zögern: »Trotz allem.«

Ich sah ihr nach, als sie das Café verließ.

Mit schnellen Schritten steuerte sie das Hotel an, das gegenüber lag. Sie trug ein schlichtes, gerade geschnittenes Kleid einer Marke, die ich eigentlich hätte kennen müssen, aber nicht kannte. Es sah auf jeden Fall teuer aus und stand ihr ausgezeichnet.

Als ich bezahlt hatte und zu meinem Wagen zurückkehrte,

musste ich mich sputen, weil es wieder angefangen hatte zu regnen, zwar nicht heftig, aber durchaus hartnäckig, und der Regen hielt bis Solviken an.

Ich lief gerade hinauf zu meinem Haus, als mein Handy fiepte.

Agneta Björkenstam hatte mir fünf Bilder geschickt.

Zwei davon enthielten zusammengenommen vier Seiten mit einer Namensliste. Die Schrift war so winzig, dass ich die Dateien an meinen Laptop weiterschickte, auf dem ich sie würde vergrößern können.

Ein älteres Bild zeigte Viveca Björkenstam in Naziuniform.

So richtig alt war das Bild nicht.

Nach den Farben zu urteilen stammte es aus den späten Siebzigern oder frühen Achtzigern.

Auf dem Bild tat sie nichts.

Sie stand bloß da, kerzengerade, in Uniform und mit Schirmmütze.

Sie lächelte.

Die beiden letzten Dateien waren Filmchen, die für jeweils wenige Sekunden etwas zeigten, was wohl Edward Björkenstams Modelleisenbahn darstellen sollte.

Beziehungsweise mehrere Bahnen.

Auf dem ersten Clip rollte eine altmodische schwedische E-Lok aus dem Bahnhof Mölle, der in Wirklichkeit schon lange stillgelegt worden war.

Auf dem anderen Clip waren die Passagierwaggons durch altmodische Güterwagen ausgetauscht worden, und einem Schild zufolge fuhr der Zug auch nicht in den Bahnhof Mölle ein.

Es war nicht mal dasselbe kleine Bahnhofsmodellhäuschen.

Wo zuvor das Bahnhofsgebäude gestanden hatte, führten die Gleise auf diesem Clip in eine Art Lager.

Und über dem Eingang hing ein Schild mit der Aufschrift »Arbeit macht frei«.

Wenn die Modelleisenbahn der Familie Björkenstam also nicht gerade in Mölle ein- und ausfuhr, fuhr sie in ein Modell des Konzentrationslagers Auschwitz.

Nachdem ich die Dateien, die Agneta Björkenstam geschickt hatte, auf meinen Rechner übertragen hatte, entdeckte ich eine weitere SMS mit Kommentaren. Sie habe schon lange vermutet, legte sie nach, dass die Familie nicht nur in Geldwäsche verwickelt sei, sondern auch in rechtsradikale Machenschaften und dass die Namen auf den Listen Personen entsprächen, die als Anhänger »der guten Sache in wahrhaft nationalistischem Geiste handelten«.

Ich überflog die Liste.

Mehrere Namen kamen mir bekannt vor.

Zeitungsleute, Unternehmer, Meinungsmacher, Bertil Rasck, Markus Jihflod... K. Laxgård... Auf der Liste standen mehr als hundert Personen.

Wie Agneta Björkenstam an diese Information gelangt war, ging aus ihren SMS nicht hervor. Stattdessen trudelte eine weitere Nachricht von ihr ein – eine ziemlich lange diesmal.

Ich glaube wirklich, dass mein Schwiegervater im Grunde ein guter Mensch ist. Meine Schwiegermutter zieht die Strippen. Mein Mann ist ganz und gar braver Sohn und tut, was die Mama sagt. Sie haben mich nach Drogen gefragt und nach einer Biker-Gang, und wenn ich es richtig verstanden habe, hat meine Schwiegermutter auch diesbezüglich Kontakte und steuert wohl eine Gruppe namens Dark Knights. Die dürfen auf dem Grund und Boden der Björkenstams anbauen, was immer sie wollen, solange sie nur den einen oder anderen mehr oder weniger fragwürdigen Auftrag für sie ausführen. Und sie setzen Millionen um.

Ich versuchte, sie zurückzurufen, aber sie ging nicht ran.

Ich rief in dem Hotel an, das sie in Helsingborg angesteuert hatte, aber dort hieß es, sie habe schon ausgecheckt.

Ich schickte ein paar SMS hinterher, und nach einer Weile kam eine weitere Nachricht, diesmal eine kürzere.

Ich schalte diese Nummer jetzt ab. Vielleicht schick ich mal eine Postkarte... :-) Machen Sie sich meinetwegen keine Sorgen...

Sie hatte Dmitri Golovins Vertragsentwurf jetzt sicher fünfundzwanzigmal gelesen und konnte ihn in- und auswendig.

Um Rat konnte sie niemanden fragen, sie musste sich einzig und allein auf ihr eigenes Urteil verlassen. Als sie angefangen hatte, den Computer ihres Mannes zu durchforsten, hatte sie hin und wieder einen Juristen zurate gezogen, der für ihren Vater gearbeitet hatte, aber der war mittlerweile schon lange in Rente und mit derlei windigen Geschäften an der Grenze zur Illegalität natürlich nicht vertraut.

Außerdem hätte sie sich nie im Leben jemandem in Schweden anvertrauen können.

Die Leute, mit denen ihr Mann in New York und Florida Geschäfte gemacht hatte, waren skrupellos und gingen im Zweifelsfall auch über Leichen.

Jetzt war sie wirklich vollkommen auf sich gestellt.

Musste sich um sich selbst kümmern.

Es war aber auch höchste Zeit.

Sie verfügte über einen gesunden Menschenverstand und war sich sicher, damit schon ein gutes Stückweit zu kommen.

Dem Vertrag zufolge würde sie Golovins Haus im Londoner Stadtteil Belgravia nutzen dürfen, und er hatte ihr angeboten, sie auf seinem Boot von Kopenhagen nach London mitzunehmen. Anschließend würde sie sich in derselben Situation wiederfinden, in der ihr Mann gewesen war.

Sie wäre reich.

Das Geld wäre vielleicht nicht ganz sauber.

Aber das war ihr egal.

Ehre und Gerechtigkeit spielten jetzt ohnehin keine Rolle mehr.

Sie hatte den Vertrag ausgedruckt.

Dmitri Golovin hatte ihn schon unterschrieben.

Seine Unterschrift sah genauso krakelig und unförmig aus wie seine deformierte linke Hand.

Als ich die Webseite der Lokalzeitung aufrief, ging es überwiegend um den Brand, aber im Großen und Ganzen stand da nicht mehr, als der Feuerwehrmann Lars Berglund und mir erzählt hatte.

Spannender war, dass Berglund eine kleine Meldung unter der Überschrift »Angriff auf bekannten Investor« hatte platzieren können.

Der Artikel handelte von einer Frau, die Jacob Björkenstam im Hafen von Mölle als Mörder bezeichnet hatte – angeblich, so hieß es, liege ein Zwischenfall aus der Vergangenheit hinter dieser persönlichen Aktion. Berglund nannte weder Björkenstam noch Els-Marie Gunnarsson mit Namen, sie war einfach nur »die Frau« und er »der Investor«. Dem Artikel war jedoch ein Foto beigefügt, und auch wenn Björkenstams Gesicht verpixelt war, konnte sich jeder an einer Hand abzählen, um wen es sich handelte, zumal auch dastand, dass besagter »Investor« erst kürzlich nach Nordwest-Schonen gezogen war und größere Investitionen in der Gemeinde zu tätigen gedachte.

Als ich Lars Berglund anrief, unkte er, dass irgendjemand, vermutlich Björkenstam senior, die Veröffentlichung habe verhindern wollen, aber inzwischen hatte eine neue, jüngere und unerschrockene Redakteurin bei der Zeitung angefangen, und die hatte den Artikel trotz Protests von oben veröffentlicht.

Als ich Eva Månsson anrief, war sie gerade auf der E6 unterwegs gen Norden. Ich erzählte ihr, was passiert war, und sie war der Meinung, wir sollten endlich ihre Kontaktperson bei der Polizei in Helsingborg treffen.

Die Antwort auf ihre E-Mail war gekommen.
Sie folgte den Anweisungen.

Dann rief sie die Leihwagenfirma an und teilte ihnen mit, wo der Wagen stand, dass sie die Schlüssel im Hotel Viking in Helsingborg hinterlegt habe und dass die Rechnung an ihren Mann gehen solle.

Sie checkte aus und rief sich ein Taxi.

Der Hubschrauber wartete bereits auf dem offenen Gelände zwischen den großen Lagergebäuden am Hafen.

Wir trafen uns in der Bar eines Hotels namens Marina Plaza, ganz unten an der Hafeneinfahrt von Helsingborg. Der Schiffsverkehr zwischen Helsingborg und Helsingør hatte deutlich abgenommen, aber das eine oder andere Boot fuhr nach wie vor in den Hafen ein oder lief wieder aus, und hätten wir nicht diverse Dinge besprechen müssen, hätte ich mich glatt ans Fenster gesetzt, ein Bier getrunken und den Schiffsverkehr beobachtet.

Linn Sandberg war fast genauso groß wie ich, schlank, trug Jeans, eine leichte, helle Jacke und eine dunkelblaue Baseballkappe. Sie hatte kurzes, dichtes dunkles Haar und wache, neugierige Augen. Sie sah aus wie Ende zwanzig und schien Eva Månsson großen Respekt entgegenzubringen.

Eva sagte nicht viel, stellte uns lediglich einander vor, und anschließend gingen wir gemeinsam die jüngsten Ereignisse durch und alles, was wir in Erfahrung gebracht hatten – von meiner Seite aus zumindest all das, was ich bereit war zu erzählen.

Wir hatten reihum Kaffee bestellt.

»An sich hab ich mit solchen Sachen nichts zu schaffen, aber ich hab Eva einiges zu verdanken und bin Ihnen noch einen Gefallen schuldig«, sagte sie und nickte zu mir rüber.

»Ach wirklich?«

»Ich weiß, dass Sie im letzten Jahr mit diesem ›Spanking-Mörder‹ zugange waren und dass Eva letztendlich den Fall gelöst hat.

Es hätte nie so weit kommen dürfen. Damals war hier in der Gegend einiges passiert, ein Kiosk, der von irgendwelchen Rassisten abgefackelt wurde, ein toter Bauer und dann diese ganzen Dieseldiebstähle in der Umgebung... Da bin ich oft Streife gefahren. Meistens waren wir auf der anderen Seite der Landstraße unterwegs, dort, wo die ganzen Bauernhöfe liegen, aber hin und wieder waren wir auch unten in Arild, Svanshall, Jonstorp, Skäret – und in Solviken. An einem Abend sind wir auf einen Mann gestoßen, der in seinem Wagen an einer Bushaltestelle kurz hinter Solviken saß. Das war Ihr Mann – Bergström, hieß er nicht so?«

Ich nickte. »Gert-Inge.«

»Wir haben ihn weitergeschickt«, fuhr Linn fort. »Er war nüchtern, mit seinem Wagen war alles in Ordnung, er hat uns erzählt, er sei in Ihrem Restaurant essen gewesen und habe sich ein bisschen ausruhen müssen, bevor er weiterfahren wollte.«

»Er ist nie im Restaurant gewesen«, entgegnete ich.

»Nur dass wir das nicht wussten. Der Kollege hat ihn in ein Röhrchen blasen lassen, und ich hab ihn und seinen Wagen durchs System geschickt, und es schien alles bestens. Trotzdem werde ich den Gedanken nicht los, wir hätten damals einen Mörder laufen lassen.«

»So darf man in dem Fall nicht denken«, hielt ich dagegen. »Es ist doch gar nicht gesagt, dass Sie Bergström zu dem Zeitpunkt schon etwas hätten nachweisen können...«

Ich bin mir nicht ganz sicher, ob ich selbst glaubte, was ich sagte. Die Galeristin Lisen Carlberg hätte ihn bestimmt gern genauso frühzeitig eingebuchtet gesehen wie eine gewisse Südafrikanerin und eine junge Frau aus Kopenhagen. Aber Linn hatte natürlich recht, sie war mir etwas schuldig. Wobei es nicht ganz richtig war, dass »Eva letztendlich den Fall gelöst« hatte. Diesbezüglich hatten Arne Jönsson und ich deutlich mehr mitgemischt, als wir hinterher zugegeben haben. Mir war es allerdings ganz recht, dass Eva sich die Lorbeeren ansteckte und meine eigene Beteiligung an den Ereignissen nicht ans Licht kam.

Wir sprachen über den Brand auf dem Bauernhof, aber weder Eva noch ich erwähnte, dass genau dort Emma gelebt hatte und dass der tote Bauer ihr Vater gewesen war.

»Für die Kollegen, die sich Vollzeit mit Biker-Gangs befassen«, erklärte Linn Sandberg, »gilt der Brand als Todesstoß für die Dark Knights, zumindest hier in der Gegend.«

»Wer hat den Brand denn gelegt?«, fragte ich.

»Wissen wir nicht, aber es wäre sicher niemand überrascht, wenn es die Hells Angels gewesen wären, schließlich wollen die über den Drogenmarkt und die Geldeintreiberei die Oberhand behalten.«

Wir sprachen auch über Oskar Helander.

»Es würde mich nicht wundern«, sagte ich, »wenn da russische Finger im Spiel gewesen wären.«

Ich hatte die ganze Zeit vor mir gesehen, wie Björkenstam den großen Russen ausgeschickt hatte, um sich Helander vorzuknöpfen, doch Linn entgegnete: »Also, mich würde das sehr wundern.«

»Wieso?«

»Wir haben mit Leuten aus der näheren Umgebung gesprochen oder, wie Sie es formulieren würden, an diverse Türen geklopft. Allerdings waren zum Tatzeitpunkt nicht sehr viele daheim. An dem Tag hatten wir Bombenwetter, viele waren im Urlaub oder irgendwo am Strand, und niemand hat irgendwas gesehen, bis auf ein Paar, das auf dem Balkon saß und Bier getrunken hat.«

»Und was haben die erzählt?«

Mit einem Mal kam mir die Befürchtung, dass sie mich beobachtet haben könnten. Ich hatte niemanden gesehen, aber ich konnte mich noch daran erinnern, dass jemand auf irgendeinem Balkon oder hinter einem offenen Fenster Lasse Stefanz gehört hatte.

»Das haben wir nie offiziell nach draußen gegeben, deshalb dürfen Sie das auch niemals erwähnen, sofern Sie über all das einen Artikel schreiben wollen. Die beiden haben jedenfalls ausgesagt, dass von einem der anderen Gebäude zwei Biker auf Helanders Wohnhaus zugelaufen seien. Nach einer Viertelstunde sind sie denselben Weg zurückgelaufen, den sie gekommen waren.«

»Und sind die beiden glaubwürdig?«

»Wir haben sie überprüft. Beide leben von der Stütze und trinken den ganzen Tag dänisches Bier. Die Frau hat eine Menge Herrenbesuch, gegen Bezahlung, wie gemunkelt wird. Sie liegen mit der Miete im Rückstand und werden in regelmäßigen Abständen aufgefordert auszuziehen. Aber sie waren sich ihrer Sache sicher, sie haben sogar behauptet, dass auf den Westen dieser Typen Dark Knights gestanden hat.«

»Die werden irgendwo hier in der Gegend wohnen«, sagte ich.

»Bitte?«

»Die Dark Knights, meine ich.«

Sie sah mich verdutzt an.

Ich zuckte mit den Schultern.

»Zumindest hab ich das gehört.«

Linn hatte eine altmodische, verschlissene Ledertasche dabei, die sie jetzt hochnahm und auf den Tisch legte. Sie öffnete sie und zog ein paar Plastikbeutel hervor.

»Sind Sie mit dem Hergang dieses Motorradunfalls vertraut?«, fragte sie.

Das konnte ich nicht abstreiten.

Eva und ich nickten.

»Einer der beiden ist noch am Unglücksort gestorben, der andere in seinem Klinikbett, und keiner versteht, warum. Allerdings hat einer der Ärzte die Theorie aufgestellt, dass der Typ möglicherweise im wahrsten Sinne des Wortes mundtot gemacht wurde. Zwischen den Gangs hat es immerhin ziemlich viel Ärger gegeben. Wir haben uns die Aufnahmen der Überwachungskameras angeguckt, aber nichts Verdächtiges sehen können, was vermutlich daran lag, dass wir uns erst nur auf eine Person in Gang-Montur konzentriert haben.«

»Und weiter?«, hakte Eva nach.

»Dann haben wir eine Person entdeckt, die verdächtig eilig unterwegs gewesen ist und sich dem Blickfeld der Kameras so weit wie nur möglich entzogen hat. Die Person kommt durch die Eingangstür und taucht überhaupt erst wieder auf den Bildern auf, als sie mit dem Aufzug in dem Stockwerk erscheint, auf dem der Biker lag.«

Sie legte zwei Aufnahmen vor uns hin und drehte sie so, dass wir sie sehen konnten.

»Wir wissen nicht, wer es ist, er schaut von den Kameras weg, um unerkannt zu bleiben«, sagte sie.

Ich starrte eine Weile auf die beiden Fotos hinab. Irgendetwas an der Körperhaltung, am Gang kam mir bekannt vor.

»Sicher«, fragte ich am Ende, »dass das ein Er ist?«

Sie drehte das Bild zu sich um, starrte es an und fragte: »Wie meinen Sie das?«

»Nur weil die Person eine Schirmmütze und diese Jacke trägt, heißt das noch nicht, dass es ein Mann sein muss.«

Sie nickte.

»Und wenn der Typ im Bett geschlafen hat, hätte genauso gut eine Frau ihn mit einem Kissen ersticken können«, fuhr ich fort.

Linn nickte erneut.

Ich war mir sicher, dass die Person auf dem Bild Viveca Björkenstam war. Warum sie aber ihren Motorradfreund hätte töten wollen, war mir nicht klar.

Stattdessen erzählte ich ihnen von der Privatklinik.

»Ich glaube, dass die verschwundene Mutter dort ist, ich hab mich mit ihren Nachbarn unterhalten, und die waren zwar einigermaßen alkoholisiert, aber so wie ich sie verstanden habe, ist sie gegen ihren Willen entführt worden.«

»Und das Mädchen? Die Tochter?«

Ich zuckte mit den Schultern.

Eva schaute währenddessen einem Hubschrauber nach, der auf der anderen Seite der Mole in die Luft stieg.

»Außerdem hat ein Kollege von mir aus Anderslöv munkeln hören, dass eine Frau aus seiner Gegend, eine... Moment, ich muss kurz nachdenken... Härdh af Croonsiö hieß sie, glaube ich. Dass sie ebenfalls dort in der Klinik wäre.«

»Gegen ihren Willen?«, wiederholte Linn.

»Gut möglich.«

Eine Weile saßen wir stumm beieinander, bis Linn Sandberg dem Schweigen ein Ende setzte.

»Das ist jetzt möglicherweise das Allerdümmste, was ich je gemacht habe, aber... ich bin Ihnen was schuldig, und daher werde ich jetzt dafür sorgen, dass wir sofort Zutritt zu dieser Klinik bekommen.« Sie packte ihre Tasche, und bevor sie ging, sagte sie noch: »Im Krankenhaus ist übrigens noch eine andere schräge Sache passiert. Ein Zeuge, der auf einen Krankentransport nach Lund gewartet hat, meinte, da sei ein Typ von Unbekannten hergebracht und aus einem Auto gestoßen worden. In der Notaufnahme haben sie dann Brandverletzungen auf beiden Handflächen und im Mund festgestellt, und er hatte Probleme mit der Atmung.«

Beule, schoss es mir durch den Kopf. Das musste Beule gewesen sein.

»Er kann nicht reden, aber er hätte auch so ganz sicher nichts gesagt. Er ist polizeibekannt, zumindest in Stockholm: kleinere Raub-, Gewaltdelikte und irgendwelche Fußballkeilereien.« Sie

nahm ihr Handy aus der Tasche und tippte kurz darauf herum.
»Er heißt Håkan Eriksson. Sind Sie ihm mal begegnet?«

Wir schüttelten beide den Kopf.

»Hier steht, dass er auch Beule genannt wird.«

Wir zuckten mit den Schultern, diesbezüglich hatten wir inzwischen ziemlich gut Übung.

Linn Sandberg klappte ihre Tasche wieder zu, und dann verabschiedeten wir uns.

Es war alles so verdammt schnell gegangen.
Auch wenn ihr vollkommen klar war, dass es zwischen Schweden und Dänemark nicht gerade weit war, hatte sie sich doch gewundert, dass der Hubschrauberflug von Helsingborg nach Kopenhagen lediglich zwölf Minuten gedauert hatte.

Sie hatte zuvor nur ein einziges Mal in einem Hubschrauber gesessen: während eines Skiurlaubs in Aspen, Colorado. Da war Carl noch ganz klein gewesen und hatte den Flug als großes Abenteuer betrachtet und die ganze Woche gequengelt, dass er wieder »Hubschrauber fahren« wollte. Sie selbst hatte eine Höllenangst gehabt, um nicht zu sagen: Todesangst. Der Krach der Rotoren hatte in den Ohren geschmerzt, und das Ruckeln und Schwanken des Fahrzeugs war für sie ein sicheres Zeichen dafür gewesen, dass sie drauf und dran waren abzustürzen.

Allerdings war das schon Jahre her. Offenbar waren auch Hubschrauber seitdem moderner und sicherer geworden, denn die Reise über den Sund war nicht nur kurz und schmerzlos, sondern sogar halbwegs komfortabel gewesen. Sie hatte sogar einen Blick nach unten gewagt und versucht, am Boden irgendetwas zu erkennen. In Erdkunde hatte sie nie besonders gut aufgepasst, aber sie hatte die Fähren zwischen Helsingborg und Helsingør entdeckt und war sich sicher gewesen, die Insel Ven unter sich zu sehen. Als sie in den Sinkflug gingen, hatte sie jedoch so ihre Zweifel gehabt, ob die Stadt zu ihrer Linken wirklich Malmö war.

Das lief doch gut«, stellte Eva Månsson fest, als Linn Sandberg die Lobby durchquert hatte und verschwunden war.

»Wenn du meinst«, sagte ich.

»Was soll das heißen?«, fragte sie.

»Ich glaube, ich weiß, wer für die Brandverletzungen dieses Kerls verantwortlich ist, der vor dem Krankenhaus aus dem Auto geworfen wurde.«

»Ach … und wer?«

»Da komm ich lieber später drauf zurück.«

»Geheimnisse?«

»Nein. Ich bin mir nur nicht sicher, ich erzähl es dir, wenn ich es definitiv weiß.«

Sie schüttelte den Kopf, ehe sie sich umwandte und einen sehnsüchtigen, fast schon gierigen Blick auf die Bierhähne hinter dem Tresen warf.

»Ich hätte jetzt gerne ein großes, fettes, gottverdammtes Bier. Aber das muss wahrscheinlich warten, bis wir nach Solviken kommen, oder?«

Wir beratschlagten, auf welche Weise wir uns der Familie Björkenstam annehmen sollten. Immerhin saß ich sozusagen auf einer Menge brisanten Materials, das eine der wohlhabendsten, namhaftesten Familien Schwedens auf die eine oder andere Art mit kriminellen Machenschaften in Verbindung brachte: von Drogenanbau über Rechtsradikalismus und Biker-Gangs bis hin zu Mord. Wir hatten die Trumpfkarte in der Hand. Sobald der Artikel mit Lars Berglunds Hilfe veröffentlicht wäre, würde die trügerische Fassade in sich zusammenfallen, und wir bräuchten nur noch dafür zu sorgen, dass Emma und ihre Mutter irgendwo in Sicherheit gebracht würden.

Allerdings kamen wir mit unseren Plänen nicht sehr weit.

Mein Handy fiepte.

Ich hatte ein Bild geschickt bekommen.

Eine Frau auf einem Stuhl.

Eine Männerhand zog ihren Kopf in den Nacken, während seine andere Hand ihr ein Messer an die nackte Kehle hielt.

Über dem Mund der Frau klebte Panzerband.

Der Begleittext zu dem Foto lautete:

Eine Mutter sucht ihre Tochter.

Es sollte noch eine Weile dauern, bis Eva Månsson ihr großes, fettes, gottverdammtes Bier bekommen würde.

VIII

Sonntag

Nach einer schlaflosen Nacht saßen wir daheim bei Arne Jönsson an seinem Küchentisch in Anderslöv.
 Ich, Eva Månsson, Arne und Emma.
 Arne hatte sein bescheuertes Nachthemd an.
 Emma schlief auf meinem Schoß.
 Ein alter Schlager dudelte so leise von Arnes Rechner herüber, dass man nicht mal hören konnte, um welchen Song es sich handelte. Ich war mir allerdings nicht sicher, ob ich es hätte sagen können, selbst wenn er lauter gewesen wäre. Arne musste wirklich die längste Lieblingsschlager-Playlist der Welt haben.
 Ich konnte mich nicht konzentrieren.
 Obwohl wir etliche Kannen Kaffee in uns reingeschüttet hatten, bekam ich die Lider kaum mehr auseinander, und ich hatte eine Art Tinnituspfeifen auf den Ohren.
 Arne hatte die Arme vor der Brust verschränkt, was ihm nicht gerade zu einem männlicheren Aussehen verhalf, nicht in diesem Nachthemd.
 Emma hatte die Wange an meine Brust gelegt, schlief tief und fest und atmete gleichmäßig.
 Eva hatte die Hände flach auf den Tisch gelegt und ließ den Kopf hängen. Sie schlief nicht, dämmerte nur ein bisschen vor sich hin.
 Noch in der Hotelbar in Helsingborg hatte ich das Handy umgedreht und ihr das Bild gezeigt.

»Ist das Emmas Mama?«, hatte sie gefragt.

»Keine Ahnung, ich hab sie nie getroffen, ich kenne nur ein altes Foto von ihr aus der Zeitung. Und auf dem hier sieht man sie ja nicht, das könnte jeder sein.«

Ich hatte das Bild nach Schmuck oder irgendwelchen anderen Auffälligkeiten abgesucht, doch mein Blick war immer wieder zu dem entblößten Hals und dem großen Messer gewandert, das sich in die Haut darüber bohrte.

Wer das Messer hielt, war nicht zu erkennen, aber nach den kräftigen Händen und Fingern zu urteilen musste es sich um einen Mann handeln. Er war hinter der Frau nicht zu sehen, einzig und allein ein Jackettärmel war erkennbar. Es war unmöglich auszumachen, wo das Bild aufgenommen worden war – hinter den beiden war lediglich eine kahle graue Wand zu sehen. Es hätte jeder x-beliebige Keller sein können.

Das Foto war von einer unbekannten Nummer abgeschickt worden, aber Eva war genauso davon überzeugt wie ich, dass der Absender ein einfaches Prepaid-Handy benutzt hatte.

»Woher haben die deine Nummer?«, fragte Eva.

»Die findet man im Internet, wenn man ein bisschen sucht, die ist nicht geheim oder so.«

»Und woher wissen die, dass Emma bei dir ist oder dass du in Kontakt mit ihr gewesen bist?«

»Das wissen sie nicht.«

»Sicher?«

Ich zögerte kurz, überlegte und antwortete schließlich: »Ich bin mir sicher, dass sie es nicht wissen. Zu hundert Prozent. Sie glauben oder vermuten es vielleicht, aber es gibt nicht den geringsten Beweis dafür, dass Emma in der Nacht zu mir gelaufen ist.«

»Was wollen sie dann von dir?«

»Keine Ahnung. Vielleicht wollen sie irgendeine Reaktion aus mir herauskitzeln und wissen sich nicht anders zu helfen.«

»Aber wer sind ›sie‹?«

»Weiß ich genauso wenig«, sagte ich.

Ich wusste es wirklich nicht. Aber ich hatte so eine Ahnung.

Es sah ganz danach aus, als würde es mit den Björkenstams und ihrem Imperium den Bach runtergehen, und ich war mir sicher, dass sie auf irgendeine Art und Weise mit dem Foto zu tun hatten.

Ich hatte Ladi, dem großen Russen, die Hand gegeben, er hatte früher geboxt, und seine grobschlächtigen Pranken sahen exakt so aus wie die auf dem Foto, folglich musste Ladi der Mann sein, der den Kopf der Frau zurückzerrte und ihr ein Messer an die Kehle hielt.

»Aber ich *glaube*, ich weiß, wer der Mann auf dem Bild ist.«

Eva warf mir einen Blick zu, der wohl bedeuten sollte: Ach... und wer?

»Ich glaube, das ist Ladi, vielleicht wird er aber auch nur so genannt, wahrscheinlich heißt er Vladimir. Er ist Russe, dürfte aber schon eine ganze Weile in Schweden leben, und er ist Jacob Björkenstams Bodyguard. Und... ich glaube auch, dass er hinter dem Mord an Emmas Vater im vergangenen Sommer steckt. Jacob Björkenstam hätte weder die Entschlossenheit noch den Mumm aufgebracht, oder wie immer man das verdammt noch mal nennen soll, um die Sache eigenhändig zu erledigen. Aber er könnte Ladi damit beauftragt haben. Jacob Björkenstam hat ihn etwa zu jener Zeit angestellt, vielleicht war es ja auch Ladis Art, seine Loyalität und seinen Gehorsam unter Beweis zu stellen.«

»Weißt du, wie er mit Nachnamen heißt?«

»Nein, ich hab noch nicht mal versucht, ihn zu googeln.«

Stattdessen versuchte ich, auf dem Foto weitere Hinweise ausfindig zu machen, die uns auf eine Spur bringen könnten.

»Verdammt, was mache ich denn jetzt, Eva? Soll ich antworten?«

Sie schüttelte den Kopf.

»Nein, wir warten ab. Wenn du jetzt antwortest, wissen sie, dass Emma bei dir ist, lass sie noch ein bisschen schwitzen.«

»Glaubst du wirklich, dass die schwitzen? Ich schwitze – das hier ist doch wirklich aussichtslos.«

»Wir warten noch ein bisschen.«

»Ich würde gern nach Anderslöv fahren«, sagte ich. »Ich würde mich besser fühlen, wenn wir dort wären, wo Emma gerade ist.«

Eva stimmte mir zu, und daher saßen wir nun am frühen Sonntagmorgen rund um Arne Jönssons Küchentisch, es war gerade kurz nach sechs, und draußen sah es ganz danach aus, als würde es ein strahlender schwedischer Sommertag werden.

Wir waren kurz vor Mitternacht angekommen, und Arne und Emma hatten bereits geschlafen.

Ich hatte Arne das Bild gezeigt. Emma nicht.

Allerdings hatte ich mich mit ihr in Arnes Arbeitszimmer gesetzt und ihr erzählt, dass wir weitergekommen seien, dass ihre Mutter am Leben sei und wir die ganze Sache – wie auch immer – klären würden.

»Aber das bedeutet, dass du mir voll und ganz vertrauen musst, Emma. Mir und Eva. Tust du das?«

Sie hatte genickt.

Ein paar Stunden später war sie dann auf meinem Schoß eingeschlafen.

»Ich begreife das nicht«, murmelte ich. »Diese Erpressung – oder was immer das sein soll...«

»Wieso nicht?«, wollte Arne wissen.

»Wenn ich ihnen Emma überlasse, haben sie alles und ich nichts. Ich hab doch nichts davon, wenn ich jetzt mache, was sie sagen.« Ich hatte geflüstert, um Emma nicht zu wecken. »Wenn ich ihnen Emma überlasse, bringen die doch Mutter und Tochter um die Ecke, abgesehen davon, dass sie auch jemanden wie mich nicht einfach laufen lassen können, da ich mittlerweile viel zu viel über ihre Geschäfte weiß.«

»Es gibt doch sicher noch mehr Leute, auf die das zutrifft? Immerhin hast du diesem Journalisten dort oben längst alles erzählt«, wandte Arne ein.

»Papa Björkenstam kann sich aus vielem rauskaufen – aber mit Mutter, Tochter und mir kommt er nicht so billig davon.«

»Und was willst du jetzt tun?«

Ich drehte mich zu Eva um.

»Wir müssen auf die MMS antworten.«

»Okay«, sagte sie. »Dann machen wir das jetzt.«

»Soll ich so tun, als würde ich die Frau kennen? Soll ich sagen, dass Emma gerade hier auf meinem Schoß liegt, oder soll ich mich dumm stellen und schreiben, dass ich keine Ahnung habe, was das Foto soll?«

Wir debattierten hin und her und formulierten schließlich folgende Nachricht:

Was soll das? Kapier ich nicht. Wer sind Sie?

Die Antwort ließ nicht lange auf sich warten:

Stell dich nicht dumm, Svensson.

Ich antwortete:

Sagt wer?

Diesmal dauerte es fünf Minuten, bis die Antwort kam.

Wenn das Mädchen nicht bei dir ist, weißt du, wo es ist.

Es wäre sinnlos gewesen, eine Diskussion darüber vom Zaun zu brechen, wer mit dem »Mädchen« gemeint sei, was sie angestellt habe, was sie mit ihr vorhätten und warum ich sie überhaupt kennen sollte.

»Sackgasse«, stellte ich fest. »Die können bei dem Spiel nur gewinnen, im Gegensatz zu uns.«

»Kannst du denen nicht ein Treffen vorschlagen?«, fragte Arne.

»Damit würde ich doch zugeben, dass ich Emma habe«, entgegnete ich.

»Nicht notwendigerweise. Du kannst doch schreiben: Lass uns treffen, dann können wir das alles besprechen, von Angesicht zu Angesicht. Du kannst denen doch mitteilen, dass es dir unmöglich ist, über das Leben von Menschen via SMS zu verhandeln.«

»Da hat Arne recht«, sagte Eva.

»Ich kann auch schreiben, dass ich das Foto an die Polizei weitergebe«, sagte ich.

»Und wen willst du da als Absender angeben?«, gab Arne zu bedenken.

»Man kann herausfinden, woher die Nachricht stammt, ich weiß nur nicht, wie schnell das geht«, warf Eva ein. »Außerdem hab ich keine Ahnung, ob dann nicht Harry gefragt würde, inwieweit er in die Sache involviert ist, wie viel er weiß und wie lange er schon davon gewusst hat.«

»Und du? Wie willst du dich aus der Affäre ziehen?«, fragte ich. »Solltest nicht ausgerechnet du die Polizei rufen?«

»Ich *bin* die Polizei«, erwiderte sie mit einem Grinsen.

»Du weißt, was ich meine. Dich werden sie für alle Zeiten auf dem Kieker haben, wenn rauskommt, dass du Bescheid wusstest und nichts gemeldet hast, ganz zu schweigen von all dem, was du gerade mit mir und Arne ausheckst.«

Sie seufzte, sah durchs Küchenfenster und dann zurück zu Emma, die in meinen Armen lag.

»Ich will doch nur, dass sie nicht das Gleiche durchmachen muss wie ich«, flüsterte sie.

»Wie meinst du das?«

»Wenn du gleich am ersten Tag mit ihr zur Polizei gegangen wärst, wäre sie in einer Mühle gelandet, die so dermaßen langsam mahlt und so verdammt grob und gefühllos, dass sie so einen kleinen Menschen, wie du ihn gerade auf dem Schoß hast, schlicht und ergreifend zermalmt. Ich bin in ihrem Alter bei ein paar richtig ekligen Familien gelandet«, erklärte sie.

»Aber warum?«, wollte Arne wissen.

»Meine Eltern waren Säufer«, sagte Eva.

Mehr sagte sie nicht.

Musste sie auch gar nicht.

»Ich dachte immer, dein Vater hat Wurstbuden in ganz Schonen«, sagte ich. »Irre ich mich, oder hast du das nicht letztes Jahr erzählt?«

»Das ist nicht mein leiblicher Vater, auch wenn ich ihn als meinen wahren Vater betrachte. Bei ihm und bei seiner Familie bin ich viel zu spät gelandet.« Sie winkte ab. »Jetzt hab ich mich schon so weit von euch da reinziehen lassen, dass wir auch weitermachen können. Es steht für mich doch nur ein verdammt langweiliger Job auf dem Spiel.«

»Wenn du meinst …«, sagte ich.

Wir einigten uns auf folgende Antwort:

Und wie wollen Sie diese Sache jetzt regeln?

Emma erwähnten wir immer noch nicht.

Die Antwort kam postwendend:

Steinbruch bei Svanshall, du und das Mädchen, Sonntag um 12.

»Da mach ich nicht mit«, sagte ich. »Ich weiß genau, wie es dort aussieht, da ist um die Uhrzeit keine Menschenseele unterwegs. Es gibt mehrere Zufahrtswege, der alte Steinbruch wurde geflutet, dort können sie mich und Emma und die Mutter gleich mit ersäufen, ohne dass irgendwer es mitbekommt.«

»Schreib, dass du dich mit ihnen an einem belebten Ort treffen willst«, schlug Arne vor.

»Beim Hafenfest«, sagte ich.

»Beim Hafenfest?«, kam es von Eva.

»Mama und Papa Björkenstam organisieren Jahr für Jahr das Hafenfest in Solviken, gestern Abend wurde der Landungssteg zum Tanzboden umfunktioniert, und heute soll es dort Losbuden, Flohmarkt, Imbissstände mit Aal, Grillwürstchen, Brathering und Kartoffelpüree und solche Sachen geben. Das wäre perfekt.«

Ich tippte:

Nicht der Steinbruch. Selbe Zeit im Hafen von Solviken.

Es dauerte keine Minute.

Findest du das witzig? Never.

Ich schrieb zurück:

Gut, dann bleib ich hier.

Sie hatten »das Mädchen« erwähnt, während ich lediglich und ganz bewusst nur »ich« geschrieben hatte.

Minuten verstrichen.

»Was diskutieren die denn, verdammt noch mal«, brummte Eva.

»Vier Minuten schon.« Arne starrt hoch zur Küchenuhr.

»Diese Uhr tickt verflucht langsam«, stellte ich fest.
Eva trommelte mit den Fingern auf die Tischplatte.
»Sechs Minuten«, sagte Arne.
Es dauerte volle acht Minuten und neunzehn Sekunden, bis die Antwort kam.

Okay.

»Okay?!«, sagte ich. »Fucking scheißokay?«
Nach einer weiteren Minute kam die nächste SMS – wieder mitsamt Bild.

Nur zur Warnung: Wenn du rumtrickst, hat sie ein Ohr weniger.

Jetzt wusste ich auch, warum es so lange gedauert hatte, bis die Antwort gekommen war.
Auf dem Foto war dieselbe Frau zu sehen wie zuvor.
Diesmal blickte sie in die Kamera, und jetzt konnte ich auch sehen, dass es Emmas Mutter war. In ihrem Blick lag Panik, aber ich erkannte sie von dem Zeitungsartikel wieder.
Auf diesem Bild wurde ihr kein Messer an die Kehle gehalten.
Sie war zur Hälfte skalpiert worden.
Der halbe Schädel war kahl, und der Mann in ihrem Rücken hielt jetzt ein langes Haarbüschel statt des Messers in der Hand.
»Das ist grässlich«, sagte Arne.
»Und was schreib ich jetzt?«
»Gar nichts«, sagte Eva.
Während Arne versuchte, ein Frühstück für uns zusammenzustellen – er stand immer noch unter dem Schock des Skalpierungsfotos –, legten wir uns einen Plan zurecht, wie wir sowohl Emma als auch ihre Mutter retten würden.

Und gleichzeitig Familie Björkenstam entlarvten.

Und selbst mit heiler Haut davonkamen.

Aber so leicht ist es nun mal nicht, und manchmal kommt es anders, als man denkt.

Ich rief Hafenmeister Dan Frej in Mölle an und bat ihn um Unterstützung.

Eva rief Linn Sandberg an und machte ein paar Andeutungen, dass in Solviken rund um die Mittagszeit irgendetwas vorfallen könnte. Als sie wieder aufgelegt hatte, sagte sie: »Linn ist gerade auf dem Weg in diese Privatklinik. Sie meinte, ›sie und Laxgård, genau wie letztes Jahr‹, was immer sie mir damit sagen wollte.«

Ich bat Eva, mir meinen Laptop rüberzureichen, fuhr ihn hoch und durchsuchte die Dokumente, die Agneta Björkenstam mir geschickt hatte. Meine Erinnerung hatte mich nicht getäuscht.

»Sag ihr, sie soll Laxgård zum Teufel jagen«, sagte ich. »Er steht auf der falschen Seite.«

»Wie bitte?«

»Hier.«

Auf Position neun der Personen, die nach Meinung von Viveca Björkenstam »der guten Sache in wahrhaft nationalistischem Geiste« dienten, stand *Laxgård K.*

»Was ist das?«, wollte Eva wissen.

»Das sind Leute, die Schweden unter ihre Kontrolle bringen wollen«, antwortete ich. »Sieh zu, verdammt, dass er nicht mit in diese Klinik geht! Er war gestern Abend auch beim Restaurant, und ich verwette meinen Arsch, dass die alte Björkenstam dafür gesorgt hat, dass explizit er die Sache mit der Biker-Gang bereinigen sollte, die sie wahrscheinlich höchstpersönlich losgeschickt hat, um dort für Unruhe zu sorgen und mich einzuschüchtern.«

Eva überflog die Listen, und genau wie mir fiel ihr die Kinnlade runter, weil sie aus so vielen bekannten, anerkannten schwedischen Namen bestand.

»Sicher, dass es derselbe Laxgård ist?«, fragte sie nach einer Weile.

»Was zum Teufel glaubst du, wie viele Laxgårds es hier gibt?«

»Schon klar ...«

Sie rief Linn Sandbergs Nummer an.

Als sie wieder aufgelegt hatte, erzählte sie: »Linn wollte es kaum glauben, aber ... sie hat ihn stattdessen zu irgendeinem Fußballkrawall geschickt. Und er heißt Krister, mit K. Es könnte also stimmen.«

Emma saß auf meinem Schoß, trank Kaffee und knabberte an einem Butterbrot.

Ich hatte keine Ahnung, weshalb, aber irgendwie fühlte es sich an, als gehörten wir zusammen.

Das Gefühl war gleichermaßen erschreckend und angenehm.

Dmitri Golovins Boot hatte bei den großen Kreuzfahrtschiffen ganz außen im Kopenhagener Hafen gelegen. Als sie am Vorabend aus dem Hubschrauber geklettert war, hatte ein dunkelhaariger junger Mann in einem hellen Anzug mit leger aufgeknöpftem Sakko sie in Empfang genommen, sich als Ilja vorgestellt und sie willkommen geheißen.

Später hatte sie erst ihre Kabine in Augenschein genommen und war nach einer weiteren halben Stunde zu Dmitri Golovins Arbeitszimmer begleitet worden.

Sie hatten ihre neue Partnerschaft mit russischem Kaviar und Wodka gefeiert.

Die Wodkaflasche hatte in einem tiefen Loch in einem herzförmig zurechtgeschlagenen Eisblock gesteckt.

Eigentlich mochte sie keinen Schnaps, aber der Wodka war so kalt gewesen, dass er nach nichts geschmeckt hatte. Vielleicht war es auch ein besonders guter Wodka gewesen.

Inzwischen ging die Sonne wieder auf, und sie waren auf dem Weg nach England.

Für Agneta Björkenstam segelten sie in ein neues Leben.

Ein halbes Jahr London, ein halbes Jahr Florida.

Darauf hatten sie sich geeinigt.

Gegen Mittag zog das Boot langsam nordwärts durch den Öresund, an Ven vorbei, an Helsingør und Helsingborg und weiter geradewegs in Richtung Atlantik.

Sie konnte den Kullaberg sehen.

Den Hafen von Mölle.

Sie hoffte, dass dies das Letzte wäre, was sie je von diesem Hafen zu sehen bekam.

Ich hatte noch nie viel für Idylle übrig.
Zumindest hatte ich mir immer eingebildet, dass es so wäre, doch als ich auf dem blitzblank polierten, frisch lackierten Mahagoniboot unter einem klarblauen Himmel langsam auf den Hafen von Solviken zuschipperte, hätte ich am liebsten genau diesen Augenblick, dieses Bild des Königreichs Schweden als Astrid-Lindgren-Idyll angehalten und für immer genießen oder zumindest für ein paar Minuten auf einen Pausenknopf drücken wollen... Aber das Leben hat nun mal keinen Pausenknopf, weil es keine Fernbedienung dafür gibt, wie man sein Leben leben soll, wobei es vielleicht ja nur noch eine Frage der Zeit ist, bis so was auf den Markt kommt.

Emma hing über der Reling und hielt eine Hand ins Wasser, das gemächlich an den Bootskörper schwappte. Sie hatte eine weiße Schleife im Haar. Eva Månsson hatte ihr die Haare gekämmt und die Schleife befestigt, und ich hatte den Eindruck gehabt, dass es ihr gefallen hatte, sich mit Emma zu beschäftigen.

Ann-Marie Ströyer stand auf dem Deck und hielt das Steuerruder in der rechten Hand, während sie mit links das Tempo regulierte. Der altmodische, dicke Hebel, den sie zu diesem Zweck bediente, sah aus, als könnte man damit auch Karussells auf einem Rummelplatz bedienen.

Ich hätte Ann-Marie per Telefon gar nicht erreichen können, aber Dan Frej, mein Hafenmeisterfreund, war mit seinem Boot dort hingefahren, wohin sie und Inger Johansson sich zurückgezogen hatten, und hatte Ann-Marie erzählt, was ich vorhatte. Ann-Marie hatte sich an diesem Sonntag für ein kurzärmliges, grobes Hemd und Jeans entschieden, sie war unfassbar braun gebrannt und hatte so viele Runzeln um die Augen und den Mund, dass sie auf ihre Art unendlich schön aussah. Außerdem hing in ihrem Mundwinkel eine selbst gedrehte Zigarette.

Ann-Marie hatte Emma und mich im Hafen von Jonstorp aufgelesen, sollte uns dann in ihren eigenen kleinen Hafen bringen, und von dort würden wir durch den Wald bis Solviken zu Fuß gehen. Emma hatte behauptet, sie würde den Weg finden.

Genau deshalb stand Ann-Marie Ströyer also am Steuer ihres Boots, während ich selbst backbord saß – sprich, für uns Landkrabben: linker Hand –, aber auch wenn der Augenblick gerade schier entrückend schön war, konnte ich ihn nicht genießen, weil ich mir darüber den Kopf zerbrach, wie sich alles entwickeln würde, sobald wir in Solviken ankämen. Außerdem fühlte ich mich halbwegs verloren, weil ich nicht wusste, womit man sich auf so einem Boot beschäftigte.

Der Motor knatterte leise, ruhig und gemütlich vor sich hin, und ich musste wieder an den eigenartigen Traum denken, den ich in der Nacht geträumt hatte, als Emma zu mir gekommen war. Daran war rein gar nichts leise, ruhig und gemütlich gewesen.

Ein paar Möwen flogen direkt hinter uns, aber als sie begriffen, dass wir weder Fisch noch Fischabfälle bei uns hatten, versuchten sie ihr Glück irgendwann andernorts.

Auf dem Weg von Jonstorp fuhren wir an Solviken vorbei.

Ich hatte den Hafen noch nie vom Wasser aus gesehen.

Was daran lag, dass ich dort noch nie auf dem Wasser gewesen war.

Ich hatte nie die Lust oder den Wunsch verspürt, segeln zu gehen oder auf einem Motorboot herumzufahren, überdies habe ich Angst – oder zumindest ein gewisses Unbehagen – vor größeren Booten, war dann aber doch überrascht, wie schön und entspannend es war, in Ann-Maries Boot zu sitzen und sie steuern zu lassen, einfach nur vorwärtszugleiten und es jemand anderem zu überlassen, die Richtung vorzugeben. Womöglich war das hier die Wasserversion des Schlenzens.

Der Hafen sah aus dieser Entfernung deutlich kleiner aus.

Das Lokal lag wie auf einem Regalbrett über dem Hafen. Ein paar Gäste saßen dort draußen auf der Terrasse, aber ob Eva Månsson darunter war, konnte ich nicht erkennen.

Sie war in aller Herrgottsfrühe in Anderslöv aufgebrochen, um vor dem Lokal Position zu beziehen. Hier wusste niemand, wer sie war, und von dort oben hatte sie die perfekte Sicht auf alles, was passieren würde.

Arne war sauer gewesen, weil er nicht hatte mitfahren dürfen.

Er hatte darauf beharrt – und das womöglich zu Recht –, inzwischen so tief in der Sache drinzustecken, dass er zum großen Finale eigentlich mit von der Partie hätte sein müssen.

»Das sind brandgefährliche Leute, Arne«, hatte ich gesagt.

Woraufhin seine Laune mitnichten besser geworden war.

Der Platz vor dem Hafen wurde großteils von einem Festzelt eingenommen, zu beiden Seiten des Wegs standen Buden und Tombolastände, und neben dem Zelt war eine kleine Bühne aufgebaut worden.

Mein Haus lag hinter Bäumen versteckt, nur die Eingangstür, die Veranda, der Vorplatz und der Giebel, der zum Lokal zeigte, waren von unten zu sehen.

Am Vorabend war im Hafen getanzt worden. Für fünfhundert Kronen hatte man Livemusik, Garnelen und Wein bekommen und die Möglichkeit, sich mit Gleichgesinnten zu umgeben. Wer nicht hatte bezahlen wollen, saß mit einem Eis am Pier oder ging auf ein Bier, ein Glas Wein und vielleicht einen Eierkuchen hinauf ins Restaurant.

Diejenigen, die an Solviken die ältesten Rechte hatten, waren die am wenigsten Wohlhabenden, die nur wie der letzte Lump rumstehen oder rumsitzen und zusehen durften, wie die reichen Sommergäste sich amüsierten.

Wir fuhren also an Solviken vorbei, und nach vielleicht fünf Minuten nahm Ann-Marie Kurs auf ihren kleinen Hafen, wo Inger Johansson schon auf uns wartete und Emma hinauf auf den Anleger half.

Ich bedankte mich bei den zwei Frauen für ihre Hilfe, versprach ihnen ein Gratisessen im Restaurant, nahm Emma bei der Hand, und gemeinsam machten wir uns auf den Weg.

Der Pfad, der von Ann-Maries Hafen hinaufführte, war mit kleineren und größeren kugelrunden Steinen übersät, und es fühlte sich beinahe so an, als würde der Boden unter uns rollen. Wie hieß es so schön? *Rolling stones gather no moss.* Diese Steine hatten tatsächlich nirgends Moos angesetzt. Emma flatterte wie ein Schmetterling darüber hinweg, mir fiel es ein wenig schwerer.

Im Wald wurde es mitnichten besser.

Es war ein einziges dichtes Durcheinander aus Bäumen und Gebüsch, und wo immer es nötig war, schlug Emma vor, ich solle auf alle viere gehen oder mich der Länge nach auf die Erde legen und vorwärtsrobben. Als wir uns nach einer gefühlten Ewigkeit dem Waldrand näherten, standen wir fast direkt hinter meinem Haus.

Ich klopfte meine Jacke ab.

»Und jetzt so schnell wir können durch den Hintereingang in die Restaurantküche!«

Emma nahm meine Hand, und die letzten Meter von der Hausecke bis runter ins Lokal joggten wir und schlüpften in die Küche.

Es war erst elf Uhr, und es ging noch halbwegs ruhig zu.

Simon Pender kam aus dem Gastraum in die Küche und verlangte lautstark nach zwei Eierkuchen. Als er mich entdeckte, sagte er: »Bist du auch endlich mal da. Wie gut, heute geht's rund.«

Dann fiel sein Blick auf Emma. Er sah zwischen uns beiden hin und her.

»Aber... Das ist doch... Ist das nicht...«

»Doch«, sagte ich. »Das ist Emma.«

»Hej, Emma.«

»Hej«, antwortete sie.

»Du kannst ja sprechen?« Dann nahm er mich beiseite und raunte mir zu: »Was soll das, verdammt? Ist die nicht verschwunden?« Er nickte zu Emma hinüber.

»Jetzt nicht mehr.«

»Was geht hier vor?«

»Wir werden sehen«, sagte ich. »Kannst du für Emma und mich einen Tisch klarmachen? Ich will im Restaurant an einem offenen Fenster sitzen, damit ich mit den Leuten draußen reden kann.« Ich zeigte auf Eva Månsson, die draußen an einem Tisch, und Lars Berglund sowie Britt-Marie Lindström, die an einem anderen Tisch saßen. Britt-Marie hatte weder Fotoweste noch Kameratasche dabei, aber ich nahm an, dass eine kleinere Kamera in ihrer Handtasche steckte.

»Kennst du die?«

Ich nickte.

»Ich dachte erst, das wäre Henrik Larsson«, sagte Simon. »Ist allerdings ein bisschen zu alt.«

»Vielleicht erinnerst du dich vom letzten Sommer noch an die Frau, die allein an ihrem Tisch sitzt? Sie war mal hier und hat zu Abend gegessen. Das ist Eva Månsson von der Polizei in Malmö.«

Simon nickte. Er sah nachdenklich aus.

»Kann sein, ja, irgendwie kommt sie mir bekannt vor, aber ich hab so das Gefühl, es wäre besser, ich wüsste nicht zu viel.«

»Du kannst echt ein verdammt schlauer Teufel sein, Simon.«

Da das Lokal erhöht lag, konnte man vom Hafen aus nicht hineinsehen, also waren Emma und ich hier vor Blicken geschützt. Außerdem bat ich Simon um zwei Schirmmützen mit Namen und Logo des Lokals, die wir aufsetzten und tief in die Stirn zogen. Emmas Mütze war weiß mit schwarzem Text, meine schwarz mit weißem Text.

Von Eva erfuhr ich, dass sie auf dem Weg nach Solviken nichts Auffälliges bemerkt hatte, an der Abzweigung hatten lediglich ein paar Wagen gestanden, aber sie waren allesamt leer gewesen.

Es war gut, dass Eva, Lars und Britt-Marie so nah beieinandersaßen.

Wenn irgendjemand hinüberschaute und sähe, dass sie redeten, würde es so wirken, als wären sie miteinander und nicht mit mir in eine Unterhaltung vertieft.

Ich ließ den Blick über den Hafen schweifen, hin und her, vor zum Pier und wieder zurück.

Auch ich bemerkte niemanden, der sich auffällig verhalten hätte.

Mal abgesehen von Viveca Björkenstam.

Sie stand mit zwei etwa gleichaltrigen Frauen neben einem Tisch voller alter Gläser, Besteck, Zeug, Töpfen, Geschirr, Steh- und Wandlampen, Vasen, Schmuck, Teppichen, mehreren Stoffballen und einigen Handtaschen, die irgendwer geerbt oder in einer Designerboutique in London oder Paris gekauft hatte. Die zwei Frauen kamen mir vage bekannt vor.

Ihr Mann saß in einem eleganten Gartenstuhl an einer improvisierten Bar gleich vor dem Zelteingang, und neben ihm saß ein älterer Herr in Sakko, weißer Hose, weißem Hemd mit dünnen blauen Streifen und einem dunklen, schmalen Schlips:

Bertil Rasck, der Mann, der mehr als ein Mal in aller Öffentlichkeit den Holocaust geleugnet hatte. Ich erinnerte mich überdies daran, dass er immer ein Thermometer bei sich führte, wenn er baden ging, und dass er dann mit lauter, fester Stimme verkündete, wie warm oder wie kalt es war, sobald er wieder aus dem Wasser stieg.

Zwei Männer und eine Frau trugen Verstärker und einen Mikrofonständer auf die Bühne und stellten sie auf.

Neben der Bühne im Gras saßen Fischer-Bosse und Dan Frej, alle beide mit einer Bierdose in der Hand. Ich hatte keinen Schimmer, wie viel Dan Frej Fischer-Bosse von unserer Bootsfahrt erzählt hatte, aber inzwischen war es fast schon egal, wer was wusste.

Andrius Siskauskas und einer seiner Jungs schlenderten den Weg von der Badestelle herauf – es war derselbe große, breit gebaute Junge mit kräftigen Pranken und markantem Kinn, der vor meinem Haus Wache gesessen hatte. Ich fand nach wie vor, dass Kalle der passende Name für ihn gewesen wäre. Er ließ sich ganz hinten auf der Terrasse nieder, während Andrius das Restaurant durchquerte und die Küche ansteuerte.

Ich sah ihm verwundert nach. Hinter seinem rechten Bein hatte er einen Baseballschläger versteckt.

Er kam wieder und ging an unserem Tisch kurz in die Hocke.

»Ich denke: Es ist nie verkehrt, so ein Holz dabeizuhaben.« Als er sich wieder hochstemmte, angelte er einen Autoschlüssel aus der Hosentasche. »Eins noch: Dein Auto ist fertig. Steht auf dem Parkplatz.«

»Dein Navi hat mich fast verrückt gemacht, das hat nur Vilnius angezeigt.«

Andrius machte ein ernstes Gesicht.

»Vielleicht stimmt ja, was man sagt: Alle Wege führen nach Vilnius.«

»*Sure thing*, Andrius.«

Dann marschierte er wieder raus, keine Ahnung, wohin, zu Kalle setzte er sich auf jeden Fall nicht.

Eva, Lars und Britt-Marie bestellten sich Sandwiches und Kaffee.

Auch Emma trank Kaffee.

Ich selbst bekam nichts in mich rein, durfte den Hafen und die Leute nicht aus den Augen lassen.

Der Verkehr war für die ganze Hafenanlage gesperrt worden, trotzdem rollte jetzt ein unansehnlicher Achtzigerjahre-Volvo langsam zwischen den Buden und dem Festzelt hindurch bis vor an die Bühne.

Drei Männer stiegen aus.

Ich erkannte sie alle drei von meinem Besuch bei den Björkenstams wieder.

Der Mann, der bei unserer ersten Begegnung auf dem Traktor gesessen hatte, verschwand im Zelt, und die anderen beiden, die Edward Björkenstam bei dem Feuer in seinem Garten assistiert hatten, liefen auf eins der Fischerboote zu, die an Land gezogen worden waren und auf einen neuen Anstrich warteten. Sie zogen Zigarettenschachteln hervor und fingen an zu qualmen.

Derweil taten sie so, als wären sie an der schönen Aussicht interessiert.

Wobei sie allerdings wenig überzeugend wirkten.

Keine Ahnung, wo er auf einmal hergekommen war, aber plötzlich kauerte Andrius wieder neben mir.

»Ich hab mir sofort gedacht: Die drei da sind Harrys Kumpels.«

»Na ja, Kumpels nicht gerade…«

»Verstanden.« Er zwinkerte mir zu. »Dann mach ich mich jetzt mal auf den Weg nach Vilnius.«

Wenn ich die Dienste von Andrius und seinen Jungs noch

häufiger in Anspruch nehmen wollte, war es wohl allmählich an der Zeit, mich auf den litauischen Humor einzulassen.

Eva, Lars und Britt-Marie plauderten noch immer, ohne dass ich auch nur ein Wort verstanden hätte. Teils versuchte ich natürlich, mich auf die Björkenstams und ihre drei Handlanger zu konzentrieren, teils machte ich mir aber auch Sorgen, weil Emma so verschreckt aussah. Seit sie mitten in der Nacht bei mir vor der Tür gestanden und sich dann panisch unter meinem Bett verkrochen hatte, hatte ich sie nicht mehr so gesehen.

Es war inzwischen fast zwölf Uhr, und langsam, aber sicher verkrampfte sich mein Magen.

Ich nahm an, dass gleich Ladi auftauchen würde, ob nun mit oder ohne Emmas Mutter. Aber sicher konnte ich da natürlich nicht sein.

Wo Jacob Björkenstam gerade steckte oder was für eine Rolle er bei dieser Sache einnehmen würde, wusste ich ebenso wenig.

Die Björkenstams hatten drei Helfer bei der Hand.

Ich zwei.

Wenn ich mich selbst dazuzählte, waren wir also zu dritt.

Weder Simon noch Lars Berglund betrachtete ich als potenzielle Schlachtgefährten.

Andererseits hatte Britt-Marie seit Jahren als Fotografin alter Schule gearbeitet, und inmitten eines Pulks aus Paparazzi konnte es durchaus hoch hergehen, vermutlich wusste sie also genau, wie man eine schwere Kamera schleudern musste, aber wie bereits erwähnt konnte ich an ihrem Tisch nirgends eine Kameratasche entdecken.

Eva Månsson hatte an der Polizeischule womöglich Nahkampftraining gehabt. Zumindest stand das zu hoffen.

Fischer-Bosse und Dan Frej hatten sich zu einer der Fischbuden links am Pier zurückgezogen. Ich hatte keine Ahnung, ob die beiden bereit waren, sich auf eine potenziell gewalttätige

Situation einzulassen. Klar hatte Bosse mir aufgeholfen, als diese Biker-Typen mich nach ihrem Kneipenbesuch in den Schotter geschleudert hatten, aber während der Schlägerei oder der Auseinandersetzung selbst hatte er nicht eingegriffen.

Evas Handy meldete eine SMS. Als sie sie gelesen hatte, drehte sie sich zu uns um.

»Das war Linn. Diese Klinik war anscheinend ein Volltreffer.«
»Hat sie Emmas Mutter erwähnt?«, fragte ich.
»Nein, es war nur das... Ich hab sofort zurückgeschrieben, aber sie antwortet nicht. Hoffentlich ist sie schon unterwegs hierher.«

»Ich will auf deinen Schoß, Harry«, sagte Emma.

Sie krabbelte an mir hoch und setzte sich.

Sie war von Kopf bis Fuß zum Zerreißen angespannt.

Der Traktormann marschierte raus auf einen der Anleger, zückte ein Handy und tippte eine Nummer ein. Sagte kurz etwas. Drehte sich um, ließ den Blick hin- und herschweifen und beendete das Gespräch.

Lief dann in entgegengesetzter Richtung auf Frau Björkenstam zu.

Inzwischen war es zwölf. Abgesehen von den drei Gestalten, die sich bereits im Hafen tummelten, war niemand anderes zu sehen, auch Ladi nicht.

Allerdings betrat jetzt Viveca Björkenstam die Bühne.

Sie klopfte kurz an eins der Mikros.

»Ich will nur schnell ein Wort sagen, ich will nur sagen – willkommen!«

Doch genau wie alle anderen, die nur schnell ein Wort sagen wollten, hatte auch sie noch ein paar mehr Worte auf Lager.

»Ich möchte Sie alle herzlich willkommen heißen zu diesem wunderbaren schwedischen Sommer! Sie finden hoffentlich etwas Schönes, was sie vom Flohmarkt mit heimnehmen können – der Erlös kommt nämlich unserem Hafen zugute –, und ich hoffe außerdem, dass Sie es sich schmecken lassen! Wie gesagt ... willkommen!«

Sie trug einen dunkelblauen Rock, eine kreideweiße Bluse und über den Schultern eine graue Strickjacke und streckte jetzt beide Arme aus.

Die Gäste applaudierten.

Viveca Björkenstam verließ die Bühne, und während sich das Trio Gitarren und Akkordeon umschnallte und *Sommartider* anstimmte, schnipste sie mit beiden Händen auf genau die Art, die nur Leute ohne jedes Musik- und Rhythmusgefühl an den Tag legen. Sie fing sogar an, die Hüften zu schwenken. Es sah nicht nur ungelenk, sondern fast schon gruselig aus.

Nun war *Sommartider* grundsätzlich auch kein Lied, zu dem man mit den Fingern schnipste oder mit dem Hintern wackelte.

Alles hat seine Zeit, oder was immer man dazu sagen wollte.

Viveca Björkenstam war schlicht zu alt, um die Sektkorken knallen zu lassen oder Bier von einem Tieflader zu klauen und zu grölen, und zu ihrer Studentenzeit hatte sie ja wohl andere Interessen gehabt.

»Wo bleiben die denn, verdammt?«, raunte ich Eva zu. »Es ist schon nach zwölf!«

»Ich weiß es nicht«, antwortete sie.

Ich konnte ihr ansehen, dass auch sie beunruhigt war.

Um vierzehn Minuten nach zwölf rollte ein weißer Transporter in Richtung Hafen und bahnte sich dann langsam einen Weg durch die Menge.

»Das müssen sie sein«, sagte ich, und Eva nickte.

Der Transporter blieb neben dem Volvo stehen, mit dem die drei Handlanger gekommen waren.

Ich konnte nicht sehen, wer der Fahrer war oder ob noch mehr Leute bei ihm in der Kabine saßen.

Nach ein paar Minuten ging die Tür auf, und Ladi stieg aus.

Er knallte die Tür hinter sich zu und blieb kurz neben dem Transporter stehen, um sich einen Überblick zu verschaffen.

Er sah sich um.

Machte ein paar Schritte vom Transporter weg.

Er hatte Jeans und eine schwarze Nappalederjacke über einem weißen T-Shirt ohne Aufdruck an.

Er rang die Hände.

»Was soll ich jetzt machen?«, fragte ich.

»Woher wissen wir, dass er es ist?«, hielt Eva dagegen.

»Es kann sonst niemand sein.«

»Abwarten«, sagte sie.

Der Mann, der sich mir als Ladi vorgestellt hatte, schlenderte in aller Seelenruhe von seinem Transporter hinüber zum Pier.

Er lief fast bis ans Ende.

Ein paar Jungs sprangen von dem kleinen Leuchtturm ins Wasser.

Ladi verschränkte die Hände auf dem Rücken und sah sich um.

»Er hat niemanden bei sich«, stellte ich fest.

»Du genauso wenig«, sagte Eva.

»Natürlich, sie sitzt doch hier.«

»Du weißt, was ich meine.«

Eine Weile saßen wir stumm da und beobachteten Ladi.

Er sah entspannt aus.

Nur ein einziges Mal spähte er verstohlen auf die Uhr.

Schwer zu sagen, ob Viveca und Edward Björkenstam ahnten, was gleich passieren würde. Sie beschäftigte sich wieder mit ihren Freundinnen, er saß immer noch bei Bertil Rasck, beide mit einem Glas in der Hand.

»Was soll ich machen, Eva?«

»Geh du auch allein.«

»Und was sag ich ihm?«

»Lass ihn reden, und dann improvisierst du einfach.«

Ich nahm Emma bei der Hand und zog sie in die Küche.

Dort wandte ich mich an eine junge, stämmige Bedienung namens Linda: »Die Kleine hier heißt Emma. Ich kann jetzt nicht erklären, was gerade vor sich geht, aber sie muss sich irgendwo verstecken. Könntest du sie vielleicht für eine halbe Stunde oder so hier sitzen lassen?«

Ich zeigte hinüber auf den Durchgang zum Kühlraum.

»Ach, hat das womöglich mit diesem Streit von gestern zu tun?«, fragte sie. Mit ihrem breiten Dialekt hörte sie sich an, als wäre sie irgendwo südlich der Landstraße aufgewachsen. Sie schob eine schwarze Pfanne mit einem luftigen Eierkuchen und gebratenem Schweinefleisch in die Durchreiche.

»Kann schon sein, das werden wir gleich sehen«, erwiderte ich.

Linda nickte.

»Ich pass auf sie auf.«

Ich nahm Emma in den Arm, lief dann zur Hintertür hinaus und langsam runter zum Hafen. Kalle hatte seinen Platz geräumt, war aber auch im Hafen nirgends zu sehen. Allerdings stand die fingerschnipsende Viveca Björkenstam jetzt direkt neben der Bühne, während das Trio die ersten Akkorde von *Gå och fiska* anstimmte. War das am Ende eine Band, die nur Gyllene-Tider-Cover spielte?

Die Besucher, die zum Essen gekommen waren, hatten sich auf einem bereitliegenden Boot, das fast so groß war wie das Boot von Ann-Marie, an Bergen von Garnelen bedient und so gut wie alle Platz an Tischen gefunden. Hier und da waren Fischernetze zur Dekoration aufgehängt worden, und alle hatten Plastikweingläser vor sich – außer Edward Björkenstam: Er und Bertil Rasck schienen Whisky zu trinken, und zwar aus echten Gläsern.

»Wie schön, Sie hier zu sehen«, sagte ich, als ich an Viveca Björkenstam vorbeilief.

Sie antwortete nicht.

Immerhin hörte sie auf zu schnipsen.

Sie sah sich um, ihr Blick fiel auf den Traktormann, und sie versuchte, seine Aufmerksamkeit zu erregen.

»Dodek!«, rief sie.

Der Traktormann hieß also Dodek.

Leider hörte Dodek gerade nicht hin, Dodek nickte nur und lauschte dem, was Andrius Siskauskas ihm zu sagen hatte. Keine Ahnung, was genau das war, aber ich hatte Andrius noch nie so bedrohlich erlebt, und neben ihm sah Dodek geradezu gefügig aus.

Dodek kam nicht, als Frauchen nach ihm rief.

»Nicht ganz leicht, heutzutage noch gute Bedienstete zu finden, nicht wahr, Viveca?«, sagte ich.

Eine Frau, die etwas jünger zu sein schien als Frau Björkenstams Freundinnen – ein ganzes Stück jünger sogar –, war aufgestanden und rief zu uns herüber: »Brauchst du Hilfe, Viveca?«

Sie kam mir bekannt vor, sie war mir schon mal aufgefallen, Simon hatte mal erzählt, dass sowohl sie als auch ihr Mann in Lund als Wissenschaftler tätig waren. Auf welchem Gebiet sie arbeiteten, wusste ich natürlich nicht. Sie hatte kurzes dunkles Haar und sah gut aus. Die weiße Shorts reichte ihr bis fast über die Knie, dazu trug sie eine genauso weiße Bluse und hatte sich einen dunkelblauen Pulli über die Schultern gelegt. Allerdings hatte ich sie auch schon im Bikini an der Badestelle gesehen. Als ich klein war, hatten Wissenschaftler nie so ausgesehen, aber ganz sicher konnte ich mir da nicht sein. Meine Familie hatte nicht in Akademikerkreisen verkehrt. Ihre dunkelbraunen Augen funkelten inzwischen verärgert, und mittlerweile war auch ihr Mann vom Tisch aufgestanden. Er war wesentlich größer als seine Frau, sah verdammt knöchern aus und erinnerte mich an einen alten Rockmusik-Kritiker.

Ich reagierte nicht.

Ging einfach weiter auf den Pier.

Andrius und Dodek waren inzwischen verschwunden.

Jungs und Mädels lagen bäuchlings auf den Anlegern und fischten Krebse.

Die weniger Wohlhabenden lockten sie mit Würmern und Brotstückchen an.

Die Wohlhabenderen bekamen Garnelen, die die Eltern an der Fischbude gekauft und für sie geschält hatten.

Als ich auf Ladi zuging, war zwischen uns sonst niemand mehr. Die Jungen sprangen immer noch einige Meter weiter hinten am Leuchtturm vom Pier.

Ladi stand breitbeinig und mit den Händen an den Seiten da.

Ich blieb stehen.

Lass ihn reden, hatte Eva gesagt.

Das war klug gedacht gewesen, nur dummerweise schwieg er.

Ich ebenfalls.

Er schwieg weiter.

Ich ebenfalls.

Dabei ließ ich ihn nicht aus dem Blick.

Es war genau wie beim Wiegen vor einem Boxkampf.

Nur dass wir dafür etwas zu weit auseinanderstanden.

Ich hatte plötzlich den Eindruck, als wäre um uns herum alles schlagartig still geworden.

Vielleicht bildete ich mir das aber auch bloß ein.

Wenn Fasanen aufeinander losgehen, stört sie auch nichts und niemand mehr, solange sie einander anstarren.

Ladi war größer als ich.

Womöglich war ich schneller und ein bisschen leichter, wenn auch nicht wesentlich. Ich hatte schon seit einer Weile nicht mehr geboxt und mich außerhalb des Rings eigentlich nie geprügelt, während Ladi seinen Körper und seine Fäuste ganz bestimmt mehr als nur ein Mal eingesetzt hatte, und mir dämmerte, dass ich gegen ihn vermutlich kaum eine Chance haben würde.

Dennoch gab ich mir einen Ruck, machte zwei Schritte auf ihn zu und trat ihm, so fest ich konnte, zwischen die Beine.

Selbst an einem russischen Riesen geht ein gut platzierter Tritt in die Eier mit schön spitzen Stiefeln nicht schmerzlos vorbei.

Ganz langsam krümmte er sich vor, presste beide Hände in den Schritt, und ich rammte ihm mein Knie ins Gesicht, sodass seine Nase explodierte.

Er sackte zusammen, aber selbst nachdem ich ihm gegen den Schädel getreten hatte, wirkte er noch hinreichend robust, um sich wieder aufzurappeln, sodass ich ihn gemächlich wieder auf die Beine kommen ließ. Er fasste sich an die Nase, dann an den Hinterkopf, und nachdem er leicht zu schwanken schien, rammte ich ihn spontan um, sodass er das Gleichgewicht verlor und im Hafenbecken landete.

Keuchend kam er an die Oberfläche und schlug mit beiden Armen wild um sich. Er hätte es nicht eigens sagen müssen, es war schon von Weitem zu sehen.

»Hilfe, ich kann nicht schwimmen!«

Er tauchte unter, kam dann aber wieder an die Oberfläche.

Ruderte jetzt umso wilder mit den Armen.

Ich ging in die Hocke.

»Der Trick ist, gerade nicht so wild um sich zu schlagen.«

Wieder tauchte er unter.

»Oh Herr im Himmel«, japste er panisch, als er wieder an die Oberfläche kam. Danach brüllte er irgendetwas auf Russisch.

Ich stand auf und schlenderte zu Dan Frej und Fischer-Bosse hinüber.

»Könnt ihr kurz dafür sorgen, dass er am Leben bleibt? Aber lasst ihn verflucht noch mal nicht an Land kommen, lasst euch von ihm keine Märchen erzählen.«

Ich hatte im Augenwinkel mitbekommen, dass es im Rückspiegel des Transporters geblitzt hatte, die Tür war aufgegangen, irgendjemand war herausgesprungen, und als ich den Wagen erreichte, war die Führerkabine in der Tat verwaist.

Ich zog die Türen zur Ladefläche auf, aber auch dort war niemand mehr.

Wo immer sie Emmas Mutter gefangen hielten – hier jedenfalls nicht.

Der kleine Fight zwischen Ladi und mir hatte einige Aufmerksamkeit erregt, und inzwischen hatten alle aufgehört zu essen, einzukaufen oder Waffeleis zu schlecken. Jeder war auf den Beinen und zeigte entweder hierhin und dorthin oder sah einfach bloß alarmiert aus. Nur die Band spielte immer noch.

»Er ist da hochgelaufen«, rief ein kleiner Junge und deutete hinauf zum Lokal.

Ich spurtete die Treppe hoch und in den Gastraum, aber dort war niemand.

»Wo ist er hin?«, brüllte ich.

»Küche«, antwortete Lars Berglund.

Verdammt! Emma!

Ich stieß die Tür auf.

Linda hatte die Augen aufgerissenen und die Hände vor den Mund geschlagen.

Sie starrte auf einen Punkt am Boden hinterm Herd.

Simon Pender hatte zwar nicht die Hände vor den Mund geschlagen, sah aber genauso entsetzt aus.

Ich hörte jemanden wimmern.

Ich lief um den Herd herum.

Jacob Björkenstam lag dort am Boden und hielt sich den Kopf.

Und er war es auch, der wimmerte.

Emma stand direkt neben ihm und hielt eine unserer halbmeterlangen hölzernen Pfeffermühlen in der Hand.

»Er wollte sich hier verstecken«, sagte sie.

»Was ist hier los, ist Emma okay?«, rief Eva Månsson und tauchte im selben Moment in der Tür auf.

»Du hast nicht zufällig ein Paar Handschellen dabei?«, fragte ich.

Zufällig schon.

Wir packten mit an und wuchteten Jacob Björkenstam herum, ich zog seine Arme nach hinten, und Eva legte ihm Handschellen an. Er blutete aus einer Platzwunde über dem Ohr.

»Gute Arbeit, Emma«, sagte ich.

»Linn hat gerade angerufen«, sagte Eva.

»Und?«

»Deiner Mama geht es gut«, sagte sie an Emma gerichtet.

»Und wo ist sie?«, fragte Emma.

»In einem Krankenhaus in Helsingborg, sie ist ein bisschen mitgenommen, aber das wird schon wieder«, antwortete Eva. Dann sah sie zu mir herüber. »Sie war tatsächlich in dieser Privatklinik, genau wie diese andere Frau, die ältere. Wie Linn schon sagte: Es war ein Volltreffer, in dieser Klinik scheint eine Menge Mist zu laufen.«

»Wundert mich nicht.«

»Sie erzählt uns später mehr.«

»Und was macht sie jetzt?«

»Sie ist auf dem Weg hierher«, sagte Eva.

»Sehr gut, wir können sie hier gut brauchen.«

»Da ist noch was…«

»Ja?«

»Laxgård ist verschwunden.«

»Wie, verschwunden?«

»Er ist bei diesem anderen Einsatz nicht aufgetaucht, Linn hat keine Ahnung, wo er steckt, und die anderen ebenso wenig.«

»Na wunderbar«, murmelte ich.

Ich nahm Emma bei der Hand, zog sie hinter mir her und setzte sie zurück an den Tisch, an dem wir zuvor schon gesessen hatten.

»Warte hier, ich muss noch mal kurz mit jemandem reden, der unten baden ist«, sagte ich.

Dan Frej und Fischer-Bosse hatten Ladi mittlerweile einen Rettungsring zugeworfen. Ladi lag stocksteif im Wasser und klammerte sich daran fest. Seine Nase blutete immer noch, womöglich hatte er deshalb aufgehört zu boxen, vielleicht bekam er ja leicht Nasenbluten. Sein Blut war bis auf meine Hose gespritzt.

»Er hat versucht, sich hochzuziehen«, erzählte Dan Frej und hielt einen Bootshaken in die Luft.

Außer der blutenden Nase hatte Ladi auch eine kleine Platzwunde an der Stirn.

Ich ging in die Hocke.

»Dein Chef liegt in Handschellen oben im Lokal, Emmas Mutter ist in ein Krankenhaus in Helsingborg gebracht worden, du kannst also genauso gut den Rettungsring loslassen und absaufen.«

Keine Ahnung, ob es das Adrenalin war, das durch meine Adern pumpte, aber ich war regelrecht high, fühlte mich unbesiegbar, und wären mir in diesem Augenblick noch mehr dumme Sprüche eingefallen, hätte ich sie ihm ganz sicher um die Ohren geschlagen.

Die wütende Wissenschaftlerin hatte sich inzwischen an die Spitze der Gaffer am Pier gedrängt.

»Was geht hier vor?«, fragte sie empört.

Ich hatte noch nie zuvor gesehen, wie braune Augen so dunkel, beinahe kohlrabenschwarz werden konnten.

»Sie sind wirklich hübsch, wenn Sie wütend sind«, sagte ich, weil es nun mal der Wahrheit entsprach.

»Werden Sie jetzt auch noch unverschämt?«

Dem Singsang nach stammte sie aus Göteborg.

»Das war ein Kompliment und alles andere als unverschämt gemeint.«

Ich war high und fühlte mich unbesiegbar.

Das Gefühl kannte ich noch aus dem Boxring, da gerät man irgendwann, wenn man weiß, dass man nicht mehr verlieren kann, in einen Zustand, in dem man dreister wird denn je.

Sie lief bis zum Festzelt neben mir her und rief dann: »Soll ich die Polizei rufen, Viveca?«

»Die Polizei ist bereits hier«, antwortete Frau Björkenstam.

In der Hoffnung, Linn Sandberg zu sehen, drehte ich mich um, aber stattdessen stieg ein männlicher Kollege aus einem Pkw. Er trug Uniform und Mütze und die üblichen Accessoires, war aber in seinem Privatwagen vorgefahren.

»Sorg hier für Ordnung, Krister«, befahl Frau Björkenstam.

»Der da, den müssen Sie festnehmen«, sagte die wütende Wissenschaftlerin und zeigte mit dem Finger auf mich.

Krister... Krister Laxgård.

»Na ja, dann«, brummte er. »Kommen Sie freiwillig mit?«

Mit dem Schlagstock in der rechten Hand wedelte er in meine Richtung.

Als er sich zu mir umdrehte, konnte ich auch sein Namensschildchen sehen.

»Wie freundlich von dir, Krister, dass du dich hier für deine Nazifreunde stark machst.«

Darauf schien er nicht vorbereitet gewesen zu sein. Er wirkte verunsichert und warf Viveca Björkenstam einen hilfesuchenden Blick zu.

»Was wollen Sie damit sagen?«, hakte die Wissenschaftlerin

nach, die inzwischen direkt neben uns stand. »Was wollen Sie damit andeuten? Nazifreunde?«

»Fragen Sie doch Viveca, sie ist die Nazichefin hier.«

»Wovon redet der Mann, Viveca? Der darf sich doch nicht hinstellen und solche Sachen behaupten?«

»Eine echte Polizistin ist schon unterwegs«, erklärte ich. »Und eine weitere steht bereits oben am Hügel.«

Der arme Laxgård sah komplett verwirrt aus.

»Wenn Sie es genau wissen wollen, Viveca: Hauptkommissarin Linn Sandberg von der Polizei Helsingborg hat Ihrem kleinen Sanatorium einen Besuch abgestattet und ein paar Patienten mitgenommen, die sich dort nicht freiwillig aufgehalten haben.« Ich hielt kurz inne. »Das Spiel ist aus.« Und dann: »Das hab ich immer schon mal sagen wollen.«

Anscheinend hatte dieser Satz bei Viveca Björkenstam Wirkung erzeugt. Sekundenlang sah es so aus, als würde sie auf Tabak herumkauen, ehe sie sich zusammenriss und sagte: »Edward war schwach. Er ist schon immer schwach gewesen.«

Ihre Stimme zischte regelrecht.

»Er war dagegen, dass wir uns auf unsere Weise um das Mädchen kümmern.«

»Zum Glück«, sagte ich. »Ich hab Emma nämlich wirklich gern.«

»Sie kapieren gar nichts«, fauchte sie.

»Wovon redest du, Viveca?«, ging die Wissenschaftlerin dazwischen.

Frau Björkenstam stürzte regelrecht auf mich zu und schrie mich an: »Sie kapieren gar nichts!«

Die Hafenfestbesucher waren mittlerweile mucksmäuschenstill geworden.

Nicht mal mehr die Wissenschaftlerin brachte ein Wort heraus.

»Ich gehe jetzt«, sagte ich. »Ich warte auf die Polizei – die richtige Polizei und nicht auf so einen Möchtegern-Adolf.«

Laxgård stand da wie vom Donner gerührt. Inzwischen waren Lars und Britt-Marie vom Restaurant runtergekommen und hatten sich zu uns gesellt, und mit einer kleinen Kamera schoss Britt-Marie Fotos und filmte.

Das Trio auf der Bühne schien immer noch nicht mitbekommen zu haben, was hier gerade vor sich ging, und trällerte irgendwas von Mondlicht, obwohl die Sonne über Solviken schien.

Keine Ahnung, was Andrius und Kalle mit Dodek und seinen Kumpels am Laufen hatten, aber Andrius und Kalle geleiteten die drei gerade zu ihrem Volvo. Einer von ihnen hielt sich den Hinterkopf und sah ein bisschen groggy aus. Der Wagen setzte zurück, wendete und fuhr dann an dem Zelt vorbei in Richtung Schnellstraße.

Als sie an uns vorbeifuhren, winkte ich ihnen nach.

Niemand winkte zurück.

Ich hatte mich schon umgedreht und wollte gerade wieder ins Restaurant und zurück zu Emma gehen, als Lars Berglund plötzlich schrie: »Harry, Achtung!«

Ich wirbelte herum.

Viveca Björkenstam kam auf mich zugestürmt.

Ungefähr auf Kinnhöhe hielt sie ein großes Küchenmesser in beiden Händen.

Die Klinge blitzte in der Sonne.

Sie riss sie nach oben, um auszuholen – als es knallte.

Der Knall hallte im Hafen wider.

Viveca Björkenstam sah kurz verblüfft aus, dann taumelte sie vornüber, und das Messer traf nur wenige Millimeter von meinem rechten Fuß auf den Asphalt.

Irgendwie schien ihr linkes Bein auf Höhe des Knies abgerissen zu sein.

Aus der Kniekehle strömte Blut, und der Unterschenkel war merkwürdig abgewinkelt.

Ich sah mich um.

Eine breitbeinige Eva Månsson hielt immer noch ihre Pistole beidhändig im Anschlag.

Es roch nach Schießpulver oder Schwefel.

Eva stand stocksteif da, ich stand stocksteif da, aber die meisten anderen rannten plötzlich kreuz und quer durcheinander.

Ein paar kreischten.

Andere schnappten sich ihre Kinder.

Wieder andere hatten sich auf den Boden geworfen, als sie den Schuss gehört hatten.

Nur der Akkordeonist auf der Bühne hatte immer noch nicht mitbekommen, was passiert war, spielte weiter auf seinem Instrument und krakeelte, dass er nun endlich sein Leben leben wollte, bis die Gitarristin ihn anfuhr, er möge endlich still sein.

Britt-Marie fotografierte.

Prompt meldete sich die Wissenschaftlerin zu Wort: »Wer gibt Ihnen das Recht, hier Fotos zu machen?« Dann rief sie ins Zelt: »Ruft einen Krankenwagen! Viveca ist verletzt! Sie wurde angeschossen! Die Frau da drüben hat auf sie geschossen, nehmt sie fest!«

Von der Schnellstraße konnte man inzwischen Sirenen hören, und jemand rief: »Krankenwagen ist schon unterwegs.«

»Ich glaube, das ist die Polizei«, wandte ich ein.

Keine Ahnung, ob es der Schock war, aber Viveca Björkenstam war die ganze Zeit stumm am Boden liegen geblieben.

Als sie jetzt den Mund aufmachte, klagte sie nicht etwa über Schmerzen im Knie. Sondern sie lachte.

Sie brach in schallendes Lachen aus.

Sie lachte und stach gleichzeitig mit dem Messer auf den

Asphalt ein – und zwar so nah an meinen Füßen, dass ich ein paar Schritte zurückwich.

Anstelle des Schusses aus Eva Månssons Pistole hallte jetzt das Echo von Viveca Björkenstams Gelächter durch den Hafen.

Bis Linn in einem Streifenwagen mit gellender Sirene vorfuhr, hatten Andrius und sein blonder Kompagnon sich in Richtung Badestelle verzogen. Die Sirene verstummte, und der Streifenwagen blieb bloß ein, zwei Meter vor mir und Frau Björkenstam stehen. Nur das Blaulicht blinkte weiter.

Keuchend sprang Linn aus dem Wagen.

»Tut mir leid, Harry, die ganze Stadt ist wegen dieser Fußballschlägerei in Aufruhr. Was ist los? Was ist passiert?«

Ein großer, kräftiger uniformierter Kollege schob sich vom Beifahrersitz und setzte sich sein Schiffchen auf. Ganz jung war er nicht mehr, und die Uniformjacke spannte verdächtig über seinem Bauch.

»Das ist Kramfors«, sagte Linn. »Er war der Einzige, der mitfahren konnte, normalerweise sitzt er am Empfang.«

»Sie braucht Hilfe«, sagte ich und zeigte auf Viveca Björkenstam. »Nicht, dass sie die verdient hätte, aber sei's drum.«

»Wo ist Eva Månsson?«

»Steht dort drüben«, sagte ich. »Sie hat geschossen.«

»Ruf einen Krankenwagen«, wandte sie sich an Kramfors.

»Und um den da müssten Sie sich vielleicht auch kümmern«, sagte ich mit einem Wink zu Laxgård.

»Was zur Hölle hast du hier zu suchen, Krister?«, fuhr Linn ihn an.

»Der gehört zu den Nazis«, sagte ich.

Laxgård zuckte mit den Schultern und trottete zu seinem Wagen.

Der Polizeibeamte namens Kramfors bewegte sich erstaunlich schnell, machte ein paar lange Schritte, stieß Laxgård zu Boden, legte ihm Handschellen an und bugsierte ihn anschließend in den Streifenwagen. Ob er dabei mehr Gewalt als nötig anwendete, erschloss sich mir nicht, aber ich hörte noch, wie er sagte: »Ich fand immer schon, dass du ein arroganter Dreckskerl bist, Laxgård.«

Laxgård reagierte nicht.

Eine ältere Dame schob sich durch die schockierte, entsetzte Besucherschar und rief mit einer Stimme, die dermaßen von oben herab klang, dass es Minuten zu dauern schien, ehe jedes Wort an seinen Platz gefallen war und bis man halbwegs verstehen konnte, was sie überhaupt sagte: »Verzeihung, Frau Wachtmeisterin, mein Name ist Gertrud Rasck, mein Mann heißt Bertil Rasck, und ich will auf der Stelle Anzeige gegen diesen Mann dort erstatten« – sie zeigte mit dem Finger auf mich – »wegen Verleumdung von Viveca Björkenstam und weil er unser Hafenfest gestört hat.«

»Darum kümmern wir uns später«, sagte Linn, die neben Frau Björkenstam in die Hocke gegangen war und die Überreste ihres Knies musterte. Dann stand sie wieder auf und sagte laut hörbar: »Alle bleiben, wo sie sind. Wir müssen mit sämtlichen Anwesenden reden oder uns zumindest die Personalien notieren, bevor hier jemand verschwindet.« Dann drehte sie sich zu mir um. »Wie konnte das verdammt noch mal passieren, Harry?«

Ich zuckte mit den Schultern.

»Kommt in den besten Kreisen vor...«

»Harry! Harry!«, hörte ich Emma schreien.

Sie drängelte sich zwischen den Gaffern hindurch, rannte, sprang mir in die Arme und heulte wie ein Schlosshund.

»Ich hab so Angst gehabt«, stieß sie zwischen Schluchzern hervor.

»Jetzt ist doch alles gut«, sagte ich. »Vielleicht haben wir ja Glück, und du kannst nachher schon deine Mutter wiedersehen.«

Wir liefen zurück ins Lokal, und ich goss mir ein großes Glas

Wodka mit ein paar Tropfen Cranberrysaft ein, um dem Drink ein bisschen Farbe zu verleihen, bevor wir uns an einen Tisch auf der Terrasse setzten.

Ein Schluck, und das Glas war halb leer.

Es dauerte, bis der Krankenwagen kam, und als es endlich so weit war, kam er aus Ängelholm und nicht aus Helsingborg, anscheinend war es bei der Fußballschlägerei tatsächlich hoch hergegangen. Ich lief zurück und sah mir an, wie Viveca auf eine Rollbahre gehoben und verladen wurde.

Bevor die Sanitäter ihr die Türen vor der Nase zuschlugen, sah sie noch einmal zu mir herüber und fauchte: »Drecksjude!«

Die Wissenschaftlerin hatte direkt neben mir gestanden. Ihr Zorn schlug um in Verwirrung, und sie wurde ein bisschen blass um die Nase, schielte aber mit ihren beinahe schwarzen Augen nach wie vor vorwurfsvoll zu mir herüber und hatte die Fäuste in die Hüften gestemmt. Ihr Mann gab keinen Mucks von sich, er hatte zu denjenigen gehört, die sich flach auf den Boden geworfen hatten, als Eva geschossen hatte.

»Und wer sind Sie, verdammt?«

»Kattis, bitte!«, rief ihr Mann.

Es klang, als hätte sie gerade zum ersten Mal in ihrem Leben geflucht.

»Ich bin Harry«, sagte ich. »Harry Svensson. Meine Nummer finden Sie ganz leicht heraus. Und ich hab ein Faible für Frauen mit Humor.«

Sie wirbelte zu ihrem Mann herum.

»Jan, tu was!«

»Wir gehen jetzt, Kattis, wir gehen jetzt besser.«

»Sprechen Sie zuerst mit Linn, sie hat hier im Moment das Sagen, und ich bezweifle, dass Sie irgendwohin gehen, bevor sie es Ihnen erlaubt.«

Anscheinend hatten Linn und Kramfors bei den Hafenfestgästen für Ruhe und Ordnung sorgen können. Einige trotteten bereits davon, während andere immer noch herumstanden und warteten. Linn und Kramfors schrieben Namen und Adressen auf und checkten Personalausweise.

»Da draußen ist übrigens noch einer und planscht rum«, sagte ich und zeigte in Richtung Pier.

Ladi war völlig entkräftet und konnte sich nicht selbst helfen, sodass am Ende Kramfors, Dan Frej und Fischer-Bosse ihn an Land zogen, während Linn Sandberg und Eva Månsson danebenstanden.

Evas Pistole steckte im Holster.

Linn hatte ihre in der Hand.

Unter Ladi bildete sich eine Pfütze.

Mit der Zeit kamen noch mehr Streifenwagen und mehr Polizisten an, und ich steckte kurz den Kopf ins Festzelt, füllte dann einen Eimer mit Garnelen vom Boot und nahm ihn mit ins Restaurant.

Während des ganzen Tumults hatte ich Edward Björkenstam komplett aus den Augen verloren, aber entweder Linn oder Kramfors hatte ihn in Handschellen auf einer Bank neben dem Zelt platziert. Bertil Rasck war nirgends zu sehen.

»Hallo«, sagte Björkenstam und sah zu mir auf.

Ich blieb vor ihm stehen.

»Wissen Sie vielleicht, wo mein Sohn steckt?«, fragte er.

Ich antwortete nicht.

»Ich schwöre«, raunte er mir zu, »ich erzähl dir alles, was ich weiß, wenn du mir sagst, wo mein Sohn ist.«

»Ich wüsste nicht, dass ich Ihnen das Du angeboten hätte.«

Ich grinste in mich hinein.

Wenn es drauf ankommt, kann ich wunderbar kleinlich sein.

»Verzeihung, Herr ... Svensson ... Sie wissen nicht zufällig, wo sich mein Sohn befindet?«

»Oh doch«, sagte ich. »Er liegt oben im Lokal und wartet darauf, in den Knast nach Helsingborg chauffiert zu werden.«
»Könnten Sie nicht...«
»Was?«
»...ein gutes Wort für mich einlegen?«
Der Mann hatte Tränen in den Augen.
»Ich hab doch nicht gewollt, dass...«
»Das hab ich schon verstanden. Vielleicht hätten Sie es wollen sollen.«
»Ich wollte nicht, dass sie dem Mädchen wehtun.«
»Sie hätten diesem ganzen Schlamassel ein verdammtes Ende setzen können.«
Ich kehrte ihm den Rücken zu und stapfte die Treppe hinauf, als Kramfors kam, um Edward Björkenstam in den Streifenwagen zu setzen.
»Svensson... Svensson! Bitte, Svensson! Könnten Sie nicht doch ein gutes Wort für mich einlegen? Bitte, ich wollte doch nie, dass... Vielleicht können Sie sie davon überzeugen?«
»Ich hab die Modelleisenbahn gesehen«, rief ich zurück. »Beide Versionen.«
Es schien einen Moment zu dauern, ehe es ihm dämmerte.
»Das war doch nur Spaß«, jaulte er. »Ein blöder Witz.«
»Es fällt mir wirklich schwer zu lachen«, sagte ich.
»So, los jetzt!«
Kramfors schien seine kleine Auszeit vom Empfang richtiggehend zu genießen, auch wenn die Uniform ein bisschen spannte.
Kattis und Gatte hatten sich zwar vom Hafenfestgelände zurückgezogen, waren dann aber ein Stück entfernt bei ihren Fahrrädern stehen geblieben. Der Mann drehte sich um und sah zu, wie Kramfors mit Björkenstam an ihnen vorbeimarschierte, während Kattis, seine Frau, mich nicht mehr aus den Augen ließ.
Die würde ich mir merken.

Fischer-Bosse und Lars Frej hatten es sich mit frischem Dosenbier vor der Fischbude gemütlich gemacht.

»Super Show, Harry«, rief Bosse. »Hier ist echt immer was los, sobald du da bist.«

Lars Berglund und Britt-Marie Lindström waren auf dem Weg zu ihrem Auto.

»Jetzt habt ihr ja ein bisschen was zu tun«, rief ich ihnen nach.

»Ich würde mich gern melden, falls ich Hilfe brauche, das hier ist so gewaltig, dass ich gar nicht weiß, wo ich anfangen soll.«

»Da fällt Ihnen schon was ein«, erwiderte ich. »Aber rufen Sie an oder schreiben mir eine SMS, wann immer Sie wollen.«

Ich lief zurück zum Lokal, leerte mein Glas im Stehen auf der Terrasse, ging hinein, goss mir ein neues ein und bat Simon, ein paar Teller für die Garnelen rauszustellen, die ich mitgebracht hatte.

»Könnte sich bezahlt machen«, murmelte er.

»Die Garnelen oder so eine Schießerei?«

»Ich dachte eher an die Garnelen.«

»Hab ich doch schon immer gesagt.«

Ich ging wieder raus und setzte mich.

Emma krabbelte auf meinen Schoß.

Sie hatte noch nie eine Garnele geschält.

Sie hatte den Dreh schnell raus.

IX

Montag

Merkwürdigerweise war ich kein bisschen müde, obwohl ich nur ein paar Stunden geschlafen hatte. Allerdings war das wohl richtiger Qualitätsschlaf gewesen, und ich konnte mich nicht mal mehr daran erinnern, ob ich irgendwelche turbulenten Panikträume gehabt hatte oder nicht.

Ich glaube nicht.

Ich fühlte mich ausgeruht.

Wie so oft hatte ich im Sessel gesessen und war eingeschlafen.

Emma schlief auf dem Sofa. Sie lag auf der Seite und hatte ihre Decke teilweise weggestrampelt. Sie hatte immer noch Eva Månssons weiße Schleife im Haar.

Ich setzte Kaffee auf, ging duschen, schlüpfte in meine Shorts und in ein Shirt und lief dann raus, um die Zeitung zu holen. Das Zelt stand immer noch im Hafen, allerdings war dort unten eine Menge Polizei-Absperrband dazugekommen, und ein Stück den Weg hoch stand ein Streifenwagen.

Lars und Britt-Marie hatten die komplette Titelseite mit Artikeln und Fotos von der Schießerei in Solviken gefüllt. Ein Teil der Gesichter auf Britt-Maries Bildern war verpixelt, und Edward und Viveca Björkenstam waren nirgends namentlich genannt. Stattdessen wurden sie als »Unternehmerpaar« bezeichnet, und an diversen Stellen hatte Lars Berglund betont, dass man über die beiden in der kommenden Woche weiter berichten werde.

Mehr als berichten, wenn ich richtiglag.

Er hatte all mein Material in Kopie bekommen, und ich hatte ihm gestattet, damit zu machen, was immer er wollte. Jonna hatte weitere E-Mails mit Material zu den Björkenstams und Bertil Rasck geschickt, die ich selbst nicht mal mehr gelesen, sondern einfach an Lars Berglund weitergeleitet hatte.

Wenn der Tod seiner Zeitung tatsächlich bevorstand und sie aufgekauft und zerschlagen werden sollte, war es nur recht und billig, dass er seine Karriere mit einem Paukenschlag beendete – mit einem Verbrechen, in das eine renommierte Unternehmerfamilie, Nazis, Drogenproduzenten und Biker-Gangs verwickelt waren. Ich war mir außerdem absolut sicher, dass eine der Abendzeitungen ihm ein Vermögen bieten würde, damit er exklusiv für sie schrieb, es würde nämlich nicht mehr lange dauern, bis sie begriffen, dass er über Material verfügte, an das sie ohne ihn niemals herankommen würden.

Ich selbst hatte die ganze Sache satt und wollte alles, was passiert war, nur noch hinter mir lassen.

Mit einem Becher Kaffee setzte ich mich raus auf die Veranda.

Der Morgen war echt angenehm.

Über dem Skälderviken hing ein hauchzarter, kaum wahrnehmbarer Dunst, die Sonne war gerade aufgegangen, und es würde wohl ein warmer, klarer Tag werden.

Der Morgen wäre perfekt gewesen, wenn ich zum Kaffee auch noch einen Joint gehabt hätte.

Im selben Moment ging eine SMS auf meinem Handy ein.

Sie war von GG.

Was zum Teufel ist da gestern los gewesen? Internet tobt, Radio braust, in den Fernsehnachrichten ist von nichts anderem mehr die Rede.

Ich würde ihm alles erzählen, schrieb ich zurück, wenn er mal wieder vorbeikäme.

Ich brachte nicht die Energie auf, ins Internet zu gehen, reimte mir aber zusammen, dass die Abendzeitungen Lars' und Britt-Maries Artikel bereits aufgegriffen hatten.

Womöglich sollten Emma und ich abtauchen.

Im Hafen würde es in den nächsten Tagen von Polizisten, Kriminalern und Reportern nur so wimmeln.

Linn Sandberg hatte irgendwann eine gewisse Erika Dansk vorbeigeschickt, die Emma und mich abgeholt und für ein paar kürzere Befragungen aufs Revier nach Helsingborg gebracht hatte.

Ich erzählte einfach nur geradeheraus, was passiert war.

Anschließend brachte Erika Dansk uns in das Krankenhaus, wo Emma ihre Mutter wiedersehen sollte.

Åsa Dahlström hatte einen Verband um den Kopf und vermutlich ein Beruhigungsmittel bekommen. Sie hatte einen unsteten Blick und sagte nicht sehr viel.

Allerdings hielt sie Emmas Hand ewig lang fest.

In der Zwischenzeit ging ich hinaus auf den Flur und wartete.

Dann kam eine SMS von Bodil Nilsson.

Dürfen Maja und ich bald mal vorbeikommen und Hallo sagen?

Ich antwortete:

Jederzeit.

Ich wusste allerdings nicht, ob ich es ehrlich meinte.

Ich hatte ein schlechtes Gewissen, weil ich schon so lang nicht mehr an Bodil gedacht hatte.

Es hatte eine Zeit gegeben, und das war wirklich noch nicht lange her, da war sie für mich alles gewesen, da hatte ich mehrmals am Tag mein Handy kontrolliert, um zu sehen, ob sie angerufen oder eine Nachricht geschickt hatte, aber am Ende war sie schlicht und ergreifend zu unentschlossen und unsicher gewesen, ob oder wann oder wie es mit ihrer Scheidung weitergehen und ob ihre Tochter Maja so schnell mit einem Ersatzpapa klarkommen würde.

Also hatten wir uns darauf geeinigt, das Ganze auf Eis zu legen, um erst mal zu sehen, wie sich alles weiterentwickeln würde.

Und jetzt war diese fröhliche SMS gekommen – aus einer komplett anderen Welt als derjenigen, in der Emma und ich in der vergangenen Woche gelebt hatten. Es fühlte sich an, als hätten wir zwei der puren Bosheit ins Gesicht geblickt.

Würde Bodil mir glauben, wenn ich ihr erzählte, was ich erlebt, nein, was *wir* erlebt hatten?

Diese Geschichte würde Emma und mich für alle Zeiten verbinden.

Und war ich es, der von derlei Gewalttaten angezogen wurde, oder war es die Gewalt, die sich von mir anziehen ließ? Innerhalb kürzester Zeit war ich in zwei aufsehenerregende Kriminalfälle verwickelt worden.

Ich wusste es ganz einfach nicht.

Aber wenn man erst an der Oberfläche kratzt oder mal nach links statt nach rechts abbiegt, stößt man eben mitunter auf eine Welt, die anders ist als das vermeintliche Idyll, als das Schweden so oft bezeichnet wird.

Und diese andere Welt ist real.

Eva Månsson hat mal behauptet, Polizisten würden sich vom Normalbürger dadurch unterscheiden, dass der Polizist, wenn er einen Bürgersteig entlanggeht, gleichzeitig an sämtlichen Verbrechen einer ganzen Welt vorbeikommt. Ein Polizist fragt sich in einem fort, was unter der Oberfläche verborgen liegt.

Da hat sie sicher recht.

Man muss nur genau hinsehen.

Sofern man das denn will.

Keine Ahnung, wann Agneta Björkenstam beschlossen hatte hinzusehen, aber ich hoffte, dass sie es nie bereuen würde.

Am meisten störte mich an diesem Morgen, dass das Böse so oft mitten unter uns ist und wir es nicht erkennen oder aber uns nicht darum scheren, weil wir uns von Geld und Luxus blenden lassen.

Bertil Rasck und seine Frau hatten zur Oberschicht und zu den Säulen der Gemeinschaft gehört und gleichzeitig rechtsradikale Gruppierungen unterstützt. Solche Leute sind in mehrfacher Hinsicht schwer zu begreifen, weil sie mit ihrer Intelligenz und in ihrer gesellschaftlichen Position gewisse Fakten eigentlich nicht infrage stellen dürften. Ich persönlich glaube, dass sie Angst haben. Sie haben Angst, dem Bösen ins Gesicht zu blicken, und beschließen stattdessen, alles einfach als Lüge oder eine Art Albtraum abzutun, ohne zu verstehen, dass sie so selbst zum Sinnbild und Vertreter des Bösen werden.

Aus einem Impuls heraus rief ich einen meiner alten Bekannten, den Tourmanager Krister Jonson an.

Er war gerade mit irgendeiner englischen Sixties-Band in Köping.

»Hast du eine Ahnung, was man aus Marihuanapflanzen macht, wenn man sie geerntet hat?«

»Komische Frage.«

Er klang, als hätte er am Abend zuvor geraucht.

»Da steht ein ganzes verdammtes Gewächshaus voller Gras in einem Wald hier in der Nähe. Ich weiß, dass die Leute, die es angebaut haben, also... dass die von der Bildfläche verschwunden sind, um es mal so zu formulieren. Die Polizei fackelt den ganzen Scheiß irgendwann ab, und das ist doch irgendwie unnötig.«

»Klar«, sagte er.

Dann herrschte Stille.

»Klar?«

»Klar.«

»Was meinst du?«

»Ich denke nach.«

»Ich kenne da ein paar litauische Jungs, die sich um die Ernte kümmern könnten, aber ich hab keine Ahnung, was man anschließend tun muss.«

»Klar«, sagte Krister.

»Wir müssen es ja nicht verkaufen. Uns würde es für den Rest des Lebens reichen. Du könntest deine Bands damit versorgen.«

»Jungs, hast du gesagt, ich will aber nicht, dass Minderjährige beteiligt sind.«

»Mach dir keinen Kopf, die heißen bloß so in Litauen«, erwiderte ich. »Das sind erwachsene und mündige Männer.«

»Ich wüsste da was, also, ich könnte mir vorstellen... Kann ich dich zurückrufen?«

Als ich aufgelegt hatte, stand Emma in der Tür.

Sie hatte in einem meiner alten T-Shirts mit New-York-Dolls-Aufdruck geschlafen. Diesmal fragte sie gar nicht erst, sondern kletterte einfach auf meinen Schoß.

»Kaffee?«, fragte ich.

Sie schüttelte den Kopf.

»Es ist vorbei«, sagte ich und strich ihr übers Haar. »Jetzt können wir wieder durchatmen.«

»Was passiert mit Edward und mit Viveca?«, fragte sie.

»Ich hoffe doch, dass sie im Gefängnis landen«, antwortete ich. »Und da bin ich mir auch ziemlich sicher.«

»Haben die meinen Papa umgebracht, oder war das der Sohn?«

Ich dachte kurz darüber nach.

»Wenn sie es nicht selbst waren, dann haben sie dafür gesorgt, dass es passierte, und auch dafür landen sie natürlich im Gefängnis.«

Sie war eine ganze Weile still, und als sie wieder das Wort ergriff, blickte sie hinaus über den Skälderviken.

»Gibst du mich jetzt weg?«

Noch so eine Frage, vor der ich mich gedrückt hatte.

Worauf hatte ich mich eingelassen? Wie würde ich hier wieder rauskommen? Was würde ich mit Emma anfangen? Mit Bodil und ihrer Tochter Maja? Was an dieser wütenden Wissenschaftlerin, Kattis, hatte mich derart provoziert, dass ich bereits ihre Adresse und Telefonnummer gegoogelt hatte? Irgendwie hatte ich das Gefühl, dass sie nichts gegen ein kleines Spielchen einzuwenden hätte, und ich musste mir selbst eingestehen, dass ich mich darauf freute.

»Ich denke nicht«, antwortete ich. »Und deine Mutter wird ja wieder gesund.«

»Aber Mama kommt nicht gut im Leben klar.«

»Das wird schon wieder«, sagte ich.

Sie schüttelte den Kopf.

»Ich hab nur noch dich«, sagte sie.

»Und das ist echt nicht viel, Emma«, sagte ich und lachte.

»Ich mein es ernst«, sagte sie.

»Ich weiß.«

»Und, machst du es?«

»Was?«

»Mich weggeben?«

»Ich weiß nicht, ob ich mich wirklich um dich kümmern darf, in so einer Situation bin ich noch nie gewesen. Da müssen wir jemanden fragen.«

Ich musste wieder daran denken, was Eva Månsson daheim in

Arnes Küche erzählt hatte: dass sie der Reihe nach bei grässlichen Pflegefamilien gelandet war.

»Wir fragen ein paar Leute. Aber ehrlich gesagt bin ich wirklich kein Engel.«

»Ich mag dich«, sagte sie und legte ihre Wange an meine Brust.

Ich brummte in mich hinein.

Sie sah hoch, mir direkt in die Augen, und sagte: »Ich will nicht, dass du mich weggibst.«

»Das regeln wir schon, Emma. Das kriegen wir schon hin.«

Ich hatte bloß keine Ahnung, wie.

»Magst du Eva?«, fragte ich sie.

Sie nickte.

»Sie ist nett.«

Zwischen den Bäumen raschelte es, und als ich den Kopf drehte, kam Otto aus dem Wald gerannt.

Emma hatte ihn auch gesehen.

»Guck mal, ein Hund!«

»Ich glaube, den kenne ich«, sagte ich.

Frau Björkenstams Jack Russell hatte ich komplett vergessen, während des Hafenfests hatte ich ihn auch nirgends gesehen, aber er musste wohl dabei gewesen sein und sich, als der Tumult losbrach, abgesetzt und versteckt haben.

Vorsichtig schlich er sich an uns heran und wedelte zögerlich mit dem Schwanz. Er zog eine Leine hinter sich her.

Er sah dermaßen kläglich aus, dass er mir leidtat.

»Wenn es derselbe Hund ist, den ich kenne, heißt er Otto«, sagte ich.

Als er seinen Namen hörte, spitzte er die Ohren.

»Otto«, rief Emma.

Er sah immer noch verängstigt aus, aber nachdem erst nur ich und irgendwann wir beide beschwichtigend auf ihn eingeredet hatten, streckte er sich, kam ein paar Schritte näher und leckte uns über die Hände.

»Lauf in die Küche und hol ihm eine Schüssel Wasser. Und ich glaube, im Kühlschrank liegen noch Würstchen, er muss Durst und einen Bärenhunger haben.«

Gierig leerte er die Schüssel und verschlang die Würstchen, die wir ihm Stück für Stück hinhielten.

»Gibst du ihn auch wieder weg?«, fragte Emma.

»Er hat ein Herrchen oder Frauchen«, sagte ich. »Das müssen wir erst sehen.«

Krister Jonson rief zurück und fasste sich wie immer kurz.

»Wann ist die Ernte?«

»Jederzeit, denke ich mal, mit den Jungs hab ich noch nicht gesprochen, aber die sind flexibel.«

»Okay.«

Dann legte er wieder auf.

Ich rief Arne an, und dann unterhielten Emma und ich uns eine Weile mit ihm.

»Warum kommst du nicht hierher?«, fragte sie ihn.

Er habe sich fest vorgenommen, all seinen Mut zusammenzunehmen und eine Frau zum Essen auszuführen. Womöglich werde er die mit nach Solviken bringen.

Gute Idee, fand Emma.

Er klang fröhlich.

Als Otto aufgefressen hatte, sprang er auf meinen Schoß, und Emma leistete ihm Gesellschaft.

Ich konnte nicht fassen, dass sie beide gleichzeitig Platz fanden.

Irgendwann fuhr Eva Månsson vor. Sie hatte mehr oder weniger die ganze Nacht auf dem Revier in Helsingborg verbracht. Sie sah müde aus.

»Ist das dein Hund, Emma?«, fragte sie.

»Ich weiß nicht«, antwortete Emma. »Vielleicht gibt Harry uns auch wieder weg, mich und den Hund.«

Eva sah zu mir herüber.

Ich zuckte mit den Schultern.

Sie hatte diverse Fragen beantworten müssen, unter anderem warum sie sich in Solviken aufgehalten und weshalb sie ihre Dienstwaffe dabeigehabt hatte, obwohl sie nicht im Dienst gewesen war. Sie hatte behauptet, es sei reiner Zufall gewesen, dass sie mich schon länger kennen und hierhergefahren sei, um mich zu besuchen und bei mir im Restaurant zu essen, als plötzlich eine augenscheinlich durchgedrehte Frau mit einem Messer auf mich zugestürzt war – eine klassische Gefahrensituation also, und deshalb habe sie die Waffe gezogen und geschossen.

»Das war nicht mal gelogen«, sagte ich.

»Aber die ganze Wahrheit war es auch nicht.«

»Die ganze Wahrheit wird überbewertet.«

Sie verzog das Gesicht.

»Du musst es ja wissen.«

»Und es war ein gezielter Schuss.«

»Ich hatte vorher noch nie schießen müssen, also, nicht außerhalb der Schießanlage. Es war das erste Mal, dass ich die Pistole richtig verwenden musste. Ich weiß nicht mal, wohin ich gezielt habe.«

Anscheinend hatte Frau Björkenstam die Privatklinik als Deckmäntelchen für ihre sogenannten politischen Aktivitäten benutzt. Die Polizei war auf fünfzehn Patienten gestoßen, alte ebenso wie geistig unzurechnungsfähige Personen, die dort offenbar tatsächlich versorgt wurden, von denen aber mindestens zwei gegen ihren Willen festgehalten worden waren.

»Sie sind noch lange nicht mit allem fertig«, erklärte Eva. »Aber Linn meint, dass dort im Keller Sprengstoff und Waffen lagerten, die für eine ganze Revolution oder irgendeine Art Aufstand gereicht hätten. Ich weiß wirklich nicht, was sie sich gedacht haben.«

Ich war nicht überrascht.

Es sah ganz danach aus, als wären Viveca Björkenstam, Bertil Rasck und auch der junge Markus Jihflod bereit gewesen, im Zweifelsfall zu den Waffen zu greifen, wenn es nur ihren Zwecken gedient hätte. Ich hatte die Zeitung nur kurz durchgeblättert, aber meinte, in einer der Überschriften gelesen zu haben, dass sich die fremdenfeindliche Partei hoch offiziell von ihrer Jugendorganisation getrennt hätte.

Ich bat Emma darum, mir die Zeitung zu holen.

Ich hatte mich nicht geirrt.

Es war sogar ein Bild von Markus Jihflod abgedruckt worden.

Darauf sah er genauso unsympathisch aus wie im echten Leben. Die Partei, so wurde er zitiert, sei ihm »zu mainstreamig« geworden.

Ich legte die Zeitung beiseite und drehte mich zu Eva um.

»Willst du eigentlich was essen?«

»Später vielleicht. Gerade bin ich einfach nur ziemlich fertig.«

»Sollen wir runterlaufen und baden gehen?«

»Ja!«, rief Emma.

»Ich habe aber keinen Badeanzug dabei«, wandte Eva Månsson ein.

»Macht doch nichts. Die Anführerin der Freunde Solvikens liegt mit einem zerschossenen Knie im Krankenhaus, wie du selbst weißt, immerhin warst du die Schützin.«

»Hast du irgendein Shirt, das du mir leihen könntest?«

»Geh rein, such dir eins aus.«

Als sie wiederkam, hatte sie die Klamotten vom Vortag abgelegt und stand in ihren Schuhen und in einem meiner weißen T-Shirts vor uns, das ihr knapp über die Hüften fiel.

Sie war schön wie ein Sonnenaufgang.

Emma zog sich um, und gemeinsam liefen wir zur Badestelle. Emma nahm uns beide an der Hand und zerrte uns vorwärts.

»Ihr seid zu langsam!«, rief sie.

Wir ließen sie zwischen uns vor und zurück schaukeln.

Otto flitzte schwanzwedelnd zwischen unseren Beinen hin und her.

Man hätte sich alles Mögliche vorstellen können, aber ich bin nun mal ein ganz normaler Mann, und das Einzige, was ich mir in diesem Moment vorstellte, war, dass ich Hauptkommissarin Eva Månsson nackt sehen würde.

Vielleicht.

Dank

Wie immer: Danke an Malin Swedberg, Polizistin, TV-Sportkommentatorin und früher herausragende Mittelfeldspielerin der schwedischen Nationalmannschaft. Ich bin mir nicht ganz sicher, ob sie all das, was Hauptkommissarin Eva Månsson in diesem Buch treibt, wirklich gutgeheißen hat.

Außerdem haben die folgenden Personen mit Hinweisen, Antworten und/oder anregender Gesellschaft zu diesem Buch beigetragen: Stefan Alfelt, Per-Anders Broberg, Chien Chung Wang (Kin-Long, Malmö), Ulf Eggefors, Patrick Ekwall, Per Gessle, das Gramercy Cafe, Lena Graversen (Swedbank), das Great Jones Cafe, Mark Ibold, Thomas Johansson, Bill Judkins, Linus Karlsson, Per Vidar Lundberg, Paulius Masiulis, Nicolinn Nilsson, Nils Petter Nilsson, Thomas Pagden, Helén Rasmusen, Anders Svensson (nicht *der*), Agnes Thor, Stefan Wettainen, Hafenkapitän in Arild, Henrik Wettin, Michael Wolf sowie Björn Österling, Fischer aus Arild.